Selma Lagerlöf

Charlotte Löwensköld

dearbooks

Selma Lagerlöf

Charlotte Löwensköld

ISBN/EAN: 9783954552979

Selma Lagerlöf: »Charlotte Löwensköld«. Erstdruck: 1925. Übersetzung: Marie Franzos, Pauline Klaiber-Gottschau. Die Orthografie dieser Ausgabe wurde der neuen deutschen Rechtschreibung angepasst und die Interpunktion behutsam modernisiert.

Auflage: 1

Erscheinungsjahr: 2017

Erscheinungsort: Berlin, Deutschland

Dearbooks Verlag in Europäischer Literaturverlag GmbH, Beymestr. 13 a, 12167 Berlin.

Printed in Germany

Cover: Eduard Magnus: »Porträt Aglaya E. Senden«, Ausschnitt, 1839.

Inhalt

Die Frau Oberst 7

Die Werbung 23

Wünsche 29

Im Garten der Propstei 37

Das Mädchen aus Dalarne 43

Der Morgenkaffee 50

Die Zuckerdose 62

Der Brief 69

Hoch oben in den Wolken 72

Schagerström 83

Die Strafpredigt 94

Die abgeschnittenen Locken 99

Der Günstling des Glücks 110

Das Erbe 115

Die Postkutsche 125

Das Aufgebot 137

Die Armenversteigerung 146

Der Triumph 150

Die Strafpredigt an den Gott der Liebe 154

Das Begräbnis der Frau Dompropst 157

Samstag: Morgen und Vormittag 174

Samstag: Nachmittag und Abend 185

Der Hochzeitstag 193

Die Frau Oberst

1

In Karlstadt lebte vorzeiten eine Frau Oberst namens Beate Ekenstedt. Sie war aus dem Geschlechte Löwensköld von Hedeby und folglich eine geborene Freiin; sie war sehr liebenswürdig und sehr hübsch und sehr gebildet, und sie konnte Gedichte machen, die genauso ausgezeichnet waren wie die von Frau Lenngren.

Sie war klein von Gestalt, hatte aber eine sehr gute Haltung wie alle Löwensköls. Dabei hatte sie ein höchst interessantes Gesicht und wusste jedermann schöne und angenehme Dinge zu sagen. Über ihrer ganzen Erscheinung lag ein romantischer Schimmer, und wer sie einmal gesehen hatte, konnte sie nie wieder vergessen.

Frau Beate Ekenstedt war immer ausgesucht gut gekleidet und auch stets auffallend schön frisiert; wo sie auch hinkam, immer hatte sie die schönste Brosche und das geschmackvollste Armband und den strahlendsten Brillantring. Sie hatte auch die kleinsten Füße, die ein Mensch haben kann, und ob es nun Mode war oder nicht, so trug sie doch jederzeit kleine Goldbrokatschuhe mit hohen Hacken.

Frau Beate Ekenstedt wohnte im vornehmsten Haus in Karlstadt, und das lag nicht zwischen den anderen Häusern in engen Gassen, sondern am Ufer des Klarelfs, sodass die Frau Oberst von ihrem eigenen kleinen Zimmer aus auf den Fluss hinaussehen konnte. Sie pflegte auch zu berichten, dass sie in einer Nacht, als heller Mondschein auf dem Flusse lag, dicht unter ihren Fenstern den Neck auf einem Stein sitzen und auf seiner goldenen Harfe habe spielen sehen. Und niemand kam es auch nur in den Sinn, daran zu zweifeln, dass sie richtig gesehen hatte. Warum sollte auch der Neck nicht ebenso gut, wie so viele andere, der Frau Oberst Ekenstedt ein Ständchen darbringen wollen?

Alle vornehmen Reisenden, die nach Karlstadt kamen, pflegten Frau Beate Ekenstedt ihre Aufwartung zu machen. Sie waren auch sofort ganz begeistert von ihr und meinten, es sei doch hart für sie, in einer solchen Kleinstadt begraben zu sein. Es ging das Gerücht, Bischof Tegnér habe Frau Beate besungen, und der Kronprinz habe gesagt, sie besitze den Charme einer Französin. Ja, und sogar General von Essen sowie noch andere aus der Zeit Gustavs III. mussten zugeben, dass die Festessen bei Frau Oberst Ekenstedt unvergleichlich gewesen seien, sowohl hinsichtlich der Speisen wie der Bedienung und der Unterhaltung.

Frau Beate Ekenstedt hatte zwei Töchter, Eva und Jacquette. Es waren nette und liebe Mädchen, und sie würden in der ganzen Welt bewundert und umschwärmt gewesen sein; in Karlstadt jedoch hatte niemand Augen für sie. Hier wurden sie von ihrer Mutter gänzlich in den Schatten gestellt. Wenn sie auf einem Ball erschienen, so liefen sich die jungen Herren die Beine ab um einen Tanz mit der Mutter; Eva und Jacquette aber saßen als Mauerblümchen an den Wänden, und wie schon gesagt, brachte nicht nur der Neck vor dem Ekenstedtschen Hause Ständchen, doch niemals sang jemand unter dem Fenster der Töchter, sondern nur immer unter dem der Frau Oberst. Junge Poeten machten Gedichte an B. E.; aber keinem fiel es ein, auch nur ein paar Strophen an E. E. oder J. E. zusammenzuschmieden. Böse Zungen behaupteten, ein Leutnant habe einmal um die kleine Eva Ekenstedt angehalten, aber einen Korb bekommen, weil die Frau Oberst meinte, er habe einen schlechten Geschmack.

Die Frau Oberst hatte auch einen Oberst, einen prächtigen, tüchtigen Mann, der überall, wohin er gekommen wäre, die größte Wertschätzung gefunden hätte, ausgenommen in Karlstadt. In Karlstadt verglich man den Herrn Oberst mit der Frau Oberst, und wenn man ihn an der Seite seiner Frau sah, die so strahlend, so ungewöhnlich, so reich an Einfällen, so prickelnd lebhaft war, dann meinte man, er sehe aus wie ein Dorfschulze. Die Gäste in seinem Hause hörten kaum hin, wenn er etwas sagte; es war, als sähe ihn überhaupt niemand. Davon war indes keine Rede, dass die Frau Oberst auch nur einem von all den Herren, die sie umschwärmten, die kleinste unziemliche Annäherung gestattet hätte. Ihr Wandel war ohne Tadel; aber ihren Mann aus seinem vergessenen Winkel hervorzuziehen, daran dachte sie allerdings nie. Sie glaubte wohl, es sei ihm lieber, unbemerkt zu bleiben.

Aber diese charmante Frau Oberst, diese gefeierte Frau Oberst hatte nicht nur einen Mann und zwei Töchter, sie hatte auch noch einen Sohn. Und diesen Sohn liebte sie; ihn bewunderte sie, ihn stellte sie bei jeder Gelegenheit ins hellste Licht. Die Gäste im Hause Ekenstedt durften sich's nicht einfallen lassen, ihn zu vernachlässigen oder links liegenzulassen, falls sie sich Hoffnung machten, ein andermal wieder eingeladen zu werden.

Andererseits darf aber auch nicht geleugnet werden, dass die Frau Oberst Ursache hatte, stolz auf ihren Sohn zu sein. Er war nicht nur begabt, sondern hatte auch ein liebenswürdiges Wesen und ein ansprechendes Äußeres. Er war weder dreist noch aufdringlich wie andere verzogene Kinder. Er schwänzte die Schule nicht und spielte seinen Lehrern keine bösen Streiche. Er war romantischer veranlagt als seine Schwestern. Ehe er das achte Jahr vollendet hatte, konnte er schon richtige nette Gedichtchen machen. Öfter erzählte er auch seiner Mutter, er habe den Neck spielen hören und die Elfen auf den Voxnäswiesen tanzen sehen. Er hatte feine Züge und große dunkle Augen, ja, er war seiner Mutter echtes Kind in jeder Beziehung.

Obwohl er das ganze Herz der Frau Oberst ausfüllte, konnte man doch nicht eigentlich sagen, dass sie eine schwache Mutter sei. Zum mindesten musste Karl-Artur Ekenstedt arbeiten lernen. Sie stellte ihn höher als alle anderen Lebewesen; aber gerade darum durfte er auch nur mit den besten Zeugnissen, die zu erreichen waren, vom Gymnasium heimkommen. Und eins wurde von jedermann bemerkt: Solange Karl-Artur in einer Klasse war, lud die Frau Oberst nie einen seiner Lehrer zu sich ein. Nein, niemand sollte sagen können, Karl-Artur bekäme seine guten Zeugnisse, weil er der Sohn der Frau Oberst Ekenstedt sei, die so ausgesuchte Festmahlzeiten gab. Seht, das war der Stil der Frau Oberst!

In seinem Abgangszeugnis vom Gymnasium in Karlstadt hatte Karl-Artur die allerbeste Note, gerade wie Erik Gustav Geijer seinerzeit. Und das Studentenexamen zu Uppsala war für Karl-Artur das gleiche Kinderspiel wie für Geijer. Die Frau Oberst hatte ja den kleinen rundlichen Professor Geijer oft gesehen und ihn wohl auch als Tischherrn gehabt. Gewiss war Professor Geijer begabt und berühmt; aber sie musste doch immer denken, Karl-Artur habe einen geradeso hellen Kopf, er könne wohl auch noch einmal ein berühmter Professor werden und es so weit bringen, dass der Kronprinz Oskar und der Landeshauptmann Järta sowie die Frau Oberst Silfverstolpe nebst all den übrigen Berühmtheiten in Uppsala seinen Vorlesungen lauschen würden.

Im Herbst 1826 kam Karl-Artur auf die Universität nach Uppsala. Und in diesem ganzen Semester, sowie auch in all den folgenden Jahren, schrieb er jede Woche einmal nach Hause. Und keiner seiner Briefe wurde vernichtet, Frau Beate hob sie alle auf. Sie las sie für sich immer wieder durch, und an den gewohnten Sonntagnachmittagen, wenn die Familie zusammenkam, pflegte sie den Letztangekommenen vorzulesen. Und das konnte sie auch. Es waren Briefe, auf die sie mit Recht stolz war.

Frau Beate hatte die Verwandtschaft halb und halb im Verdacht, diese habe erwartet, Karl-Artur werde sich etwas weniger vorzüglich zeigen, wenn er einmal von Hause weg sei. So war es Frau Beate ein Triumph, den Verwandten vorzulesen, wie Karl-Artur billige möblierte Zimmer mietete und wie er, um zu Hause essen zu können, Butter und Käse selbst auf dem Markt einkaufte, wie er Schlag fünf Uhr morgens aufstand und zwölf Stunden täglich arbeitete. Und alle die ehrerbietigen Wendungen, die er in den Briefen gebrauchte, und alle die Ausdrücke von Bewunderung, die er an seine Mutter richtete! Für kein Geld hätte es sich Frau Beate nehmen lassen, dem Dompropst Sjöborg, der mit einer Ekenstedt verheiratet war, und dem Ratsherrn Ekenstedt, dem Onkel ihres Mannes, sowie den Basen Stake, die auf dem Markt in dem großen Eckhaus wohnten, vorzulesen, dass Karl-Artur, der nun draußen in der Welt lebte, noch immer der Überzeugung war, seine Mutter wäre eine Dichterin ersten Ranges geworden, wenn sie es nicht für ihre Pflicht gehalten hätte, für Mann und Kinder zu leben. Nein, nicht um alles in der Welt hätte sie dieses Vorlesen unterlassen mögen, sie tat es ja viel zu gern. So sehr sie auch an alle möglichen Arten von Huldigung gewöhnt war – diese Worte konnte sie nicht lesen, ohne dass sich ihre Augen mit Tränen füllten.

Aber den größten Triumph feierte die Frau Oberst doch gegen Weihnachten, als Karl-Artur schrieb, er habe das Geld, das ihm sein Vater nach Uppsala mitgegeben, nicht aufgebraucht, sondern er bringe noch etwa die Hälfte davon wieder mit. Da waren der Dompropst und die Ratsherren geradezu verblüfft, und die längste der Basen Stake schwor, so etwas sei noch nie dagewesen und werde auch niemals wieder Vorkommen. Ja, Karl-Artur war ein Wunder, darin stimmte die ganze Familie überein.

Gewiss fühlte sich die Frau Oberst vereinsamt, als Karl-Artur den größten Teil des Jahres auf der Universität zubrachte; aber ihre Freude an den Briefen war doch zu groß, als dass sie wünschen konnte, es möchte anders sein. Wenn er eine Vorlesung des großen neuromantischen Dichters Atterbom gehört hatte, konnte er sich unglaublich interessant über Philosophie verbreiten; und wenn ein solcher Brief kam, dann konnte Frau Beate noch stundenlang von all der Größe träumen, die Karl-Artur erreichen würde. Sie zweifelte gar nicht daran, dass er so berühmt werden würde wie Professor Geijer. Ja, vielleicht wurde er sogar ein ebenso großer Mann wie Karl von Linné. Warum sollte er nicht ebenso weltberühmt werden können? Oder warum sollte er nicht ein großer Dichter werden – ein zweiter Tegnér? Ach, ach, niemand kann so ausgiebig bei Tische schwelgen wie der, so sich in Gedanken ein Festmahl gibt!

In allen Weihnachts- und Sommerferien kam Karl-Artur heim nach Karlstadt, und so oft Frau Beate ihren Sohn wiedersah, erschien er ihr männlicher und schöner. Aber sonst war er in keiner Weise verändert. Er zeigte sich immer gleich liebevoll gegen seine Mutter, gleich ehrerbietig gegen seinen Vater und gleich munter und scherzhaft gegen seine Schwestern.

Zuweilen konnte die Frau Oberst auch ungeduldig werden, als Karl-Artur Jahr für Jahr in Uppsala weiter studierte, ohne dass irgendein Fortschritt bemerkbar gewesen wäre. Von allen Seiten wurde ihr jedoch versichert, dass Karl-Artur, wenn er das große Staatsexamen machen wolle, dazu recht ausgiebig Zeit brauche, bis er fertig sein könne. Sie solle nur überlegen, was das heißen wolle, ein Examen abzulegen und Zeugnisse zu erhalten, und zwar in allen Fächern, die an der Universität gelehrt würden, in Astronomie, Hebräisch und Geometrie. Das wolle alles seine Zeit haben. Die Frau Oberst sagte, das sei doch ein fürchterliches Examen, und darin gab man ihr recht, meinte aber, man könnte es doch nicht ändern, nur um Karl-Arturs willen.

Im Spätherbst 1829, als Karl-Artur im siebenten Semester in Uppsala war, schrieb er zur größten Freude der Frau Oberst, er habe sich nun zu einer lateinischen Prüfung angemeldet. Es sei ja kein so besonders schweres Examen, schrieb er, aber doch ein wichtiges, denn man müsse im Lateinischen durchaus bewandert sein, wenn man zum großen Examen zugelassen werden wolle.

Karl-Artur machte nicht viel Aufhebens von dieser schriftlichen Arbeit. Er sagte nur, es wäre gut, sie hinter sich zu haben. Er habe sich ja freilich nicht eingehender mit dem Lateinischen befasst wie viele andere auch, aber er dürfe doch wohl hoffen, gut durchzukommen.

In diesem Brief äußerte er auch, dies werde in diesem Semester das letzte Mal sein, dass er seinen lieben Eltern schreibe. Sobald ihm der Ausfall des Examens bekannt sei, wolle er sich auf den Heimweg machen. Und am letzten Tage des Novembers hoffe er bestimmt, seine Eltern und Schwestern wieder in seine Arme zu schließen.

Nein, Karl-Artur hatte gewiss nicht viel Wesens aus der lateinischen Prüfung gemacht, und darüber war er recht froh, denn, kurz gesagt – er fiel durch. Die Professoren erlaubten sich tatsächlich, ihn durchfallen zu lassen, obwohl er in seinem Abgangszeugnis von Karlstadt in allen Fächern die beste Examensnote gehabt hatte.

Karl-Artur war eigentlich viel mehr entsetzt und überrascht als gedemütigt. Er konnte auch seine Ansicht darüber, dass seine Art, die lateinische Sprache zu behandeln, viel für sich habe, nicht ändern. Gewiss war es sehr ärgerlich, als Unterlegener heimzukommen; aber er glaubte doch, seine Eltern, oder wenigstens seine Mutter, würden einsehen, dass seine Niederlage in gewissen Spitzfindigkeiten ihren Grund habe. Die Professoren in Uppsala wollten wohl zeigen, dass sie größere Anforderungen stellten als das Gymnasium zu Karlstadt, oder sie hatten es vielleicht als Beweis von allzu großem Selbstbewusstsein aufgefasst, dass Karl-Artur keine lateinischen Vorlesungen besucht hatte.

Die Reise von Uppsala nach Karlstadt nahm mehrere Tage in Anspruch, und Karl-Artur hatte sicherlich sein Missgeschick schon vergessen, als er am dreißigsten November in der Abenddämmerung durch das Osttor in seine Heimatstadt einfuhr. Er war sogar ganz zufrieden mit sich selbst, weil er genau an dem Tage heimkam, den er angegeben hatte. Er malte sich aus, wie seine Mutter nun am Salonfenster stehen und nach ihm ausspähen werde, während die Schwestern den Kaffeetisch richteten.

In derselben guten Stimmung fuhr Karl-Artur durch die ganze Stadt, bis er aus den engen, winkeligen Gassen hinauskam und den Fluss, sowie an dessen rechtem Ufer das Ekenstedtsche Haus erblickte. Aber um alles in der Welt, was war denn darin los? Das ganze Haus war hell erleuchtet und lag so strahlend da wie eine Kirche am Weihnachtsmorgen. Und Schlitten, dicht besetzt mit in Pelze gehüllten Menschen, glitten an ihm vorbei, und zwar alle seinem Vaterhause zu.

›Sie müssen daheim ein großes Fest feiern‹, dachte er, und dieser Gedanke war ihm gar nicht angenehm. Er war ja von der Reise müde und würde nun keine Zeit zum Ausruhen haben, sondern musste sich umziehen und den Gästen bis Mitternacht Gesellschaft leisten.

Doch plötzlich wurde er unruhig.

›Wenn nur Mama nicht ein Fest veranstaltet hat, um meine lateinische Prüfung zu feiern!‹

Er befahl dem Kutscher, am Nebeneingang zu halten, und stieg dort aus, um nicht mit den Gästen zusammenzutreffen.

Ein paar Minuten später wurde die Frau Oberst gebeten, sich ins Zimmer der Haushälterin zu begeben, um Karl-Artur zu begrüßen, der soeben angekommen sei.

Frau Beate war in großer Sorge gewesen, ob Karl-Artur auch rechtzeitig zum Fest erscheinen werde, und sie war überglücklich, als seine Ankunft gemeldet wurde.

Rasch eilte sie zu ihm.

Aber Karl-Artur begrüßte sie mit strengem Blick. Er schien nicht zu sehen, dass sie ihm die Arme entgegenstreckte. Ja, er machte nicht einmal Miene, sie zu begrüßen.

»Was geht hier vor?«, fragte er. »Wozu ist gerade heute die ganze Stadt hierher eingeladen?«

Da war keine Rede mehr von »geliebten Eltern«. Karl-Artur bezeigte nicht die geringste Freude über das Wiedersehen mit seiner Mutter.

»Ich dachte mir, wir wollten eine kleine Feier haben, nun du das schreckliche Examen hinter dir hast«, sagte Frau Beate.

»Du hast wohl gar nicht mit in Rechnung gezogen, dass ich auch durchfallen könnte«, versetzte Karl-Artur. »Aber ich bin tatsächlich durchgefallen.«

Die Frau Oberst stand ganz bestürzt da.

Nein, der Gedanke, Karl-Artur könnte durchfallen, wäre ihr allerdings niemals in den Sinn gekommen.

»An und für sich hat es auch gar nichts zu sagen«, fuhr Karl-Artur fort. »Aber braucht es denn gleich die ganze Stadt zu wissen? Du hast wohl alle die Leute eingeladen, Mama, um meine Triumphe zu feiern?«

Die Frau Oberst stand noch immer wie aus den Wolken gefallen da.

Seht, sie kannte ja die Karlstadter! Diese hielten Fleiß und Sparsamkeit wohl für große Vorzüge bei einem Studenten, aber es war ihnen nicht genug. Sie erwarteten auch Preise von der schwedischen Akademie und Disputationen, die so glänzend waren, dass alle die alten Professoren unter ihren Bärten erbleichten. Die Karlstadter erwarteten geistreiche Improvisationen bei den Nationalfesten und Einladungen in die literarischen Kreise, zu Professor Geijer oder zu dem Landeshauptmann von Krämer oder zu der Frau

Oberst Silfverstolpe.

So fassten die Karlstadter es auf; aber in Karl-Arturs bisheriger Laufbahn hatten sie noch nichts von Glanz und Auszeichnung entdecken können, was seine hervorragende Begabung bewiesen hätte. Ja, das vermissten die Leute. Frau Beate wusste es nur allzu gut, und wenn nun Karl-Artur endlich eine Probe seiner Kenntnisse abgelegt hatte, so meinte sie, es könne nichts schaden, wenn man etwas Klimbim darüber machte.

Aber dass Karl-Artur durchfallen könne, damit hatte sie freilich nicht gerechnet.

»Niemand weiß etwas Bestimmtes«, sagte sie endlich nachdenklich. »Niemand außer den Leuten im Hause. Die andern haben nur gehört, es handle sich um eine freudige Überraschung.«

»Dann musst du dir nun eine solche ausdenken, Mama«, versetzte Karl-Artur. »Ich will jetzt auf mein Zimmer gehen und komme nicht zu Tisch herunter. Nicht, dass ich mir einbildete, die Karlstadter nähmen es besonders tragisch, dass ich durchgefallen bin; aber ich will ihr Mitleid nicht sehen.«

»Aber was sage ich nur den Leuten?«, klagte die Frau Oberst.

»Das überlasse ich ganz dir, Mama«, erwiderte Karl-Artur. »Ich gehe jetzt hinauf. Die Gäste brauchen ja gar nicht zu wissen, dass ich da bin.«

Aber dies war doch zu schmerzlich und ganz unmöglich. Da sollte die Frau Oberst an der Tafel sitzen und geistreich sein, und dabei sollte sie denken müssen, dass ihr Sohn nun traurig und verstimmt in seiner Stube hockte. Sie sollte ihre Augen nicht an ihm weiden dürfen – nein, das war zu bitter für die Frau Oberst.

»Liebster Karl-Artur, du musst zum Essen herunterkommen. Es fällt mir schon noch etwas ein.«

»Was wird dir denn einfallen?«

»Das weiß ich jetzt noch nicht. – Doch, nun hab' ich's! Du wirst ganz zufrieden sein. Es soll kein Mensch auf den Gedanken kommen, das Fest sei deinetwegen angeordnet worden. Versprich mir nun, dass du dich gleich umziehst und herunterkommst.« –

Es war ein durchaus gelungenes Fest. Unter all den vielen glänzenden und wohl gelungenen Festen im Hause Ekenstedt war dies eines der erinnerungswürdigsten.

Beim Braten, als der Champagner herumgereicht wurde, kam auch wirklich die Überraschung. Der Herr Oberst erhob sich und bat die Versammelten, mit ihm auf das Wohl des Leutnants Sten Arcker und seiner Tochter Eva zu trinken, deren Verlobung er hiermit bekanntmachen wolle.

Das gab einen Jubel!

Der Leutnant Arcker war ein armer Kerl, ohne viel Aussichten auf Beförderung. Man wusste allerdings, dass er schon lange für Eva Ekenstedt geschwärmt hatte, und weil die Töchter Ekenstedt wenig Bewunderer aufzählen konnten, hatte sich die ganze Stadt lebhaft für die Sache interessiert. Aber man hatte immer geglaubt, die Frau Oberst werde dem Leutnant einen Korb geben.

Später sickerte es allerdings doch durch, wie das mit der Veröffentlichung zusammenhing. Aha, die Frau Oberst hatte die Verlobung zwischen Eva und Arcker nur zugegeben, damit niemand merken sollte, dass die den Gästen ursprünglich zugedachte Überraschung ins Wasser gefallen war!

Aber da war niemand, der die Frau Oberst darum weniger bewundert hätte. Im Gegenteil! Man sagte nur, niemand verstünde es besser, sich schweren und überraschenden Lebenslagen anzupassen als die Frau Oberst Ekenstedt.

2

Wenn sich jemand etwas gegen die Frau Oberst von Ekenstedt hatte zuschulden kommen lassen, so erwartete diese stets, dass der Missetäter kommen und sie um Verzeihung bitten werde. Wenn diese Zeremonie überstanden war, dann vergab sie alles von ganzem Herzen und war nachher ebenso freundlich und zutraulich wie zuvor.

Während der ganzen Weihnachtsfeiertage hoffte sie, Karl-Artur werde sie um Verzeihung bitten, weil er an jenem Festabend, an dem er von Uppsala gekommen war, so hart mit ihr geredet hatte. Sie fand es ja verständlich, dass er sich in der ersten Hitze hatte hinreißen lassen; aber sie konnte nicht begreifen, dass er sein Unrecht gar nicht einzusehen schien, obwohl er inzwischen Zeit genug zum Nachdenken gehabt hatte.

Aber Karl-Artur ließ die Weihnachtsfeiertage vorübergehen, ohne ein Wort des Bedauerns oder der Reue zu äußern. Er unterhielt sich wie gewöhnlich mit Einladungen und Schlittenpartien und war daheim liebenswürdig und aufmerksam. Aber er sagte die paar Worte nicht, auf die Frau Beate wartete. Unbemerkt von den anderen richtete sich eine unsichtbare Mauer zwischen Mutter und Sohn auf, und so kamen sie einander nicht mehr richtig nahe. Mangel an Liebe oder zärtlichen Reden war auf keiner Seite zu bemerken, aber das trennende Etwas war dennoch vorhanden.

Als Karl-Artur wieder nach Uppsala zurückgekehrt war, hatte er nur noch den einen Gedanken, seine Niederlage wieder gutzumachen. Wenn die Frau Oberst eine schriftliche Abbitte erwartet hatte, so sah sie sich getäuscht. Karl-Artur schrieb nur noch über seine lateinischen Studien. Jetzt hatte er bei zwei Dozenten lateinische Vorlesungen belegt, ging auch Tag für Tag in die Hörsäle und war außerdem noch Mitglied eines Vereins, in dem man sich in lateinischen Disputationen und im Reden übte.

Er schrieb die hoffnungsvollsten Briefe heim, und die Frau Oberst antwortete in dem gleichen Geist. Aber dennoch war sie seinetwegen ängstlich.

Er war unartig gegen seine eigene Mutter gewesen und hatte sie nicht um Verzeihung gebeten. Dafür blieb doch am Ende die Strafe nicht aus.

Nicht, dass sie ihrem Sohne diese Strafe gewünscht hätte. O nein, sie flehte zu Gott, er möchte ihm dieses kleine Vergehen nicht zurechnen, sondern alles vergessen sein lassen. Auch versuchte sie ihrem Herrgott zu erklären, dass alles ihre Schuld gewesen sei. »Ich allein bin dumm und eitel gewesen und wollte mit seinen Fortschritten prahlen«, sagte sie. »Nicht er verdient Strafe, sondern ich allein.«

Trotzdem fuhr sie fort, in jedem Briefe nach den Worten zu suchen, nach denen sie sich so sehr sehnte. Da aber diese Worte nie kamen, wurde sie immer unruhiger. Sie hatte das Gefühl, dass Karl-Artur niemals Glück in seinen Arbeiten haben könne, solange er ihre Verzeihung nicht erhalten hatte.

Eines schönen Tages gegen Semesterschluss erklärte die Frau Oberst, sie wolle nach Uppsala reisen und ihre gute Freundin Malla Silfverstolpe besuchen. Die beiden hatten einander im letzten Sommer bei den Gyllenhaals auf Kavlås getroffen und sich da so eng befreundet, dass die gute Malla Frau Beate gebeten hatte, im Winter nach Uppsala zu kommen, damit sie die Bekanntschaft ihrer literarischen Freunde mache.

Ganz Karlstadt stand auf dem Kopfe, weil die Frau Oberst eine solche Reise gerade während des Tauwetters unternehmen wollte. Hier hätte der Oberst die Erlaubnis verweigern müssen, das war die allgemeine Ansicht. Aber der Herr Oberst war ans Jasagen gewöhnt, und so reiste die Frau Oberst ab.

Die Reise war schrecklich, ganz wie die Karlstadter vorausgesagt hatten. Mehrere Male blieb der Wagen im Schmutze stecken, sodass er mit Stangen wieder herausgehoben werden musste. Einmal brach eine Feder und ein andermal die Wagendeichsel. Doch die Frau Oberst kämpfte sich durch. Klein und schwach war sie, aber tapfer und lustig, und Gastwirte und Rossknechte, Schmiede und Bauern, mit denen sie zu tun hatte, wären durchs Feuer für sie gegangen. Es war, als wüssten sie alle, wie notwendig es war, dass sie nach Uppsala kam.

Natürlich hatte die Frau Oberst zwar Frau Malla Silfverstolpe ihre Ankunft angekündigt, nicht aber Karl-Artur, ja, sie hatte Frau Silfverstolpe gebeten, ihn nichts davon wissen zu lassen.

Als Frau Beate bis nach Enköping gelangt war, gab es einen neuen Aufenthalt. Es waren nur noch ein paar Meilen bis Uppsala, aber ein Rad war losgegangen, und ehe dieses wieder befestigt war, konnte man nicht weiterfahren. Frau Beate war in schrecklicher Unruhe. Sie war ungewöhnlich lange unterwegs gewesen, und die lateinische Prüfung konnte jeden Tag stattfinden. Und sie fuhr doch nur nach Uppsala, um Karl-Artur Gelegenheit zu geben, sie zuvor noch um Verzeihung bitten zu können. Sie war überzeugt, dass ihm keinerlei Studien und keine Vorlesungen helfen könnten, ehe dies geschehen war. Er würde unfehlbar wieder durchfallen – ganz unfehlbar.

Sie hatte keine Ruhe in dem Zimmer, das der Gastwirt ihr angewiesen. Unaufhörlich lief sie die Treppe hinunter und über den Hof, um nachzusehen, ob der Schmied das Rad noch nicht gebracht habe.

Auf einem dieser Gänge sah sie ein Gefährt mit einem Studenten auf der Bank neben dem Kutscher in den Hof einfahren, und der Student, der nun heruntersprang, das war ja – nein, sie konnte ihren Augen nicht trauen – das war ja Karl-Artur!

Er trat auf seine Mutter zu, schloss sie aber nicht in die Arme, sondern ergriff ihre Hand, drückte sie an seine Brust und schaute mit seinen schönen, träumerischen Kinderaugen tief in die ihrigen.

»Mama«, sagte er, »vergib mir, dass ich an jenem Winterabend so hässlich zu dir war, als du das große Fest gegeben hast, um meine lateinische Prüfung zu feiern.«

Ach, das war fast ein zu großes Glück, um Wirklichkeit zu sein!

Frau Beate machte ihre Hand frei, schlang die Arme um Karl-Artur und küsste ihn, wieder und immer wieder. Sie verstand nichts, sie wusste nur, dass sie ihren Sohn wiederhatte, und fühlte, dass dies der glücklichste Augenblick ihres Lebens war.

Dann zog sie ihn mit sich ins Haus, und nun kam die Erklärung.

Nein, er hatte seine Arbeit noch nicht gemacht, die Prüfung sollte im nächsten Tage stattfinden. Aber trotzdem war er auf dem Wege lach Karlstadt zu ihr.

»Du Närrchen«, sagte sie, »wolltest du in vierundzwanzig Stunden nach Karlstadt und wieder zurück reisen?«

»Nein«, versetzte er, »ich hatte alles aufgegeben; aber ich wusste, dies müsste durchaus geschehen. Ohne deine Verzeihung wäre mir doch nichts geglückt.«

»Aber mein Junge, dazu hätte es doch nur des allerkleinsten Wörtchens in einem Briefe bedurft.«

»Das habe ich dunkel und unklar während des ganzen Semesters gefühlt«, fuhr Karl-Artur fort. »Ich war ängstlich; alle Zuversicht hatte mich verlassen, ohne dass ich merkte, weshalb. Erst heute Nacht ist mir ein Licht darüber aufgegangen. Ich hatte das Herz verwundet, das mit so viel Liebe für mich schlägt. Es war mir klar, dass ich nicht mit Erfolg arbeiten könnte, bevor ich nicht meine Mutter um Verzeihung gebeten hätte.«

Die Frau Oberst saß am Tische. Die eine Hand legte sie über ihre Augen, die voll Tränen standen, die andere streckte sie ihrem Sohn entgegen.

»Das ist wunderbar, Karl-Artur«, sagte sie. »Sprich weiter!«

»Nun ja«, begann er. »Neben mir wohnt ein anderer Värmländer namens Pontus Friman. Er ist ein Pietist und verkehrt nicht mit anderen Studenten, deshalb war ich noch nie mit ihm in Berührung gekommen. Aber heute in aller Frühe ging ich zu ihm auf sein Zimmer und sagte ihm, wie es um mich stehe.

›Ich habe die liebevollste Mutter, die man haben kann‹, sagte ich. ›Aber ich habe sie verletzt und nicht um Verzeihung dafür gebeten. Was soll ich nun tun?‹«

»Und was antwortete er?«

»Er sagte nur: ›Fahr schleunigst zu ihr!‹ Ich erklärte ihm, dies wäre mein heißester Wunsch, aber morgen müsse ich pro exercitio schreiben, und meine Eltern würden ein solches Versäumnis gewiss nicht billigen. Friman wollte aber nichts davon hören.

›Reise schleunigst!‹, sagte er. ›Denk an nichts als an eine Versöhnung mit deiner Mutter! Gott wird dir helfen.‹«

»Und dann bist du abgereist?«

»Ja, Mama; ich reiste, um mich dir zu Füßen zu werfen. Aber kaum saß ich im Wagen, da kam ich mir auch schon unglaublich albern vor. Ich hatte die größte Lust, wieder umzukehren; und das wusste ich ja wohl, deine Liebe würde mir verzeihen, auch wenn ich noch ein paar Tage in Uppsala bliebe. Aber ich fuhr dennoch weiter. Und Gott half mir. Ich fand dich hier; zwar weiß ich nicht, wie du hierhergekommen bist, aber seine Hand muss dich geführt haben.«

Tränen benetzten das Antlitz von Mutter und Sohn. War es denn nicht ein Wunder, das ihretwillen geschehen war?

Sie fühlten, dass eine liebende Vorsehung über ihnen waltete; und auch die Größe der Liebe, die sie verband, empfanden sie stärker als je zuvor.

So saßen sie eine Zeit lang beisammen in dem Wirtszimmer. Dann schickte die Frau Oberst Karl-Artur nach Uppsala zurück und trug ihm auf, die gute Malla Silfverstolpe zu grüßen und ihr zu sagen, dass aus dem Besuch der Mutter für dieses Mal nichts würde.

Denn der Frau Oberst lag rein gar nichts daran, nach Uppsala zu kommen. Das Ziel ihrer Reise war nun erreicht. Sie wusste jetzt, dass Karl-Artur die Prüfung bestehen werde. So konnte sie ruhig heimkehren.

3

Ganz Karlstadt wusste, dass die Frau Oberst religiös war. Sie ging in den Gottesdienst genauso regelmäßig wie der Pfarrer, und an den Werktagen hielt sie morgens und abends eine kleine Andacht mit ihrer ganzen Hausgenossenschaft.

Sie hatte auch ihre Armen, die sie nicht nur zu Weihnachten mit Gaben bedachte, sondern auch während des ganzen Jahres. Verschiedenen bedürftigen Schuljungen gab sie Mittagessen, und die alten Weiber im Armenhause pflegte sie am Beatentage mit einer großen Kaffeevisite zu erfreuen.

Aber keiner Seele in Karlstadt und am allerwenigsten der Frau Oberst selbst kam der Gedanke, dass es Gott unangenehm sein könnte, wenn sie mit dem Dompropst und dem Ratsherrn und der ältesten ihrer Basen Stake an den Familiensonntagnachmittagen ein freundliches Spielchen Boston machte. Und niemandem fiel es auch nur im Traum ein, es könnte eine Sünde sein, wenn die jungen Damen und Herren, die sich bei Obersts einzustellen pflegten, in dem geräumigen Salon ein kleines Tänzchen machten.

Weder die Frau Oberst noch irgendein anderer Karlstadter hatte jemals ein Wörtchen davon gehört, es sei verdammenswert, an einem festlichen Mittagessen ein Glas guten Wein zu reichen oder, ehe es geleert wurde, einen Tischgesang anzustimmen, den meistens die Wirtin selber gedichtet hatte. Auch war keinem bekannt, dass der liebe Gott Romanlesen und Theaterbesuch übel nehme. Die Frau Oberst liebte es auch, Liebhabertheater ins Werk zu setzen und selbst dabei mitzuwirken. Es wäre ihr eine große Entbehrung gewesen, auf dieses Vergnügen verzichten zu müssen. Sie war ja wie für die Bühne geschaffen, und die Karlstadter pflegten zu sagen, wenn Frau Torslöw nur halb so gut spiele wie Frau Beate Ekenstedt, so könne man sich nicht wundern, dass alle Stockholmer in sie vernarrt seien.

Aber Karl-Artur Ekenstedt war noch einen ganzen Monat in Uppsala zurückgeblieben, nachdem er die schwierige lateinische Arbeit glücklich vollendet hatte, und während dieser Zeit war Pontus Friman sein hauptsächlichster Umgang gewesen. Friman aber war ein aufrichtiger, strenger und beredter Anhänger der pietistischen Richtung, und Karl-Artur konnte sich seinem starken Eindruck nicht entziehen.

Von einer tatsächlichen Erweckung oder Bekehrung war zwar keineswegs die Rede; aber jedenfalls genügte es, ihn über die weltlichen Freuden und Vergnügungen, die er daheim fand, zu beunruhigen.

Es ist leicht zu verstehen, dass gerade damals ein unbeschreiblich warmes, vertrauliches Verhältnis zwischen Mutter und Sohn bestand, und so sprach Karl-Artur auch freimütig mit Frau Beate über alles, was ihm Anstoß erregte. Und seine Mutter kam ihm auf alle mögliche Weise entgegen. Da es ihn betrübte, sie Karten spielen zu sehen, schützte sie am nächsten Familientag Kopfschmerzen vor und ließ den Herrn Oberst ihren Platz am Bostontisch einnehmen. Denn dass der Dompropst und der Ratsherr um ihre Partie gebracht werden sollten, das war ganz undenkbar.

Und da Karl-Artur das Tanzen nicht mehr leiden konnte, so unterließ sie auch dies. Als wie gewöhnlich am Sonntagabend die Jugend sich einfand, erklärte sie, sie sei nun fünfzig Jahre alt und fühle sich wirklich zu betagt, um noch zu tanzen. Als sie dann aber die enttäuschten Gesichter sah, wurde sie gerührt und setzte sich an den Flügel, um ihnen selbst bis nach Mitternacht zum Tanze aufzuspielen.

Karl-Artur brachte ihr Bücher, die sie lesen sollte, und sie nahm sie dankbar entgegen und fand sie schön und erbaulich.

Aber immer nur so feierliche pietistische Bücher zu lesen, das brachte die Frau Oberst doch nicht fertig. Sie war eine gebildete Frau und in Fühlung mit der Weltliteratur, und so begab es sich eines Tages, dass Karl-Artur Byrons Don Juan zwischen den Andachtsbüchern fand, in denen Frau Beate las. Ohne ein Wort zu sagen, wandte er sich ab, und seine Mutter fühlte sich besonders gerührt, weil er keinen Vorwurf äußerte. Am folgenden Tage packte sie alle ihre Bücher in eine Kiste und stellte sie auf den Speicher.

Nein, es war ganz deutlich, die Frau Oberst versuchte so entgegenkommend zu sein, wie es in ihrer Macht stand. Sie war ja klug und einsichtsvoll und wusste, dass es nur eine vorübergehende Schwärmerei bei Karl-Artur sei, die mit der Zeit schon wieder verschwinden würde, und zwar umso sicherer, je weniger Widerstand er fände. Auch war es glücklicherweise Sommer; alle vermögenden Karlstadter waren verreist, große Gesellschaften waren daher ganz von selbst ausgeschlossen. Man belustigte sich mit unschuldigen Wanderungen durch Gottes freie Natur oder mit weiten Ruderpartien auf dem schönen Klarelf, mit Beerenpflücken und Gesellschaftsspielen im Freien.

Gegen Ende des Sommers sollte nun auch Eva Ekenstedt mit ihrem Leutnant Hochzeit machen, und der Frau Oberst war wirklich etwas bange, wie das ablaufen würde. Sie fühlte sich gezwungen, eine großartige, prächtige Hochzeit auszurichten. Denn das war ganz klar, wenn Evas Hochzeit nicht mit allem Pomp gefeiert wurde, dann hieß es wieder, die Frau Oberst habe eben kein Herz für ihre Töchter.

Glücklicherweise schien jedoch ihr bisheriges Entgegenkommen einen beruhigenden Einfluss auf Karl-Artur gehabt zu haben. Er setzte nicht nur den zwölf Gängen bei Tisch nebst Sandtorten und Konfekt keinen Widerstand entgegen – nein, er protestierte nicht einmal gegen den Wein und die andern Getränke, die von Göteborg bezogen wurden. Auch hatte er nichts gegen die Trauung im Dom einzuwenden, noch gegen die Girlanden, mit denen die Straßen, durch die der Brautzug kam, geschmückt wurden, und ebenso wenig gegen die Pechfackeln am Flusse hin. Er nahm sogar selber an den Vorbereitungen teil und arbeitete gerade wie jeder andere Sterbliche im Schweiße seines Angesichts, Kränze zu binden und Fahnen aufzustecken. Nur an einer Sache hielt er unwandelbar fest, nämlich dass bei der Hochzeit nicht getanzt werden sollte. Und das hatte ihm Frau Beate auch versprochen. Sie glaubte, ihm dieses weitgehende Entgegenkommen schuldig zu sein, da er sich so geduldig in alle anderen Anordnungen gefügt hatte.

Der Oberst und die Töchter hatten es mit schwachen Einwendungen versucht. Sie meinten, man wisse ja gar nicht, was man dann mit all den jungen Offizieren und den jungen Karlstadter Mädchen anfangen solle, die man eingeladen hatte und die natürlich erwarteten, die ganze Nacht hindurch tanzen zu dürfen. Aber die Frau Oberst entgegnete, mit Gottes Hilfe werde es doch ein schöner Abend werden, und die Leutnants und die jungen Mädchen sollten in dem Garten Spazierengehen, die Regimentsmusik anhören, die Raketen gen Himmel steigen sehen und den Widerschein der Pechfackeln auf dem Wasser bewundern. Sie glaubte, all dieses werde so wunderschön sein, dass niemand andere Vergnügungen vermisse. Und sicherlich sei dies eine würdigere Einweihung des jungen Ehestandes, als in einem Ballsaal herumzuhüpfen.

Der Oberst und die Töchter fügten sich wie gewöhnlich, und so blieb der Familienfriede ungestört.

Am Hochzeitstage war alles bereit und in Ordnung. Nichts ging schief. Man hatte mit dem Wetter Glück, und die Trauung in der Kirche nebst den vielen Reden und den Trinksprüchen bei Tische wickelten sich glatt ab. Frau Beate hatte ein schönes Hochzeitskarmen gedichtet, das bei Tisch gesungen wurde; die Musikkapelle des Värmlandregiments war im Anrichtzimmer aufgestellt und blies bei jedem neuen Gang einen flotten Marsch. Die Gäste fanden, dass alles reichlich und festlich zuging, und waren in der muntersten und behaglichsten Stimmung, solange die Mahlzeit währte.

Nachdem man aber vom Tisch aufgestanden und der Kaffee getrunken war, überfiel die ganze Gesellschaft eine eigentümliche, unwiderstehliche Lust zum Tanzen.

Die Mahlzeit hatte nämlich um vier Uhr begonnen, und da alles so ausgezeichnet eingerichtet war und auch die Aufwärter und das Gesinde den Anordnungen genau nachgekommen waren, hatte sich das Festessen nicht länger als bis sieben Uhr hingezogen. Es war wirklich sonderbar, dass zwölf Gänge mit allen Tischreden, Fanfaren und Festkarmen nur drei Stunden in Anspruch genommen hatten. Die Frau Oberst hatte gemeint, man würde bis acht bei Tische sitzen, aber diese Hoffnung hatte sich nicht erfüllt.

Also, es war erst sieben Uhr, und vor Mitternacht ging man nicht auseinander, davon konnte keine Rede sein. Die Gäste wurden bedenklich, wenn sie an die vielen öden Stunden dachten, die noch vor ihnen lagen.

»Wenn wir doch tanzen dürften!«, seufzte alles im stillen; denn die Frau Oberst war so vorsichtig gewesen, ihre Gäste im Voraus davon in Kenntnis zu setzen, dass nicht getanzt werden sollte. »Womit können wir uns denn unterhalten? Es ist ja entsetzlich, stundenlang sitzen und ohne sich zu rühren schwatzen zu müssen!«

Die jungen Mädchen betrachteten ihre leichten hellen Kleider und ihre weißseidenen Schuhe. Alles war aufs Tanzen eingerichtet. Und wenn man einmal so gekleidet war, dann kam die Tanzlust von selbst.

Die jungen Offiziere vom Värmlandregiment waren ja auch als Ballkavaliere sehr gesucht. Im Winter wurden sie zu so vielen Bällen eingeladen, dass sie deren beinahe überdrüssig wurden und man sie nur mit Mühe und Not zum Tanzen bringen konnte. Während des Sommers aber hatten keine gro-ßen Tanzfestlichkeiten stattgefunden, und so waren die Herren Leutnants ausgeruht und bereit, einen ganzen Tag durchzutanzen, wenn es sein muss-te, und sie sagten auch, sie hätten noch selten so viele hübsche Mädchen beisammen gesehen. Und was war das auch für eine Einrichtung, junge Offiziere und junge Schönheiten einzuladen und sie nicht miteinander tan-zen zu lassen?

Aber nicht nur die Jugend vermisste den Tanz. Auch die alten Damen und Herren fanden es schade, dass die Jugend sich nicht bewegen durfte und man nicht zusehen konnte. Die beste Musik von ganz Värmland stand zur Verfügung. Hier war der herrlichste Tanzsaal. Warum in aller Welt sollte man nicht ein Tänzchen machen?

Die gute Beate Ekenstedt war doch bei aller Liebenswürdigkeit immer ein wenig selbstständig. Sie dachte wohl, mit ihren fünfzig Jahren könne sie nicht mehr mittanzen, und darum sollten nun auch ihre jungen Gäste nur herumsitzen und die Wände zieren.

Die Frau Oberst sah und hörte und merkte, dass alle Welt missvergnügt war, und für eine so vorzügliche Wirtin wie sie, die allezeit gewöhnt war, jedermann vergnügt und zufrieden bei ihren Festen zu sehen, war dieser Zustand unsäglich bitter, ja unerträglich.

Sie wusste, dass am nächsten Tag und noch an vielen, vielen folgenden Tagen die Ekenstedtsche Hochzeit besprochen und als Beispiel der größten Langweiligkeit, die man jemals hatte mitmachen müssen, herangezogen werden würde.

Nun setzte sich Frau Beate zu den Alten. Sie entfaltete ihre ganze Lie-benswürdigkeit, erzählte ihre besten Geschichten und hatte die glänzendsten Einfälle. Aber ach, sie zündeten nicht! Man hörte ihr kaum zu. Da war keine noch so alte und langweilige Frau unter den Gästen, die nicht dachte, wenn sie einmal das Glück haben sollte, eine Tochter zu verheiraten, so sollte ganz gewiss alt und jung tanzen dürfen.

Die Frau Oberst machte sich an die Jugend. Sie schlug Gesellschaftsspiele im Garten vor. Aber man starrte sie nur an. Spiele im Freien bei einer Hoch-zeit! Wäre sie nicht die Frau Oberst Ekenstedt gewesen, man hätte ihr ins Gesicht gelacht.

Als das Feuerwerk abgebrannt wurde, boten die Herren den Damen den Arm, und man spazierte hinunter ans Flussufer. Aber die jungen Paare schlichen nur so dahin und hoben kaum die Augen hoch genug, um die Raketen steigen zu sehen. Sie wollten nun eben für das Vergnügen, wonach sie sich sehnten, keinen Ersatz anerkennen.

Der Vollmond stieg empor, wie um das glanzvolle Schauspiel noch zu verschönen. An diesem Abend erschien er nicht wie eine Scheibe – nein, nein, er rollte am Himmel herauf rund wie ein Ball, und ein witziger Kopf behauptete, er sei aufgeschwollen vor lauter Verwunderung darüber, so viele stattliche Offiziere und so viele schöne junge Mädchen da unten mit düsteren Blicken in das Wasser hineinstarren zu sehen, gleich als gingen sie mit Selbstmordgedanken um. Halb Karlstadt stand draußen am Gartenzaun, um die Pracht mit anzusehen. Sie sahen die jungen Leute langweilig und missvergnügt herumschleichen und meinten, dies sei doch die kümmerlichste Hochzeit, die sie jemals geschaut hätten.

Die Kapelle des Värmlandregiments tat ihr Bestes. Aber da die Frau Oberst verboten hatte, Tänze zu spielen, weil sie fürchtete, die Jugend sonst nicht mehr im Zaume halten zu können, waren nicht genügend Programmnummern da, und die einzelnen Stücke mussten immer wiederholt werden.

Es wäre nicht recht, wenn man behaupten wollte, die Stunden schlichen dahin. Nein, die Zeit stand einfach still. Die Minutenzeiger auf allen Uhren bewegten sich in demselben langsamen Tempo wie die Stundenzeiger.

Vor dem Ekenstedtschen Hause lagen auf dem Fluss ein paar große Kähne, und auf einem dieser Kähne saß ein musikliebender Schiffer und spielte eine Bauernpolka auf einer quietschenden selbstgemachten Fiedel.

Aber alle die armen Menschen, die sich in dem Ekenstedtschen Garten herumquälten, konnten diesen Tönen nicht widerstehen, denn es war doch jedenfalls Tanzmusik, und eiligst schlichen sie sich durch die Gartenpforte hinaus, und im nächsten Augenblick sah man, wie sie sich auf dem teerigen Deck einer Klarelfschute zu der Bauernpolka schwenkten.

Die Frau Oberst bemerkte die Flucht und das Tanzen sehr bald, und es war ihr klar, dass man die feinsten Mädchen von Karlstadt nicht auf einem schmierigen Frachtboot tanzen lassen durfte. Sie ließ die jungen Leute sofort auffordern, wieder hereinzukommen. Aber sie hatte gut Frau Oberst sein, selbst der jüngste Leutnant dachte nicht daran, Order zu parieren.

Da gab Frau Beate Ekenstedt das Spiel verloren. Jetzt war sie Karl-Artur so weit entgegengekommen, wie man es verlangen konnte. Jetzt hieß es, das Ansehen des Hauses Ekenstedt zu retten. Sie befahl die Regimentsmusik herauf in den großen Saal und ließ eine Anglaise spielen.

Gleich darauf stürmten auch schon die Tanzlustigen die Treppe herauf, und nun wurde getanzt. Das wurde ein Ball, wie man noch keinen gesehen hatte. Alle die vielen, die vorher gewartet hatten und vor Sehnsucht fast vergangen waren, suchten jetzt die verlorene Zeit wieder einzuholen. Das war ein Drehen und Wenden und Stapfen und Pirouettieren! Da gab es keine Müden und Unwilligen. Selbst das hässlichste und langweiligste Mädchen blieb nicht sitzen.

Auch die Alten konnten nicht stille sitzen, und das Schlimmste war, die Frau Oberst selber – ja, man stelle sich das vor! –, die Frau Oberst, die nicht mehr tanzen und auch nicht mehr Karten spielen wollte, die ihre weltlichen

Bücher auf den Speicher geschafft hatte – diese Frau Oberst konnte auch nicht mehr stille sitzen. Leicht und luftig schwebte sie im Tanze umher, und sie sah ebenso jung – nein, noch jünger aus als ihre Tochter, die Braut. Die Karlstadter waren ganz glücklich, dass sie ihre fröhliche, charmante, geliebte Frau Oberst wiederhatten.

Und die Freude schlug immer höhere Wogen; die Nacht war schön und lebensvoll geworden, und der Fluss schimmerte im Mondenschein, und alles war, wie es sein sollte.

Aber der beste Beweis dafür, wie stark der Zauber der Fröhlichkeit das ganze Haus beherrschte, war wohl, dass sogar Karl-Artur mitgerissen wurde. Plötzlich konnte er gar nicht mehr verstehen, was Böses und Sündhaftes daran sein sollte, wenn man sich mit anderen jungen und sorglosen Menschen nach der Musik im Takte wiegte. Es war doch nur natürlich, dass Jugend, Gesundheit und Frohsinn einen solchen Ausdruck fanden. Wenn er es jetzt noch für eine Sünde gehalten hätte, würde er auch nicht getanzt haben.

Aber an diesem Abend kam ihm alles kindlich, lustig und unschuldig vor.

Doch gerade, als Karl-Artur mitten in der Anglaise mittanzte, blickte er zufällig nach der offenen Saaltür, und in der Türöffnung sah er ein bleiches, von schwarzem Haar und Bart umrahmtes Antlitz, sowie ein Paar große, sanfte Augen, die in schmerzlicher Verwunderung an ihm hingen.

Er hielt mitten im Tanze inne. Erst glaubte er ein Gespenst zu sehen; dann erkannte er jedoch seinen Freund Pontus Friman, der ihm versprochen hatte, ihn in Karlstadt zu besuchen, und nun gerade an diesem Abend angekommen war.

Karl-Artur trat aus der Reihe der Tanzenden und eilte dem Angekommenen entgegen, und dieser zog ihn wortlos mit sich hinab ins Freie.

Die Werbung

Schagerström hat einen Heiratsantrag gemacht. Der reiche Schagerström auf Groß-Sjötorp.

Nein, ist's möglich, Schagerström war auf Freiersfüßen gegangen? Ja, es ist wahrhaftig wahr, Schagerström hat um ein Mädchen geworben.

Aber wie in aller Welt ist das denn gekommen, dass Schagerström einem Mädchen einen Antrag gemacht hat?

Nun, die Sache ist die: In der Propstei von Korskyrka war ein junges Mädchen, namens Charlotte Löwensköld. Sie war etwas verwandt mit dem Propst und diente der Frau Propst als Gesellschafterin, und außerdem war sie mit dem Hilfsgeistlichen in der Propstei verlobt.

Aber was hat sie denn mit Schagerström zu tun?

Nun, Charlotte Löwensköld war ein frisches, frohes, offenherziges junges Mädchen, und in dem Augenblick, wo sie ihren Fuß auf die Schwelle der Propstei setzte, ging es wie ein frischer Hauch durchs ganze Haus. Der Propst und seine Frau waren alt und gleichsam zu ihren eigenen Schatten geworden; aber Charlotte flößte ihnen neues Leben ein. Der Vikar aber war dünn wie ein Zwirnsfaden und so fromm, dass er fast nicht zu essen und zu trinken wagte. Den Tag über versah er seinen Dienst und beweinte seine Sünden. Er zählte sich schon zu den Verlorenen; aber Charlotte Löwensköld hinderte ihn daran, sich vollends ganz aufzureiben.

Aber was hat dieses alles mit – –?

Man muss wissen, dass der Vikar, als er zum ersten Male in die Propstei von Korskyrka kam, ganz frisch ordiniert und mit allem, was zu seinem Dienst gehörte, noch ganz unbekannt war. Da half ihm Charlotte Löwensköld, sich zurechtzufinden. Sie hatte ihr Lebtag in einem Pfarrhause gewohnt und war mit allem in Betracht Kommenden auf dem laufenden; nun lehrte sie den Vikar sowohl Kinder taufen als auch im Kirchengemeinderat das Wort führen. Und dabei verliebten sie sich ineinander und waren nun schon fünf Jahre verlobt.

Aber auf diese Weise kommen wir ja ganz von Schagerström ab ...

Eine ganz hervorragende Eigenschaft von Charlotte Löwensköld war, dass sie für andere alles so gut einzurichten und anzuordnen verstand. Kaum war sie also mit dem Vikar verlobt, als sie auch schon heraushatte, dass seine Eltern mit der Wahl dieses Berufes gar nicht einverstanden waren. Sie hätten es viel lieber gesehen, wenn ihr Sohn sich den Magistertitel erworben hätte, um dann auf den Lizenziaten und Doktor der Philosophie zu studieren. Er war auch wirklich fünf Jahre in Uppsala gewesen, hatte dann das Kandidatenexamen dort gemacht, und im siebenten Jahr wäre er Magister geworden — aber gerade da hatte er umgesattelt und das theologische Examen gemacht. Seine Eltern waren wohlhabend und ein wenig ehrgeizig. Es war ihnen nicht lieb, ihren Sohn eine so anspruchslose Laufbahn einschlagen zu sehen. Seit er Geistlicher geworden war, hatten sie ihn beständig mit Bitten bestürmt, doch noch weiter in Uppsala zu studieren; aber dazu war er nicht zu bewegen gewesen. Charlotte Löwensköld sah wohl ein, dass er mit einem höheren Examen weit bessere Aussichten auf Beförderung haben würde, und so schickte sie ihn nach Uppsala zurück. Und da er der ärgste Büffler war, den man sich vorstellen kann, so war er in vier Jahren fertig gewesen. In dieser Zeit hatte er nicht nur das Lizenziatenexamen gemacht, sondern auch seinen philosophischen Doktor.

Aber was in aller Welt hat Schagerström damit ...

Charlotte hatte sich die Sache so ausgerechnet: Wenn ihr Verlobter nur erst promoviert hätte, dann würde er sich um eine Stelle als Lektor an einem

Gymnasium bewerben, mit der ein ansehnliches Gehalt verbunden wäre, auf dass sie hätten heiraten können. Und sollte er unbedingt Pfarrer werden wollen, so konnte er nach einigen Jahren, wie es der Brauch war, auf ein großes Pastorat befördert werden. Dies war die Laufbahn des Propstes von Korskyrka und noch vieler anderer gewesen. In diesem Falle ging es jedoch nicht so, wie Charlotte sich's ausgedacht hatte, denn ihr Verlobter wollte sofort Geistlicher werden und die gewöhnliche Pfarrerlaufbahn einschlagen. Deshalb kehrte er noch einmal als Vikar nach Korskyrka zurück. Und obwohl er Doktor der Philosophie war, verdiente er noch nicht einmal so viel wie ein Stallknecht.

Ja, aber Schagerström ...

Es ist ja begreiflich, dass Charlotte Löwensköld, die nun schon fünf Jahre auf ihren Verlobten gewartet hatte, damit nicht zufrieden war. Doch freute sie sich, als er nach Korskyrka zurückgeschickt wurde. Er wohnte in der Propstei, so sah sie ihn täglich, auch war sie der Ansicht, sie werde ihn schon noch dazu bringen können, Lektor zu werden, wie sie ihn auch dazu gebracht hatte, seinen Doktor zu machen.

Aber bei dem allen hören wir ja gar nichts von Schagerström!

Nun ja, weder Charlotte Löwensköld noch ihr Bräutigam hatten das Allermindeste mit Schagerström zu tun. Er gehörte einer ganz andern Art von Menschen an. Sein Vater war ein hoher Beamter in Stockholm, er selbst war reich und hatte dazu noch die Tochter eines värmländischen Hüttenbesitzers geheiratet, die Erbin von so viel Bergwerken und Grubenfeldern, dass ihre Mitgift auf mehrere Millionen geschätzt werden konnte. Zuerst hatte Schagerström in Stockholm gewohnt und nur in den Sommermonaten die Bergwerke im Värmland besucht; aber nachdem seine Frau in den ersten Jahren im Wochenbett gestorben war, hatte er sich ganz nach Groß-Sjötorp bei Korskyrka zurückgezogen. Er betrauerte seine Frau aufs Tiefste und vermisste sie überall und konnte es nicht ertragen, irgendwo zu wohnen, wo er mit ihr zusammen gelebt hatte. Er zeigte sich auch kaum je bei einer Gesellschaft, aber, um die Zeit doch herumzubringen, übernahm er die Verwaltung der vielen Gruben; das Herrenhaus auf Groß-Sjötorp baute er um und verschönte es, sodass es der prächtigste Sitz im ganzen Kirchspiel wurde. Ganz einsam war er aber nicht; er hielt sich eine große Dienerschaft und lebte wie ein Grandseigneur; Charlotte Löwensköld wusste wohl, dass sie ebenso leicht das Siebengestirn vom Himmel herabholen und in ihren Brautkranz flechten könnte, als Schagerströms Frau werden.

Nun gehörte Charlotte Löwensköld zu den Menschen, die immer gleich sagen, was ihnen durch den Kopf geht. Und eines Tages bei einer Gesellschaft in der Propstei, wozu viele Gäste gebeten waren, wollte es der Zufall, dass Schagerström mit seinem prächtigen schwarzen Viererzug und dem betressten Lakai auf dem Bock neben dem Kutscher am Hause vorüberfuhr.

Natürlich sprang alles an die Fenster, um Schagerstöm nachzusehen, solange noch ein Schimmer von ihm zu erhaschen war. Als er ganz verschwunden war, wandte sich Charlotte Löwensköld an ihren Verlobten, der weiter zurück im Zimmer stand, und rief so laut, dass alle Anwesenden es hören konnten: »Das sag' ich dir, Karl-Artur, so lieb ich dich auch habe – wenn Schagerström um mich anhält, nehm' ich ihn!«

Jedermann wusste recht gut, dass Charlotte niemals Schagerström bekommen konnte, und so lachten alle herzlich. Und der Bräutigam lachte mit, denn das wusste er, Charlotte hatte diesen Ausspruch nur getan, um die Gäste zu belustigen. Sie selber sah aus, als ob sie über das, was ihr so herausgefahren war, bestürzt wäre; aber es war doch nicht ganz sicher, ob sie nicht einen kleinen Hintergedanken dabei gehabt hatte. Sie wollte vielleicht den guten Karl-Artur ein wenig aufrütteln und ihm den Gedanken an das Lektorat nahelegen.

Schagerström war noch tief in seine Trauer versenkt und dachte an keine zweite Ehe. Aber durch seine Arbeit, die ihn mit vielen Menschen in Verbindung brachte, bekam er bald allerlei Bekannte und Freunde, die ihm zuredeten, sich wieder zu verheiraten. Er lehnte es ab, da er viel zu unliebenswürdig und langweilig sei, als dass ihn irgendein Mädchen haben wollte, und legte den Versicherungen des Gegenteils auch keinen Wert bei. Eines Tages kam indes die Rede doch wieder auf diese Sache, und zwar bei einem großen geschäftlichen Mittagessen, woran Schagerström gezwungenermaßen teilnahm, und als er in gewohnter Weise abwehrte, erzählte einer seiner Nachbarn aus Korskyrka von dem jungen Mädchen, die ihrem Verlobten den Laufpass geben wolle, wenn Schagerström um sie werben würde. Es war eine sehr muntere Mittagsgesellschaft, man lachte herzlich über die Geschichte und behandelte sie als einen lustigen Scherz, genau wie in der Propstei.

Um die Wahrheit zu sagen, so hatte Schagerström schon oft die Schwierigkeiten, ohne Hausfrau auszukommen, empfunden; aber er liebte die Verstorbene noch immer, und schon der Gedanke, ihren Platz von einer anderen ausgefüllt zu sehen, flößte ihm Widerwillen ein.

Bisher hatte er sich immer eine Ehe nur mit einer Frau denken können, die genauso wäre wie seine Verstorbene. Aber nachdem er die Geschichte von Charlotte Löwensköld erfahren hatte, schlugen seine Gedanken eine andere Richtung ein. Wenn er z. B. eine Verstandesheirat einginge, wenn er sich mit einer einfachen Person verbände, die weder den Platz der Verstorbenen in seinem Herzen noch die hohe soziale Stellung, die er kraft seines Reichtums und seiner Familienverbindungen einnahm, beanspruchen würde – auf diese Weise wäre ihm eine neue Ehe als etwas Annehmbares erschienen. Damit würde der Heimgegangenen kein Abbruch geschehen.

Am folgenden Sonntag fuhr Schagerström zur Kirche und besah sich das junge Mädchen, das neben der Frau Propst in dem Kirchenstuhl saß. Sie war einfach und anspruchslos gekleidet und sah nicht viel gleich. Aber das machte nichts. Ganz im Gegenteil. Wäre sie eine blendende Schönheit gewesen, wäre es ihm nicht in den Sinn gekommen, sie zu heiraten. Die Tote sollte nicht glauben dürfen, die Neue solle sie auf irgendeine Weise ersetzen können.

Während Schagerström nun in der Kirche saß und Charlotte Löwensköld betrachtete, malte er sich aus, wie sie sich wohl benehmen würde, falls er wirklich an der Propstei Vorfahren und sie fragen würde, ob sie Herrin auf Groß-Sjötorp werden wolle. Sie hätte es sich ja niemals träumen lassen können, dass er um sie anhalten würde; aber gerade deshalb hätte er gern ihr Gesicht gesehen, wenn die Sache Ernst würde.

Auf der Heimfahrt malte er sich die Erscheinung Charlotte Löwensköds in kostbare, schöne Gewänder gekleidet aus. Da wurde ihm plötzlich eines klar: In den Gedanken an eine zweite Ehe hatte sich etwas Verlockendes eingeschlichen. Es hatte etwas ungemein Romantisches, das ihn in keiner Weise unangenehm berührte; nämlich ein armes Mädchen, das ja an so etwas gar nicht denken konnte, mit Glück zu überschütten. Sobald sich aber Schagerström darüber klar war, machte er seine Gedanken von dieser Sache los und wies sie von sich wie eine Versuchung. Er hatte immer in der Vorstellung weitergelebt, seine Gattin sei nur für kurze Zeit von ihm gegangen, und er wollte ihr bis zu ihrer Wiederkehr treu bleiben.

In der Nacht sah Schagerström seine verstorbene Frau im Traum, und beim Erwachen war sein Herz ganz von der alten Liebe erfüllt. Die Erwägungen auf dem Heimweg von der Kirche erschienen ihm nun ganz und gar hinfällig. Seine Liebe lebte, und es war keine Gefahr, dass das einfache junge Mädchen, das er zu seinem Weibe zu machen geplant hatte, das Bild der Verstorbenen aus seinem Herzen verdrängen könnte. Er brauchte einen tüchtigen und klugen Kameraden zu seiner Gesellschaft und seinem Wohlbefinden. Bisher hatte er noch keine passende Haushälterin mieten können und auch in der Familie niemand gefunden, der sein Hauswesen geleitet hätte. So sah er keinen anderen Ausweg als eine Heirat.

Er fuhr also noch am gleichen Tag in großer Gala an der Propstei vor. Da er in all den Jahren ganz zurückgezogen gelebt hatte, war auch sein Besuch in der Propstei unterblieben, und es brachte keine geringe Aufregung hervor, als der große Landauer mit dem schwarzen Gespann vorfuhr. Man führte Schagerström in die gute Stube, und da saß er nun und plauderte mit dem Propst und dessen Frau.

Charlotte Löwensköld hatte sich auf ihr Zimmer geschlichen; aber nach einer Weile erschien die Pröpstin bei ihr und bat sie, herunterzukommen, um ihnen Gesellschaft zu leisten. Herr Schagerström sei ja gekommen, und es sei langweilig für ihn, nur mit zwei so alten Leuten zu plaudern.

Die Frau Propst erschien etwas erhitzt und doch auch feierlich zugleich. Charlotte sah sie groß an, fragte aber nichts. Sie band ihre Schürze ab, wusch sich die Hände, strich ihr Haar glatt und legte einen reinen Kragen um. Dann folgte sie der Frau Propst; aber wie sie gerade im Begriff war, das Zimmer zu verlassen, wandte sie sich um band sich die große Schürze wieder vor.

Kaum war sie in den Salon getreten und hatte Schagerström begrüßt, als sie auch schon gebeten wurde, sich zu setzen, worauf der Propst eine kleine Ansprache an sie richtete. Er machte viele Worte und sprach lange über die Freude und das Wohlbehagen, das sie in der Propstei um sich verbreitet habe. Sie sei ihm und seiner Frau eine liebe Tochter gewesen, und sie würden sich nur ungern von ihr trennen. Aber da nun ein solcher Mann wie der Herr Grubenbesitzer Gustav Schagerström sie zu seiner Frau begehre, dürften sie nicht an sich selber denken, sondern müssten ihr raten, ein solches Anerbieten, das besser sei als alles, was sie erwarten könne, nicht von sich zu weisen.

Der Propst erwähnte mit keinem Wort, dass sie schon mit dem Vikar verlobt war. Sowohl er als seine Frau waren schon lange gegen diese Verbindung und wünschten nichts sehnlicher, als sie aufgehoben zu sehen. Ein armes Mädchen wie Charlotte Löwensköld konnte sich doch nicht an einen Mann hängen, der es einfach ablehnte, sich einen anständigen Lebensunterhalt zu verschaffen.

Charlotte hatte zugehört, ohne sich zu rühren, und da der Propst ihr die Zeit zu einer passenden Antwort lassen wollte, begann er eine stattliche Rede an den Herrn Hüttenbesitzer Schagerström über seine prächtigen Güter, seine Tüchtigkeit, seinen ehrbaren Lebenswandel und sein Wohlwollen gegen seine Untergebenen.

Der Propst hatte schon so viel Gutes über Schagerström gehört, dass er ihn, obwohl er jetzt seinen ersten Besuch in der Propstei machte, bereits als Freund betrachtete und glücklich war, das Geschick seiner jungen Verwandten in dessen Hände zu legen.

Schagerström beobachtete die ganze Zeit über Charlotte Löwensköld, um zu sehen, welchen Eindruck seine Werbung auf sie machte. Er sah, wie ihr Rücken sich steifte und sie den Kopf zurückwarf. Dabei stieg Farbe in ihre Wangen, ihre Augen verdunkelten sich zu einem tiefen Blau. Dann zog sich ihre Oberlippe zu einem spöttischen Lächeln empor.

Schagerström war bestürzt: So, wie er Charlotte Löwensköld jetzt sah, war sie eine Schönheit, und zwar eine Schönheit, die weder bescheiden noch anspruchslos genannt werden konnte.

Seine Werbung hatte augenblicklich einen tiefen Eindruck auf sie gemacht; ob sie aber glücklich oder missverstanden war, das wagte er nicht festzustellen.

Er brauchte indes nicht lange im Zweifel zu sein. Sobald der Propst mit seiner Rede fertig war, ergriff Charlotte das Wort.

»Ich möchte wissen, ob der Herr Hüttenbesitzer Schagerström gewusst haben, dass ich verlobt bin«, sagte sie.

»Gewiss, selbstverständlich«, entgegnete Schagerström; doch ehe er noch etwas hinzusetzen konnte, fuhr Charlotte fort:

»Wie können sich dann der Herr Hüttenbesitzer unterstehen, um mich anzuhalten?«

Geradeso sagte sie. Sie gebrauchte Worte wie ›unterstehen‹, obwohl sie zum reichsten Mann in Korskyrka sprach. Sie hatte ganz vergessen, dass sie nur eine arme Gesellschafterin war, und fühlte sich als das altadlige stolze Fräulein Löwensköld.

Der Propst und seine Frau fielen vor Entsetzen fast von ihren Stühlen, und auch Schagerström sah ganz verdutzt aus.

Aber er war ein Mann von Welt und wusste sich in heiklen Lagen zu finden.

Er trat auf Charlotte Löwensköld zu, nahm eine ihrer Hände zwischen die seinigen und drückte sie warm.

»Mein liebes Fräulein Löwensköld«, sagte er, »Ihre Antwort vermehrt nur die Verehrung, die ich für Sie empfinde.«

Dann verbeugte er sich vor dem Propst und seiner Frau und verhinderte sie durch seine Gebärde, etwas zu äußern und ihn an seinen Wagen zu begleiten. Sowohl sie wie Charlotte wunderten sich über die Würde, die über dem abgewiesenen Freier lag, während er das Gemach verließ.

Wünsche

Es ist wirklich ganz zwecklos, wenn ein Menschenkind sich hinsetzt und sich etwas wünscht.

Wenn es nicht das mindeste dazutut, um dem Menschen, nach dem es sich sehnt, näherzukommen – dann hat es doch wirklich gar keinen Zweck, nur still zu sitzen und zu wünschen.

Wenn ein Menschenkind weiß, dass es unbedeutend und hässlich und arm ist, und begreift, dass der, den es gewinnen möchte, mit keinem Gedanken an sie denkt, dann mag sie sich mit ihren Wünschen verlustieren, soviel ihr der Sinn danach steht.

Wenn dieses Menschenkind überdies verheiratet und eine ehrbare Frau ist, dazu einen kleinen Hang zum Pietismus hat und nichts in der Welt sie zum Unrecht zu verlocken vermag, so hat es gar nichts zu sagen, wenn sie allerlei Wünsche hegt.

Wenn sie zum Überfluss auch noch alt ist, ganze zweiunddreißig Jahre, und er, an den sie denkt, nicht mehr als neunundzwanzig, wenn sie ferner ungewandt und schüchtern ist und in Gesellschaft nichts aus sich zu machen versteht, wenn sie dazu die Frau des Organisten ist, dann mag sie von morgens bis abends dasitzen und sich wünschen. Das kann ja keine Sünde sein, und es kann auch zu nichts führen.

Wenn sie auch denkt, die Wünsche anderer seien wie leichte Frühlingswinde, die ihrigen aber wie gewaltige Stürme, die Berge versetzen und die Erde aus ihrer Bahn werfen könnten, so weiß sie genau, dass dies nur Einbildungen sind. In Wirklichkeit vermögen die Wünsche nichts, weder jetzt noch in der Zukunft.

Sie muss zufrieden sein, dass sie in dem Kirchdorf wohnt, dicht am Wege, sodass sie ihn beinahe alle Tage an ihren Fenstern Vorbeigehen sehen und ihn jeden Sonntag predigen hören kann, dass sie ferner ab und zu in die Propstei eingeladen wird und im gleichen Zimmer mit ihm sein darf, obwohl sie vor lauter Schüchternheit kein Wort an ihn zu richten wagt.

Sonderbarerweise besteht aber doch ein kleiner Zusammenhang zwischen ihm und ihr. Davon hat er indes wohl gar keine Ahnung, und sie hat auch nicht davon zu sprechen gewagt. Aber vorhanden ist dieser Zusammenhang jedenfalls.

Ihre Mutter war ja doch jene Malwina Spaak, die früher Haushälterin auf Hedeby bei Baron Löwenskölds, seinen Großeltern mütterlicherseits, gewesen war. Als Malwina fünfunddreißig Jahre alt war, hatte sie sich mit einem armen Landwirt verheiratet und sich von da an in ihrem eigenen Hause mit Arbeiten und Weben geplagt wie früher in fremden Häusern. Aber sie war immer in Verbindung mit den Löwensölds geblieben. Diese waren zu ihr auf Besuch gekommen, und sie war oft zu langem Aufenthalt in Hedeby gewesen, um bei der Herbstbäckerei und dem Frühjahrshausputz zu helfen, und das hatte einen Glanz auf ihr Leben geworfen. Ihrer Tochter hatte sie von klein auf die Zeit auf Hedeby aufs Eingehendste geschildert, hatte ihr von dem verstorbenen General erzählt, der nun dort spukte, und von dem jungen Baron Adrian, der dem Ahnherrn zur Ruhe im Grabe hatte verhelfen wollen.

Die Tochter hatte wohl gemerkt, dass ihre Mutter in den jungen Baron verliebt gewesen war. Das war an der Art, wie sie von ihm sprach, leicht zu erkennen. Wie gut war er gewesen, und wie schön! Und seine Augen hatten einen gar träumerischen Ausdruck gehabt, und jede seiner Bewegungen war von unbeschreiblicher Anmut gewesen!

Wenn die Mutter Baron Adrian in dieser Weise schilderte, hatte die Tochter stets gedacht, sie übertreibe. Einen jungen Mann, wie die Mutter ihn hier schilderte, gab es in der ganzen Welt nicht.

Aber jedenfalls hatte sie ihn nun gesehen. Kurz nach ihrer Verheiratung mit dem Organisten und ihrem Einzug in Korskyrka hatte sie ihn eines Sonntags die Kanzel besteigen sehen. Er war ja freilich kein Baron, nur der

Vikar Ekenstedt, aber er war der Neffe des Barons Adrian, den Malwina Spaak geliebt hatte, und er war ebenso schön und knabenhaft weich und ebenso zart und fein wie jener. Sie erkannte die großen träumerischen Augen wieder, von denen die Mutter berichtet hatte, sowie auch das freundliche Lächeln.

Als sie ihn sah, war es ihr, als habe sie ihn durch ihre Wünsche herbeigezogen. Immer, immer hatte sie sich danach gesehnt, einmal einen Mann zu sehen, auf den die Beschreibung ihrer Mutter passte, und nun hatte sie ihn vor Augen. Sie wusste wohl, dass Wünsche machtlos sind, aber sie fand es doch wunderbar, dass er gekommen war.

Er beachtete sie gar nicht, und am Ende des Sommers verlobte er sich mit der hochnäsigen Charlotte Löwensköld. Im Herbst kehrte er nach Uppsala zurück, um seine Studien fortzusetzen. Ach, nun war er für immer aus ihrem Leben verschwunden! Sie konnte nicht anders denken. Wenn sie sich's auch noch so sehr wünschte, er würde doch nicht zurückkehren.

Aber nach fünf Jahren sah sie ihn an einem Sonntag abermals die Kanzel besteigen. Und abermals war es ihr, als habe sie ihn herbeigewünscht. Er aber gab ihr keinerlei Veranlassung zu solchen Gedanken. Wieder beachtete er sie in keiner Weise, und immer noch war er mit Charlotte Löwensköld verlobt.

Sie hatte Charlotte nie etwas Böses gewünscht, dafür konnte sie die Hand zum Schwur auf die Bibel legen, ab und zu aber hatte sie doch gehofft, Charlotte würde sich in einen andern verlieben, oder einer ihrer reichen Verwandten würde sie zu einer langen Reise ins Ausland einladen, wodurch sie auf eine angenehme Weise von dem jungen Ekenstedt getrennt würde.

Da sie als Frau des Organisten ab und zu in die Propstei eingeladen wurde, war sie zufällig auch an jenem Tage dort, als Schagerström vorbeifuhr und Charlotte sagte, sie würde ihn nehmen, wenn er um sie anhalte. Seitdem war ihr sehnlichster Wunsch gewesen, Schagerström möchte um Charlotte werben; und dieser Wunsch konnte doch nichts Unrechtes sein! Jedenfalls hatte er nicht das Geringste zu bedeuten.

Denn wenn Wünsche eine Macht hätten, dann sähe es wohl etwas anders aus in dieser Welt. Man bedenke nur, was schon alles gewünscht worden ist! Was sich die Menschen schon Gutes gewünscht haben! Wie viele sich schon gewünscht haben, frei von Sünde und Krankheit zu sein! Wie viele gewünscht haben, dem Tode zu entgehen! Nein, das wusste sie wohl, wünschen konnte man unbeschränkt; Wünsche haben keine Macht.

Aber eines schönen Sommersonntags sah sie tatsächlich Schagerström in die Kirche kommen, und siehe, er wählte auch seinen Platz so, dass er Charlotte, die im Pfarrstuhle saß, sehen konnte. Nun wünschte sie auch, Schagerström möge Charlotte schön und anziehend finden. Von ganzer Seele wünschte sie das. Es war doch kein Unrecht gegen Charlotte, wenn sie ihr einen reichen Mann wünschte!

Nachdem sie Schagerström in der Kirche gesehen hatte, wurde sie den ganzen Tag über das Gefühl von einem bevorstehenden Ereignis nicht los. In der Nacht lag sie wie im Fieber und wartete darauf, dass etwas geschehe. Und so war es auch am folgenden Vormittag. Sie saß am Fenster und konnte nicht arbeiten, sondern wartete nur mit gefalteten Händen auf das, was kommen würde.

Sie meinte, sie müsse Schagerström vorbeifahren sehen. Aber es begab sich etwas noch viel Wunderbareres. Mitten am Vormittag, so zwischen elf und zwölf Uhr, machte ihr Karl-Artur einen Besuch.

Man versteht, dass sie selig und erschrocken, zugleich aber auch von Schüchternheit überwältigt war.

Sie wusste nicht, was sie gesagt hatte, um ihn zu begrüßen und ins Zimmer hereinzubitten. Jedenfalls saß er bald in dem besten Lehnstuhl ihres kleinen Salons, und sie saß ihm gegenüber und starrte ihn an.

Sie hatte gar nicht gewusst, dass er so jung aussah, wie sie ihn nun in der Nähe fand. Sie wusste ja alles, was seine Familie betraf, ja sie wusste auch, dass er im Jahre 1806 geboren war und nun also neunundzwanzig Jahre alt sein musste. Aber das sah ihm niemand an.

Nun berichtete er ihr in seiner entzückend einfachen, ernsthaften Weise, er habe erst kürzlich durch einen Brief seiner Mutter erfahren, dass sie Malwina Spaaks Tochter sei, die eine so gute Freundin und Gehilfin der ganzen Familie Löwensköld gewesen war. Er bedauerte, dies nicht früher gewusst zu haben, und sagte, sie hätte es ihm sagen sollen.

Sie war überglücklich, weil sie nun wusste, weshalb er sie früher gar nicht beachtet hatte. Aber sie konnte nichts sagen, nichts erklären. Sie murmelte nur ein paar dumme verworrene Worte, die er wahrscheinlich gar nicht verstand.

Er sah sie etwas verwundert an. Konnte ein erwachsener Mensch so schüchtern sein, dass er die Sprache verlor? Das war ihm unbegreiflich.

Wie um ihr Zeit zu lassen, sich zu fassen, begann er von Malwina Spaak und von Hedeby zu erzählen. Auch auf die Spukgeschichten und den unheimlichen Ring kam er zu sprechen.

Er sagte, er könne zwar alle die Einzelheiten nicht glauben, aber trotzdem liege für ihn ein tiefer Sinn darin. In dem Ring sehe er ein Symbol der Liebe zum Irdischen, die die Seele gefangen hält und sie ungeschickt zum Reiche Gottes macht.

Da saß er nun wirklich vor ihr und sah sie mit seinem einnehmenden Lächeln an, plauderte auch ganz vertraulich und unbefangen mit ihr wie mit einem alten Freunde! Das Glück war zu groß, es drohte sie zu ersticken.

Er war vielleicht daran gewöhnt, keine Antwort zu erhalten, wenn er zu den Armen und Mühseligen kam, um sie zu trösten und aufzurichten. So redete er denn unverdrossen weiter.

Er berichtete ihr, er müsse immerfort an Jesu Wort zu dem reichen Jüngling denken, und er sei überzeugt, der Grund zu den vielen Leiden der Menschen liege vor allem darin, dass sie das Geschaffene mehr liebten als den Schöpfer.

Obwohl sie nichts sagte, lauschte sie doch offenbar seinen Worten auf eine Weise, die sein Zutrauen immer mehr hervorlockte. Er vertraute ihr an, dass er weder Propst noch Bischof werden wolle. Er wolle keine große Gemeinde, keinen großen Wohnsitz mit weiten Äckern und dicken Kirchenbüchern und vieler Arbeit. Nein, er wünsche sich ein kleines Dorf, in dem er sich ganz der Seelsorge widmen könne. Sein Pfarrhaus solle nur eine kleine graue Hütte sein, aber diese solle an einem Birkenwäldchen am Ufer des Sees liegen. Und sein Gehalt solle nur gerade zum Leben ausreichen.

Und sie verstand ihn. Er wollte damit den Menschen den rechten Weg zum wahren Glück zeigen. Eine tiefe Andacht erfüllte ihre Seele. Noch niemals war ihr etwas so Junges und Reines vorgekommen. Ach, wie würden alle Menschen ihn lieben!

Aber dann fiel ihr ein, wie sehr seine Worte im Widerspruch standen zu dem, was sie kürzlich hatte sagen hören, und darüber wollte sie sich Klarheit verschaffen.

Sie fragte, ob sie falsch gehört habe, aber als sie neulich in der Propstei war, habe seine Braut gesagt, er sei im Begriff, sich um ein Lektorat an einem Gymnasium zu bewerben.

Da sprang Karl-Artur vom Stuhle auf und begann in der kleinen Stube hin und her zu gehen.

Sollte Charlotte das gesagt haben? Sei sie ganz sicher, dass Charlotte das gesagt hatte? Bei dieser Frage, die er in ganz ungestümer Weise hervorsprudelte, wurde ihr angst; aber in aller Demut entgegnete sie, soweit sie sich erinnern könne, habe Charlotte tatsächlich so gesagt.

Das Blut stieg ihm in den Kopf. Er sah immer ärgerlicher aus. Sie war ganz entsetzt. Fast wäre sie vor ihm niedergefallen und hätte ihn um Verzeihung gebeten. Nie hätte sie gedacht, dass das, was sie von Charlotte berichtet hatte, ihn so verletzen würde. Was sollte sie sagen, das ihn wieder gut stimmen könnte? Was konnte sie tun, um ihn zu beruhigen?

Während dieser Aufregung hörte sie Wagengerassel, und aus alter Gewohnheit sah sie aus dem Fenster. Schagerström fuhr vorbei; da sie aber so sehr mit Karl-Artur beschäftigt war, fragte sie sich nicht einmal, wohin er wohl fahre. Karl-Artur hatte den Vorbeifahrenden gar nicht bemerkt. Er schritt noch immer mit grimmiger Miene in dem Stübchen auf und ab.

Dann trat er auf sie zu und streckte ihr die Hand zum Abschied entgegen. Welch eine schreckliche Enttäuschung, dass er so bald wieder ging! Sie hätte sich die Zunge abbeißen mögen, weil sie die paar Worte gesagt hatte, die schuld an seiner Verstimmung waren.

Aber da war nichts mehr zu machen. Sie musste auch ihre Hand ausstrecken und die seinige ergreifen. Sie musste schweigen und ihn gehen lassen.

Doch in ihrem tiefen Elend und ihrer Verzweiflung neigte sie sich über seine Hand und küsste sie.

Hastig zog er seine Hand zurück. Dann blieb er stehen und schaute sie an.

»Ich wollte nur um Verzeihung bitten«, stammelte sie.

Er sah Tränen in ihren Augen, was ihn bewog, ihr eine Art Erklärung zu geben.

»Nehmen Sie an, Frau Sundler, Sie hätten sich aus irgendeinem Anlass eine Binde um die Augen gelegt, sodass Sie nichts mehr sehen könnten, und Sie hätten sich ganz in die Hände eines anderen Menschen gegeben, der Ihr Führer sein sollte – was würden Sie sagen, wenn die Binde plötzlich abfiele und Sie erkennen müssten, dass dieser andere, Ihr Freund, Ihr Führer, auf den Sie sich mehr als auf sich selbst verlassen hatten, Sie an den Rand eines Abgrunds geführt hatte, wo Sie beim nächsten Schritt in die Tiefe gestürzt wären? Würde Ihnen solches keine Höllenqualen bereiten?«

Er sprach hastig und leidenschaftlich und eilte, ohne auf Antwort zu warten, durch die Tür in den Flur hinaus.

Thea Sundler glaubte zu hören, dass Karl-Artur in dem kleinen Vorgarten stehenblieb. Sie konnte nicht wissen, warum. Vielleicht überdachte er, wie fröhlich und sorglos er vor einer kleinen Weile in ihr Haus eingetreten war, das er jetzt wütend und verzweifelt verließ. Jedenfalls eilte sie hinaus, und da stand er wirklich noch.

Sobald er sie zu Gesicht bekam, fing er an zu reden. Die Gemütsbewegung hatte seinen Gedanken eine neue Richtung gegeben. Es war ihm lieb, einen Zuhörer zu haben.

»Ich bin noch hier und sehe mir die Rosen an, mit denen Sie den Weg zu Ihrem Hause eingefasst haben, liebe Frau Sundler, und ich überlege eben, ob dieser Sommer nicht der schönste ist, den ich je erlebt habe. Wir haben nun Ende Juli, die ganze nun vergangene Sommerzeit ist geradezu vollkommen gewesen, finden Sie das nicht auch? Sind nicht alle Tage lang und hell gewesen, länger und heller als je zuvor? Gewiss war es sehr heiß, aber niemals wirklich drückend, weil doch meistens ein frischer Luftzug wehte. Auch die Erde hat nicht unter Trockenheit zu leiden gehabt wie in andern schönen Sommern, weil fast jede Nacht etwas Regen gefallen ist. So war das Wachstum auch ganz unerhört. Haben Sie schon jemals die Bäume so üppig belaubt oder die Blumenrabatten im Garten in solcher Pracht leuchten sehen? Ach, ich möchte behaupten, die Erdbeeren seien nie so süß, der Vogelgesang nie so wohllautend und die Menschen nie so fröhlich und genussfähig gewesen wie in diesem Jahre!«

Er schwieg einen Augenblick, um Atem zu schöpfen, doch Frau Sundler hütete sich wohl, ihn durch ein Wort zu stören. Sie dachte an ihre Mutter.

Jetzt begriff sie, was diese gefühlt haben mochte, wenn der junge Baron sie in der Küche oder in der Milchkammer aufgesucht und ihr allerlei anvertraut hatte.

Der junge Geistliche fuhr fort:

»Wenn ich morgens gegen fünf Uhr meinen Vorhang zurückziehe, sehe ich kaum etwas anderes als Düsternis und Gewölk. Das klatscht gegen die Fensterscheiben, das gießt aus der Dachtraufe, Gras und Blumen beugen sich nieder unter dem Platzregen. Die ganze Luft ist voller regenschwerer Wolken, die sich über den Wiesengrund hinzuschleppen scheinen. Heut ist's aus mit dem schönen Wetter, sage ich zu mir selbst, und vielleicht ist es auch so am besten.

Und obgleich ich weiß, dass es den ganzen Tag fortregnen wird, bleibe ich doch noch eine ganze Weile am Fenster stehen und sehe zu, was noch werden wird. Und siehe, fünf Minuten nach fünf Uhr klatschen die Tropfen nicht mehr an meine Scheiben. Die Dachtraufe rieselt noch eine Weile, dann hört auch das auf. Gerade an der Stelle am Himmel, wo die Sonne stehen sollte, öffnet sich ein Wolkenspalt, und ein breiter Lichtstreifen fällt herab in die irdischen Nebel. Gleich darauf verwandeln sich diese, am Horizont aufwallend, in lichtblauen Dunst. Die Tropfen rinnen die Grashalme entlang auf die Erde, und die Blumen richten ihre ängstlich gesenkten Kelche wieder empor. Unser kleiner See, von dem ich einen schwachen Schimmer von meinem Fenster aus sehen kann und der bis jetzt ganz mürrisch dreingeschaut hat, beginnt zu glitzern, wie wenn große Scharen von Goldfischen sich unter dem Wasserspiegel angesammelt hätten. Und hingerissen von so viel Schönheit, öffne ich mein Fenster weit, atme die Luft voll schwellender Wohlgerüche von einer nie geahnten Fülle ein, und ich breche in den Ruf aus: Ach, mein Gott, du hast deine Welt viel zu schön geschaffen!«

Der junge Geistliche hielt inne, lächelte und zuckte die Schultern. Er schien anzunehmen, Thea Sundler verwundere sich über seine letzte Äußerung, und so beeilte er sich, diese zu erläutern.

»Ja«, fuhr er fort, »es ist mir ernst mit dem, was ich sagte. Ich war bange, dieser schöne Sommer könne mich verleiten, etwas Irdisches zu lieben. Wie oft habe ich das Ende dieses herrlichen Wetters herbeigewünscht, gewünscht, der Sommer möge uns Blitz und Donner, Dürre und Schwüle, Landregen und kalte Nächte bringen, wie das schon so oft in andern Jahren geschehen ist.«

Thea Sundler sog alle seine Worte in sich hinein. – Wo wollte er hin? Was wollte er damit sagen? Sie wusste es nicht, wünschte es aber fast krampfhaft, er möchte fortfahren, damit sie noch lange den Wohllaut seiner Stimme, die schönen Worte und das ausdrucksvolle Mienenspiel genießen könnte.

»Verstehen Sie mich?«, rief er aus. »Aber über Sie hat die Natur vielleicht keine Macht. Sie spricht nicht zu Ihnen mit starken, geheimnisvollen Worten. Sie fragt Sie nie, warum Sie nicht dankbar alle ihre guten Gaben genießen, warum Sie das Glück nicht ergreifen, das so erreichbar nahe liegt; warum Sie sich nicht ein eigenes Heim gründen und sich mit der Geliebten Ihres Herzens vermählen, wie alle Geschöpfe in diesem gesegneten Sommer es tun?«

Er nahm den Hut ab und strich sich mit der Hand über die Stirn.

»Der schöne Sommer«, fuhr er fort, »ist ein Bundesgenosse für Charlotte geworden. Sehen Sie, dieser Reichtum, diese Freundlichkeit, diese allgemeine Lebenslust hat mich berauscht. Ich bin umhergegangen wie ein Blinder. Charlotte hat meine Liebe und auch meine Sehnsucht, meinen Wunsch, sie zu besitzen, wachsen sehen.

Ach, Sie wissen ja nicht ... Jeden Morgen gegen sechs Uhr gehe ich von dem kleinen Anbau, in dem meine Zimmer liegen, hinüber in das Haupthaus, um meinen Morgenkaffee zu trinken. Da kommt mir Charlotte in dem großen hellen Esszimmer, wo die Luft durch die offenen Fenster hereinströmt, entgegen. Sie ist fröhlich und zwitschert wie ein Vöglein, und wir trinken unseren Kaffee zusammen, wir zwei allein. Weder der Propst noch seine Frau sind dabei.

Sie glauben vielleicht, Charlotte nehme die Gelegenheit wahr, mit mir von unserer Zukunft zu sprechen. Oh, ganz gewiss nicht! Sie spricht mit mir über meine Armen, meine Kranken, sie spricht über die Gedanken in meiner Predigt, die ihr am meisten zu Herzen gegangen sind. Sie zeigt sich in allen Dingen so, wie es sich für eine gute Pfarrfrau gehört. Nur einzelne Male, ganz im Vorbeigehen, nur scherzhaft, spricht sie auch von dem Lektorat. So ist sie mir Tag für Tag lieber geworden. Wenn ich dann wieder an meinem Schreibtisch sitze, wird mir das Arbeiten schwer. Ich träume von Charlotte. Ich habe Ihnen ja vorhin gesagt, wie ich mein Leben einzurichten gedenke. Nun träumte ich davon, wie meine liebe Charlotte sich von all den weltlichen Ketten loslöst und sie mir freudig in meine kleine graue Hütte folgt.«

Bei diesem Bekenntnis konnte Thea Sundler einen Ausruf nicht unterdrücken.

»Gewiss haben Sie recht«, sagte er. »Ich bin blind gewesen, Charlotte hat mich an einen Abgrund geführt. Sie hat nur einen Augenblick der Schwachheit abgewartet, um mir das Versprechen abzulocken, mich um ein Lektorat zu bewerben. Sie sah, wie dieser Sommer dazu beitrug, mich sorglos zu machen. Sie glaubte sich sicher am Ziel, und so hat sie Sie und alle die andern auf meinen Berufswechsel vorbereitet. Aber Gott hat mich beschützt.«

Noch einmal trat Karl-Artur auf Thea Sundler zu. Er las vielleicht auf ihrem Gesicht, dass seine Worte ihr Freude machten, dass sie sich glücklich darüber fühlte. Aber nun schien es ihn zu reizen, dass sie sich an der durch sein Leiden hervorgerufenen Beredsamkeit erfreute. Ein schmerzlicher Zug flog über sein Antlitz.

»Glauben Sie nur ja nicht, ich freue mich über das, was Sie mir gesagt haben!«, brach er los.

Thea Sundler erschrak. Er ballte die Fäuste und schüttelte sie.

»Ich danke es Ihnen nicht, dass Sie mir die Binde von den Augen gerissen haben. Sie sollen sich nicht über das freuen, was Sie soeben gehört haben! Ich hasse Sie, weil Sie mich nicht in den Abgrund stürzen ließen. Ich will Sie nie wieder sehen.«

Er wandte sich ab und eilte den schmalen Pfad zwischen Frau Sundlers schönen Rosen hinab der Landstraße zu. Aber Thea Sundler ging in ihr Stübchen, warf sich in ihrer Zerknirschung auf den Fußboden und weinte, wie sie noch nie geweint hatte.

Im Garten der Propstei

Die kurze Strecke vom Kirchdorf bis in die Propstei nahm für jemand, der so rasch und stürmisch dahinging wie Karl-Artur, nicht mehr als fünf Minuten in Anspruch. Aber während dieser fünf Minuten überlegte er sich viele strenge und stolze Gedanken, mit denen er seine Braut zu beglücken gedachte, sobald er mit ihr Zusammentreffen würde.

»Ja«, murmelte er, »der rechte Augenblick ist gekommen. Nichts soll mich abhalten. Heute noch muss es zu einer Entscheidung kommen. Sie muss endlich einsehen, dass trotz aller meiner Liebe zu ihr mich nichts bewegen kann, nach den weltlichen Vorteilen zu trachten, die sie anstrebt. Ich habe keine Wahl, ich muss Gott dienen. Eher will ich sie aus meinem Herzen reißen.«

Stolze Zuversicht erfüllte ihn. Er fühlte es deutlich, heute standen ihm Worte zur Verfügung, um zu zerknirschen, zu rühren, zu überzeugen. Die heftige Gemütsbewegung hatte sein Innerstes in Wallung versetzt, und eine Tür war aufgerissen worden, die in einen Raum seiner Seele führte, in den er bisher noch nie geblickt hatte. In diesem Raum waren die Wände mit reichen Trauben und schönen Blumenranken behängt. Aber diese Trauben und Ranken waren Worte, herrliche, klare, formvollendete Worte. Er brauchte nur hinzutreten und sich ihrer zu bemächtigen. Alles dies stand zu seiner Verfügung. Es war ein Reichtum, ein unerhörter Reichtum.

Er lachte über sich selbst. Bis jetzt hatte er seine Predigt stets mit großer Mühe zusammengebracht, er hatte die Gedanken gleichsam aus seiner Seele herausquälen müssen. Und doch hatte dieser Reichtum die ganze Zeit über in ihm gelegen!

Was Charlotte betraf, so durfte es so nicht länger bleiben. Wahrhaftig, bisher war sie es gewesen, die versucht hatte, ihn zu beherrschen. Das musste anders werden. Er würde reden, sie zuhören. Er würde führen, sie folgen.

Von nun an sollten ihre Blicke an seinem Munde hängen wie vorhin die der armen Organistenfrau.

Das gab natürlich Streit, aber nichts sollte ihn dazu bringen, nachzugeben. »Lieber reiße ich sie aus meinem Herzen!«, rief er aus.

Gerade als er vor der Propstei angelangt war, flog die Gittertür auf, und ein eleganter, von vier Rappen gezogener Wagen fuhr heraus.

Es war ihm klar, nun hatte der Hüttenbesitzer Schagerström einen Besuch in der Propstei gemacht. Zugleich erinnerte er sich an Charlottes Äußerung bei jener Kaffeegesellschaft am Anfang des Sommers. Wie ein Blitz fuhr es ihm durch den Kopf, Schagerström sei in die Propstei gekommen, um seine Braut zur Frau zu begehren.

Das war ein unsinniger Gedanke; aber trotzdem krampfte sich ihm das Herz zusammen.

War das nicht ein ganz besonderer Blick, den der reiche Mann ihm zuwarf, als der Wagen auf die Landstraße einbog? Lag nicht eine spöttische Neugier darin und zugleich etwas wie Mitleid?

Nein, er konnte nicht zweifeln. Er hatte recht geraten. Aber das war doch ein gar zu schwerer Schlag. Sein Herz stockte, und es wurde ihm schwarz vor den Augen. Er hatte gerade noch so viel Kraft, sich bis ans Gartentor zu schleppen.

Charlotte hatte ja gesagt. Er würde sie verlieren. Er würde vor Verzweiflung sterben.

Mitten in diesem Kummer sah er Charlotte aus dem Wohnhause treten und eilig auf ihn zukommen. Er sah die erhöhte Farbe ihrer Wangen, den Glanz ihrer Augen, die Siegermiene um den Mund. Nun kam sie, um ihm zu erklären, dass sie den reichsten Mann in Korskyrka heiraten werde.

Oh, diese Schamlosigkeit! Er stampfte mit dem Fuß auf und ballte die Fäuste. »Komm mir nicht nahe!«, rief er.

Sie blieb jäh stehen. Heuchelte sie, oder war ihr Erstaunen echt? »Was hast du denn?«, fragte sie gänzlich unbefangen.

Er nahm seine ganze Kraft zusammen, um ihr antworten zu können. »Das weißt du besser als ich!«, rief er. »Was hatte Schagerström hier zu tun?«

Nun begriff Charlotte. Karl-Artur hatte also Schagerströms Vorgehen erraten. Sie trat dicht auf Karl-Artur zu und hob die Hand auf. Beinahe hätte sie ihn geschlagen.

»So, so, also auch du glaubst, ich würde mein Wort eines Haufen Geldes wegen brechen?«

Damit warf sie ihm einen verachtungsvollen Blick zu, wandte ihm den Rücken und ging ihrer Wege.

Jedenfalls hatten ihre Worte nun seine schlimmsten Befürchtungen besänftigt. Sein Herz fing wieder an zu pochen, die Kräfte kehrten ihm zurück.

Er war imstande, ihr zu folgen.

»Aber er hat doch jedenfalls um dich angehalten?«, sagte er.

Sie würdigte ihn keiner Antwort. Ihr Rücken und ihr Nacken steiften sich, und sie setzte ihren Weg fort. Aber sie ging nicht ins Haus zurück, sondern bog in einen schmalen Pfad ein, der durch allerlei Buschwerk in den Garten führte.

Karl-Artur fühlte, dass sie ein Recht hatte, verletzt zu sein. Hatte sie Schagerström abgewiesen, so hatte sie etwas wirklich Großartiges getan. Er versuchte sich zu entschuldigen.

»Du hättest sein Gesicht sehen sollen, als er an mir vorbeifuhr. Er sah nicht aus, als hätte er einen Korb bekommen.«

Da richtete sie sich nur noch trotziger auf und beschleunigte ihre Schritte. Sie brauchte keine Worte zu verlieren. Ihre Haltung sagte deutlich genug: »Komm mir nicht nahe! Ich will allein sein!«

Aber er, der jetzt immer mehr die Treue und Aufopferung ihrer Handlungsweise begriff, folgte ihr immerzu.

»Charlotte«, sagte er, »meine geliebte Charlotte!«

Sie ließ sich nicht rühren. Unentwegt schritt sie die Gartenwege entlang.

Ach, dieser Pfarrgarten, dieser Pfarrgarten! Charlotte hätte ihre Schritte nach keinem Ort richten können, der reicher an süßen Erinnerungen gewesen wäre.

Der Garten war in altfranzösischem Stil angelegt, mit vielen sich kreuzenden Wegen, die alle mit mannshohen Fliederhecken eingefasst waren. Da und dort befanden sich schmale Öffnungen in diesen Hecken, durch die man in kleine enge Lauben mit einer einzigen Moosbank oder auf grüne Rasenflächen, in denen ein einsamer Rosenbusch stand, gelangte. Es war kein sehr großer Garten. Er war auch vielleicht nicht einmal schön; aber welch ein wunderbarer Zufluchtsort war er für solche, die sich allein zusammenfinden wollten!

Während Karl-Artur Charlotte nacheilte, die ihm nicht den mindesten Blick gönnte, wachte die Erinnerung an alle die Stunden in ihm auf, da sie als eine zärtliche Geliebte hier mit ihm gewandelt war. Stunden, die nun nie wiederkehren würden.

»Charlotte!«, stieß er noch einmal hervor mit einer Stimme, die vor Kummer bebte.

Es musste etwas in seiner Stimme gelegen haben, das sie zum Nachgeben zwang. Sie wandte sich zwar nicht um; aber die trotzige Haltung verschwand. Sie blieb stehen und beugte den Kopf so weit zurück, dass er beinahe ihr Gesicht sehen konnte.

Da war er auch schon neben ihr, schloss sie in seine Arme und küsste sie.

Dann zog er sie mit sich in eine der Lauben mit einer Moosbank darin. Dort fiel er vor ihr auf die Knie und erging sich in Bewunderung ihrer Treue, ihrer

Liebe, ihres Heldenmutes.

Sie schien erstaunt über sein Feuer, sein Entzücken. Fast misstrauisch hörte sie ihm zu. Und er wusste wohl, warum. Er war ihr gegenüber immer etwas abweisend gewesen; hatte sie ihm doch die Welt und ihre Verlockungen verkörpert, gegen die er auf seiner Hut sein musste!

Aber in diesem holden Augenblick, wo er wusste, dass sie seinetwegen der Versuchung eines großen Reichtums widerstanden hatte, brauchte er sich keinen Zwang aufzuerlegen. Sie wollte ihm von der Werbung Bericht erstatten, aber er hörte kaum zu und unterbrach sie immer wieder durch seine Küsse.

Als sie ausgeredet hatte, musste er sie abermals unzählige Male küssen, und schließlich saßen sie ganz still nebeneinander.

Wo waren nun die strengen, stolzen Worte, die er ihr hatte sagen wollen? Vergessen – ausgewischt aus der Erinnerung. Er bedurfte ihrer nicht mehr. Nun wusste er, dass das geliebte Mädchen niemals eine Gefahr für ihn bedeuten könnte. Sie war keine Sklavin des Mammons, wie er gefürchtet hatte. Welchen Reichtum hatte sie heute verschmäht, um ihm treu zu bleiben!

Wie sie so in seinen Armen lag, spielte ein leichtes Lächeln um ihre Lippen. Sie sah sehr glücklich aus, glücklicher als je zuvor. Woran dachte sie? Vielleicht sagte sie in diesem Augenblick zu sich selbst, sie begehre nichts als seine Liebe allein, vielleicht gab sie den Gedanken an das Lektorat auf, das beinahe die Ursache der Trennung für sie geworden wäre.

Sie sagte nichts, aber er lauschte ihren Gedanken.

»Lass uns nur bald Zusammenkommen! Ich stelle keine Bedingungen, ich will nichts als deine Liebe!«

Aber sollte er sich an Edelmut von ihr übertreffen lassen? Nein, er wollte ihr die größte Freude bereiten. Er wollte ihr zuflüstern, jetzt, da er ihre Gesinnung kenne, werde er es auch wagen. Jetzt wolle er versuchen, sich und ihr einen anständigen Lebensunterhalt zu verschaffen.

Wie süß war doch dieses Schweigen! Ob sie wohl hörte, was er zu sich selber sagte? Hörte sie das Versprechen, das er ihr gab?

Er machte eine Anstrengung, seine Gedanken in Worte zu kleiden.

»Ach, Charlotte!«, begann er. »Wie soll ich dir je vergelten können, was du um meinetwillen verschmäht hast?«

Ihr Haupt lehnte an seiner Schulter, und so konnte er ihr Gesicht nicht sehen.

»Mein Liebster«, hörte er sie erwidern, »ich bin gar nicht bange. Ich weiß, du wirst mir vollen Ersatz dafür bieten.«

Ersatz – was meinte sie damit? Wollte sie sagen, sie begehre als Ersatz nichts als seine Liebe? Oder meinte sie etwas anderes? Weshalb hielt sie den Kopf gesenkt? Warum sah sie ihm nicht ins Auge? Hielt sie ihn für eine so ärmliche Partie, dass sie Ersatz heischte, weil sie ihm treu geblieben war? Er war ja doch Geistlicher und Doktor der Philosophie und der Sohn angesehener Eltern, hatte immer versucht, seine Pflichten zu erfüllen, war im Begriff, sich einen Namen als Prediger zu machen, und hatte einen tadellosen Lebenswandel geführt. Glaubte sie wirklich, es sei eine gar so große Entsagung gewesen, Schagerström abzuweisen?

Nein, natürlich dachte sie gar nicht an so etwas. Er musste ruhig sein, mit Sanftmut und Milde ihre Gedanken zu erforschen suchen.

»Was verstehst du unter Ersatz? Ich habe dir ja doch gar nichts zu bieten.«

Da schmiegte sie sich dichter an ihn, sodass sie ihm ins Ohr flüstern konnte:

»Du hast eine viel zu geringe Meinung von dir selbst, mein Geliebter. Du kannst sowohl Dompropst als auch Bischof werden.«

Da riss er sich so heftig von ihr los, dass sie fast gefallen wäre.

»Also, weil du Schagerström abgewiesen hast, soll ich Dompropst oder Bischof werden, das erwartest du nun von mir?«

Sie sah verwirrt zu ihm empor, als erwache sie aus einem Traum. Ja, gewiss, sie hatte geträumt, hatte im Schlaf gesprochen und im Schlaf ihre geheimsten Gedanken verraten. Sie erwiderte nichts. Glaubte sie, diese Fragen bedürften keiner Antwort?

»Ich frage dich, ob du meinst, ich solle Dompropst oder Bischof werden, weil du Schagerström abgewiesen hast?«

Nun stieg ihr die Röte in die Wangen. Aha, das Löwensköldsche Blut kam in Wallung! Doch noch immer würdigte sie ihn keiner Antwort.

Aber Antwort wollte er haben, Antwort musste er haben.

»Hörst du nicht? Ich frage dich, ob du erwartest, dass ich Dompropst oder Bischof werden soll, weil du Schagerström abgewiesen hast?«

Sie warf den Kopf in den Nacken, ihre Augen blitzten. Im Ton tiefster Verachtung warf sie ihm hin: »Selbstverständlich!«

Nun stand er auf. Er wollte nicht länger neben ihr sitzen. Sein Schmerz über ihre Antwort war grenzenlos, aber er wollte das einem solchen Geschöpf, wie diese Charlotte es war, nicht zeigen. Doch wollte er sich auch nichts vorzuwerfen haben. Er machte noch einen Versuch, freundlich mit diesem verlorenen Weltkind zu sprechen.

»Liebe Charlotte, ich kann dir für deine Aufrichtigkeit nicht dankbar genug sein. Jetzt weiß ich, dass dir die äußere Stellung alles bedeutet. Ein tadelloser Wandel, ein treues Bestreben, in Christi, meines Meisters, Fußstapfen zu wandeln, hat für dich keinen Wert.«

Schöne und friedliche Worte. Er erwartete ihre Antwort mit Spannung.

»Lieber Karl-Artur, ich glaube schon, dass ich deinen Wert richtig schätzen kann; auch wenn ich nicht vor dir katzbuckle wie die Weiber in der Gemeinde.«

Diese Antwort erschien ihm als richtige Grobheit, ihr Ärger machte sich Luft.

Charlotte stand auf, um ihrer Wege zu gehen. Aber er fasste sie am Arm und hielt sie fest. Diese Unterredung musste zu Ende geführt werden.

Charlottes Äußerung über die Weiber in der Gemeinde hatte ihm Frau Sundler in Erinnerung gebracht. Er dachte an das, was sie ihm berichtet hatte, und dadurch wurde sein Zorn aufs Neue angefacht. Es kochte in ihm.

Die Gemütsbewegung riss die Tür in seiner Seele auf, die in den Raum führte, worin die großen, starken Worte als Trauben an Ranken hingen. Nun begann er streng und ermahnend zu ihr zu reden. Er warf ihr ihre Weltliebe vor, ihren Hochmut, ihre Eitelkeit.

Aber Charlotte hörte ihm nicht lange zu.

»So minderwertig ich auch bin, so habe ich doch Schagerström abgewiesen«, erinnerte sie ihn in sanftem Ton.

Er entsetzte sich über ihre Schamlosigkeit.

»Großer Gott, was ist das für ein Weib!«, brach er los. »Hat sie doch soeben erst bekannt, dass sie Schagerström nur abgewiesen hat, weil sie sich mehr davon versprach, mit einem Bischof verheiratet zu sein als mit einem Hüttenbesitzer!«

Während dieses ganzen Auftritts sprach in seiner Seele eine leise, besänftigende Stimme. Diese flüsterte ihm zu, er möge sich in acht nehmen. Ob er denn noch nie bemerkt habe, dass Charlotte Löwensköld eine von denen sei, die es verschmähen, sich zu rechtfertigen? Wenn jemand schlecht von ihr denke, so versuche sie es nie, ihm diese üble Meinung zu nehmen.

Aber Karl-Artur hörte nicht auf diese leise besänftigende Stimme. Er glaubte ihr nicht. Charlotte enthüllte mit jedem Wort neue Tiefen der Niedertracht. Man musste nur ihre Antwort hören!

»Lieber Karl-Artur, reite doch nicht immer auf dem herum, dass ich sagte, du solltest höher hinauf. Es war doch nur Scherz. Ich glaube ja gar nicht, dass du es jemals zum Dompropst oder Bischof bringen kannst.«

War er schon vorher verletzt, empört, so musste vor diesem neuen Ausfall die besänftigende Stimme schweigen. Das Blut brauste ihm in den Ohren. Seine Hände bebten. Diese Unglückselige raubte ihm alle Selbstbeherrschung. Sie machte ihn verrückt.

Er wusste, dass er vor ihr auf und nieder hüpfte. Er wusste, dass seine Stimme zum Geschrei wurde. Er wusste, dass er die Arme in die Luft reckte und dass sein Kinn zitterte. Aber er machte keinen Versuch, sich zu beherrschen. Er fühlte einen unbeschreiblichen Abscheu vor Charlotte, der sich nicht in Worte fassen ließ. Nein, er musste sich in Bewegungen Luft machen.

»All deine Schlechtigkeit ist mir nun offenbar!«, rief er. »Ich sehe dich so, wie du bist. Nie – nie – nie werde ich mich mit jemand verheiraten, wie du bist. Es würde mein Verderben sein.«

»In einigem bin ich dir aber doch von Nutzen gewesen«, erwiderte sie. »Du hast es doch nur mir zu danken, dass du Lizenziat und Doktor der Philosophie bist.«

Von nun an war es nicht mehr er selber, der ihr antwortete. Nicht, als ob er nicht gewusst hätte, was er sagte oder dachte, aber die Worte kamen doch überraschend und unerwartet. Ein anderer als er legte sie ihm auf die Lippen.

»Ei sieh!«, rief er. »Nun will sie mich daran mahnen, dass sie fünf Jahre auf mich gewartet hat und ich infolgedessen gezwungen sei, sie zu heiraten. Aber es nützt nichts. Ich werde keine andere heiraten als die, so Gott selber für mich erwählt.«

»Sprich nicht von Gott!«, mahnte sie.

Er erhob das Haupt und warf es zurück. Er schien in den Wolken zu lesen.

»Ja, ja, ich will Gott für mich wählen lassen! Das erste ledige weibliche Wesen, das mir begegnet, soll meine Frau werden.«

Charlotte schrie auf. Sie eilte auf ihn zu.

»Aber Karl-Artur, Karl-Artur!«, rief sie und versuchte, einen seiner Arme herabzuziehen.

»Komm mir nicht nahe!«, schrie er.

Aber sie erfasste nicht das Maß seiner Wut. Sie umschlang ihn mit ihren Armen.

Da hörte sie einen Laut des Abscheus seiner Kehle entsteigen. Seine Hände packten die ihrigen mit eisernem Griff und warfen das Mädchen auf die Moosbank zurück.

Dann stürmte er fort von ihr.

Das Mädchen aus Dalarne

Gleich beim ersten Male, als Karl-Artur die Propstei von Korskyrka zu Gesicht bekam, wie sie da an der Landstraße lag, gleich einem Herrensitz unter hohen Linden, mit dem grünen Zaun, den ehrwürdigen Torpfeilern und der Gittertür, durch die man in den Garten mit seinem Rondell und den Kieswegen blicken konnte, mit dem lang gestreckten, rot angestrichenen, zweistöckigen Wohnhaus in der Mitte, mit seinen beiden gleichgroßen Seitenflügeln, rechts dem des Vikars, links dem des Pächters, hatte er sich gesagt, gerade so müsse ein schwedischer Pfarrhof aussehen, traulich und einladend, feierlich und doch achtunggebietend zugleich.

Und später, als er den immer kurz geschnittenen Rasen bemerkte, die wohlgeordneten Rabatten, auf denen alle Pflanzen gleich hoch waren und im gleichen Abstand voneinander standen, die hübsch geharkten Wege, den reinlich beschnittenen wilden Wein um die kleine Veranda, die langen Gardinen, die in hübschen geraden Falten an jedem Fenster hingen, hatte dies alles ihn mit dem gleichen Gefühl von Behagen und Würde erfüllt. Es war ihm, als müsse sich jeder, der in diesem Hof wohnte, verpflichtet fühlen, ein besonnenes, friedliches Leben zu führen.

Niemals hätte er sich träumen lassen, dass gerade er, Karl-Artur Ekenstedt, eines Tages auf das weiße Gittertor zugelaufen kommen würde, mit erhobenen, wildfuchtelnden Armen, den Hut auf dem einen Ohr und kurzen, pfeifenden Lauten auf den Lippen.

Als die Gartentür hinter ihm ins Schloss fiel, lachte er wild auf. Er glaubte zu sehen, wie das Wohnhaus und die Blumenbeete ihn verwundert anstarrten.

»Hat man je so etwas gesehen? Was ist das für ein Mensch?«, flüsterte es von Blume zu Blume.

Jawohl, die Bäume wunderten sich, der Rasen wunderte sich, der ganze Garten wunderte sich. Karl-Artur hörte, wie sie sich verwunderten.

Konnte das der Sohn der charmanten Frau Oberst Ekenstedt sein, die die gebildetste Dame in ganz Värmland war und Gedichte machte, schöner als die von Frau Lenngren – konnte er es sein, der jetzt aus dem Pfarrgarten herausgerannt kam, als wolle er dem Reich des Bösen und der Sünde entfliehen?

Konnte das der stille, rücksichtsvolle, gemessene Vikar sein, der so schöne blumenreiche Predigten hielt, der nun mit roten Flammen auf der Stirn und wutverzerrten Zügen daherjagte?

Konnte es ein Geistlicher aus der Propstei von Korskyrka sein, in der so viele ehrbare und würdige Diener des Herrn gelebt hatten, der jetzt da vor der Gartentür stand, um auf die Landstraße hinauszugehen, fest entschlossen, das erste beste ledige weibliche Wesen zu heiraten, das ihm begegnete?

Konnte es der junge Ekenstedt sein, der eine so vornehme Erziehung erhalten und immer unter vornehmen Leuten gelebt hatte, der nun Gefahr lief, das erste beste Mädchen, das ihm in den Weg lief, zur Frau nehmen zu müssen? Wusste er nicht, dass es eine Schwatzbase, ein Faulpelz, eine dumme Gans, eine Giftnudel, eine Schlampe oder eine Dirne sein konnte, mit der er zusammentraf?

Wusste er nicht, dass er sich auf die gefährlichste Wanderung seines ganzen Lebens begab?

Karl-Artur stand einen Augenblick an der Gartentür still und lauschte auf die Verwunderung, die von Baum zu Baum, von Blume zu Blume ging.

Jawohl, er wusste es, diese Wanderung war verhängnisvoll und gefährlich. Aber er wusste noch mehr: Während dieses ganzen Sommers hatte er die Welt mehr geliebt als Gott. Er wusste, Charlotte Löwensköld war eine Gefahr für seine Seele gewesen, und er wollte zwischen ihr und sich eine Scheidewand aufrichten, die sie nie würde durchbrechen können.

Und er wusste noch weiter – in dem Augenblick, wo er Charlotte aus seinem Herzen riss, öffnete sich dieses wieder für Christum. Er wollte seinem Erlöser zeigen, dass er ihn ohne Maß und ohne Grenzen liebte und sich unbedingt auf ihn verließ. Darum wollte er jetzt auch Christus eine Frau für sich auswählen lassen. Es war ein großes, ein furchtbares Vertrauen, das er in ihn setzte und das er nun beweisen wollte.

Er hatte keine Angst, während er da an der Gartentür der Propstei stand und die Straße entlang schaute. Nein, er hatte keine Angst, aber eins fühlte er doch, nun bewies er den größten Mut, den ein Mensch zeigen konnte. Er bewies ihn, indem er sein Geschick ohne Vorbehalt in Gottes Hand legte.

Das Letzte, was er tat, ehe er von der Gartentür wegging, war, ein Vaterunser zu beten. Und während des Gebetes wurde es still in ihm.

Auch seine äußere Ruhe kehrte zurück. Die heiße Röte schwand aus seinem Gesicht, und sein Kinn zitterte nicht mehr.

Als er nun anfing, dem Kirchdorf zuzugehen, wie er musste, wenn er Menschen begegnen wollte, war er doch nicht ganz frei von Anfechtung.

Er war noch nicht weiter als bis zum Ende des Zaunes um die Propstei gekommen, als er auch schon stehenblieb. Der arme furchtsame Mensch in ihm war es, der ihn anhielt. Er dachte daran, dass er vor einer Stunde, als er vom Kirchdorf herkam, gerade an dieser Stelle dem tauben Bettelweib Karin Johannstochter in ihrem verschlissenen Schal, ihrem zerlumpten Rock und mit dem Bettelsack auf dem Rücken begegnet war. Sie war gewiss früher einmal verheiratet gewesen, aber schon seit vielen Jahren Witwe und konnte also unter die Ledigen gezählt werden.

Der plötzliche Gedanke, er könnte dieser Person begegnen, hatte ihn aufgehalten.

Aber er verhöhnte den armseligen, furchtsamen, sündigen Menschen, der in seiner Brust wohnte, weil dieser geglaubt hatte, er habe die Macht, ihn an der Ausführung seines Vorsatzes zu hindern, und so setzte er seine Wanderung fort.

Nach wenigen Sekunden hörte er Wagengerassel hinter sich. Gleich darauf fuhr ein Gefährt vorbei, das von einem prächtigen Renner gezogen wurde.

In dem Gefährt saß einer der mächtigen stolzen Grubenbesitzer dieser Gegend, ein Mann, der so viele Bergwerke und Eisenhämmer besaß, dass er an Rang Schagerström gleichgestellt wurde. An seiner Seite saß seine Tochter, und wenn er von der andern Richtung hergefahren gekommen wäre, so hätte der junge Geistliche sich gezwungen gesehen, seinem Gelübde entsprechend dem stolzen Mann ein Zeichen zum Anhalten zu geben, damit er um die Tochter hätte werben können.

Es war nicht leicht, zu sagen, welchen Ausgang dieses Unternehmen genommen hätte. Ein Peitschenhieb übers Gesicht wäre nicht undenkbar gewesen. Der Grubenbesitzer Aron Månsson war gewöhnt, seine Töchter mit

Grafen und Baronen, aber nicht mit Hilfsgeistlichen zu vermählen.

Aufs Neue wurde dem armen sündigen Menschen, der in Karl-Arturs Brust wohnte, angst und bange. Er riet ihm, umzukehren, die Sache sei doch allzu gefährlich.

Aber das neue tapfere Gotteskind, das ebenfalls in ihm wohnte, erhob seine jubelnde Stimme. Es freute sich, sein Vertrauen und seinen Gehorsam beweisen zu können.

Zur rechten Seite der Straße erhob sich ein steiler Bergrücken, dessen Hänge mit jungen Tannen, kleinen Birken und wilden Kirschbäumen bestanden waren. Durch das dichte Gestrüpp kam jemand daher und sang. Karl-Artur konnte die Sängerin nicht sehen, aber die Stimme war ihm wohlbekannt. Sie gehörte der schlampigen Tochter des Gastwirts, die jedem Burschen nachlief. Sie war Karl-Artur schon ganz nahe. Jeden Augenblick konnte es ihr einfallen, in die Landstraße einzubiegen.

Unwillkürlich trat Karl-Artur leise auf, damit seine Schritte von der Sängerin nicht gehört würden. Er sah sich auch ab und zu nach einer Möglichkeit um, von dem Weg auf die Landstraße abzubiegen.

Auf der andern Straßenseite lag eine Wiese, auf der eine Kuhherde graste. Aber die Kühe waren nicht allein, ein Mädchen war eben dabei, sie zu melken. Auch diese Person war Karl-Artur nicht unbekannt. Es war die Stallmagd des Pächters der Propstei, groß wie ein Mann und mit drei unehelichen Kindern. Karl-Arturs ganzes Sein und Wesen ward von Entsetzen ergriffen, aber ein Gebet zu Gott hinaufsendend ging er doch weiter.

Die Wirtstochter sang drin im Gehölz, die große Stallmagd war mit dem Melken fertig und schickte sich zum Heimgehen an, aber keine von beiden kam auf den Weg heraus. Karl-Artur begegnete ihnen nicht, obgleich er sie sah und hörte.

Der arme sündige alte Mensch in ihm kam nun mit einem neuen Einwand. Er sagte zu ihm, vielleicht wolle Gott ihm diese beiden leichtsinnigen Frauen zeigen, nicht so sehr, um seinen Glauben und seinen Mut zu prüfen, sondern um ihn zu warnen. Vielleicht wolle er ihm zu verstehen geben, dass er töricht und leichtsinnig handle.

Aber Karl-Artur brachte den schwachen, schwankenden Sünder in sich zum Schweigen und ging auf dem eingeschlagenen Weg weiter. Sollte er wegen so wenig nachgeben? Sollte er mehr an seine Angst als an Gottes Macht glauben?

Nun endlich kam ihm eine weibliche Person entgegen; dieser konnte er nicht ausweichen.

Obgleich sie noch in ziemlicher Entfernung war, erkannte er doch, wer es war, nämlich die Tochter des Häuslers Matt Elis, deren ganzes Gesicht durch ein Muttermal entstellt war. Und nicht genug, dass das arme Mädchen ein unbehagliches Aussehen hatte, nein, sie war auch vielleicht das ärmste

Mädchen im ganzen Kirchspiel, dazu mit Vater und Mutter und zehn unversorgten Geschwistern behaftet.

Karl-Artur hatte sie schon wiederholt in ihrer ärmlichen Hütte aufgesucht, wo es von zerlumpten, schmutzigen Kindern wimmelte, die die Älteste vergeblich zu kleiden und zu ernähren versuchte.

Karl-Artur fühlte, wie ihm der Angstschweiß auf der Stirn ausbrach; aber dann faltete er die Hände und ging ruhig weiter.

»Es geschieht ihretwegen, damit sie Hilfe bekommt«, murmelte er, während er ihr näher kam.

Ach, ein wahres Märtyrertum tauchte vor Karl-Arturs Seele auf! Aber er wollte in dieser Beziehung vor nichts zurückweichen. Vor diesem bettelarmen Mädchen fühlte er keinen so großen Widerwillen wie vorhin vor der Wirtstochter und der Stallmagd. Von dieser hatte er nichts als Gutes gehört.

Doch siehe, als sie nur noch zwei Schritte voneinander entfernt waren, bog sie vom Weg ab. Irgendjemand hatte sie vom Wald her angerufen, und sie verschwand rasch in dem Gebüsch.

Als die Häusler-Elis nun aus dem Spiel war, hatte Karl-Artur doch die Empfindung, als sei ihm ein sehr schwerer Stein vom Herzen gefallen.

Jetzt fühlte er neue Zuversicht, und er ging hoch erhobenen Hauptes weiter, ebenso stolz, wie wenn es ihm geglückt wäre, die Stärke seines Glaubens zu beweisen, indem er wie Petrus auf dem Wasser ging.

»Gott ist mit mir«, sagte er. »Christus begleitet mich auf meinem Weg und hält seinen Schild über mir.«

Diese Gewissheit trug ihn empor, und sie erfüllte ihn mit Seligkeit.

›Jetzt kommt bald die Rechte‹, dachte er. ›Christus hat mich geprüft, und er hat gesehen, dass es mir ernst ist. Nein, ich weiche nicht zurück. Meine Erwählte ist im Anzug.‹

Eine Minute später hatte er die kurze Wegstrecke zurückgelegt, die die Propstei von dem Kirchdorf trennt, und er wollte eben in die Dorfstraße einbiegen, als sich die Tür eines kleinen Hauses öffnete und ein junges Mädchen heraustrat. Sie ging durch das Vorgärtchen, das sich auch hier, wie vor allen anderen Häusern der kleinen Ortschaft, ausbreitete, und von da gerade zu Karl-Artur auf den Weg hinaus.

Und so plötzlich war sie da aufgetaucht, dass nur noch zwei Schritte zwischen ihnen lagen, als Karl-Artur ihrer ansichtig wurde.

Er hielt jäh an, und sein erster Gedanke war: ›Das ist sie, das ist sie! Hab' ich es nicht gesagt? Gerade jetzt musste sie mir in den Weg kommen, ich wusste es wohl.‹

Darauf faltete er die Hände, um Gott für seine große, wunderbare Gnade zu danken.

Das Mädchen, das ihm entgegenkam, war nicht in diesem Kirchspiel zu Hause, sondern stammte aus einem der nördlichen Dörfer in Dalarne; sie zog

umher und trieb einen Hausierhandel. Sie trug die Tracht ihres Heimatbe-
zirkes, ihr Anzug war rot, grün, weiß und schwarz, und in Korskyrka, wo die
alte Dorftracht längst abgeschafft worden war, leuchtete sie wie eine wilde
Rose im Hag. Und im Übrigen war sie selbst noch viel schöner als ihre Klei-
dung. Ihr Haar lockte sich um eine prachtvolle Stirn, die auch sehr hoch
erschien, und die Gesichtszüge waren edel geformt. Aber vor allem waren es
die tiefen traurigen Augen und die dichten schwarzen Brauen, die für das
Antlitz entscheidend waren. Sobald man diese Augen sah, war man vollständig überzeugt, dass sie jeglichem Gesicht Schönheit verleihen würden.
Dazu war ihre Gestalt groß, stattlich, nicht gerade schlank, aber gut gebaut.
Ja, sie war gesund und frisch, darüber hätte niemand auch nur einen Augenblick im Zweifel sein können. Auf dem Rücken trug sie einen großen
schwarzen ledernen Ranzen mit Handelswaren gefüllt, aber trotzdem schritt
sie ganz aufrecht einher und bewegte sich mit einer Leichtigkeit, als wisse sie
gar nichts von irgendeiner Last.

Was Karl-Artur betrifft, so fühlte er sich beinahe geblendet.

»Das ist der Sommer, der mir entgegenkommt«, sagte er zu sich selbst. Ja,
der reiche, warme, blühende Sommer war's, der in diesem ganzen Jahr schon
geherrscht hatte. Wenn er ihn hätte malen können, so hätte das Bild genauso
ausgesehen wie dieses Mädchen.

Aber wenn es der Sommer war, der ihm da entgegenkam, so war es wahrlich kein Sommer, vor dem er sich zu fürchten brauchte. Im Gegenteil! Gottes
Absicht war, dass er ihn an sein Herz nehmen und sich über dessen Schönheit freuen solle. Er brauchte keine Besorgnis zu hegen. Diese, seine Braut, so
farbenprächtig und schön sie auch war, sie kam aus fernen Gebirgsgegenden,
aus Armut und Niedrigkeit. Sie wusste nichts von den Verlockungen des
Reichtums oder von der seltsamen Liebe für die irdischen Dinge, durch die
die Leute im flachen Land den Schöpfer über der Schöpfung vergessen. Sie,
diese Tochter der Armut, würde nicht zaudern, sich mit einem Mann zu
verbinden, der sein ganzes Leben lang arm zu bleiben gedachte.

In Wahrheit, nichts ging über die Weisheit Gottes. Er wusste, was ihm,
Karl-Artur, vonnöten war. Nur mit einem Wink seiner Hand stellte ihm Gott
dieses junge Mädchen in den Weg, das besser für ihn passte als jedes andere.

Der junge Geistliche war so in seine eigenen Gedanken versunken, dass er
nicht die leiseste Bewegung machte, um sich dem schönen Mädchen aus
Dalarne zu nähern. Aber sie, die wohl merkte, wie er sie mit den Augen
verschlang, konnte ein leises Lachen nicht unterdrücken.

»Du starrst mich ja an, als sei dir ein Bär in den Weg gelaufen«, sagte sie.

Jetzt lachte Karl-Artur auch. Merkwürdig, wie leicht es ihm plötzlich geworden war!

»Nein«, sagte er, »nein, ein Bär war es nicht, den ich zu sehen meinte.«

»Dann war es am Ende die böse Waldhexe; die Leute sagen, die Männer würden von ihrem Anblick so gebannt, dass sie sich nicht mehr vom Fleck rühren könnten.«

Sie lachte und zeigte dabei die schönsten, blendend weißen Zähne. Dann wollte sie an Karl-Artur Vorbeigehen, aber rasch hielt er sie zurück.

»Du darfst noch nicht gehen, denn ich muss mit dir reden. Setz dich hier mit mir auf den Grabenrand!«

Bei dieser Aufforderung sah sie ihn höchst verwundert an, glaubte aber, er werde ihr wohl einiges von ihren Waren abkaufen wollen.

»Aber hier auf der Landstraße kann ich meinen Ranzen nicht aufmachen«, wandte sie ein.

Doch gleich darauf ging ihr ein Licht auf.

»Aber bist du denn nicht der Pfarrer hier im Kirchspiel? Ich meine doch, ich hätte dich gestern auf der Kanzel gesehen.«

Karl-Artur fühlte sich sehr beglückt, weil sie ihn predigen gehört hatte und wusste, wer er war.

»Gewiss war ich der Prediger, der gestern in der Kirche predigte, ich bin jedoch nur der Hilfsgeistliche, verstehst du?«

»Aber du wohnst doch wohl in der Propstei? Ich bin gerade auf dem Weg dahin. Komm dann nur in die Küche heraus, da kannst du mir meinen ganzen Sack voll abkaufen.«

Sie meinte, nun werde er sich zufriedengeben; aber noch immer blieb der junge Mann ihr hindernd im Weg stehen.

»Ich will keine von deinen Waren kaufen«, sagte er, »sondern ich will dich fragen, ob du meine Frau werden willst.«

Er brachte die Worte nur mühsam heraus, denn er war in starker Erregung. Es war ihm, als sei sich die ganze Natur ringsum, die Vögel, das rauschende Laub der Bäume, das weidende Vieh, vollständig bewusst, welch ein feierliches Ereignis hier vor sich ging und als verhielte sich alles in Erwartung der Antwort des jungen Mädchens ganz, ganz ruhig.

Das Mädchen aus Dalarne wendete sich ihm hastig zu, wie um zu sehen, ob es ihm ernst sei, schien aber sonst ganz gleichgültig zu bleiben.

»Wir können uns heute Abend um zehn Uhr hier auf dem Weg wieder treffen«, sagte sie dann. »Jetzt hab' ich erst meine Sachen zu besorgen.«

Danach setzte sie ihren Weg nach der Propstei fort, und Karl-Artur ließ sie gehen. Er wusste, sie würde am Abend wieder hierherkommen, und ihre Antwort würde ein Ja sein. Sollte sie nun nicht die Braut sein, die Gott für ihn bestimmt hatte?

Er selbst fühlte keine Lust, nach Hause zu gehen und sich an die Arbeit zu setzen. Er schlug den Weg nach dem Hügel ein, um den sich die Straße herumschlängelte. Als er so weit in das Gebüsch hineingekommen war, dass ihn niemand mehr sehen konnte, warf er sich auf den Boden.

Welches Glück, welches wunderbare Glück! Welchen Gefahren war er doch entgangen! Wie merkwürdig waren doch die Ereignisse dieses Tages! Mit einem Male war er von allen seinen Bekümmernissen befreit worden. Charlotte Löwensköld würde ihn nun nie mehr verlocken können, ein Sklave des Mammons zu werden. Von nun an würde er in Übereinstimmung mit seiner Neigung leben. Die einfache arme Gattin würde ihn in Jesu Fußstapfen wandeln lassen. Er sah die kleine graue Behausung vor sich; er sah die einfache, beglückende Lebensweise. Er sah auch die vollkommene Harmonie zwischen seiner Lehre und seinem Lebenswandel.

Lange lag er auf dem Waldboden und schaute hinauf in das vielästige Gezweig, durch das die Sonnenstrahlen hindurchzuschlüpfen versuchten. Und da war es Karl-Artur, als wolle auf dieselbe Weise eine neue glückbringende Liebe in sein gekränktes und verletztes Herz eindringen.

Der Morgenkaffee

1

Eine Person gab es, die, wenn sie nur willig gewesen wäre, alles wieder hätte in Ordnung bringen können. Aber das wäre vielleicht zuviel begehrt gewesen von jemand, der Jahr um Jahr sein Herz immer nur mit Wünschen gefüllt hatte.

Allerdings ist es schwer, zu beweisen, ob es im großen ganzen einen Einfluss auf den Lauf der Welt haben kann, wenn man sich nur immerfort etwas wünscht, aber dass es einen selbst ganz überwältigen, den Willen schwächen und das Gewissen zum Schweigen bringen kann, daran soll man nun und nimmer zweifeln.

Frau Sundler hatte sich den ganzen Montagnachmittag gegrämt, weil sie über Charlotte jenen Ausspruch getan hatte, der Karl-Artur verjagte. Lieber Himmel, er war hier unter ihrem Dach gewesen, hatte höchst vertraulich mit ihr geredet, war liebenswürdiger gewesen, als sie sich jemals hätte träumen lassen, und sie, in ihrem Unverstand, hatte ihn so gekränkt, dass er erklärt hatte, er wolle sie niemals wiedersehen!

Frau Sundler war dann über sich selbst und über die ganze Welt höchst aufgebracht gewesen, und als ihr Mann, Organist Sundler, vorschlug, sie solle mit ihm in die Kirche hinübergehen und eine Weile singen, was sie an den Sommerabenden sehr oft taten, hatte sie ihn sehr barsch abgewiesen. Darauf war er aus dem Haus entflohen und hatte im Wirtshaus Zuflucht gesucht.

Das vermehrte natürlich ihren Ärger noch mehr, denn sie wollte sowohl anderen als auch sich selbst gegenüber tadellos sein; auch wusste sie eins recht wohl: Organist Sundler hatte sie nur geheiratet, weil er ihren Gesang so außerordentlich bewunderte, dass er jeden Tag Gelegenheit haben wollte, ihn zu hören.

Sie hatte auch bisher immer redlich abbezahlt, was sie ihm dafür schuldig war, dass sie nun ein hübsches kleines Haus hatte und nicht ihr tägliches Brot als arme Erzieherin verdienen musste. Aber an diesem Tag war sie nicht dazu imstande. Wenn sie an diesem Abend ihre Stimme in Gottes Haus hätte ertönen lassen, wären nicht wohllautende fromme Worte über ihre Lippen geströmt, sondern Klagerufe und Lästerung.

Aber zu ihrer großen unbeschreiblichen Freude war Karl-Artur so gegen halb neun Uhr wieder zu ihr gekommen. Froh und ohne jegliche Verlegenheit war er eingetreten und hatte gefragt, ob sie ihm etwas zu essen geben wolle. Bei diesem Verlangen hatte sie allerdings ein wenig verwundert ausgesehen, und da hatte er erklärt, er habe den ganzen Nachmittag im Wald draußen gelegen und geschlafen. Er sei wohl übermäßig müde gewesen, denn er habe nicht allein das Mittagessen verschlafen, sondern auch noch das Abendbrot versäumt, das in der Propstei immer Punkt acht Uhr auf dem Tisch stehe. Ob wohl Frau Sundler etwas Brot und Butter im Hause habe, damit er seinen schrecklichen Hunger stillen könne.

Frau Sundler war nicht umsonst die Tochter einer so ausgezeichneten Haushälterin wie Malwina Spaak. Niemand hätte ihr nachsagen können, ihr Haus sei nicht in Ordnung, und so trug sie eiligst nicht allein Brot und Butter, sondern auch Eier und Schinken und Milch aus ihrer Speisekammer herbei.

Und in ihrer Freude darüber, dass Karl-Artur wiedergekommen war und Hilfe von ihr begehrte wie von einer alten, guten Freundin, die von dem mütterlichen Gut stammte, fand sie ihre Sicherheit einigermaßen wieder, sodass sie ihm sagen konnte, wie sehr betrübt sie sei, weil sie am Vormittag etwas Verletzendes über Charlotte gesagt hatte. Er habe doch wohl nicht gedacht, sie wolle zwischen ihm und seiner Braut Unkraut säen? Nein, nein, sie verstehe zwar recht wohl, welch ein schöner Beruf das Unterrichtgeben sei, jawohl, das sei es, aber sie könne darum doch nicht anders als innigst hoffen, ja, jeden Tag Gott darum bitten, der Herr Pastor Ekenstedt möchte auch künftig hier im Dorf als Pfarrer bleiben. Man wäre ja sonst ganz verlassen, weil man so selten eine lebendige Verkündigung zu hören Gelegenheit habe.

Und natürlich antwortete Karl-Artur, wenn jemand um Entschuldigung zu bitten habe, so sei er der schuldige Teil. Im Übrigen solle sie ihre Worte nicht bereuen. Die Vorsehung selbst habe sie ihr in den Mund gelegt, das wisse er jetzt; sie seien ihm eine Hilfe und eine Erweckung gewesen.

Danach hatte das eine Wort das andere gegeben, und schon nach kurzem hatte ihr Karl-Artur alles anvertraut, was ihm widerfahren war, seit er sich von ihr getrennt hatte. Er war ganz überströmend glücklich und von Verwunderung über Gottes große Gnade erfüllt, deshalb konnte er jetzt nicht schweigen, sondern musste einem seiner Mitmenschen alles miteinander erzählen.

Es war ja ein reines Glück, dass ihm diese Thea Sundler, die durch ihre Mutter schon vorher alle Familienverhältnisse kannte, in den Weg gekommen war.

Aber als Frau Sundler demgemäß Karl-Artur von seiner aufgelösten sowie von der neu eingegangenen Verlobung reden hörte, da hätte sie begreifen müssen, was nachfolgen würde. Unglück musste daraus entstehen, jawohl. Sie hätte wissen müssen, dass Charlotte nur aus Störrigkeit und Ärger auf die Fragen ihres Bräutigams über ihre Vorliebe für das Bischofsamt mit ja geantwortet hatte. Und noch eins hätte sie verstehen müssen: Diese Verbindung mit dem Mädchen aus Dalarne war keineswegs schon so fest geknüpft, dass sie nicht möglicherweise noch zu lösen sein würde.

Aber wenn man sich Jahr um Jahr immerfort gewünscht hat, auf irgendeine Weise mit einem entzückenden jungen Mann in Verbindung zu kommen, seine Freundin und Vertraute, aber durchaus nichts anderes zu werden, kann man dann stark genug sein, ihm verständig zuzureden, und zwar gleich beim ersten Male, da er einem seine Seele nackt und bloß offenbart?

Vielleicht war es unmöglich, etwas anderes von Thea Sundler zu verlangen, als in Bewunderung und Teilnahme für den jungen Mann ganz und gar aufzugehen und zu finden, dass diese Wanderung nach dem Kirchdorf eine richtige Heldentat war.

Oder hätte sie versuchen sollen, Charlotte reinzuwaschen? Hätte man das von Thea Sundler verlangen können? Hätte sie zum Beispiel Karl-Artur daran erinnern sollen, dass Charlotte, trotzdem sie ein großes Talent hatte, für andere zu sorgen und alles in Ordnung zu bringen, für sich selbst höchst selten die richtige Klugheit bei der Hand hatte?

Es war ja möglich, dass Karl-Artur seiner Sache doch nicht so sicher war, wie er sich den Anschein gab. Ein kleiner Einwurf hätte ihn vielleicht an sich selbst zweifeln lassen. Ein aufrichtiges Entsetzen hätte ihn vielleicht dazu gebracht, von dieser neuen Verlobung abzustehen.

Aber Frau Sundler tat nichts, um ihn aufzuscheuchen und zu warnen. Sie fand alles ganz ausgezeichnet und herrlich. Wie schön, sein Schicksal so in Gottes Hand zu legen! Wie groß, so die Geliebte aus seinem Herzen zu reißen, um in Jesu Fußtapfen zu wandeln! Nein, Karl-Artur wurde nicht aufgeschreckt, er wurde im Gegenteil ermuntert, noch weiter zu gehen.

Und wer weiß? Frau Sundler war vielleicht ganz aufrichtig? Sie hatte ihren Almquist und Stangnelius auf dem Tisch in ihrer guten Stube liegen, und sie war überdies romantisch vom Scheitel bis zur Sohle. Und hier hatte sie nun endlich ein Erlebnis. Hier hatte sie etwas, worüber sie entzückt sein konnte.

In Karl-Arturs ganzer Darstellung war nur ein einziger Punkt, der Frau

Sundler beunruhigte. Wie konnte denn das Zusammenhängen, dass Charlotte Schagerström abgewiesen hatte? Wenn sie so eifrig auf irdische Vorteile aus war, wie Karl-Artur behauptete, und das wollte auch Frau Sundler gar nicht bestreiten, warum hatte sie dann Schagerströms Werbung abgewiesen? Was konnte Gutes für sie dabei herauskommen, wenn sie Schagerström abwies? Was erwartete sie denn?

Aber während Frau Sundler über all dies nachgrübelte, ging ihr plötzlich ein Licht auf. Nun begriff sie alles miteinander, ja, sie begriff Charlotte. Diese hatte ein hohes Spiel gespielt, aber Thea Sundler begriff es.

Charlotte hatte sofort bereut, Schagerström abgewiesen zu haben, und so hatte sie gewünscht, frei zu werden, um dem reichen Hüttenbesitzer eine andere Antwort geben zu können.

Deshalb, ja deshalb hatte sie einen Auftritt mit Karl-Artur herbeigeführt, ihn so gereizt, dass er mit ihr gebrochen hatte. Das war die Erklärung. So verhielt es sich zweifellos.

Diese ihre Entdeckung teilte Frau Sundler nun Karl-Artur mit; aber er wollte ihr nicht glauben. Sie erklärte und suchte ihm zu beweisen, aber er wollte ihr durchaus nicht glauben. Doch auch Frau Sundler gab nicht nach, o nein! In dieser Sache wagte sie es sogar, ihm zu widersprechen.

Als die Uhr zehn Schläge hören ließ und er sich auf den Weg zu dem Mädchen aus Dalarne machen musste, waren sie über diesen Punkt noch immer nicht einig geworden. Frau Sundler hatte nicht mehr erreicht, als dass Karl-Artur vielleicht ein wenig zweifelhaft geworden war. Sie aber hielt ihrerseits bestimmt an ihrer Meinung fest. Sie versicherte ihn aufs Allergewisseste, er werde sehen, am nächsten Tag oder jedenfalls an einem der allernächsten Tage werde sich Charlotte mit Schagerström verloben.

Ja, so war es zugegangen: Thea Sundler hatte die Sache nicht wieder gutgemacht, sie hatte im Gegenteil einen neuen Zornesbrand in Karl-Arturs Seele geworfen. Und etwas anderes hätte man vielleicht auch niemals von ihr erwarten können.

Aber es gab ja auch noch jemand, der gern helfen und wieder gutmachen wollte, und dieser jemand war Charlotte. Ja, gewiss, gewiss, aber was hätte gerade sie dabei tun können? Karl-Artur hatte sie aus seinem Herzen gerissen wie ein Unkraut. Sie stand zwischen ihm und seinem Gott. Sie war nicht mehr für ihn vorhanden.

Und selbst, wenn er auf sie hätte hören wollen – könnte man sich denken, dass Charlotte die rechten Worte finden würde, könnte man sich denken, dass sie, das junge heftige Wesen, Verstand genug hätte, um den Stolz beiseitezuschieben und die guten, sanften, versöhnenden Worte zu sagen, die den Geliebten retten könnten?

2

Als Karl-Artur am nächsten Morgen seinen gewöhnlichen Weg vom Seitenflügel ins Hauptgebäude hinüber, wo er seinen Morgenkaffee einzunehmen pflegte, zurücklegte, blieb er einmal ums andere einen Augenblick stehen, um die frische Morgenluft einzuatmen, den samtenen Glanz auf den betauten Rasenflächen, die stolze Farbenpracht der Levkojen und das frohe Summen honigsaugender Bienen zu bewundern.

Er empfand mit angenehmer Befriedigung, dass er eigentlich erst von heute an, nachdem er sich von den Verlockungen des weltlichen Lebens freigemacht hatte, mit vollkommenem Wohlbehagen die herrliche Natur genießen konnte.

Als er ins Esszimmer trat, fand er zu seiner Überraschung Charlotte vor, die ihn ganz wie gewöhnlich begrüßte. Seine freundliche Stimmung verwandelte sich infolgedessen rasch in eine leichte Verdrießlichkeit. Er seinerseits hatte geglaubt, er sei frei, und der Streit sei ausgekämpft. Charlotte dagegen schien nicht der Auffassung zu sein, dass der gestrige Bruch zwischen ihnen entschieden und unwiderruflich sei.

Er sagte flüchtig guten Morgen, weil er doch nicht geradezu unhöflich sein wollte, aber er tat, als bemerke er ihre ihm entgegengestreckte Hand nicht, sondern ging geradewegs auf den Esstisch zu und ließ sich da nieder.

Er glaubte, er hätte ihr damit genug gezeigt, dass sie sich nicht weiter um ihn kümmern solle; aber Charlotte wollte ihn offenbar nicht verstehen, sondern blieb da, um ihm Gesellschaft zu leisten.

Obgleich er sich hütete, die Augen aufzuschlagen, damit er nicht ihrem Blick begegnete, war ihm bei dem ersten kurzen Blick, den er beim Eintreten auf Charlotte geworfen hatte, etwas aufgefallen. Ihre sonst so blühende Hautfarbe sah ganz fahl aus, und ihre Augen waren rot umrändert. Ihr ganzes Aussehen legte Zeugnis davon ab, dass sie die Nacht durchwacht und vielleicht in Gewissensqualen verbracht hatte.

Na, und wenn auch! Er selbst hatte in dieser Nacht auch nicht schlafen können. Die Stunden von zehn bis zwei Uhr hatte er im Gespräch mit der Braut verbracht, die Gott für ihn ausersehen hatte. Der anbrechende Morgen hatte sie allerdings getrennt und ihn heim in die Propstei getrieben; aber diese Stunden, da ein neues Liebesglück seine Seele erfüllte, waren zu schön, um sie zu verschlafen. Statt dessen hatte er sich an den Schreibtisch gesetzt, um seine Eltern von dem Geschehenen zu benachrichtigen; auf diese Weise hatte er die Seligkeit der vergangenen Stunden aufs Neue durchlebt. Aber davon war er trotzdem überzeugt, niemand würde ihm ansehen können, dass in der ganzen Nacht kein Schlaf in seine Augen gekommen war. Noch niemals hatte er sich so frisch und lebensfroh gefühlt.

Charlotte war so eifrig um ihn beschäftigt, wie wenn gar nichts geschehen wäre. Das war ihm unangenehm. Sie rückte die Rahmkanne und den Brotkorb näher zu ihm hin, ging dann an die Luke der Anrichte und holte den warmen Kaffee.

Während Charlotte Karl-Artur Kaffee in seine Tasse goss, fragte sie ihn ganz ruhig und unbefangen, genauso, wie wenn sie ihn nach etwas ganz Gewöhnlichem und Alltäglichem fragen würde:

»Nun, wie ist es dir ergangen?«

Karl-Artur fand es wirklich widerwärtig, darauf zu antworten. Über dieser letzten Sommernacht, die er in der Gesellschaft des jungen Mädchens aus Dalarne verbracht hatte, lag noch immer ein Schimmer von Heiligkeit. Er hatte nicht die Zeit mit Zärtlichkeitsbezeigungen verbracht, sondern damit, dass er ihr erklärte, wie er sein Leben nach Christi Vorbild einzurichten gedenke. Und ihr friedfertiges Zuhören, ihre zögernden, freundlichen Antworten, ihr schüchternes Zustimmen hatten ihm die Gewissheit gebracht, deren er bedurfte. Aber wie könnte Charlotte den Frieden, die Seligkeit verstehen, die dadurch bei ihm eingezogen war?

»Gott helfe mir!« war das Einzige, was er schließlich herausbrachte.

Als diese Antwort an Charlottes Ohr drang, war sie eben dabei, sich selbst Kaffee einzuschenken. Die Worte schienen sie zu erschrecken. Vielleicht hatte sie sein Zögern dahin gedeutet, dass sein Plan gar nicht zur Ausführung gekommen sei. Rasch ließ sie sich auf einen Stuhl sinken, wie wenn ihre Knie sie nicht mehr tragen wollten.

»Gott sei uns gnädig, Karl-Artur! Du bist doch wohl nicht hingegangen und hast allerlei Torheiten angestellt?«

»Hast du nicht gehört was ich gestern, als wir uns trennten, gesagt habe, Charlotte?«

»Gewiss hab' ich es gehört, aber liebster Karl-Artur, ich hätte doch wohl nichts anderes denken können, als dass es ein Schreckschuss sein sollte.«

»Nein, Charlotte, wenn ich sage, ich lege mein Schicksal in Gottes Hand, so tu' ich es auch tatsächlich, darüber gibt es durchaus keinen Zweifel.«

Charlotte schwieg einen Augenblick. Sie tat Zucker in ihren Kaffee, goss auch Sahne hinein und brach einen der harten Roggenzwiebäcke in Stücke. Karl-Artur dachte, sie wolle Zeit gewinnen, um sich zu beruhigen.

Immerhin verwunderte Karl-Artur sich darüber, dass Charlotte so ängstlich zu sein schien. Er erinnerte sich an das, was Frau Sundler ihm gesagt hatte, die der Ansicht gewesen war, Charlotte habe den Bruch gewollt und selbst herbeigeführt. Aber darin hatte sich allem Anschein nach seine neue Freundin getäuscht. Charlotte dachte offenbar gar nicht daran, sich mit Schagerström zu verheiraten.

»Du bist also davongerannt und hast um die erste Beste, die dir in den Weg kam, gefreit?«, fragte Charlotte nun in demselben unbefangenen Ton, mit dem sie das Gespräch angefangen hatte.

»Ja, Charlotte, ich ließ Gott für mich wählen.«

»Und es ging natürlich ganz verkehrt!«, rief Charlotte rasch.

Karl-Artur erkannte an dieser unehrerbietigen Äußerung die alte Charlotte wieder, und er konnte sich den Genuss, ihr eine passende Zurechtweisung zuteilwerden zu lassen, nicht versagen:

»Nun ja«, versetzte er, »sich auf Gott verlassen, ist in deinen Augen von jeher eine Torheit gewesen, nicht wahr?«

Charlottes Hand zuckte ein wenig. Der Löffel klirrte gegen die Tasse; aber sie ließ sich zu keinem Zornesausbruch verleiten.

»Nein«, sagte sie, »aber lass uns nur nicht wieder in den Ton von gestern verfallen.«

»Da hast du ganz recht, Charlotte. Ich möchte es ganz besonders deshalb nicht, weil ich mich noch nie in meinem Leben so glücklich gefühlt habe wie jetzt.«

Das war vielleicht grausam gesagt; aber Karl-Artur fühlte ein unabweisbares Bedürfnis, Charlotte wissen zu lassen, dass er sich ganz auf Gott verlassen habe und nun vollkommen beruhigt sei.

»Ach so, du bist also glücklich?«, erwiderte Charlotte.

Es war nicht ganz leicht zu beurteilen, was in dieser Äußerung lag. War es bitterer Schmerz oder nur spöttische Verwunderung?

»Ich sehe meinen Weg jetzt klar vor mir. Alles, was mir hindernd im Wege stand, um ein Leben in Jesu Namen zu führen, ist jetzt weggeräumt. Gott hat mir die rechte Frau zugeschickt.«

Karl-Artur betonte sein jetziges Glück mehr, als nötig gewesen wäre. Aber in Charlottes Gemütsruhe lag etwas, das ihn beunruhigte, sie schien noch nicht zu verstehen, wie ernst es ihm war, und dass die Sache für alle Zukunft entschieden sei.

»Es sieht aus, als sei es dir wirklich besser ergangen, als ich vermutete«, begann Charlotte wieder in vollkommen alltäglichem Ton. »Ich will auch gar nichts sagen, bis ich erfahren habe, mit wem du jetzt verlobt bist.«

»Sie heißt Anna Svärd«, sagte er. »Anna Svärd.«

Es war ihm unmöglich, den Namen nicht zu wiederholen. Mit dem Klang dieses Namens erstanden der ganze Zauber der Sommernacht und die hinreißende Gewalt der jungen Liebe in vollem Glanz wieder in seinem Herzen und verjagten das Unbehagen des gegenwärtigen Augenblicks.

»Anna Svärd!«, wiederholte Charlotte. Aber ach, mit welcher Verschiedenheit im Tonfall! »Ist das jemand, den ich kenne?«

»Ja, Charlotte, du hast sie wahrscheinlich schon gesehen, sie ist aus Dalarne.«

Charlottes Gesicht trug noch immer denselben hilflos fragenden Ausdruck.

»Sie ist ein armes, einfaches Menschenkind, Charlotte. Du darfst nicht an eine deiner vornehmen Bekannten denken.«

»Aber es kann doch nicht ...« Charlotte rief das so aufgeregt aus, dass

Karl-Artur aufsehen musste. Charlottes leicht bewegliche Züge drückten wirklich höchsten Schrecken aus.

»… das Mädchen aus Dalarne sein, das gestern in der Küche – – Gott im Himmel, Karl-Artur! Ich glaube, ich habe gehört, dass sie Anna Svärd heißt!« Ihr Entsetzen war ganz echt, daran konnte Karl-Artur nicht zweifeln. Aber darum war es für ihn nicht angenehmer. Es war doch arg, welche Vormundschaft sich Charlotte anmaßte! Und wie verständnislos sie sich überhaupt zeigte! Sie hätte nur Thea Sundler gestern Abend hören sollen!

Rasch legte er noch einen Roggenzwieback zum Aufweichen in seinen Kaffee. Er musste sich so schnell wie möglich satt essen, um all den Jeremiaden, die nun folgen würden, zu entgehen.

Aber wie merkwürdig, es kamen gar keine Jeremiaden. Charlotte drehte sich nur auf dem Stuhl herum, damit er ihr Gesicht nicht sehen konnte. Obgleich sie ganz steif dasaß, sagte ihm doch eine innere Stimme, dass sie weinte.

Er stand auf, um das Zimmer zu verlassen, obgleich er erst halb satt war. Ach so, sie fasste die Sache so auf, da war es fast unmöglich, Frau Sundlers Behauptung, Charlotte sei diejenige gewesen, die den Bruch gewollt habe, aufrechtzuerhalten. Er musste ja ihrem aufrichtigen Schmerz über die aufgehobene Verlobung Glauben schenken. Und da sich angesichts dieses Schmerzes Gewissensbisse in ihm regten, wollte er lieber nicht Zeuge dieses Schmerzes sein.

»Nein, geh' nicht!«, rief Charlotte, als sich Karl-Artur der Tür zuwandte. »Geh' nicht! Wir müssen noch weiter über diese Sache reden! Es ist ja entsetzlich. Es darf nicht geschehen.«

»Es tut mir leid, dass du die Sache so schwer nimmst, Charlotte. Aber ich versichere dir, wir zwei waren nicht füreinander geschaffen.«

Bei diesen Worten fuhr Charlotte von ihrem Stuhl auf. Jetzt stand sie gerade vor ihm; mit dem Fuß auf den Boden stampfend, und mit stolz zurückgeworfenem Kopf gab sie Antwort.

»Meinst du denn, ich weine um meiner selbst willen?«, fragte sie verächtlich, indem sie mit einer heftigen Kopfbewegung eine Träne aus dem Auge schüttelte. »Meinst du, ich frage danach, ob ich unglücklich werde? Begreifst du denn nicht, dass ich nur über dich weine? Du bist zu Großem geschaffen, aber das wird nun alles zu Essig, wenn du eine solche Frau nimmst.«

»Wie du redest, Charlotte!«

»Ich sage, was ich meine. Und eines sag' ich dir aufs Bestimmteste, mein Freund. Wenn du durchaus ein Bauernmädchen heiraten willst, dann nimm wenigstens eines hier aus der Gegend, wo du die Leute kennst. Aber geh' ja nicht und heirate so eine herumziehende Hausiererin, die allein und unbeschützt landauf, landab umherstreift! Du bist doch wohl kein Kind mehr, Karl-Artur, und wirst begreifen, was das heißen will.«

Er versuchte den kränkenden Wortstrom dieses kurzsichtigen Geschöpfes, das gar nicht verstehen wollte, um was es sich handelte, zu hemmen.

»Sie ist die Braut, die Gott für mich ausersehen hat«, versuchte er ihr ins Gedächtnis zurückzurufen.

»Das ist sie gewiss nicht.«

Sie wollte vielleicht damit sagen, die Braut, die Gott für ihn bestimmt habe, sei sie selbst. Vielleicht war es der Gedanke daran, was ihre Tränen jetzt zum Überfließen brachte. Indem sie die Hände ballte, suchte sie die Herrschaft über ihre Stimme wiederzuerlangen.

»Karl-Artur, denk' an deine Eltern!«

Aber er unterbrach sie.

»Ich habe keine Angst vor meinen Eltern. Sie sind ernste Christen und werden mich verstehen.«

»Die Frau Oberst Beate Ekenstedt, soll sie dich verstehen?«, rief Charlotte.

»Lieber Gott, Karl-Artur, wie wenig kennst du doch deine Mutter, wenn du meinst, sie werde jemals ein Dorfmädchen aus Dalarne als Schwiegertochter aufnehmen! Und dein Vater wird mit dir brechen, er wird dich enterben!«

Jetzt aber gewann der Zorn bei Karl-Artur die Oberhand, obgleich er bis dahin das Gleichgewicht keinen Augenblick verloren hatte.

»Lass uns nicht von meinen Eltern reden, Charlotte!«, wehrte er ab.

Charlotte schien einzusehen, dass sie zu weit gegangen war.

»Nein, lass uns nicht von deinen Eltern sprechen! Aber lass uns vom Propst und seiner Frau hier in Korskyrka sowie vom Bischof in Karlstadt mitsamt dem ganzen Domkapitel reden! Was meinst du wohl, was sie sagen werden, wenn sie hören, dass ein Pfarrer auf die Landstraße hinausrennt, um der ersten besten Frauensperson, die ihm entgegenkommt, einen Heiratsantrag zu machen? Und vollends hier in Korskyrka, wo man so sehr darauf aus ist, dass die Pfarrer sich anständig aufführen – was wird man hier dazu sagen? Du kannst am Ende gar nicht hierbleiben, sondern musst woanders hingehen. Und was denkst du denn, was die anderen Pfarrer in der Diözese zu dieser Freierei sagen werden? Sei versichert, dass sie und alle Menschen in ganz Värmland sich darüber entsetzen werden! Du wirst sehen, die Leute verlieren alle Achtung vor dir. Niemand wird in die Kirche kommen, du wirst vor leeren Bänken predigen müssen. Ja, man wird dich ganz hoch in den Norden in die armen finnischen Gemeinden schicken. Nie wirst du befördert werden, und du wirst deine Tage als Hilfsgeistlicher beschließen müssen.«

Ihre Aufregung riss sie hin, und sie hätte gewiss noch lange so fortreden können; doch ganz plötzlich wurde ihr klar, dass sie mit ihren vielen heftigen Worten nicht den geringsten Eindruck auf ihn gemacht hatte; so brach sie jäh ab.

Und Karl-Artur verwunderte sich in Wahrheit über sich selbst; in der Tat, er war verändert. Gestern noch hätte auch das kleinste Wort von ihr Bedeutung für ihn gehabt. Jetzt war es ihm ganz gleichgültig, was sie über sein Vorgehen dachte.

»Ist das, was ich sage, etwa nicht wahr?«, fragte sie. »Kannst du leugnen, dass es wahr ist?«

»Ich kann über solche Sachen nicht mit dir streiten«, sagte er mit einer Art Hochmut, denn er fühlte deutlich, in gewisser Beziehung war er ihr seit gestern überlegen. »Du sprichst immer nur von Beförderung und Gunst bei den Mächtigen, ich aber halte das gerade für schädlich bei einem Pfarrer. Gerade das Gegenteil halte ich für das Bessere. Ein Leben in Armut mit einer Frau, die selbst ihr Brot bäckt und ihre Fußböden scheuert, ist gerade das, was einen Pfarrer von dem Weltlichen unabhängig macht, was ihn erhöht und befreit.«

Charlotte gab nicht gleich eine Antwort. Als er sich nach ihr umwandte und sie anschaute, sah er, dass sie mit niedergeschlagenen Augen dastand und die Fußspitzen hin und her bewegte wie ein Kind, das in Verlegenheit ist.

»Ich will nicht so ein Pfarrer sein, der nur anderen den Weg weist, sondern ich will diesen Weg auch selbst gehen«, sagte er.

Charlotte schwieg noch immer. Eine sanfte Röte stieg in ihre Wangen, und ein ungewöhnlich weiches Lächeln schwebte um ihre Lippen. Schließlich sagte sie zu Karl-Arturs höchster Überraschung:

»Meinst du, ich könnte nicht auch backen und scheuern?«

Scherzte sie, oder was wollte sie damit sagen? Sie sah jetzt so treuherzig aus wie eine junge Konfirmandin.

»Ich werde dir nicht im Wege stehen, Karl-Artur«, fuhr sie fort. »Du sollst Christus dienen, und ich werde dir dienen. Ich bin heute Morgen hierhergekommen, um dir zu sagen, dass alles so eingerichtet werden solle, wie es dein Wunsch war. Ich kann alles für dich tun, wenn du mich nur nicht fortjagst.«

Er war so überrascht, dass er ein paar Schritte näher trat, doch dann blieb er wieder stehen, wie wenn er Angst hätte, in eine Falle zu gehen.

»Mein Geliebter«, fuhr sie mit kaum vernehmlicher, aber vor Zärtlichkeit bebender Stimme fort, »du weißt nicht, was ich in dieser letzten Nacht durchgemacht habe. Ich musste gewiss erst so nahe daran sein, dich zu verlieren, bis ich begriff, wie groß meine Liebe zu dir ist.«

Nun trat er noch einen Schritt näher zu ihr hin. Sein forschender Blick suchte in ihrer Seele zu lesen.

»Liebst du mich nicht mehr, Karl-Artur?«, fragte sie, indem sie ihm ihr Gesicht zuwandte, das vor Angst todesbleich war.

Er wollte sagen, er habe sie aus seinem Herzen herausgerissen. Aber plötzlich fühlte er, dass das nicht der Wahrheit entsprach. Ihre Worte hatten ihn gerührt. Sie entfachten eine eben verlöschende Flamme aufs Neue in seinem Herzen.

»Wenn du nur nicht mit mir spielst«, sagte er.

»Karl-Artur, du siehst doch, dass es mir ernst ist.«

Eine Auferstehung vollzog sich bei diesen Worten in seiner Seele. Die alte Liebe flammte in ihm auf wie ein Feuer, dem neue Nahrung zugeführt wird. Die Nacht auf dem Waldhügel, die neue Braut wichen wie in einem Nebel zurück und verschwanden. Er vergaß sie, wie man einen Traum vergisst.

»Ich hab' aber Anna Svärd schon gefragt, ob sie meine Frau werden wolle«, murmelte er unsicher.

»Ach, Karl-Artur, das kannst du alles wieder in Ordnung bringen, wenn du nur willst. Mit ihr bist du doch erst eine einzige Nacht verlobt gewesen.«

Charlotte machte diesen Vorschlag ganz ängstlich und bittend. Er fühlte sich unwillkürlich immer näher zu ihr hingezogen. Die Liebe, die von ihr ausstrahlte, war stark und unwiderstehlich.

Und ganz unvermittelt umschlang sie ihn mit beiden Armen.

»Ich verlange nichts, gar nichts. Nur jage mich nicht fort!«, flüsterte sie.

Noch immer überlegte er. Er konnte es kaum fassen, dass sie so ganz und vollständig nachgab.

»Aber du musst mich meinen eigenen Weg gehen lassen.«

»Ja, du sollst ein wirklicher, lebendiger Führer werden, Karl-Artur. Du sollst die Menschen lehren, in Jesu Fußstapfen zu wandeln, und ich werde dir dabei helfen.«

Sie sprach mit wärmster, vollkommenster Überzeugung, und endlich glaubte er ihr. Ja, nun verstand er, der lange Streit, um dessen Ausgang sie seit fünf Jahren so eifrig gekämpft hatten, er war zu Ende. Und Karl-Artur ging als Sieger daraus hervor. Nun konnte er alle Bedenken fahren lassen.

Er beugte sich zu ihr nieder, um mit einem Kuss den neuen Bund zwischen ihnen zu besiegeln, als sich plötzlich die Tür nach dem Flur öffnete.

Charlotte stand in der Richtung nach der Tür, und ein heftiges Erschrecken spiegelte sich auf ihren Zügen wider. Karl-Artur drehte sich hastig um. Siehe, das Hausmädchen stand auf der Schwelle mit einem Blumenstrauß in der Hand.

»Der Hüttenbesitzer von Groß-Sjötorp schickt diese Blumen«, sagte sie. »Der Gärtner hat sie eben gebracht. Er ist noch in der Küche, falls sie einen Dank mitschicken wollen, Fräulein Charlotte.«

»Das ist ein Missverständnis«, versetzte Charlotte. »Warum sollte ich Blumen von Groß-Sjötorp bekommen? Gehen Sie nur wieder, Anna, und geben Sie dem Gärtner die Blumen wieder mit.«

Karl-Artur folgte dem kurzen Zwiegespräch mit größter Aufmerksamkeit. Das war eine Probe. Jetzt würde er Gewissheit erlangen.

»Der Gärtner richtete auf das Bestimmteste aus, dass die Blumen für

Fräulein Charlotte seien«, versicherte das Hausmädchen, das nicht begreifen konnte, warum man nicht ein paar Blumen annehmen sollte.

»Nun ja, dann legen Sie sie dort hin«, sagte Charlotte, indem sie auf einen Tisch deutete.

Da tat Karl-Artur einen tiefen Atemzug. Sie nahm also die Blumen an. Jetzt wusste er genug.

Als das Hausmädchen wieder hinausgegangen war und Charlotte sich Karl-Artur aufs Neue zuwandte, dachte er nicht mehr daran, sie zu küssen. Nein, glücklicherweise war die Warnung noch zu rechter Zeit gekommen.

»Ich verstehe, Charlotte, du möchtest zu dem Gärtner hinausgehen und ihm deinen Dank auftragen«, sagte er.

Und mit einer Verbeugung, in die er so viel verachtungsvolle Höflichkeit legte, als ihm möglich war, verschwand er aus dem Zimmer.

Charlotte ging ihm nicht nach. Ein Gefühl der Mutlosigkeit beschlich sie. Hatte sie sich denn noch nicht genug gedemütigt, um den Mann, den sie liebte, zu retten?

Warum hatte nun auch der Blumenstrauß gerade in dem entscheidenden Augenblick eintreffen müssen? Wollte am Ende Gott nicht, dass Karl-Artur gerettet würde?

Sie trat an den Tisch, auf dem der noch taufrische und farbenleuchtende Strauß lag, und mit tränenvollen Augen, fast ohne es zu wissen, was sie tat, fing sie an, die Blumen zu zerpflücken.

Sie hatte indes noch nicht alle zerpflückt, als das Hausmädchen mit einem neuen Auftrag zu Charlotte hereintrat. Es war ein kleiner, mit Karl-Arturs Handschrift beschriebener Briefumschlag.

Als Charlotte den Umschlag hastig aufmachte, fiel aus ihren zitternden Händen ein goldener Ring auf den Boden. Sie ließ ihn liegen, um die paar Zeilen zu lesen, die Karl-Artur auf ein Stück Papier gekritzelt hatte.

»Eine Person, mit der ich gestern Abend zusammentraf und mit der ich meine Angelegenheit in vertraulicher Weise besprach, deutete mir an, dass Du wahrscheinlich den Korb, den Du Schagerström gegeben hast, bald bereuen werdest und mich deshalb ganz mit Absicht so gereizt habest, damit ich unsere Verlobung aufheben solle. Dann könntest Du ja Schagerström das nächste Mal eine bessere Aufnahme gewähren. Ich wollte das durchaus nicht glauben, habe aber nun selbst gesehen, wie wahr es ist, und schicke Dir daher Deinen Ring zurück. Wie ich annehme, hast Du Schagerström die Auflösung unserer Verlobung schon mitgeteilt. Als die Antwort auf sich warten ließ, warst Du unruhig geworden und wolltest deshalb wieder mit mir anknüpfen. Wie ich vermute, war der Blumenstrauß das ausgemachte Zeichen. Wenn dies nicht der Fall gewesen wäre, hättest Du unter den obwaltenden Umständen die Blumen unmöglich annehmen können.«

Charlotte Löwensköld las den Brief mehrere Male durch, ohne ihn zu verstehen: »Eine Person, mit der ich gestern Abend zusammentraf –«

»Ich begreife ganz und gar nichts«, sagte sie hilflos und fing den Brief noch einmal von vorn an. »Eine Person, mit der ich gestern Abend zusammentraf –«

Und zugleich war ihr, als winde sich etwas Kaltes, Schleimiges, etwas, das einer großen Schlange glich, an ihrem Leibe herauf und wolle sie ersticken.

Die boshafte Schlange der Verleumdung war's, die sie einschnürte und sie für lange Zeit gefangen hielt.

Die Zuckerdose

Vor fünf Jahren, als Karl-Artur Ekenstedt zuerst nach Korskyrka kam, war er ein furchtbar strenger Pietist. Charlotte Löwensköld hatte er als ein verlorenes Weltkind betrachtet, mit dem er kaum ein Wort wechseln wollte.

Das hatte Charlotte natürlich geärgert, und sie hatte in ihrem Herzen beschlossen, dass er recht bald Abbitte für seine Missachtung tun solle.

Sehr bald hatte sie auch gemerkt, wie unerfahren er in allen den Dingen war, die ein Pfarrer durchaus wissen muss, und so hatte sie sich herbei gelassen, ihm zurechtzuhelfen. Im Anfang war er verlegen und abweisend, nach einiger Zeit aber zeigte er sich doch etwas dankbarer und nahm ihre Hilfe öfter in Anspruch, als sie eigentlich wünschte.

Karl-Artur ging sehr oft weite Wege, um arme alte Männer und Frauen aufzusuchen, die weit draußen im Wald in ärmlichen Hütten wohnten, und er bat Charlotte immer um ihre Begleitung auf diesen Wanderungen. Er versicherte ihr, sie verstehe es bei Weitem besser als er, wie man mit diesen Alten verkehren müsse, wie man sie aufmuntere und sie in ihren kleinen Sorgen trösten könne.

Auf diesen Gängen, die die beiden allein machten, hatte Charlotte Karl-Artur lieben gelernt. Früher hatte sie immer davon geträumt, ein stattlicher, tapferer Offizier werde sie heimführen, jetzt aber war sie in den feinfühligen, bescheidenen jungen Pfarrer, der keiner Fliege etwas zuleide tat und über dessen Lippen niemals ein Fluch drang, rettungslos verliebt.

Nun ja, eine ganze Weile hatten die beiden ihre Spaziergänge und ihre Gespräche ungestört fortsetzen können, aber dann war im Juli Jacquette Ekenstedt, Karl-Arturs Schwester, auf Besuch gekommen. Darin lag nichts Merkwürdiges. Frau Propst Forsius in Korskyrka war eine alte Freundin der Frau Oberst Ekenstedt, und so schien es die natürlichste Sache der Welt, dass Frau Forsius Karl-Arturs Schwester auf ein paar Wochen nach Korskyrka einlud.

Jacquette Ekenstedt schlief im gleichen Zimmer mit Charlotte, und die beiden Mädchen befreundeten sich aufs Innigste. Jacquette liebte Charlotte in dem Grad, dass man hätte meinen können, sie sei vielmehr wegen Charlotte als um ihres Bruders willen nach Korskyrka gekommen.

Nachdem dann Jacquette wieder nach Hause gereist war, traf ein Brief von Frau Beate Ekenstedt an Frau Forsius in Korskyrka ein, den Charlotte auch zu lesen bekam. Er enthielt eine Einladung für Charlotte, nach Karlstadt zu kommen, um Jacquette zu besuchen.

Die Frau Oberst schrieb, Jacquette rede immerfort von dem entzückenden jungen Mädchen, das sie in der Propstei kennengelernt habe. Jacquette sehne sich geradezu nach Charlotte und habe sie so begeistert beschrieben, dass auch ihre liebe Mama ganz neugierig auf Jacquettes Freundin geworden sei.

Ferner schrieb die Frau Oberst, sie interessiere sich selbst ohnedies noch besonders für das junge Mädchen, weil es eine Löwensköld sei. Charlotte gehöre allerdings zu dem jüngeren Zweig der Familie, der nie in den Freiherrnstand erhoben wurde, aber ursprünglich stamme sie doch von dem alten General auf Hedeby ab, und sie seien also etwas miteinander verwandt.

Sobald Charlotte den Brief gelesen hatte, erklärte sie sofort, sie werde nicht nach Karlstadt reisen. Sie sei nicht so dumm, dass sie nicht verstünde, was es mit dieser Einladung auf sich habe. Jetzt, nachdem Jacquette der Frau Oberst über sie und Karl-Artur Bericht erstattet habe, solle sie nach Karlstadt geschickt werden, damit die gnädige Frau selbst sehen und beurteilen könne, ob Charlotte Löwensköld eine passende Schwiegertochter abzugeben vermöge.

Aber die Frau Propst Forsius und vor allem Karl-Artur hatten Charlotte schließlich doch zu der Reise überredet. Karl-Artur und Charlotte waren zu der Zeit schon im stillen verlobt, und er sagte, er würde ihr ewig dankbar sein, wenn sie den Wunsch seiner Mutter erfülle. Er sei ja gegen den Willen seiner Eltern Pfarrer geworden, und obgleich eine Auflösung ihrer Verlobung durchaus nicht in Frage käme, was auch seine Eltern immer darüber denken würden, so möchte er ihnen doch nicht gern neuen Kummer bereiten. Und das wisse er gewiss, sobald seine Eltern Charlotte nur sähen, würden sie ganz entzückt von ihr sein. Er habe noch nie ein junges Mädchen kennengelernt, das so gut wie Charlotte mit älteren Leuten umzugehen verstehe. Und er habe sich auch zuerst nur deshalb zu ihr hingezogen gefühlt, weil er gesehen, wie gut sie gegen das alte Ehepaar in der Propstei sowie auch gegen alle anderen betagten Menschen gewesen sei.

Wie nun Karl-Artur in dieser Weise auf Charlotte einredete und sie so herzlich bat, hatte sie ihm schließlich versprochen, die Einladung anzunehmen.

Es war eine ganze Tagesreise nach Karlstadt, und da Charlotte unmöglich allein reisen durfte, hatte die Frau Propst Forsius ihr Einen Platz in dem Wagen des Hüttenbesitzers Moberger verschafft. Herr und Frau Moberger fuhren ohnedies zu einer Hochzeit in die Stadt.

Mit unzähligen guten Ratschlägen und Ermahnungen hatte die alte Dame Charlotte abreisen lassen, und diese hatte versprochen, recht vernünftig zu sein.

Aber einen ganzen langen Tag hindurch in einem geschlossenen Wagen auf dem schmalen Rücksitz ausharren und Herrn und Frau Moberger ins Gesicht starren zu müssen, die, jedes in seiner Ecke, die Zeit verschliefen, war für Charlotte vielleicht nicht die beste Vorbereitung für den Besuch in Karlstadt.

Frau Moberger fürchtete sich vor dem Zug im Wagen und wollte unter keiner Bedingung auf mehr als einer Seite das Fenster öffnen lassen, ja, bisweilen nicht einmal das. Je wärmer und qualmiger es in dem Reisewagen wurde, desto besser schlief Frau Moberger. Zuerst hatte Charlotte versucht, mit den Reisegenossen eine Unterhaltung in Gang zu bringen, aber Herr und Frau Moberger hatten vor der Abreise besonders viel zu tun gehabt, und so wollten sie jetzt ausruhen.

Charlottes kleine Füße hämmerten und hämmerten auf den Wagenboden, ohne dass sie sich dessen bewusst gewesen wäre. Doch plötzlich erwachte Frau Moberger und fragte Charlotte, ob sie nicht so gut sein wolle, sich etwas ruhig zu verhalten.

Beim Gasthaus angelangt, holten Mobergers ihren Mundvorrat heraus und aßen mit gutem Appetit, auch vergaßen sie durchaus nicht, Charlotte davon anzubieten. Sie waren während der ganzen Reise sehr freundlich gegen Charlotte; aber jedenfalls war es ein Wunder, dass sie schließlich mit dem jungen Mädchen richtig in Karlstadt eintrafen.

Je länger Charlotte still sitzen musste, je mehr sie unter der Hitze litt, desto verdrießlicher wurde sie über diese ganze Reise. Sie machte sie freilich Karl-Artur zuliebe; aber plötzlich war ihr, als sei ihre ganze Liebe verschwunden, und sie konnte gar nicht mehr begreifen, warum sie eigentlich nach Karlstadt fahren und sich da anschauen lassen solle. Sehr oft überlegte sie, ob sie nicht besser täte, die Wagentür aufzureißen und nach Hause zurückzulaufen. Sie blieb aber dann doch wieder ruhig sitzen, weil sie so matt und verärgert war, dass sie kein Glied rühren mochte.

Als sie den Ekenstedtschen Hof erreicht hatte, war sie durchaus nicht in der Laune, sich vernünftig und anständig aufzuführen. Am liebsten hätte sie laut hinausgeschrien oder im Kreis herumgetanzt. Das hätte ihre Gesundheit und gute Laune wiederhergestellt.

Jacquette Ekenstedt kam ihr freundlich und vergnügt entgegen; aber sobald Charlotte sie erblickte, hatte sie das Gefühl, selbst furchtbar geschmacklos und unmodern angezogen zu sein, und vor allem, dass mit ihren Schuhen irgendetwas nicht in Ordnung sei. Die Schuhe waren zwar funkelnagelneu, und der Dorfschuhmacher hatte sich alle Mühe damit gegeben, aber sie klatschten beim Gehen auf und rochen nach Leder.

Jacquette führte Charlotte durch mehrere schöne Gemächer in das Zimmer ihrer Mutter, und als Charlotte so durch die Wohnung schritt und den Parkettboden, die großen Spiegel und die Gemälde über den Türen sah, gab sie alles verloren. Nein, in diesem Haus konnte sie nicht als passende Schwiegertochter aufgenommen werden, das begriff sie jetzt wohl. Diese Reise hierher war die allergrößte Dummheit von ihr.

Als Charlotte zu der Frau Oberst hineinkam, wurde ihr Eindruck, einen ganz verkehrten Weg eingeschlagen zu haben, auch nicht vermindert. Frau Beate Ekenstedt saß in einem Schaukelstuhl am Fenster und las in einem französischen Buch. Als sie Charlotte erblickte, äußerte sie ein paar französische Worte, und sie merkte das wohl nicht einmal, so sehr war sie in ihr Buch vertieft gewesen. Charlotte verstand auch, was Frau Ekenstedt sagte, aber es ärgerte sie, dass die vornehme Dame ihre Sprachkenntnisse hervorzuheben versuchte, und deshalb antwortete sie selbst in ihrem allergewöhnlichsten värmländischen Dialekt. Sie benutzte nicht die värmländische Umgangssprache, die auch die gebildeten Leute redeten und die ganz leicht verständlich war, sondern sie benutzte das Värmländische des Gesindes und der Bauern, und das war etwas ganz anderes.

Die vornehme Dame runzelte ein wenig die Stirn, sah aber dabei ganz belustigt aus, und Charlotte legte tapfer los und zeigte eine verblüffende värmländische Beredsamkeit. Wenn sie nicht laut hinausschreien oder tanzen oder etwas in Scherben schlagen konnte, so war ihr die värmländische Ausdrucksweise ein gewisser Trost. Das Spiel hier war ja nun doch verloren; aber dann wollte sie wenigstens diesen vornehmen Leuten hier zeigen, dass sie sich keineswegs besser machen wollte, als sie war, um sich bei ihnen einzuschmeicheln.

Charlotte war sehr spät in Karlstadt angekommen, und bei Obersts hatte man deshalb schon zu Abend gegessen. Nach einer Weile sagte Frau Beate zu Jacquette, nun solle sie ihre Freundin ins Esszimmer führen, damit sie noch etwas Abendbrot zu sich nehmen könne.

Und damit war der Tag zu Ende.

Der nächste Tag war ein Sonntag, und sobald das Frühstück vorüber war, ging man in die Kirche und hörte den Dompropst Sjöborg predigen. Der Gottesdienst dauerte seine zweieinhalb Stunden, und als er zu Ende war, ging der Oberst mit seiner Frau und Jacquette und Charlotte eine gute Weile auf dem Karlstadter Marktplatz spazieren. Sie trafen da eine Menge Bekannte, und einige Herren kamen auch herbei, die sich ihnen anschlossen. Aber sie drängten sich nur alle um die Frau Oberst und unterhielten sich nur mit ihr; für Jacquette oder Charlotte hatten sie dagegen weder ein Wort noch einen Blick übrig.

Nach dem Spaziergang ging Charlotte mit den anderen in das Ekenstedtsche Haus zurück. Es war mittlerweile Zeit zum Mittagessen geworden. Zu diesem waren noch mehrere Gäste geladen: Dompropsts und Bürgermeisters und die Brüder Stake sowie Eva Ekenstedt mit ihrem Leutnant.

Während der Mahlzeit führte die Frau Oberst mit dem Dompropst und dem Bürgermeister eine feine, gebildete Unterhaltung. Eva und Jacquette sprachen nicht ein Wort, und Charlotte schwieg ebenfalls, nachdem sie begriffen hatte, dass die Sitte des Hauses hier der Jugend Schweigen gebot. Aber während des ganzen Essens wünschte sie sich weit, weit weg. Sie lag sozusagen auf der Lauer nach einer Gelegenheit, Karl-Arturs Eltern zeigen zu können, dass sie selbst einsehe, wie wenig sie zu ihrer Schwiegertochter passen. Eines war ihr schon klar geworden, der värmländische Dialekt genügte durchaus noch nicht, sie musste zu etwas viel Kräftigerem und Entscheidenderem greifen.

Nach einer solchen Reise, einer solchen Predigt, einem solchen Spaziergang und so einem Mittagessen war es für sie durchaus nötig, den Menschen hier zu verstehen zu geben, dass sie nicht länger dableiben wolle.

Eine der hübschen, wohlerzogenen Dienerinnen, die bei Tisch aufwarteten, bot jetzt eine Schale Himbeeren herum, und Charlotte nahm davon, wie alle anderen auch. Danach streckte sie die Hand nach der in ihrer Nähe stehenden Zuckerschale aus und begann ihre Beeren mit Zucker zu überstreuen.

Charlotte hatte keine Ahnung, dass sie mehr Zucker nahm, als angezeigt war, als ihr Jacquette ganz hastig ins Ohr flüsterte:

»Nimm nicht so viel Zucker! Das kann Mama nicht leiden!«

Freilich, Charlotte wusste eins recht gut: Viele alte Leute betrachteten es als eine sündhafte Verschwendung, wenn man noch Zucker auf die Speisen streute. Daheim in Korskyrka durfte man einen Streuzuckerlöffel nur anrühren, gleich bekam man eine Ermahnung von dem Herrn Propst selbst. Deshalb verwunderte sich Charlotte auch gar nicht über Jacquettes Warnung. Zugleich aber sah sie jetzt einen Ausweg, dem Aufruhr, der in ihr gegärt hatte, seit sie von daheim abgefahren war, Luft zu verschaffen. Sie grub mit dem Streulöffel tief in die Zuckerschale hinein und streute so viel Zucker auf ihren Teller, bis er wie eine Schneewehe aussah.

Rings um den Tisch wurde es merkwürdig still. Nein, das ging nicht an, darüber waren sich alle klar. Und es dauerte auch nicht lange, bis die Frau Oberst eine kleine Bemerkung machte.

»In Korskyrka sind die Himbeeren offenbar recht sauer. Hier bei uns ist es nicht so gefährlich. Ich glaube kaum, dass sie noch mehr gezuckert zu werden brauchen.«

Aber Charlotte streute immer noch mehr Zucker auf ihre Himbeeren. Zu gleicher Zeit sagte sie zu sich selbst:

›Wenn ich jetzt noch mehr Zucker auf meinen Teller streue, bekomme ich Karl-Artur nicht und werde ewig unglücklich werden, aber ich muss trotzdem weiter zuckern.‹

Die Frau Oberst zuckte die Schultern ein wenig und wandte sich dann dem Dompropst zu, um das unterbrochene Gespräch fortzusetzen. Offenbar wollte sie nicht allzu hart zugreifen.

Aber jetzt suchte der Oberst seiner Frau zu Hilfe zu kommen.

»Sie verderben sich ja den Himbeergeschmack vollständig, liebes Fräulein Charlotte.«

Kaum hatte er diese Worte ausgesprochen, als Charlotte den Streulöffel weglegte. Statt dessen ergriff sie die Zuckerschale mit beiden Händen und schüttete den ganzen Inhalt auf ihren Teller.

Darauf stellte sie die Zuckerschale wieder auf ihren Platz und legte den Streulöffel hinein. Dann setzte sie sich auf ihrem Stuhl zurecht und sah die ganze Tischgesellschaft mit festem Blick an, vollständig bereit, den Sturm über sich ergehen zu lassen.

»Jacquette«, sagte der Oberst, »sei so gut und nimm deine Freundin mit dir auf dein Zimmer.«

Doch nun hob die Frau Oberst abwehrend die Hand auf.

»Nein, nein, nein, durchaus nicht! Nicht auf diese Weise«, sagte sie.

Danach schwieg sie einen Augenblick, wie um zu überlegen, was sie nun sagen sollte. Und plötzlich trat ein fröhliches Leuchten in ihre lieben Augen, und sie begann aufs Neue zu reden. Aber sie wendete sich nicht an Charlotte, sondern an den Dompropst.

»Haben Sie, Cousin, einmal gehört, wie es zuging, als meine Tante Klementine den Grafen Platen heiratete? Die beiden Väter hatten sich in Stockholm beim Reichstag getroffen und die Heirat der Kinder untereinander ausgemacht; als aber alles klipp und klar zwischen ihnen war, sagte der junge Graf, er wolle seine Zukünftige doch wenigstens sehen, ehe er auf die Verabredung eingehe. Tante Klementine aber saß daheim auf Hedeby, und da es Aufsehen erregt hätte, wenn sie nun in aller Eile nach Stockholm geholt worden wäre, wurde beschlossen, dass der Graf nach dem Dorfe Bro fahren und die künftige Braut in der Kirche sehen solle. Nun, Cousin, meine Tante Klementine hatte zwar nichts gegen eine Heirat mit einem jungen, schönen Grafen einzuwenden, aber sie hatte erfahren, dass er erst in die Kirche kommen wolle, um sie anzusehen, und ein solches Auf-Brautschau-Fahren gefiel ihr ganz und gar nicht. Am liebsten wäre sie an dem Sonntag gar nicht in die Kirche gegangen; aber zu jener Zeit war es nicht Sitte, dass sich die Kinder gegen das auflehnten, was die Eltern beschlossen hatten. Sie musste sich also so schön wie nur je anziehen und sich in den Löwensköldschen Kirchenstuhl setzen, damit Graf Platen mit noch einem seiner Freunde sie nach Belieben mustern konnte. Aber wissen Sie, was sie tat, Cousin? Als der

Kantor das Lied anstimmte, fing sie mit lauter Stimme zu singen an, aber sie sang vollkommen falsch! Und dabei blieb sie. Lied um Lied wurde von ihr falsch gesungen, bis der Gottesdienst zu Ende war. Als sie dann zur Kirche heraustrat, stand Graf Platen vor ihr und machte eine tiefe Verbeugung. ›Ich muss Sie um Verzeihung bitten‹, sagte er. ›Ein Fräulein Löwensköld kann sich nicht wie ein Pferd auf dem Jahrmarkt betrachten lassen, das verstehe ich jetzt!« Damit entfernte er sich für diesmal; aber er kam wieder und machte die Bekanntschaft des jungen Mädchens in ihrem Heim auf Hedeby, und sie heirateten und wurden wohl auch glücklich miteinander. Doch Sie haben vielleicht diese Geschichte schon früher gehört, Cousin?«

»Allerdings, aber nicht so gut erzählt«, antwortete der Dompropst, der von allem nichts begriff.

Wer aber begriff, das war Charlotte. Da saß sie auf ihrem Stuhle, das Herz voller Erwartung, und verschlang die Erzählerin mit den Augen. Die Frau Oberst sah sie an, lächelte ein wenig und wendete sich dann nochmals an den Dompropst.

»Wie Sie wissen, sitzt heute ein junges Mädchen mit uns zu Tisch. Sie ist hierher gekommen, weil ich und mein Mann sie mustern und entscheiden wollten, ob sie eine passende Gattin für Karl-Artur sei. Aber das junge Mädchen, Cousin, ist eine Löwensköld vom echten Schlage, der es durchaus nicht gefällt, zum Anschauen ausgestellt zu werden. Und ich versichere Ihnen, Cousin, seit sie gestern Abend hier angekommen ist, hat sie sich alle Mühe gegeben, ebenso falsch zu singen wie meine Tante Klementine. Jetzt aber mache ich es wie Graf Platen, ich bitte um gnädige Verzeihung und sage, ich verstehe, dass ein Fräulein Löwensköld sich nicht wie ein Pferd auf dem Jahrmarkt mustern lassen will.«

Zugleich stand Frau Beate Ekenstedt auf und breitete die Arme aus. Charlotte flog ihr um den Hals, küsste sie und weinte vor Glück und Bewunderung und Dankbarkeit.

Von diesem Augenblick an liebte Charlotte ihre Schwiegermutter fast noch mehr als Karl-Artur. Ihretwegen, damit deren Träume in Erfüllung gehen könnten, hatte sie Karl-Artur dazu gebracht, wieder nach Uppsala zurückzugehen und seine Studien zu vollenden. Ja, um ihrer Schwiegermutter willen hatte Charlotte Karl-Artur in diesem Sommer zum Lektor machen wollen, damit er eine Stellung in der Welt einnähme und etwas mehr als ein armer Landpfarrer würde.

Und um ihrer Schwiegermutter willen hatte sie sich auch an diesem Morgen im Zaum gehalten und sich vor ihm gedemütigt.

Der Brief

Charlotte Löwensköld saß auf ihrem Zimmer und schrieb an ihre Schwiegermutter oder, besser gesagt, an sie, die Charlotte bis zu diesem Tag als ihre Schwiegermutter betrachtet hatte, nämlich an die Frau Oberst Beate Ekenstedt.

Sie schrieb emsig und füllte Seite um Seite. Ach, sie schrieb ja an den einzigen Menschen auf der Welt, der sie bisher immer verstanden hatte, um ihm zu erklären, was sie zu tun beabsichtige.

Zuerst berichtete sie von der Werbung des Hüttenbesitzers Schagerström und von allem, was seither vorgefallen war. Sie schilderte jenes Gespräch im Garten und machte sich dabei nicht besser, als sie war. Auch gab sie zu, dass sie über Karl-Artur böse gewesen sei und ihn gereizt habe, aber sie beteuerte zugleich, niemals sei ihr auch nur der Gedanke gekommen, mit ihm brechen zu wollen.

Weiter schilderte sie das Zwiegespräch beim Morgenkaffee und Karl-Arturs sonderbares Bekenntnis, dass er sich mit einem Mädchen aus Dalarne verlobt habe.

Sie erzählte, wie sie versucht habe, ihn zurückzugewinnen, und wie es ihr beinahe geglückt wäre; aber durch die unglückliche Ankunft des Blumenstraußes sei alles wieder verloren gewesen.

Ferner schrieb sie von dem unsinnigen Brief, den Karl-Artur ihr geschickt, und welchen Beschluss sie selbst aus dieser Veranlassung gefasst habe, und sie fügte hinzu, sie hoffe, ihre Schwiegermutter werde sie verstehen, wie sie sie ja vom ersten Tage an verstanden habe.

Es bleibe ihr jetzt keine andere Wahl. Irgendjemand, wer es sei, wisse sie zwar noch nicht, aber sie nehme an, es werde eine der Frauen im Kirchdorfe sein, habe sie verleumdet und sie als eine falsche und hinterlistige und geldgierige Person hingestellt.

Und da sie ein armes Mädchen sei, das bei anderen ihr Brot esse, da sie weder Vater noch Mutter habe, die sich ihrer Sache annehmen könnten, müsse sie sich selbst Gerechtigkeit verschaffen.

Aber sie sei ja auch selbst imstande, diese Sache zu erforschen und in Ordnung zu bringen. Sie sei nicht eines der gewöhnlichen bescheidenen Frauenzimmer, die sich auf nichts anderes verstünden als auf Nadel und Kehrbesen. Sie könne eine Flinte laden und sie auch abschießen, und bei der letzten Herbstjagd habe sie den größten Elenhirsch erlegt.

An Mut gebreche es ihr am wenigsten von allem. Sie sei es gewesen, die einmal auf dem Jahrmarkt einem Vagabunden, als er ein Pferd misshandelte, eine Ohrfeige versetzt habe. Sie hatte erwartet, er werde das Messer ziehen und ihr in die Brust stoßen, aber dann hätte sie ihm doch jedenfalls einen

Schlag versetzt gehabt.

Die Frau Oberst werde sich wohl noch daran erinnern, wie sie einmal ihre ganze Stellung aufs Spiel gesetzt habe, als sie, ohne zu fragen, des Propstes viel geliebte Pferde aus dem Stall geholt, nur um mit den Bauernburschen am zweiten Weihnachtsfeiertage um die Wette zu fahren. Es werde wohl nicht viele geben, die sich auf ein solches Abenteuer einlassen würden.

Ebenso sei sie es gewesen, die sich aus dem bösen Hauptmann Hammarberg einen Todfeind gemacht habe, weil sie sich geweigert habe, bei einer Mittagsgesellschaft als seine Tischdame neben ihm zu sitzen. Sie hätte es aber nicht über sich gewinnen können, sich während einer langen Mahlzeit mit einem Manne zu unterhalten, der kurz vorher einen guten Freund beim Kartenspiel ruiniert und ihn dadurch zum Selbstmord getrieben hatte. Wenn sie aber für eine Sache, die sie gar nichts anging, so viel gewagt habe, dann würde sie sicherlich auch nicht zögern, wenn es sich um sie selbst handle.

Sie habe immer das Gefühl, dass die Person, die sie bei Karl-Artur verleumdete, von recht gemeiner Gesinnung sein müsse, eine Person, die die Luft verpeste, die sie einatme, und die überall, wo sie auch immer hinkomme, Unheil anrichten werde. Allein ihre Rede anhören zu müssen, sei wie der Biss einer giftigen Schlange. Man könnte der Menschheit keinen größeren Dienst leisten, als sie von einem solchen Ungeheuer zu befreien.

Sobald sie das Billett von Karl-Artur gelesen und begriffen, habe sie schon gewusst, was sie tun müsse. Sie habe gleich auf ihr Zimmer eilen und die Flinte holen wollen. Diese sei geladen gewesen. Sie hätte sie nur von der Wand herunterzunehmen und über die Schulter zu werfen brauchen. In der ganzen Propstei hätte sie niemand am Fortgehen gehindert. Sie hätte ihren Hund herbeigelockt und wäre mit ihm an den See hinuntergegangen, wie wenn sie sehen wollte, ob die jungen Erpel gewachsen seien. Und wenn man sie dann von der Propstei aus nicht mehr hätte sehen können, wäre sie nach dem Kirchdorfe abgebogen, denn dort befinde sich natürlich die Person, die Karl-Artur Gift in die Ohren geträufelt habe.

Sie denke sich, sie wäre vor dem Hause, wo die ›Person‹ wohne, stehengeblieben und hätte sie auf die Straße herausgerufen. Und sobald sie gekommen wäre, hätte sie gerade auf ihr Herz gezielt.

Wenn sie nur gewusst hätte, welche von all den Frauen, die im Kirchdorfe wohnen, die Schuldige wäre, dann wäre die Bestrafung schon ausgeführt; aber bei näherer Überlegung habe sie eingesehen, dass sie warten müsse, bis sie ihrer Sache vollkommen sicher sei. Einen Augenblick habe sie auch gedacht, sie wolle es so machen wie Karl-Artur und ganz einfach im Vertrauen auf Gott, dass er ihr die Schuldige in den Weg führe, mit der Flinte auf die Landstraße hinausgehen, aber das habe sie wieder aufgegeben; die wirklich Schuldige hätte ja frei ausgehen können, und das gönne sie ihr nicht.

Es hätte auch gar keinen Wert, wenn sie in den Seitenflügel hinüberginge und Karl-Artur fragte, wer es sei, mit dem er am vorigen Abend gesprochen habe. O nein, so klug sei er doch, dass er ihr auf diese Frage keine Antwort geben würde.

Statt dessen sei sie nun entschlossen, mit List vorzugehen. Sie wolle sich ruhig, ganz ruhig und unbefangen zeigen. Auf diese Weise werde sie das Geheimnis schon bald aus ihm herauslocken.

Sie habe auch gleich versucht, sich selbst im Zaume zu halten. In ihrer Verwirrung habe sie die Blumen von Schagerström zerpflückt, doch nachher habe sie die Rosenblätter zusammengelesen und in den Kehrichteimer geworfen. Sie habe sogar auch den Verlobungsring gesucht, den Karl-Artur ihr zurückgeschickt und der weit über den Boden hingerollt sei. Dann sei sie auf ihr Zimmer gegangen und, als sie gesehen, dass es erst halb acht war, also noch Zeit genug, bis sie beim Gabelfrühstück wieder mit Karl-Artur zusammentreffe, habe sie sich hingesetzt, um an ihre geliebte Schwiegermutter zu schreiben.

Wenn dieser Brief in Karlstadt eintreffe, werde alles vorbei sein. Ihr Entschluss stehe so fest wie je. Aber sie sei froh über die Verzögerung. Dadurch habe sie die Sache der Einzigen erklären können, an deren Urteil ihr etwas gelegen sei, und sie habe aussprechen können, wie ihr Herz immer und allezeit an ihrer bewunderungswürdigen, ihrer über alles geliebten Freundin und Mutter hänge.

So weit hatte Charlotte geschrieben. Der Brief war fertig, und sie begann nun ihn durchzulesen. Ja, er war klar und deutlich geschrieben. Sie hoffte, Frau Beate werde verstehen, dass sie ohne Schuld war, dass man sie ungerecht angeklagt und sie im vollen Recht sei, wenn sie sich räche.

Aber als Charlotte nun den Brief durchlas, drängte sich ihr ein anderer Gedanke auf. In ihrem Verlangen, ihre eigene Unschuld festzustellen, hatte sie eine unvorteilhafte Schilderung von Karl-Artur gemacht.

Sie las und las, und der Kopf wurde ihr heiß vor lauter Aufregung. Lieber Gott, wenn sie so schrieb, dann wurden ja der Oberst und seine Frau auf Karl-Artur böse!

Heute Morgen erst hatte sie Karl-Artur vor dem Zorn seiner Eltern gewarnt, und jetzt saß sie selbst da und hetzte sie gegen den Sohn auf!

Auf Karl-Arturs Kosten rühmte sie sich selbst. Sie selbst war edelmütig und vernünftig gewesen, von ihm aber hatte sie gesprochen, wie wenn er ganz und gar verrückt wäre.

Und diesen Brief hatte sie seiner Mutter schicken wollen! Ach, sie selbst war ja wohl ganz und gar verrückt, sie auch!

Hatte sie der geliebten Schwiegermutter einen so großen Schmerz bereiten wollen? Hatte sie gar nicht mehr an all die Nachsicht gedacht, die ihr von dieser Schwiegermutter von dem ersten Zusammentreffen an und auch seither immer bewiesen worden war? Hatte Charlotte denn alle Barmherzigkeit vergessen?

Sie zerriss den langen Brief in zwei Stücke und setzte sich hin, um einen neuen zu schreiben. Jetzt wollte sie die Schuld auf sich nehmen. Sie wollte Karl-Artur reinwaschen.

Es war ja nur recht, wenn sie das tat. Karl-Artur war dazu bestimmt, etwas Großes in dieser Welt zu leisten, und sie, Charlotte, war befriedigt, wenn sie alles Böse von ihm fernhalten konnte.

Er hatte sich von ihr getrennt, aber sie hatte ihn darum doch noch lieb, und sie wollte ihn beschützen und ihm helfen, heute ebenso wie bisher immer.

Wieder begann sie an Frau Beate Ekenstedt zu schreiben:

»Möchte meine gnädige Schwiegermutter nicht allzu schlecht von mir denken –«

Doch nun wusste sie nicht weiter. Was sollte sie sagen? Lügen hatte sie nie gekonnt, und die Wahrheit konnte nicht leicht abgeschwächt werden.

Ehe sie richtig überlegt hatte, was sie weiter anführen solle, wurde zum Gabelfrühstück geläutet. Nun hatte sie keine Zeit mehr zum Überlegen.

Da setzte sie ganz einfach ihren Namen unter die einzige geschriebene Zeile, faltete rasch den Brief zusammen und versiegelte ihn. Sie nahm ihn mit in das untere Stockwerk, legte ihn da in die Posttasche und begab sich dann ins Esszimmer.

Plötzlich fiel ihr ein, dass sie nun nicht nachzuforschen brauchte, wer die ›Person‹ sei. Wenn sie wollte, dass Frau Beate ihr glaubte, und wenn sie wirklich die Schuld auf sich nehmen wollte, dann konnte sie auch niemand anders bestrafen.

Hoch oben in den Wolken

1

Das Gabelfrühstück in der Propstei, wo man frische Eier mit belegten Broten und Brei mit Sahnenschneeballen aß, dann noch eine kleine Tasse Kaffee trank und dazu die herrlichen weichen Brezeln verzehrte, die im ganzen Kirchspiel nirgends so ausgezeichnet hergestellt werden konnten wie in der Propstei, diese Mahlzeit pflegte die behaglichste des ganzen Tages zu sein. Die beiden Alten, der Propst und seine Gattin, die um diese Zeit erst aus dem Bette kamen, waren dabei so frisch und munter wie siebzehnjährige junge Leutchen. Die nächtliche Ruhe hatte sie erfrischt. Die Altersmüdigkeit, die sich später am Tage erkennbar machte, war wie weggeblasen, und sie pflegten sich sowohl mit den jungen Hausbewohnern als gegenseitig zu necken.

Aber natürlich konnte an einem Morgen wie diesem von irgendeinem

Scherz keine Rede sein. Die beiden jungen Leute waren in Ungnade gefallen. Charlotte hatte sie durch die Art, wie sie gestern Schagerström geantwortet, sehr betrübt, und der Hilfsgeistliche hatte sie durch sein gestriges Ausbleiben von den Mahlzeiten, ohne irgendwelche Benachrichtigung zu schicken, gekränkt.

Als Charlotte sehr rasch hereinkam und sich an den Esstisch setzte, wo die anderen schon Platz genommen hatten, wurde sie mit einem strengen Ausruf empfangen.

»Hast du die Absicht, dich mit diesen Fingern an den Tisch zu setzen?«, fragte die Frau Propst.

Charlotte richtete den Blick auf ihre Hände, die in der Tat von dem eifrigen Schreiben stark mit Tinte bekleckst waren.

»Ach nein!«, versetzte sie lachend. »Du hast ganz recht, liebe Tante. Verzeih, verzeih!«

Sie eilte zur Tür hinaus und kehrte gleich darauf mit reinen Händen zurück, ohne eine Spur von Verdrossenheit über die Zurechtweisung, die ihr überdies in Gegenwart ihres Bräutigams erteilt worden war.

Frau Forsius sah sie etwas verwundert an.

›Was ist jetzt los?‹, dachte die alte Dame. ›An dem einen Tag zischt sie wie eine Schlange und am nächsten girrt sie wie eine Taube; nein, aus der Jugend kann heutzutage kein Mensch mehr klug werden.‹

Nun brachte Karl-Artur schnell eine Entschuldigung wegen seiner Versäumnis vor. Er habe einen Spaziergang machen wollen, sich aber dann so müde gefühlt, dass er sich auf einem Waldhügel zum Ausruhen niedergelegt habe. Er sei dann eingeschlafen, und beim Erwachen habe er zu seiner großen Überraschung sowohl das Mittagessen als auch das Abendbrot verschlafen gehabt.

Nun wurde Frau Forsius froh gestimmt; der junge Mann hatte doch so viel Lebensart, dass er sich entschuldigte.

»Du brauchst nicht gar so schüchtern zu sein, Karl-Artur«, sagte sie gnädig. »Wenn wir auch schon gegessen hatten, so hätten wir dir doch immer noch etwas vorsetzen können.«

»Du bist allzu gütig, Tante Regina.«

»Nun musst du aber heute doppelt so viel essen, damit du das Versäumte nachholst.«

»Ach, ich habe keinen Hunger gelitten, Tante. Ich ging auf dem Heimweg zu Sundlers hinein, und Frau Sundler hat mir Abendbrot gegeben.«

Ein ganz kleiner Ausruf drang bei diesen Worten über Charlottes Lippen. Karl-Artur richtete rasch seine Augen dahin, und im selben Augenblick verbreitete sich eine dunkle Röte über sein ganzes Gesicht. Er hätte Frau Sundlers Namen nicht aussprechen dürfen. Jetzt würde vielleicht Charlotte aufspringen und sagen, sie wisse nun, wer es gewesen sei, der sie angeklagt habe. Und sie würde einen Auftritt herbeiführen.

Aber Charlotte rührte sich nicht. Und auf ihrem Gesicht spiegelte sich die größte Seelenruhe wider. Wenn Karl-Artur nicht gewusst hätte, welche Hinterlistigkeit hinter dieser weißen Stirn wohnte, hätte er gesagt, durch diese Stirn strahle ein inneres Licht.

Es war übrigens durchaus nicht merkwürdig, dass Charlotte die Verwunderung ihrer Tischgenossen erregte. In ihrer Seele ging wirklich etwas ganz Außerordentliches vor.

Oder vielleicht ist es unrecht, es so zu nennen, nachdem es nichts anderes war, als was jedes von uns schon manchmal erfahren hat, wenn wir nach unserem schwachen Vermögen versucht haben, eine schwere Pflicht zu erfüllen oder uns eine Entsagung aufzuerlegen. Es ist mehr als wahrscheinlich, dass wir während der Vollbringung missgestimmt waren. Keine Begeisterung, ja nicht einmal das Bewusstsein, recht und klug zu handeln, kam uns zu Hilfe, und was wir für uns selbst von der guten Tat erwarteten, war nichts anderes als fortgesetzter Jammer und neues Elend. Aber dann, ganz plötzlich, merkten wir, wie unser Herz vor Freude zu springen anfing, wie es sich so leicht bewegte wie eine Tanzende und eine vollkommene Befriedigung unser Sein erfüllte. Durch ein Wunder fühlten wir uns über unser gewöhnliches alltägliches Ich hinausgehoben, und wir empfanden eine absolute Gleichgültigkeit für alle Unannehmlichkeiten, ja, wir waren überzeugt, dass wir von diesem Augenblick an ganz unberührt durch die Welt gehen würden; nichts würde von nun an imstande sein, die ruhige, feierliche Freude, die uns erfüllte, zu stören.

Etwas Derartiges war es, was Charlotte überkommen hatte, während sie ihr Frühstück aß. Das Gefühl ihres Unglücks, der Zorn, die Rachsucht, der verletzte Stolz, die verschmähte Liebe, alles war von dem großen Jubel, der ihre Seele jetzt erfüllte, weil sie sich für den Geliebten geopfert hatte, zurückgedrängt worden.

In diesem Augenblick gab es in ihrem Herzen kein anderes Gefühl als liebevolle Sanftmut und zärtliches Verstehen. Alle Menschen waren bewunderungswürdig, sie konnte sie nur nicht ganz so lieben, wie sie es eigentlich wert gewesen wären. Sie betrachtete den Herrn Propst Forsius – ein kleiner vertrockneter Greis mit kahlem Scheitel, glattrasiertem Kinn, einer mächtigen Stirn und kleinen lebhaften Augen! Er sah mehr einem Universitätsprofessor ähnlich als einem Pastor, und er hatte auch tatsächlich die Laufbahn eines Mannes der Wissenschaft einschlagen wollen. Im achtzehnten Jahrhundert geboren, wo man noch für Linné schwärmte, hatte er sich der Naturwissenschaft zugewendet und war eben auf dem Punkt gewesen, Professor der Botanik in Lund zu werden, als er an die Kirche in Korskyrka berufen wurde.

Die Gemeinde hatte nämlich seit Jahren nur Pfarrer mit Namen Forsius gehabt. Die Pfarrei war stets als eine Art Fideikommiss vom Vater auf den Sohn übergegangen, und da der Professor der Botanik Petrus Forsius der Letzte dieses Namens war, hatte man ihn gebeten, ja angefleht, die Blumen ihrem Schicksal zu überlassen und sich dafür der Seelsorge zu widmen.

All dies hatte Charlotte schon lange gewusst, aber sie meinte jetzt, sie habe bisher noch nie verstanden, welches Opfer das Aufgeben seines Lieblingsstudiums für den alten Herrn gewesen sein müsse. Es war allerdings ein sehr guter Propst aus ihm geworden. In seinen Adern floß das Blut von so vielen vortrefflichen Pfarrern, dass er seinem Amte als etwas Selbstverständlichem und Angeborenem Vorstand. Aber aus vielen kleinen Zügen glaubte Charlotte doch zu merken, wie tief er es noch immer empfand, dass er nicht auf seinem rechten Platz bleiben und nicht seiner eigentlichen Lebensarbeit hatte nachgehen dürfen.

Jetzt, seit er einen Vikar hatte, sah man den fünfundsiebzigjährigen Greis seine botanischen Studien wieder aufnehmen. Er wanderte umher und sammelte Pflanzen, klebte sie auf und ordnete sie in sein Herbarium ein. Darum ließ er aber in der Gemeinde doch nicht fünfe gerade sein. Vor allem war er sehr genau darauf bedacht, jederzeit den Frieden aufrechtzuerhalten, damit sich kein Zerwürfnis, das die Gemüter verbitterte, einschleichen könnte, sondern damit im Gegenteil die Ursache des Zerwürfnisses entfernt würde. Deshalb war er auch über die scharfe Antwort, die Charlotte am gestrigen Tage Schagerström gegeben hatte, höchst ungehalten gewesen. Aber gestern war Charlotte eine andere gewesen als heute. Da hatte sie den alten Herrn nur furchtsam und unnötig ängstlich gefunden. Jetzt auf einmal verstand sie ihn auf ganz andere Weise.

Und Frau Forsius ...

Charlotte richtete ihren Blick auf die alte Dame, deren große knochige Gestalt keine Spur von einem angenehmen Äußern zeigte. Das Haar, das nicht ergrauen wollte, obgleich sie fast ebenso alt war wie ihr Gatte, trug sie in der Mitte gescheitelt und über die Ohren herabgekämmt, und dann verschwand es unter einer schwarzen Tüllhaube. Die Haube verhüllte einen guten Teil des Gesichts, und Charlotte hielt das eigentlich für Berechnung, denn die Frau Propst hatte nicht viel Schönes vorzuweisen. Sie meinte vielleicht, es genüge, wenn man ihre Augen betrachtete, die zwei runden Pfefferkörnern glichen, sowie ihre Stumpfnase mit den großen Nasenlöchern, ihre Augenbrauen, die nur aus ein paar ganz kleinen Wischen bestanden, ihren breiten Mund und ihre vorstehenden Backenknochen.

Sie sah sehr streng aus, aber wenn sie auch ihre Hausbewohner etwas streng im Zaume hielt, so war sie doch gegen sich selbst am strengsten. Sie gönnte sich nie einen Augenblick Ruhe und Erholung. Im Dorfe pflegte man von ihr zu sagen, es wäre nicht angenehm, in Frau Propst Forsius' Haus zu sterben. Für sie war es sicherlich kein Vergnügen, mit einer Stickerei oder einem Strickzeug ruhig auf einem Sofa zu sitzen, nein, richtige grobe Arbeit musste sie tun, wenn Frau Forsius sich zufriedenfühlen sollte. In ihrem ganzen Leben hatte sie sich niemals etwas so Unnützes vorgenommen, wie einen Roman zu lesen oder auf einem Klavier herumzuklimpern.

Charlotte, die die Tante Forsius vielleicht bisweilen unnötig arbeitsfreudig gefunden hatte, konnte sie an diesem Morgen gar nicht genug bewundern. War es nicht schön, wenn man sich selbst niemals schonte, sondern bis in sein hohes Alter unermüdlich tätig war? War es nicht schön, wenn man alles bis in den kleinsten Winkel sauber und ordentlich haben wollte, wenn man eigentlich vom Leben nichts weiter begehrte, als recht viel arbeiten zu dürfen?

Und außerdem war Frau Forsius durchaus nicht langweilig. Welchen Blick hatte sie für alles Komische, welch ein Talent, mit lustigen Einfällen herauszurücken, bei denen sich die Leute vor Lachen biegen mussten.

Frau Forsius hatte sich indessen mit Karl-Artur noch weiter über Frau Sundler unterhalten.

Er sagte, er habe sie aufgesucht, weil sie die Tochter von Malwina Spaak, einer alten Freundin seiner Familie sei.

»Gewiss, gewiss«, sagte Frau Forsius, die ganz Värmland kannte und vor allem alle, die sich in Beziehung auf Haushaltung einen guten Namen erworben hatten. »Malwina Spaak war eine tüchtige und reelle Person.«

Nun fragte Karl-Artur, ob Frau Forsius die Tochter nicht für ebenso vortrefflich halte wie die Mutter.

»Ich kann nichts anderes sagen, als dass sie ihr Hauswesen gut besorgt«, erwiderte Frau Forsius, »aber ich fürchte, sie ist ein wenig j verdreht.«

»Verdreht?«, wiederholte Karl-Artur in fragendem Tone.

»Ja gewiss, verdreht. Kein Mensch im Dorfe hat sie gern, und deshalb hatte ich ein wenig mit ihr zu reden versucht, aber weißt du, was sie mir einmal sagte, als sie sich verabschiedete? Ja, sie sagte wirklich zu mir, indem sie die Augen verdrehte: ›Wenn Sie eine silberne Wolke mit goldenem Rand sehen, dann denken Sie an mich!‹ Jawohl, das sagte sie. Was hat sie nur damit sagen wollen?«

Als Frau Forsius dies erzählte, zuckte es um ihren Mund. Es war ja ganz unwiderstehlich komisch, dass irgendein kluger Mensch auf die Idee kommen sollte, sie, Frau Forsius zu bitten, nach einer Wolke mit goldenem Rand auszuschauen.

Sie gab sich die größte Mühe, das Lachen zu unterdrücken. Hatte sie sich doch vorgenommen, während des ganzen Frühstücks streng und ernst zu sein. Charlotte sah, wie sie mit sich kämpfte. Es war ein harter Kampf; doch plötzlich kam das ganze Gesicht in Bewegung, die Augen zogen sich zusammen, die Nasenflügel weiteten sich, der Mund verzog sich, und schließlich kam unwiderstehlich das Lachen. Das ganze Gesicht verzerrte sich, und der Körper machte die komischsten Bewegungen.

Und jetzt mussten alle andern mitlachen, es war ihnen ganz unmöglich, ernst zu bleiben. ›Eigentlich‹, dachte Charlotte, ›braucht man die Frau Propst Forsius nur lachen zu sehen, und dann muss man sie lieb haben.‹

Nun sah man nicht mehr, dass sie hässlich war. Man musste unwillkürlich dem dankbar sein, der in seinem Innern so viel Fröhlichkeit beherbergte.

2

Gleich nach dem Frühstück, sobald Karl-Artur das Esszimmer verlassen hatte, sagte Frau Forsius zu Charlotte, ihr Mann habe beschlossen, an diesem Vormittag einen Besuch auf Groß-Sjötorp zu machen. Und obgleich sich das junge Mädchen noch immer in derselben inneren Begeisterung befand, wurde sie bei dieser Mitteilung doch von einer deichten Unruhe befallen. Würde das nicht Karl-Arturs Verdacht bestärken? Aber sie beruhigte sich sofort wieder. Sie lebte ja droben in den Wolken. Was sich hier unten auf der Erde zutrug, hatte eigentlich recht wenig für sie zu bedeuten.

Schon um halb elf Uhr fuhr der große Landauer vor. Propst Forsius fuhr natürlich nicht mit einem feinen Gespann, aber seinen grauweißen Nordlandpferdchen mit den schwarzen Mähnen und Schwänzen, seines stattlichen Kutschers, der seine schwarze Livree mit großer Würde trug, brauchte er sich wahrhaftig auch nicht zu schämen. Um die Wahrheit zu sagen, so konnte man an der ganzen Propstei-Equipage keinen andern Fehler entdecken, als dass die Pferde etwas zu wohlgenährt waren. Der Propst verwendete viel zuviel Sorgfalt auf sie. Es war ihm auch schwergefallen, sie an diesem Tage aus dem Stalle zu nehmen. Wenn es gegangen wäre, wäre der Propst viel lieber in einem Einspänner weggefahren.

Die Frau Propst und Charlotte waren an diesem Tage zum Elfuhrkaffee bei Frau Apotheker Gråberg eingeladen. Frau Gråberg feiern ihren Namenstag. Da der Weg nach Groß-Sjötorp an dem Kirchdorf vorüberführte, durften sie sich mit in den Wagen setzen und ein Stück mitfahren.

Als der Wagen nun durchs Tor in den Hof hereinfuhr, wendete sich Charlotte dem Propst zu, wie wenn ihr plötzlich etwas eingefallen wäre.

»Der Hüttenbesitzer Schagerström hat mir heute Morgen einen schönen Strauß Rosen geschickt, ehe ihr beide aufgestanden waret: Wenn du es für richtig hältst, könntest du ihm ja ein paar Worte des Dankes dafür sagen, Onkel.«

Man kann sich die Freude und Verwunderung der beiden alten Leute vorstellen. Das nahm ihnen wirklich einen großen Stein vom Herzen. Es würde also kein Unfrieden in der Gemeinde entstehen, Schagerström war nicht beleidigt, wie er es rechtmäßigerweise wohl hätte sein können.

»Und das sagst du erst jetzt!«, rief Frau Forsius. »Du bist doch wirklich mehr als sonderbar!«

Jedenfalls war sie jetzt höchst entzückt. Sie fragte, wann der Strauß in die Propstei gebracht worden sei, ob er schön gebunden gewesen, ob vielleicht ein Briefchen zwischen den Blumen gesteckt habe, und noch alles mögliche in dieser Art.

Der Propst aber nickte Charlotte nur zu und versprach, ihre Botschaft zu bestellen. Zugleich richtete er sich auf; offenbar war ihm eine wirkliche Last von der Seele genommen.

Charlotte fragte sich, ob sie am Ende jetzt wieder eine Unvorsichtigkeit begangen habe. Aber an diesem Morgen konnte sie eben keine Ruhe finden, bis alle Menschen vergnügt waren, wenigstens soweit es dabei auf sie ankam. Sie fühlte einen unendlichen Drang, sich für das Glück anderer aufzuopfern.

Der Wagen hielt gerade an der Stelle, wo der Weg nach der Stadt von der großen Landstraße abbog, und die beiden Damen stiegen aus. Es war tatsächlich fast genau derselbe Platz, wo Karl-Artur am gestrigen Tage das schöne Mädchen aus Dalarne getroffen hatte.

Bei ihren Besuchen im Kirchdorfe blieb Charlotte stets gerade hier an diesem Platze stehen, um die schöne Aussicht zu bewundern. Der kleine See, der den Mittelpunkt der Landschaft bildete, war hier besser zu sehen als von der Propstei aus, die entschieden etwas niedriger lag. Von hier aus konnte man alle die recht abwechslungsreichen Ufer des Sees übersehen. Auf der linken Seite, wo sich Charlotte jetzt eben befand, breiteten sich ebene Äcker aus, und da herrschte große Fruchtbarkeit, das konnte man an den vielen umherliegenden Dörfern ersehen. Nach Norden lag die Propstei, die auch von ebenen und wohlbebauten Feldern umgeben war, aber drüben im Nordosten schloss sich eine mit Laubwäldern bestandene Gegend an. Ein Fluss rauschte mit einem schäumenden Wasserfall daraus hervor, und zwischen den Bäumen tauchten schwarze Dächer und hohe Schornsteine auf. Dort drüben lagen zwei ansehnliche Eisenhämmer, die noch mehr als die Äcker und Wälder zum Reichtum der ganzen Gegend beitrugen. Sah man dann aber wieder gen Süden, so begegnete dem Auge lauter Kargheit. Da erhoben sich niedrige Hügel mit dichtem Waldbestand. Denselben Anblick bot auch der östliche Strand. Diese Seite des Sees wäre einem melancholisch und einförmig vorgekommen, wenn es nicht einmal einem reichen Hüttenbesitzer eingefallen wäre, mitten im Walde auf dem Hügelabhang ein Herrenhaus zu erbauen. Das weiße Gebäude, das aus dem Tannenwalde herausragte, nahm sich außerordentlich gut aus. Durch eine sinnreiche Verteilung der Bäume im Park war ein eigenes Trugbild entstanden. Man glaubte, ein richtiges Schloss mit Mauern und Seitentürmen vor sich zu sehen. Diese Stelle war die Perle der ganzen Gegend. Man hätte das Schloss um keinen Preis auf diesem Platze missen mögen.

Charlotte, die heute in einer andern Welt lebte, schenkte weder dem See noch dem Herrenhause einen einzigen Blick. Statt dessen blieb die alte Frau Propst, die sich sonst wirklich nicht viel aus Naturschönheiten machte, stehen und schaute über die Landschaft hin.

»Warte nur einen Augenblick«, sagte sie. »Sieh dir Berghamra dort drüben an. Denk dir, man behauptet, Groß-Sjötorp sei noch viel größer und noch viel schöner. Ja, weißt du was? Wenn ich wüsste, dass jemand, den ich lieb habe, auf einem großartigen Herrensitz wohnt, das würde mich sehr glücklich machen.«

Mehr sagte sie nicht, aber sie blieb noch immer stehen, wackelte mit dem Kopf und faltete ihre alten, runzligen Hände fast wie in stiller Anbetung.

Charlotte, die ihre Absicht wohl verstand, erwiderte rasch:

»Ja, gewiss, es muss herrlich sein, dort in dem dunklen Tannenwald zu wohnen, wohin nie ein Mensch kommt. Das ist etwas anderes, als an der großen Heerstraße zu sein, wie wir in der Propstei.«

Darauf drohte die alte Dame, die recht gerne die Menschen auf dem Wege hin und her unterwegs sah, Charlotte mit aufgehobenem Finger.

»Ja, ja, du!«

Damit nahm sie Charlottes Arm und wanderte mit ihr auf der angenehmen Straße, die von Anfang bis zu Ende von großen herrschaftlichen Gebäuden umgeben war, weiter dem Orte zu. Nur im Anfang zeigten sich einige kleine Hütten. Wenn sich weiter solche fanden, so lagen sie abseits an dem Waldhügel hinauf und waren von der Straße aus nicht zu sehen. Die alte Stadtkirche mit ihrem hohen spitzen Turm, die wie eine Ahle hoch in die Luft hinaufragte, der Gerichtshof, das Gemeindehaus, der große belebte Gasthof, die Doktorwohnung, das Haus des Landrats, das etwas von der Straße zurückstand, ein paar große Bauernhöfe und die Apotheke, die am Ende der Straße lag und sie gleichsam abschloss, all dies legte nicht allein Zeugnis davon ab, welch eine reiche Gegend Korskyrka war, sondern zeigte zugleich auch, dass man auf der Höhe der Zeit war und nicht tatenlos und rückständig verblieb.

Aber als die Frau Propst und Charlotte nun im besten Einvernehmen die Straße entlangwanderten, dankten sie ihrem Gott, dass sie nicht gezwungen waren, hier zu wohnen, hier, wo man auf allen Seiten Nachbarn hatte, wo man keinen Schritt vor die Tür machen konnte, ohne dass alle Menschen es wussten und sich fragten, wohin man gehe. Sobald sie in den Ort hineingekommen waren, sehnten sie sich auch schon nach der Propstei zurück, die ganz für sich selbst lag und wo man sein eigener Herr war. Sie meinten, sie würden sich erst wieder so recht behaglich fühlen, wenn sie sich auf dem Heimwege befänden und die dickstämmigen Lindenbäume der Propstei aus der Ferne auftauchen sähen.

Endlich traten sie durch die Haustür der Apotheke. Es war ihnen, als seien sie etwas spät dran. Als sie die knarrende Holztreppe nach der oberen Wohnung hinaufstiegen, hörten sie über ihren Köpfen das Durcheinander von vielen Stimmen, das wie das Summen eines Bienenschwarms an ihr Ohr drang.

»Heute geht es ja recht lebhaft her«, sagte Frau Forsius. »Hör nur, wie eifrig sie reden! Es muss etwas Besonderes geschehen sein.«

Charlotte hielt mitten auf der Treppe an. Noch keinen Augenblick war ihr in den Sinn gekommen, Schagerströms Werbung, die aufgehobene Verlobung und Karl-Arturs Verlobung mit dem Mädchen aus Dalarne könnten schon zum allgemeinen Gesprächsstoff geworden sein. Aber jetzt überkam sie plötzlich eine Angst, am Ende war es gerade dies alles, was da droben so eifrig und mit erhobenen Stimmen verhandelt wurde.

›Da ist natürlich die verwünschte Organistenfrau am Werke gewesen, die hat geklatscht‹, dachte sie. ›Das ist mir eine schöne Vertraute, die sich Karl-Artur angeschafft hat.‹

Aber keinen Augenblick überlegte sie, ob sie umkehren solle. Einem Haufen Klatschbasen aus dem Wege zu gehen, wäre ja selbst unter gewöhnlichen Verhältnissen nicht für sie in Frage gekommen, wie viel weniger an diesem Vormittage, wo sie für alles, was Tadel hieß, vollständig unempfänglich war. Als die neuen Gäste in das große Zimmer traten, wo alle, die der Frau Apotheker zum Namenstag gratulierten, sich aufhielten, entstand ringsum ein verhängnisvolles Schweigen. Nur eine einzige alte Dame, die eben dabei war, ihrer Nachbarin etwas aufs Eifrigste zu erzählen, saß mit aufgehobenem Zeigefinger da und rief:

»Und noch etwas, Liebste, was kürzlich geschehen ist!«

Alle Anwesenden sahen verlegen aus. Mit dem Erscheinen der Damen aus der Propstei war gar nicht gerechnet worden.

Immerhin eilte die Frau Apotheker den beiden neuen Gästen aufs Freundlichste entgegen, und Frau Forsius, die ja von alldem, was Charlotte und Karl-Artur angestellt hatten, gar nichts wusste, war vollkommen unbefangen, obgleich sie recht wohl merkte, dass nicht alles so war, wie es sein sollte. So alt sie auch war, ihre Knie waren noch so geschmeidig wie die einer Tänzerin, und nun machte sie zuerst vor der ganzen Gesellschaft eine tiefe Reverenz. Dann ging sie herum und begrüßte alle der Reihe nach unter beständigen kleinen Verbeugungen. Und Charlotte, der ein schlecht verhehltes Misstrauen entgegenzuströmen schien, folgte dicht hinter Frau Forsius. Ihre Verbeugungen waren allerdings bedeutend weniger tief als die der Pröpstin, aber mit dieser konnte man ja ohnedies nicht in Wettbewerb treten.

Doch bald wurde Charlotte eins klar – alle Anwesenden wichen ihr aus. Als sie ihre Tasse Kaffee erhalten hatte und sich damit an einem der Fenster niederließ, kam niemand herbei und setzte sich auf den leeren gegenüberstehenden Sessel. Ganz genauso war es auch, als der Kaffee getrunken war und Strickzeug und Stickereien aus den Ridikülen und Taschen hervorgeholt wurden. Man ließ sie ganz allein an dem Fenster sitzen, niemand schien eine Ahnung von ihrer Anwesenheit zu haben.

Ringsherum saßen die Damen in kleinen Gruppen beisammen. Sie steckten die Köpfe so nahe zusammen, dass die Spitzen und Rüschen ihrer großen Tüllhauben einander berührten. Alle dämpften die Stimmen, damit Charlotte nichts verstehen sollte, aber doch hörte sie einmal ums andere ihr eifriges: »Und noch etwas, Liebste, und noch etwas, was kürzlich geschehen ist.«

Aha, jetzt erzählten sie einander, dass sie, Charlotte, Schagerströms Werbung zuerst abgewiesen habe. Es habe sie aber nachher gereut, und so habe sie auf die hinterlistigste Art einen Streit mit ihrem Bräutigam vom Zaun gebrochen, damit er die Verlobung auflöse. Höchst pfiffig war das ja ausgedacht! Von ihr sollte niemand sagen können, sie habe einen armen Mann im Stich gelassen, um die gnädige Frau von Groß-Sjötorp zu werden. Der ganze fein ausgedachte Plan wäre auch geglückt, und sie wäre jeglichem Tadel entgangen, wenn die Frau des Organisten ihre bösen Absichten nicht erraten hätte.

Charlotte saß ganz still drüben am Fenster und ließ das Stimmengewirr an sich vorüberziehen. Nicht einen Augenblick fiel ihr ein, dass sie aufstehen und sich verteidigen könnte. Die hoch gespannte Gemütsverfassung, in der sie sich befand, hatte jetzt ihren Höhepunkt erreicht. Sie fühlte keinen Schmerz, sie wanderte auf den Wolken hoch über allem Irdischen.

Dieses ganze geistige Summen hätte sich ja gegen Karl-Artur gewendet, wenn sie nicht schützend vor ihm gestanden hätte. Sonst hätte man von allen Ecken und Enden gehört: »Und noch etwas, Liebste! Haben Sie es gehört? Der junge Ekenstedt hat mit seiner Braut gebrochen? Und noch etwas, und noch etwas! Er ist auf die Landstraße hinausgelaufen und hat dem ersten besten Mädchen, das ihm in den Weg kam, einen Heiratsantrag gemacht. Und noch etwas, und noch etwas! Meinen Sie, Liebste, ein solcher Mensch könne noch länger in Korskyrka als Pfarrer bleiben? Und noch etwas, und noch etwas! Was wird nur der Bischof dazu sagen!«

Ja, Charlotte war froh, dass das alles über sie kam!

Während nun Charlotte ganz allein da am Fenster saß und ihre Begeisterung noch immer zunahm, weil sie Karl-Artur schützte, kam schließlich eine kleine, blasse, magere Dame zu ihr hin.

Das war Charlottes Schwester, Marie Luise Löwensköld, die Frau des Doktors Romelius. Sie hatte sechs Kinder und einen dem Trunke ergebenen Mann, war zehn Jahre älter als Charlotte, und es hatte nie eine richtige Vertraulichkeit zwischen ihnen geherrscht.

Frau Romelius stellte keine Fragen, sie setzte sich nur Charlotte gegenüber und strickte an einem Kinderstrumpf. Aber um ihren Mund lag ein strenger Zug. Sie wusste, was sie tat, als sie sich an den Fensterplatz begab, das war wohl zu merken.

Da saßen nun die beiden Schwestern und fingen beständig denselben Ausruf auf: »Und noch etwas, Liebste! Und noch etwas!«

Nach einer Weile sahen sie, dass Frau Sundler mit der Frau Propst flüsternd verhandelte.

›Jetzt erfährt es Tante Regina‹, dachte die Schwester.

Charlotte stand halb von ihrem Stuhl auf, bereute es jedoch sofort und setzte sich wieder nieder.

»Hör, Marie Luise«, sagte sie nach einer kleinen Weile, »wie war denn das mit Malwina Spaak? War da nicht eine Art Prophezeiung, eine Wahrsagung?«

»Ja, wahrhaftig, ich glaube, du hast recht«, antwortete die Schwester; »aber ich kann mich auch nicht mehr so ganz darauf besinnen. Es war irgendein unglückliches Schicksal, das die Familie Löwensköld treffen sollte.«

»Vielleicht kannst du doch erfahren, wie es sich damit verhält«, antwortete Charlotte.

»Natürlich. Ich muss es irgendwo schwarz auf weiß haben. Aber jedenfalls ging es uns nichts an, sondern nur die Löwenskölds auf Hedeby.«

»Danke«, sagte Charlotte, und wieder herrschte Schweigen zwischen ihnen.

Nach einer Weile schien indes der Frau Doktor Romelius bei all den Lästerreden, die durch das Gemach surrten, die Geduld auszugehen. Sie neigte sich zu Charlotte hin und sagte im Flüsterton:

»Ich verstehe alles miteinander. Du schweigst Karl-Arturs wegen. Ich könnte allen hier Anwesenden leicht mitteilen, wie sich alles verhält.«

»Schweig um Gottes willen!«, entfuhr es Charlotte in höchstem Schrecken. »Was hat es dabei zu tun, wie es mir geht? Karl-Artur hat sehr große Gaben.«

Die Schwester verstand Charlotte sofort. Sie selbst liebte ihren Mann, obgleich er sie schon seit ihrer Hochzeit mit seinem Trinken unglücklich gemacht hatte. Noch immer hoffte sie, er werde sich wieder fassen und ein wahres Wunder von einem Arzt werden.

Als die Feier des Namenstages endlich ihr Ende erreicht hatte und die Damen sich verabschiedeten, war es die dicke Organistenfrau, die im Flur genau aufpasste, um der Frau Propst beim Umlegen ihrer Mantille zu helfen und ihr auch das Hutband zu knüpfen.

Charlotte, die sich sonst nie das Recht nehmen ließ, ihrer alten mütterlichen Freundin zu helfen, stand etwas blass daneben und sah zu, sagte aber kein Wort. Als sie auf die Straße hinauskam, war es wieder die Organistenfrau, die herbeieilte und der Frau Propst den Arm anbot. Charlotte musste sich damit begnügen, allein nebenher zu gehen.

Frau Sundler stellte Charlottes Geduld mehr als sonst jemand auf die Probe; aber sie wusste ja, dass sie sie loswurde, sobald sie am äußeren Ende der

Straße die Organistenwohnung erreicht haben würden.

Doch nein, als sie glücklich so weit gekommen waren, fragte Frau Sundler, ob sie nicht bis zur Propstei mitgehen dürfe? Ein wenig Bewegung nach dem langen Stillsitzen würde ihr sehr guttun.

Frau Forsius machte keine Einwendung, und so setzten sie ihren Weg wie vorher fort. Auch jetzt sagte Charlotte nichts. Sie schritt nur etwas weiter aus, sodass sie den anderen eine kleine Strecke voraus war und so die salbungsvolle, schleppende Stimme der Organistenfrau nicht mehr zu hören brauchte.

Schagerström

Auf dem Heimweg von der missglückten Brautwerbung in der Propstei saß Schagerström die ganze Zeit mit einem Lächeln auf den Lippen in seinem Wagen. Wenn nicht der Kutscher und der Diener dagewesen wären, hätte er am liebsten laut herausgelacht, so lächerlich kam es ihm vor, dass er, der ausgezogen war, einer armen Gesellschafterin eine Wohltat zu erweisen, auf solche Weise abgewiesen und beleidigt worden war.

»Aber sie hatte in dem, was sie sagte, vollkommen recht«, murmelte er. »Bei Gott, sie hatte ganz recht! Eigentlich begreife ich nicht, dass ich mir die Sache nicht mehr überlegt hatte, ehe ich mich auf diese Brautwerbung einließ.«

›Im Übrigen stand ihr diese Empörung vortrefflich‹, fuhr er in seinen Gedanken fort. ›Diesen Lohn hab' ich doch für meine Mühe. Es war mir ein wahrer Genuss, sie so schön zu sehen.‹

Als er eine Weile gefahren war, sagte er sich, wenn er sich auch wirklich dumm benommen habe, so freue er sich trotzdem über die Geschichte, weil er dadurch jemand kennengelernt, der gar nicht danach fragte, dass er der reichste Mann von Korskyrka sei. Das junge Mädchen hatte wahrlich keinen Versuch gemacht, sich bei ihm lieb Kind zu machen. Fräulein Löwensköld hatte getan, als wisse sie gar nicht, dass sie einen Millionär vor sich hatte, im Gegenteil, sie hatte ihn wie den ersten besten Lumpenkerl behandelt.

›Was das Mädchen doch Charakter hat!‹ dachte er. ›Es wäre mir wirklich sehr lieb, wenn sie nicht gar so schlecht von mir dächte. Gott bewahre mich, ein zweites Mal werde ich zwar sicherlich nicht um sie freien, aber ich möchte ihr doch beweisen, dass ich kein solches Rindvieh bin, um ihr wegen der Lehre, die sie mir gegeben hat, zu zürnen.‹

Den ganzen Nachmittag grübelte er darüber nach, wie er seine Voreiligkeit wieder gutmachen könne, und schließlich glaubte er, doch etwas Zweckentsprechendes gefunden zu haben. Aber diesmal wollte er nicht blindlings drauflosstürmen. Er wollte die Sache erst vorbereiten und die nötigen

Untersuchungen anstellen, um nicht wieder in Unannehmlichkeiten hinein-
zukommen.

Gegen Abend fiel ihm ein, dass es wohl nichts schaden könnte, wenn er
Charlotte schon jetzt eine kleine Aufmerksamkeit erwiese. Das Vergnügen,
ihr einige Blumen zu schicken, könnte er sich doch wohl erlauben. Wenn sie
die annahm, würde es ihm später leichter fallen, sich auf einen guten Fuß mit
ihr zu stellen. Und rasch eilte er in seinen Garten hinaus.

»Nun Meister«, sagte er zu dem Gärtner, »jetzt soll Er mir einen recht
schönen Blumenstrauß binden. Lasse Er mich einmal sehen, was Er zu bieten
hat.«

»Das Schönste, was ich habe, sind wohl diese roten Nelken hier«, sagte der
Obergärtner. »Wir könnten sie in die Mitte nehmen, mit Levkojen umgeben
und diese dann noch mit Reseden mischen.«

Aber Schagerström rümpfte die Nase.

»Nelken und Levkojen und Reseden«, versetzte er. »Solche Blumen gibt es
ja auf jedem Herrenhofe. Ebenso gut könnte er mir Margeriten und blaue
Glockenblumen vorschlagen.«

Ganz ebenso ging es mit Löwenmaul, Rittersporn und Vergissmeinnicht.
Alle miteinander wurden vom Hausherrn verworfen.

Schließlich blieb Schagerström vor einem kleinen Rosenstrauch stehen, der
mit Blüten und Knospen über und über bedeckt war. Besonders die Knospen
waren hinreißend schön. Die zartrosa Blumenblätter streckten sich aus einer
Hülle hervor, die, am Rande ausgefranst, wie Moos aussah.

»Diese hier kommt mir sehr schön vor«, sagte er.

»Aber, Herr Hüttenbesitzer, das sind ja Moosrosen. Dieser Strauch blüht in
diesem Jahre zum allerersten Male. Es ist sehr schwer, ihn so hoch im Norden
zum Gedeihen zu bringen. Einen solchen Strauch wie diesen hier gibt es in
ganz Värmland nicht wieder.«

»Aber gerade so etwas will ich haben. Die Blumen sollen nach Korskyrka
in die Propstei geschickt werden.«

»Ach so, in die Propstei«, sagte der Obergärtner, und nun sah er ganz
vergnügt drein. »Das ist etwas anderes. Es ist mir sehr lieb, wenn der Herr
Propst meine Moosrosen zu sehen bekommt. Er ist ein Kenner.«

Die armen Rosen wurden also abgeschnitten und nach der Propstei geschickt, wo ihrer freilich ein sehr ungünstiges Geschick wartete.

Wer dagegen auf Groß-Sjötorp gut aufgenommen wurde, als er am nächsten Vormittag auf dem Gute eintraf, das war der Propst von Korskyrka.

Der kleine Herr Propst war im Anfang wohl etwas umständlich und feierlich, im Grunde seines Herzens aber war er wie Schagerström auch ein recht
gerader, anspruchsloser Mann. Schöne Redensarten und Höflichkeitsbezei-
gungen waren ganz unnötig, das merkten die beiden sofort, und so redeten
sie schon nach wenigen Minuten wie zwei alte Freunde einfach und offen-

herzig miteinander.

Schagerström benutzte die Gelegenheit, betreffs Charlotte einige Fragen zu stellen. Er wollte wissen, wer ihre Eltern seien und ob Charlotte einiges Vermögen besitze, und vor allem wollte er Auskunft über ihren Bräutigam und dessen Aussichten im Hinblick auf seine Zukunft haben. Ein Hilfsgeistlicher habe wohl kein so großes Gehalt, dass er sich daraufhin verheiraten könne? Ob der Herr Propst wohl wisse, ob sich der junge Ekenstedt Hoffnung auf eine baldige Beförderung machen dürfe?

Der Propst war höchlich verwundert; da aber nichts von dem, was Schagerström fragte, ein Geheimnis war, gab er offene Antworten.

›Das ist ein Geschäftsmann‹, dachte der alte Herr. ›Er geht geradewegs auf eine Sache los. Ja, ja, so muss es wohl in der jetzigen Zeit sein.‹

Zum Schluss gab Schagerström eine deutliche Erklärung. Er sagte, er sei der Vorstand des Hüttenwerkvereins in Uppland und habe das Recht, den Geistlichen der Hüttenwerke einzusetzen. Das Gehalt sei allerdings nicht groß, aber das Pfarrhaus sehr hübsch, und die bisherige Pfarrfamilie habe sich da sehr wohl befunden. Ob der Herr Propst meine, diese Stelle wäre dem jungen Ekenstedt genehm?

Propst Forsius war in seinem ganzen Leben selten so überrascht gewesen wie jetzt über diesen Vorschlag. Aber er war ein kluger Herr, und so nahm er die Sache als etwas ganz Natürliches auf.

Er zog seine Schnupftabaksdose heraus, nahm eine tüchtige Prise, putzte seine Nase mit einem seidenen Taschentuch und ergriff dann das Wort:

»Herr Hüttenbesitzer, Sie können keinen jungen Mann finden, der eine Handreichung mehr wert wäre als der junge Ekenstedt.«

»Nun, dann ist die Sache abgemacht«, sagte Schagerström.

Der Propst hatte seine Tabaksdose wieder eingesteckt. Er war ganz außerordentlich erfreut. Mit welch einer großartigen Neuigkeit konnte er da nach Hause kommen! Charlottes Zukunft hatte ihm schon Sorgen gemacht. Er hatte die allergrößte Achtung vor seinem Vikar, aber doch hatte er schon oft den Kopf geschüttelt, weil der junge Herr ganz und gar nicht daran dachte, sich eine Stellung zu verschaffen, auf die er heiraten könnte.

Plötzlich wandte sich der freundliche alte Herr an Schagerström und sagte: »Herr Hüttenbesitzer, es macht Ihnen Freude, anderen Menschen zum Glück zu verhelfen. Bleiben Sie nun aber nicht auf halbem Wege stehen! Kommen Sie mit in die Propstei und teilen Sie dem jungen Paar Ihre guten Absichten selbst mit! Kommen Sie mit, und seien Sie selbst Zeuge ihres Glücks! Das ist eine Freude, die ich Ihnen von Herzen gönne.«

»Aber vielleicht käme ich ungelegen«, erwiderte Schagerström.

»Gewiss nicht! Ungelegen! Davon kann keine Rede sein, wenn man mit solch einer Neuigkeit kommt.«

Schagerström schien bereit, auf den Vorschlag einzugehen. Doch plötzlich schlug er sich vor die Stirn.

»Ich kann ja nicht, denn ich muss heute noch eine längere Reise antreten. Um zwei Uhr wird mein Reisewagen vor der Tür stehen.« »Was sagen Sie, Herr Hüttenbesitzer?«, rief der Propst. »Das ist ja sehr schade! Aber ich verstehe. Die Zeit muss eingehalten werden.«

»Die Laufzettel an die Gasthöfe sind schon abgeschickt«, sagte Schagerström mit düsterer Miene.

»Aber ließe es sich nicht so einrichten, dass Sie, Herr Hüttenbesitzer, in meinem Wagen, der angespannt und zur Abfahrt bereit ist, mit mir nach der Propstei führen?«, fragte der Propst. »Ihr Reisewagen könnte dann nachkommen und Sie zur bestimmten Zeit abholen.«

Ja, so wurde es beschlossen. Der Propst und Schagerström fuhren im Landauer nach Korskyrka, und Schagerströms Reisewagen bekam Befehl, dahin nachzukommen, sobald der Reiseimbiss zubereitet und alles, was mitgenommen wurde, gepackt sei.

Während der Fahrt waren die beiden Herren so lustig wie Bauern, die nach dem Jahrmarkt unterwegs sind. »Wenn ich meine Ansicht sagen soll, so hat Charlotte das gar nicht verdient, nachdem sie sich gestern so gegen Sie benommen hat«, erklärte der Propst.

Schagerström brach in helles Lachen aus.

»Jetzt kommt sie richtig in die Klemme«, fuhr der Propst fort. »Ich freue mich schon im Voraus darauf, wie sie das in Ordnung bringen wird. Sie werden sehen, Herr Hüttenbesitzer, sie wird gewiss etwas ganz Unerwartetes tun, auf das niemand anders verfallen würde. Ha, ha, ha, ich freue mich richtig darauf.«

Es war eine große Enttäuschung für die beiden Reisenden, als sie bei ihrer Ankunft in der Propstei von dem Hausmädchen erfuhren, dass die Frau Propst und das Fräulein noch nicht von der Namenstagsgratulation zurückgekommen waren. Aber der Propst meinte, es werde nicht mehr lange dauern, bis sie erscheine würden, und bat Schagerström, mit ihm in seine eigenen Zimmer zu kommen, die im Erdgeschoss lagen. An diesem Tage dachte er gar nicht daran, den Gast hinauf in die Besuchszimmer im oberen Stock zu bitten.

Der Propst hatte zwei Zimmer zur Verfügung. Das äußere, das Amtszimmer, war groß und kalt. Ein ungeheurer Schreibtisch, zwei Stühle davor, ein langes Ledersofa und ein wandfestes Bücherregal für die mächtigen Kirchenbücher machten die ganze Einrichtung aus, sofern man nicht einige große Kaktuspflanzen an einem Fenster mitrechnen wollte, die in ihrer reichen Blütenpracht aussahen, als stünden sie in hellen Flammen. In dem inneren Zimmer dagegen hatte es die Pröpstin für ihren lieben Alten recht bequem eingerichtet. Der Boden war mit einem hausgewebten Teppich bedeckt, die Möbel waren schön und zweckentsprechend. Da gab es Sofa und

Kanapee und Lehnstühle, einen Schreibtisch mit vielen Fächern, hohe Bücherständer, ein großes Gestell mit vielen Pfeifen daran, und im Übrigen ganze Stöße von Blumen, die, in graues Packpapier eingeschlagen, auf hohen und niederen Möbelstücken überall umherlagen.

Selbstverständlich wollte der Propst seinen Gast in dieses Zimmer führen; als sie aber durch das Amtszimmer gingen, trafen sie da Karl-Artur, der an dem mächtigen Pult saß und Geburten und Todesfälle in ein riesiges Familienregister eintrug. Er stand auf, als die beiden Herren zur Tür hereintraten, und wurde auch gleich Schagerström vorgestellt.

»Ja, heute braucht der Herr Hüttenbesitzer nicht unverrichteter Sache von hier wegzufahren«, sagte Karl-Artur ein wenig boshaft, als er sich verbeugte.

Wer könnte sich darüber verwundern, dass er sich ganz außerordentlich erregt fühlte, als er Schagerström hier in der Propstei erblickte? Wie hätte er es vermeiden können, zu glauben, alle miteinander, der Propst, die Pröpstin und Charlotte, hätten sich gegen ihn verbunden, die übereilte Abweisung ungeschehen zu machen? Wenn Karl-Artur bisher noch den geringsten Zweifel an Charlottes Unaufrichtigkeit gehegt hätte, musste dann nicht der Anblick des Freiers, der an diesem Tage von dem Propst selbst in die Propstei zurückgeführt wurde, ihm volle Gewissheit geben? Natürlich ging es ihn ja nichts mehr an, wen Charlotte heiratete, aber in dieser Eile lag eben doch etwas Unfeines, etwas Rücksichtsloses. Es war schrecklich, dass man in einem Pfarrhaus sich so aufs Äußerste eifrig zeigte, einer Verwandten einen reichen Mann zu verschaffen.

Der alte Propst, der ja nichts von Karl-Arturs aufgehobener Verlobung mit Charlotte wusste, sah Karl-Artur verwundert an. Er konnte den Sinn von dessen Worten nicht ganz verstehen; aber da er aus dem Tonfall eine feindliche Stimmung gegen Schagerström heraushörte, hielt er es fürs klügste, Karl-Artur wissen zu lassen, dass der Hüttenbesitzer diesmal nicht auf Freiersfüßen gekommen sei.

»Eigentlich ist der Herr Hüttenbesitzer hierhergekommen, um dich zu treffen«, sagte er. »Ich weiß nicht, ob ich das Recht habe, seine Pläne zu verraten, aber du wirst dich darüber freuen, mein Sohn, ja du wirst dich darüber freuen.«

Der freundliche Ton übte durchaus keine Wirkung auf Karl-Artur aus. Stramm und düster stand er vor den beiden Herren.

»Wenn der Herr Hüttenbesitzer mir etwas zu sagen hat, braucht er Charlottes Rückkehr nicht abzuwarten. Wir beide haben nichts mehr miteinander zu tun.«

Zugleich streckte er die linke Hand aus, damit der Propst und auch der Hüttenbesitzer sähen, dass sich kein Verlobungsring mehr an seinem Ringfinger befand.

Der kleine alte Herr drehte sich vor lauter Verwunderung fast im Kreise herum.

»Aber in aller Welt, was soll denn das heißen? Habt ihr das jetzt miteinander ausgemacht, solange ich fortgewesen bin?«

»Ach nein, Onkel. Die Sache war gestern schon klipp und klar. Der Herr Hüttenbesitzer warb gegen zwölf Uhr um Charlotte, und eine Stunde später war unsere Verlobung aufgehoben.«

»Eure Verlobung?«, rief der Propst. »Aber Charlotte hat ja kein Wort davon gesagt!«

»Verzeih Onkel«, versetzte Karl-Artur, der bei dem Versuch des alten Herrn, den Unwissenden zu spielen, allmählich die Geduld verlor. »Verzeih, aber ich sehe ja deutlich, dass du den Postillon d'amour gespielt hast.«

Doch jetzt richtete sich der alte Herr Propst hoch auf. Er wurde steif und feierlich.

»Wir wollen hier in mein Zimmer hineingehen«, sagte er. »Diese Sache muss gründlich aufgeklärt werden.«

Nachdem alle drei Platz genommen hatten, der Propst am Schreibtisch, Schagerström tiefer im Zimmer in einer Sofaecke und Karl-Artur in einem Schaukelstuhl in der Nähe der Tür, wendete sich der Propst sofort an seinen Vikar.

»Es ist ganz richtig, mein Sohn, dass ich gestern meiner Nichte geraten habe, die Werbung des Herrn Hüttenbesitzers Schagerström anzunehmen. Sie hat fünf Jahre lang auf dich gewartet. Im letzten Sommer hab' ich dich einmal gefragt, ob du nicht Schritte tun wolltest, um eure Vereinigung zu ermöglichen, du aber antwortetest mit einem Nein. Du erinnerst dich vielleicht, dass ich dir damals erklärte, ich würde alles tun, was ich könnte, um Charlotte dazu zu bringen, eure Verbindung aufzulösen. Charlotte besitzt keinen Heller, und wenn ich sterbe, steht sie vollkommen mittel- und schutzlos da.

Du weißt, was ich denke, und ich mache mir durchaus kein Gewissen daraus, dass ich ihr so geraten hatte. Aber sie ging nach ihrem eigenen Kopf und sagte nein. Damit war die Sache abgetan, und es ist auch nicht wieder zwischen uns davon die Rede gewesen. Da siehst du es, mein Sohn.«

Schagerström saß drüben in seiner Sofaecke und beobachtete den jungen Ekenstedt. In Karl-Arturs Benehmen lag etwas, was ihm sehr missfiel. Er saß zurückgelehnt in dem Schaukelstuhl und wiegte sich hin und her, wie wenn er zeigen wollte, dass die Worte des alten Mannes keiner weiteren Aufmerksamkeit wert seien. Einmal ums andere versuchte er, ihn zu unterbrechen, aber der Propst ließ sich in seinen Erklärungen nicht stören.

»Du darfst nachher reden, mein Sohn, du darfst reden, solange du willst, aber jetzt bin ich an der Reihe. Als ich heute nach Groß-Sjötorp fuhr, hatte ich keine Ahnung von der aufgehobenen Verlobung, mein Zweck war nicht,

Charlotte dem Herrn Hüttenbesitzer Schagerström anzubieten. Ich fuhr hin, weil ich Frieden in meiner Gemeinde haben will, und weil ich bei mir selbst dachte, Herr Schagerström hätte guten Grund, mit Charlottes Art und Weise unzufrieden zu sein. Aber als ich nach Groß-Sjötorp kam, siehe, da war Herr Schagerström anderer Meinung als ich. Er meinte, ich hätte altmodische Ansichten und Charlotte habe ganz recht geantwortet. Er war so befriedigt von allem, dass er an nichts weiter dachte, als euch glücklich zu machen und dir die Stelle des Hüttenpastors bei den Gruben zu Örtofta, wo er das Patronatsrecht hat, zu verschaffen. Um mit dir und Charlotte darüber zu reden, ist er heute hierhergekommen. Nun, daraus kannst du vielleicht ersehen, dass Herr Schagerström ebenso wenig wie ich eine Ahnung von eurer aufgehobenen Verlobung gehabt hat. So, jetzt hast du gehört, was ich zu sagen habe, nun kannst du wegen deiner gemeinen Anklage um Entschuldigung bitten, mein Sohn.«

»Es kann mir nicht einfallen, den Worten meines verehrten Onkels zu misstrauen«, begann Ekenstedt. Doch zugleich stand er auf und nahm eine Art Rednerstellung ein, indem er die Arme über der Brust kreuzte und sich mit dem Rücken an den Bücherständer lehnte.»Im Gedanken an deine Aufrichtigkeit und deine Rechtschaffenheit verstehe ich jetzt, dass Charlotte niemals daran gedacht haben konnte, dich als Mitschuldigen in ihre unlauteren Pläne hineinzuziehen. Ich will dir auch darin recht geben, dass ich keine passende Partie für Charlotte bin, und wenn Charlotte ebenso wie du, verehrter Onkel, mir dies offen und ehrlich gesagt hätte, würde ich zwar ganz gewiss einen tiefen Schmerz empfunden haben, aber ich hätte doch verstanden und vergeben. Aber Charlotte hat einen andern Weg gewählt. Vielleicht aus Angst, in den Augen der großen Menge an Achtung zu verlieren, weist sie den Herrn Hüttenbesitzer Schagerström zuerst mit stolzer Selbstlosigkeit zurück. Aber natürlich ist es nicht ihre Absicht, ihn damit für alle Zeiten abzuschrecken. Statt dessen lässt sie mich die Verlobung aufheben. Sie weiß, ich bin von Natur sehr empfindlich, und diesen Charakterzug benutzt sie. Sie lässt Äußerungen fallen, die mich, wie sie wohl weiß, in Wut versetzen. Und sie erreicht auch ihren Zweck. Ich breche mit ihr, und nun glaubt sie, das Spiel gewonnen zu haben. Auf mich will sie die ganze Schuld werfen. Auf mich will sie den Zorn meines verehrten Onkels und den aller anderen Menschen wälzen. Ich breche mit ihr, die eben erst um meinetwillen einen großartigen Antrag zurückgewiesen hat. Ich breche mit ihr, die fünf Jahre lang auf mich gewartet hat. Wer kann sich verwundern, wenn sie nach einem solchen Benehmen von meiner Seite dem Herrn Hüttenbesitzer Schagerström nun ihr Jawort gibt? Wer könnte sie darum tadeln?«

Karl-Artur streckte mit einer großartigen Bewegung den Arm aus. Der Propst machte eine Wendung auf seinem Stuhl und drehte sich halb von ihm weg.

Auf der hohen Stirn des alten Herrn saßen gerade in der Mitte fünf kleine Runzeln. Während Karl-Arturs Rede hatten diese Runzeln eine rote Färbung angenommen, und jetzt leuchteten sie so rot wie eine Wunde. Das war bei dem friedliebenden Propst von Korskyrka das Zeichen höchsten Ärgers.

»Mein Sohn –«

»Verzeih, verehrter Onkel, aber ich habe noch etwas zu sagen. In dem Augenblick, wo ich mich um meines Seelenheils willen gezwungen sah, mit Charlotte zu brechen, hat Gott mir eine andere Frau, ein einfaches, schlichtes junges Mädchen aus dem Volke, in den Weg geführt, und mit ihr hab' ich gestern Abend das Gelübde ewiger Treue ausgetauscht. Ich habe also ganz befriedigenden Ersatz gefunden, bin auch vollkommen glücklich und stehe nicht hier, um mich zu beklagen. Aber ich betrachte mich nicht für verpflichtet, die verhasste Bürde allgemeiner Verachtung, die Charlotte auf mich wälzen möchte, auf mich zu nehmen.«

Schagerström schaute hastig auf. Während der letzten Erklärungen, die der junge Ekenstedt herausgeschleudert hatte, war er sich sozusagen einer Veränderung in der Atmosphäre des Zimmers bewusst geworden. Und nun sah er Charlotte Löwensköld dicht hinter dem Bräutigam unter der Tür stehen.

Sie war ganz leise hereingekommen, niemand hatte sie bemerkt. Karl-Artur war ohne eine Ahnung ihrer Gegenwart und redete immer weiter. Und während er seine Auffassung von ihrer Verschlagenheit und Hinterlist darlegte, stand sie da, hold wie ein Schutzengel, und schaute mit dem reinsten Mitleid, der hingebendsten Zärtlichkeit nach ihm hin. Schagerström hatte diesen Ausdruck genügend oft in dem Antlitz seiner eigenen Gattin gesehen, um zu wissen, was das bedeutete und dass es ganz echt war.

Wie er sie so ansah, dachte Schagerström keinen Augenblick daran, ob sie schön sei oder nicht. Er meinte, sie sehe genau aus, wie wenn sie durch ein loderndes Feuer gegangen wäre, aber weder rußig geworden noch Brandwunden erlitten hätte, sondern, aus dem Schmelztiegel von allen Schlacken und aller Unvollkommenheit geläutert hervorgegangen, nun unversehrt und verklärt dort drüben stehe. Es war ihm fast unbegreiflich, dass der junge Ekenstedt die Wärme ihres Blickes nicht fühlte und auch nicht fühlte, wie ihn ihre Liebe einhüllte.

Er seinerseits meinte, diese Liebe erfülle das ganze Zimmer. Er fühlte die Kraft ihrer Strahlen bis in die Ecke, wo er saß; er fühlte sein Herz stärker klopfen.

Bei dem Gedanken, dass sie, die dort stand, alle diese Lästerworte mit anhörte, die ihm selbst vollkommen sinnlos und unbestätigt vorkamen, fühlte er sich höchst unbehaglich, und er machte eine Bewegung, um aufzustehen.

Da richtete Charlotte ihren Blick nach der Ecke, wo er saß, und entdeckte ihn drüben im Dunkeln. Sie musste seine Ungeduld begriffen haben, denn sie schickte ihm ein Lächeln des Einverständnisses zu und legte zugleich den

Finger auf den Mund, sie nicht zu verraten.

Im nächsten Augenblick verschwand sie ebenso leise, wie sie gekommen war. Weder der Propst noch der Bräutigam wussten etwas von ihrer Anwesenheit im Zimmer. Aber von diesem Augenblick an überkam Schagerström eine große Unruhe. Vorher hatte er sich nicht viel um Karl-Arturs Tiraden gekümmert. Er glaubte, das Ganze drehe sich nur um einen Streit zwischen den Verlobten, der von selbst wieder beigelegt würde, sobald sich der Bräutigam wieder beruhigt hätte. Aber seit er Charlotte gesehen hatte, war ihm etwas anderes klar geworden: In der Propstei hatte sich eine wirkliche Tragödie abgespielt.

Und da er durch seine unbedachte Werbung offenbar selbst die Veranlassung des Unglücks gewesen war, suchte er nun nach einem Ausweg zur Versöhnung der Streitenden. Charlottes Unschuld musste erwiesen werden. Und dem müssten doch eigentlich keine allzu großen Schwierigkeiten im Wege stehen.

Als großer Gutsherr und als Vorstand der verschiedensten Geschäftsunternehmungen hatte er schon reichlich Gelegenheit gehabt, sein Talent als Schiedsrichter zu zeigen. Er war auch beinahe sicher, dass ihm der Weg, den er einschlagen musste, bald klar werden würde.

Gerade als Karl-Artur mit seinen Darlegungen zu Ende gekommen war, wurden im äußeren Zimmer schwere Schritte vernehmlich, und die alte Frau Regina Forsius erschien unter der Tür. Ihre Augen sahen Schagerström sofort.

»Was in aller Welt – sind Sie wieder hier, Herr Hüttenbesitzer?«

Das kam so einfach und natürlich heraus als eine ungeschminkte Verwunderung. Die gute Frau konnte sich nicht zu etwas Förmlichem und Passendem aufraffen.

»Ja«, antwortete Schagerström, »aber ich habe heute ebenso wenig Glück wie gestern. Gestern kam ich, um Groß-Sjötorp anzubieten, jetzt komme ich mit dem Anerbieten einer Pfarrstelle nebst Pfarrhaus, aber auch heute werde ich abgewiesen.«

Als seine Gattin eintrat, schien der Propst neuen Mut zu fassen. Er stand auf, und während die fünf Runzeln auf seiner Stirn feuerrot leuchteten, machte er eine befehlende Bewegung, die Karl-Artur geradezu aus dem Zimmer verwies.

»Es ist am besten, du gehst jetzt in dein Zimmer und überlegst dir alles noch einmal. Charlotte hat ja ihre Fehler, die gewöhnlichen der Löwenskölds. Sie ist heftig und hochmütig, aber heimtückisch und verschlagen oder geldgierig ist sie noch nie gewesen. Wenn du nicht der Sohn meines hochgeschätzten Freundes, des Oberst Ekenstedt, wärest –«

Aber nun fiel ihm Frau Regina ins Wort:

»Selbstverständlich möchten wir, Forsius und ich, uns am liebsten auf

Charlottes Seite stellen, aber ich weiß nicht, ob wir es hier in diesem Falle tun könnten. Allzu viel in der Sache ist mir unverständlich. Zum ersten begreife ich durchaus nicht, warum sie weder gestern noch heute uns ein einziges Wort davon gesagt hat. Ebenso wenig begreife ich, warum sie heute so erfreut war, als du, Forsius, nach Groß-Sjötorp fuhrest, und wiederum ist mir unverständlich, warum sie den Herrn Hüttenbesitzer grüßen und ihm für die Rosen danken ließ, wenn sie doch wusste, was Karl-Artur von ihr dachte. Aber wenn nicht noch etwas anderes da wäre, würde ich sie darum allein noch nicht verurteilen.«

»Was denn noch?«, fragte der Propst ungeduldig.

»Ja, warum schweigt sie?«, versetzte Frau Forsius. »Bei Apothekers heute wussten alle miteinander genau Bescheid, sowohl über die aufgehobene Verlobung als auch über Herrn Schagerströms Antrag. Einige von den Damen zogen sich ganz von Charlotte zurück, andere iahen sie empört an, sie aber ließ alles über sich ergehen, ohne sich auch nur mit einem Wort zu verteidigen. Wenn sie einer von ihnen die Kaffeetasse ins Gesicht geschleudert hätte, würde ich meinem Gott und Schöpfer gedankt haben, aber sie saß so ergeben da wie eine Gekreuzigte und ließ die ganze Gesellschaft so boshaft sein, wie sie nur konnte.«

»Aber du wirst ihr doch nur, weil sie sich nicht verteidigt hat, keine so schlechte Aufführung zutrauen?«, versetzte der Propst.

»Als ich von der Namenstagsfeier nach Hause zurückging«, fuhr Frau Forsius fort, »wollte ich sie richtig auf die Probe stellen. Wer sie am allereifrigsten anklagte, war die Organistenfrau, die Charlotte von jeher nicht ausstehen konnte. Aber nun nahm ich Frau Sundlers Arm, und sie durfte mich bis zu unserer Gartentür führen. Und das ließ Charlotte zu. Würde sich Charlotte Löwensköld damit zufriedengegeben haben, dass mich eine andere führte, wenn sie ein gutes Gewissen gehabt hätte? Ich frage nur.«

Keiner von den drei Herren erwiderte ihr darauf ein einziges Wort.

Schließlich sagte der Propst mit einem müden Tonfall in der Stimme: »Es sieht nicht danach aus, als ob wir vorderhand Klarheit in diese Sache bringen könnten. Aber sie wird sich schon mit der Zeit aufklären.«

»Verzeih, Onkel«, sagte Karl-Artur, »aber um meinetwillen muss jetzt gleich Klarheit geschafft werden. Meine Handlungsweise müsste für einen Pfarrer sehr unpassend, sehr tadelnswert erscheinen, wenn nicht feststünde, dass Charlotte selbst den Bruch herbeigeführt hat.«

»Wir wollen sie selbst fragen«, schlug der Propst vor.

»Für mich ist ein sicherer Zeuge notwendig«, widersprach Karl-Artur.

»Wenn ich mich in die Sache mischen darf«, nahm nun Schagerström das Wort, »so möchte ich einen anderen Versuch vorschlagen, wodurch man zur Klarheit kommen könnte. Es handelt sich ja darum, zu erfahren, ob Fräulein Löwensköld mit Überlegung ihren Bräutigam dazu gebracht hat, die Verlobung aufzulösen, weil sie dadurch Gelegenheit bekommen wollte, meine Werbung anzunehmen. Ist es nicht so?«

»Jawohl, so sei es«, lautete die Antwort.

»Ich betrachte alles miteinander für ein Missverständnis«, fuhr Schagerström fort, »und ich schlage deshalb vor, dass ich meine Werbung jetzt wiederhole. Darauf wird Fräulein Löwensköld nein sagen; das glaube ich, ja das weiß ich.«

»Aber wollen Sie, Herr Hüttenbesitzer, auch die Folgen auf sich nehmen?«, fragte Karl-Artur. »Wie nun, wenn sie ja sagt?«

»Sie wird nein sagen«, antwortete Schagerström. »Und da dieses Missverständnis zwischen Ihnen, Herr Doktor Ekenstedt, und Ihrer Braut zweifellos durch meine Schuld stattgefunden hat, will ich meinerseits gern alles tun, damit das gute Verhältnis zwischen Ihnen wiederhergestellt wird.«

Karl-Artur lachte etwas misstrauisch.

»Sie wird ja sagen«, versetzte er, »sofern sie nicht von irgendeiner Seite gewarnt wird und dann versteht, worum es sich handelt.«

»Ich habe nicht die Absicht, sie persönlich zu fragen«, entgegnete Schagerström. »Ich will ihr schreiben.«

Darauf trat er an den Schreibtisch, nahm Papier und Feder zur Hand und schrieb ein paar Zeilen.

»Gnädiges Fräulein! Entschuldigen Sie, dass ich Sie noch einmal bemühe. Da ich aber von Ihrem Bräutigam gehört habe, dass Ihre Verlobung aufgelöst ist, wiederhole ich hiermit meinen Antrag von gestern.«

Er zeigte Karl-Artur, was er geschrieben hatte, und Karl-Artur neigte zustimmend den Kopf.

»Wollen Sie die Güte haben und Fräulein Löwensköld diesen Brief übergeben lassen?«, sagte Schagerström.

Der Propst zog an einem aus Strohperlen kunstvoll verfertigten, hoch oben an der Wand festgemachten Glockenzug, worauf das Hausmädchen hereinkam.

»Weißt du, wo das Fräulein ist, Alma?«

»Fräulein Löwensköld ist auf ihrem Zimmer.«

»Dann geh mit diesem Brief von dem Herrn Hüttenbesitzer Schagerström gleich zu ihr und sag ihr, dass wir hier auf Antwort warten.«

Nachdem das Mädchen gegangen war, wurde es ganz still im Zimmer.

Durch die Stille hörte man nur die schwachen, surrenden Töne eines alten Spinetts.

»Sie ist hier über uns«, sagte Frau Forsius. »Sie ist's, die spielt.«

Sie wagten einander nicht anzusehen, sie lauschten nur. Jetzt hörte man die Schritte des Hausmädchens auf der Treppe, dann wurde eine Tür geöffnet. Die Musik verstummte.

›Jetzt liest Charlotte das Billett‹, dachten sie.

Die alte Frau Propst Forsius saß zitternd auf einem Stuhle. Der Propst hatte die Hände zum Gebet gefaltet. Karl-Artur hatte sich auf den Schaukelstuhl geworfen und ließ ein misstrauisches Lächeln um seine Lippen spielen. Schagerström dagegen sah ganz unbefangen aus, wie er auszusehen pflegte, wenn wichtige Geschäfte abgeschlossen werden sollten.

Jetzt ging jemand mit leichten Schritten droben durchs Zimmer nach der Tür. Diese wurde geöffnet und wieder zugemacht. Das Dienstmädchen hatte das Zimmer verlassen.

Obgleich sich alle in dem Zimmer Anwesenden bemühten, die äußere Ruhe zu bewahren, konnten sie sich doch nicht ganz ruhig verhalten. Alle vier standen im vorderen Zimmer, als das Mädchen wieder eintrat.

Sie übergab Schagerström ein kleines Billett, das dieser aufmachte und las.

»Sie hat meine Werbung angenommen«, sagte er, und durch seine Stimme klang unverkennbare Enttäuschung.

Dann las er Charlottes Brief vor.

»Wenn der Herr Hüttenbesitzer mich nach all dem Bösen, das jetzt über mich gesagt wird, noch heiraten will, so kann ich nicht anders, als seinen Antrag annehmen.«

»Dann darf ich Ihnen also gratulieren«, sagte Karl-Artur mit einer spöttischen Stimme.

»Aber es war ja nur eine Probe«, sagte die Frau Propst. »Und Sie sind dadurch in keiner Weise gebunden, Herr Hüttenbesitzer.«

»Nein, natürlich nicht«, stimmte der Propst bei. »Charlotte würde selbst die Erste sein –«

Schagerström sah wirklich aus, als wisse er nicht recht, was er tun sollte.

In demselben Augenblick hörte man Wagengerassel, und alle schauten durch die Fenster hinaus. Es war Schagerströms Reisewagen, der vor der Freitreppe hielt.

»Darf ich Sie, Herr Propst, und auch Sie, gnädige Frau«, begann Schagerström höchst formell, »bitten, Fräulein Löwensköld meinen Dank zu übermitteln für die Antwort, die sie mir gegeben hat. Eine Reise, die schon seit sehr langer Zeit bestimmt ist, zwingt mich, ein paar Wochen abwesend zu sein. Sobald ich zurückgekehrt bin, hoffe ich, mit Fräulein Löwenskölds Erlaubnis alles Nötige wegen der Proklamation und Hochzeit in Ordnung zu bringen.«

Die Strafpredigt

»Gina, mein lieber Schatz«, sagte der alte Propst, »ich verstehe mich nicht mehr auf Charlotte. Wir müssen sie um eine Erklärung bitten.«

»Gewiss, da hast du ganz recht«, stimmte seine Frau bei. »Soll ich sie vielleicht sofort rufen lassen?«

Schagerström war abgereist, und Karl-Artur auf sein Zimmer gegangen. Wenn das Ehepaar ein kleines Verhör mit Charlotte vornehmen wollte, so war die Gelegenheit jetzt besonders günstig.

»An einem Tag gibt sie Schagerström einen Korb, und am nächsten nimmt sie seinen Antrag dankbar an«, sagte der alte Herr. »Hat man je so eine Wetterfahne gesehen. Ich muss ihr wirklich ein paar Worte der Ermahnung sagen.«

»Sie hat sich niemals darum gekümmert, was andere Leute über sie sagten«, seufzte Frau Forsius. »Aber dies übersteigt doch alle Grenzen.«

Sie war schon auf dem Wege nach dem perlenbestickten Glockenzug, doch plötzlich blieb sie stehen. Sie hatte im Vorbeigehen einen Blick auf ihres Mannes Gesicht geworfen. Die fünf kleinen Runzeln mitten auf seiner Stirn glühten noch immer wie feurige Kohlen, während die Haut sonst vollkommen aschgrau war.

»Weißt du was«, sagte die alte Dame. »Ich frage mich, ob du auch genügend vorbereitet bist, um jetzt gleich mit Charlotte zu reden. Man kommt nicht so leicht mit ihr zurecht. Wie wäre es, wenn du bis zum Abend warten würdest, damit du dir etwas recht Treffendes ausdenken kannst.«

Die gute Frau gönnte ihrer lieben Gesellschafterin sicherlich eine ordentliche Zurechtweisung; aber ihr Gatte war nach der langen Fahrt und der starken Gemütsbewegung sichtlich müde, er durfte nicht sofort einem neuen aufregenden Gespräch ausgesetzt werden.

Fast in demselben Augenblick meldete das Hausmädchen auch, dass das Mittagessen auf dem Tisch stehe. Das war also eine weitere Veranlassung, die Charlotte zugedachte Strafpredigt aufzuschieben. Das Essen wurde unter drückendem Schweigen eingenommen. Bei den vier Hausgenossen war es mit dem Appetit ebenso schlecht bestellt wie mit der guten Laune. Die Schüsseln und Platten wurden fast ebenso voll wieder hinausgetragen, wie sie hereingebracht worden waren. Man saß nur da, weil es eben sein musste.

Als die Mahlzeit zu Ende war, und Charlotte sowie Karl-Artur jedes nach seiner Richtung verschwunden waren, riet die Frau Propst ihrem Mann aufs Eindringlichste, doch seinen gewohnten Mittagsschlaf Charlottes wegen nicht zu versäumen. Es eile doch wahrhaft nicht so sehr mit dieser Strafpredigt. Charlotte sei ja im Hause, er könne jeden Augenblick mit ihr sprechen, sobald er nur wolle.

Der Propst war vielleicht nicht sehr schwer zu überreden. Aber jedenfalls wäre es besser gewesen, er hätte den Kampf sofort aufgenommen, denn kaum war er von seinem Mittagsschlaf aufgewacht, als auch schon ein Brautpaar sich einfand, das von dem Herrn Propst selbst getraut werden wollte. Dadurch war die Zeit bis zur Kaffeestunde ganz besetzt, und gerade als man vom Kaffeetisch aufstand, kam der Rentmeister dahergewandert, um mit dem Propst Brett zu spielen.

Dann saßen die beiden alten Herren beisammen und klapperten mit ihren Steinen, bis es Zeit zum Bettgehen war, und damit war für diesen Tag Schluss.

Aber aufgeschoben ist nicht aufgehoben. Am Mittwoch sah der Propst vollkommen frisch aus. Jetzt konnte er Charlotte ins Gebet nehmen; es stand kein Hindernis mehr im Wege.

Ach, aber mitten am Vormittag entdeckte Frau Forsius ihren Gatten im Garten, wo er eben dabei war, ein Gemüsebeet zu reinigen, weil die Disteln überhandzunehmen drohten.

»Ja, ja, ich weiß wohl, ich sollte jetzt mit Charlotte reden«, sagte er, sobald er seine Frau erblickte. »Ich denke auch an nichts anderes. Sie soll eine Strafpredigt bekommen, wie sie noch nie eine gehört hat. Ich bin auch nur in den Garten herausgegangen, um meine Gedanken noch mehr zu sammeln.«

Mit einem leichten Seufzer wandte sich die Frau Propst wieder ihrer Küche zu. Sie hatte alle Hände voll zu tun. Es war jetzt Ende Juli, da musste Spinat eingesalzen, grüne Erbsen getrocknet und Himbeeren zu Eingemachtem und Saft eingekocht werden.

›Ei, ei‹, dachte sie, ›mein Mann macht sich viel zuviel Mühe. Er setzt wohl eine ganze Predigt zusammen. Aber so geht es bei den Pfarrern. Sie verschwenden viel zuviel Beredsamkeit an uns arme Menschen.‹

Trotz ihrer Arbeit hatte sie begreiflicherweise doch ein wachsames Auge auf Charlotte, damit diese nichts Ungehöriges tue. Aber eine solche Wachsamkeit war kaum notwendig. Schon am Montag, ehe Schagerström nach der Propstei gekommen war und diesen ganzen unangenehmen Zustand im Haus hervorgerufen hatte, war Charlotte mit einer großen Arbeit beschäftigt gewesen; sie schnitt alte abgetragene Kleider in lauter Streifen, die zu einem Bodenteppich zusammengewebt werden sollten. Sie und Frau Forsius waren auf den Speicher gestiegen und hatten alte Tuchröcke hervorgesucht, die zu nichts Besserem mehr verwendbar waren, als zusammengeschnitten zu werden. Diese Kleider sowie noch eine Menge andere ältere Kleidungsstücke hatten sie in die Anrichte hinuntergetragen, wo solche Arbeiten, bei denen es viel Abfall gab und die also nicht in den aufs Peinlichste reingehaltenen guten Zimmern vorgenommen werden konnten, stets fertiggemacht wurden. Und den ganzen geschlagenen Dienstagnachmittag sowie auch den ganzen Mittwoch saß Charlotte in der Anrichte und schnitt und schnitt Stoffstreifen ohne Aufenthalt. Sie ging nicht zur Tür hinaus. Man war zunächst versucht, zu sagen, sie habe sich selbst zu freiwilligem Arrest verurteilt.

›Mag sie da sitzenbleiben!‹, dachte die Frau Propst. ›Sie verdient es wahrhaftig nicht besser.‹

Und die Frau Propst hatte auch ein wachsames Auge auf ihren Mann. Er verließ sein Salatbeet nicht und ließ auch Charlotte nicht rufen.

›Forsius setzt eine Predigt zusammen, die ein paar Stunden dauern wird‹, dachte sie. ›Gewiss hat Charlotte sich schlecht benommen, aber jetzt tut sie mir allmählich doch leid.‹

Vor Mittag wurde jedenfalls nichts in der Sache getan. Dann kam das Essen, dann der Mittagsschlaf, der Nachmittagskaffee und das Brettspiel in der gewohnten Ordnung. Die Frau Propst wollte jetzt nichts mehr in der Sache tun. Es reute sie nur, dass sie ihren Mann nicht gestern mit Charlotte ins Gericht gehen ließ, während er noch ärgerlich war und frisch von der Leber weg geredet hätte.

Aber am späten Abend, als die beiden Alten Seite an Seite in dem großen zweischläfrigen Bett lagen, versuchte der Propst sich wegen der Verzögerung zu entschuldigen.

»Ach, es ist wirklich nicht leicht für mich, Charlotte eine Strafpredigt zu halten«, begann er. »Es fällt mir dabei so vieles ein.«

»Kümmere dich nicht um alte Geschichten!«, redete ihm seine Frau zu. »Du denkst natürlich an jene Zeit, wo sie den Stallknecht holte und bei Nacht mit deinen Pferden ausfuhr und ausritt, weil sie Angst hatte, sie würden zu fett. Lass das alles jetzt ganz aus dem Spiel. Richte deine Worte nur so ein, dass wir erfahren, ob sie Karl-Artur dazu gebracht hat, mit ihr zu brechen. Davon hängt alles miteinander ab. Die Leute haben nämlich schon angefangen, darüber zu tuscheln, ob wir Charlotte wohl noch länger in unserem Haus behalten würden.«

Der Propst lächelte ein wenig.

»Ja, es war ein rechter Freundschaftsdienst, den mir Charlotte damals erweisen wollte, als sie die Pferde nachts aus dem Stall holte. Und genauso wollte sie mir ein anderes Mal eine Freude machen. Das war damals, als sie mir beweisen wollte, dass meine Pferde ebenso gut laufen könnten wie die der anderen, und deshalb mit ihnen an einem Trabfahren teilnahm.«

»Ja, wir haben sehr viel mit diesem Mädchen durchgemacht«, seufzte die gute Frau Propst. »Aber all dies ist ja jetzt vergeben und vergessen.«

»Gewiss, gewiss«, stimmte der Propst bei. »Aber da sind auch noch andere Dinge, von denen ich nicht wegkommen kann. Weißt du noch, wie es vor sieben Jahren hier bei uns stand, als Charlotte ihre beiden Eltern verloren hatte und wir sie bei uns aufnehmen mussten? Gina, mein lieber Schatz, damals sahst du nicht so aus, wie du jetzt aussiehst. Man hätte meinen können, du seiest schon achtzig Jahre alt. Du warst schwach und kraftlos und schlepptest dich nur so herum. Ich war in beständiger Angst, ich müsste dich verlieren.«

Die Frau Propst verstand sofort, worauf ihr Gatte anspielte. An dem Tag, wo sie fünfundsechzig Jahre alt wurde, hatte sie sich gesagt, nun habe sie sich lange genug mit ihrem Haushalt abgemüht, und so hatte sie sich eine

Wirtschafterin angeschafft, die eine ganz vortreffliche Person war. Die Frau Propst hatte nirgends mehr selbst Hand mit anlegen müssen, ja, die Mamsell fand es nicht einmal wünschenswert, dass sich die Herrin in ihrer Küche zeigte. Aber gleichzeitig war die Frau Propst abgefallen, sie hatte sich müde und elend und merkwürdig missmutig und unglücklich gefühlt. Man war wirklich ängstlich geworden, sie könnte dahinsiechen.

»Jawohl«, sagte Frau Forsius, »es ist wahr, als Charlotte zu uns kam, war ich recht wenig wohl, obgleich ich damals so gute Tage gehabt habe wie noch nie in meinem Leben. Aber Charlotte konnte sich mit meiner Hausmamsell durchaus nicht vertragen. Am Luciatag, so ganz mitten in den strengsten Weihnachtsvorbereitungen, gab Charlotte der Mamsell einen Nasenstüber, die Mamsell zog ab, und ich arme kranke Person musste ins Brauhaus hinüber und die Fische einlaugen. Nein, das vergesse ich nie.«

»Und das sollst du auch nicht vergessen«, fiel ihr der Propst lachend ins Wort. »Gina, mein lieber Schatz, du bist ein altes Arbeitspferd. Du wurdest gesund, nur weil du wieder Fische einlaugen und das Weihnachtsbier brauen musstest. Charlotte ist immer selbstherrlich und beschwerlich gewesen, ich will das nicht leugnen, aber mit jenem Nasenstüber hat sie dir das Leben gerettet.«

»Nun, und was soll ich dann von dir sagen?«, entgegnete die Frau Propst sofort, die nicht gern davon reden hören wollte, dass sie in diese beschwerlichen Arbeiten so verliebt sei und nicht ohne sie leben könne. »Wie war es denn mit dir? Du lägest jetzt wohl auch in deinem Grab, wenn Charlotte nicht von der Kirchenbank heruntergefallen wäre.«

Der Propst verstand sofort, worauf seine Frau anspielte. Als Charlotte in die Propstei kam, hatte er selbst noch das ganze Pfarramt besorgt und dazu noch jeden Sonntag gepredigt. Seine Frau hatte ihm schon lange in den Ohren gelegen, er müsse sich nun einen Vikar nehmen. Sie war überzeugt, dass er sich vollständig aufrieb, und gleichzeitig war er auch gar nicht befriedigt, weil er keine Zeit mehr fand, sich seiner geliebten Wissenschaft zu widmen. Aber er hatte gesagt, er werde sein Amt verwalten, solange noch ein Funken Leben in ihm sei. Charlotte lag ihm nicht in den Ohren, aber eines Sonntags schlief sie mitten unter der Predigt ein, ja, sie schlief so fest, dass sie zur Bank hinausfiel, was in der Kirche natürlich allgemeine Aufregung hervorrief. Selbstverständlich war der alte Herr sehr empört gewesen, aber von da an begriff er, dass er doch zu alt zum Predigen sei. Er hatte sich einen Vikar genommen, war dadurch einer Menge langweiliger Arbeiten enthoben worden und verjüngte sich zusehends.

»Ja, gewiss«, sagte er. »Durch diesen Einfall hat sie mir eine ganze Reihe guter Jahre geschenkt. Und gerade das drängt sich mir auf, wenn ich sie schelten soll, und deshalb kann ich mit meiner Strafpredigt durchaus nicht zurechtkommen.«

Seine Frau erwiderte diesmal nichts, aber ganz im geheimen wischte sie sich eine Träne aus dem Auge.

Immerhin eins war ihr klar. Diesmal durfte Charlotte nicht ohne Zurechtweisung davonkommen, und so begann sie von Neuem:

»Nun, all dies kann ja recht und gut sein; aber du wirst doch nicht sagen wollen, du habest gar nicht mehr im Sinn, herauszubringen, ob Charlotte es war, die den Bruch herbeigeführt hat?«

»Wenn man seinen Weg nicht ganz klar vor sich sieht, dann tut man am besten, zu schweigen und zu warten«, sagte der Propst. »Und ich glaube, wir sollten das diesmal tun, du und ich auch.«

»Du kannst die Verantwortung nicht auf dich nehmen, Schagerström Charlotte heiraten zu lassen, wenn sie so ist, wie die Leute behaupten.«

»Wenn Schagerström hierherkäme und mich fragte, dann weiß ich, was ich ihm antworten würde«, sagte der Propst.

»Ach so«, meinte seine Frau, »und was würdest du ihm denn antworten?«

»Ich würde zu ihm sagen: wenn ich selbst fünfzig Jahre jünger und ein Junggeselle wäre –«

»Was?«, rief die Frau Propst, indem sie sich hastig im Bett aufsetzte.

»Ja, ich würde zu ihm sagen«, fuhr ihr Gatte unerschrocken fort, »wenn ich fünfzig Jahre jünger und ein Junggeselle wäre und ein Mädchen sähe wie Charlotte, ein Mädchen, das so voll sprudelnden Lebens ist und überdies etwas an sich hat, das kein anderes Mädchen aufweisen kann, dann würde ich selbst um sie freien.«

»Haha!«, rief die alte Dame. »Du und Charlotte! Ja, ja, da würde es dir gut gehen!«

Ihre Arme fochten in der Luft, ihr Gesicht verzog sich, sie warf sich auf ihr Kissen zurück und brach in helles Gelächter aus.

Der alte Herr sah sie ein wenig entrüstet an, aber sie lachte immer weiter. Und bald lachte er mit. Beide bekamen einen wahren Lachkrampf, sodass sie erst lange nach Mitternacht einschlafen konnten.

Die abgeschnittenen Locken

Am Donnerstagabend kam noch ganz spät in einem großen Reisewagen Frau Oberst Ekenstedt an der Propstei vorgefahren. Sie ließ den Wagen vor der Veranda halten, stieg aber nicht aus, sondern sagte dem Hausmädchen, das rasch herbeigeeilt war, um der Frau Oberst beim Aussteigen behilflich zu sein, sie möchte ihre Herrin bitten, einen Augenblick herauszukommen. Sie wolle nur ein paar Worte mit ihr reden.

Frau Forsius erschien sofort, sich verneigend und mit einem Lächeln, das bis zu den Ohren reichte. Welch eine große Freude, welche Überraschung! Ob nicht die liebe Beate aussteigen und nach der langen Reise unter diesem niedrigen Dach ausruhen wolle?

Gewiss, gewiss, die Frau Oberst habe keinen anderen Wunsch, aber zuvor müsse sie wissen, ob dieses schreckliche Frauenzimmer noch im Hause sei.

Frau Propst Forsius sah sehr verständnislos drein.

»Meinst du die schlechte Köchin, die ich hatte, als du das letzte Mal hier warst? Die ist schon lange fort. Diesmal sollst du ein gutes Essen bekommen.«

Aber Frau Beate blieb unter ihrem Kutschendach ruhig sitzen.

»Verstelle dich nicht, Gina! Du weißt wohl, wen ich meine. Die schlechte Person, mit der Karl-Artur verlobt war. Ich will wissen, ob du sie noch immer im Hause hast.«

Diesmal musste die Frau Propst verstehen. Aber was sie auch immer auf dem Grunde ihres Herzens über Charlotte denken mochte, sie war trotzdem bereit, jedes Mitglied ihres Hauses zu verteidigen.

»Du musst entschuldigen, liebe Beate, aber Charlotte, die nun seit sieben Jahren für mich und Forsius wie eine Tochter gewesen ist, jagen wir nicht in aller Eile zum Hause hinaus. Und im Übrigen weiß ja noch niemand, wie das Ganze eigentlich zusammenhängt.«

»Ich hab' einen Brief von meinem Sohn und einen von Thea Sundler und auch einen von ihr selbst«, versetzte Frau Beate Ekenstedt. »Für mich gibt es keine Ungewissheit.«

»Hast du einen Brief von ihr selbst, der beweist, dass sie schuldig ist, dann darfst du bei Gott nicht von hier wegfahren, ohne dass ich ihn gesehen habe!«, sagte die Frau Propst in einem Eifer, der ihr unwillkürlich die Beteuerung über die Lippen drängte.

Damit trat sie ganz nahe zu der eigensinnigen kleinen Frau Oberst hin, die sich unwillkürlich unter dem Verdeck zusammenduckte. Es sah aus, als wolle Frau Forsius sie aus dem Wagen heben.

»Fahr zu, fahr zu!«, befahl die Frau Oberst dem Kutscher.

In diesem Augenblick trat Karl-Artur aus dem Seitenflügel. Er hatte die Stimme seiner Mutter erkannt und eilte nun mit langen Schritten auf das Hauptgebäude zu.

Das gab ein liebevolles Wiedersehen! Die Frau Oberst schlang die Arme um ihren Sohn und küsste ihn so leidenschaftlich und heiß, wie wenn er in Lebensgefahr geschwebt hätte.

»Aber willst du denn nicht aussteigen, Mama?«, fragte Karl-Artur, der sich über all die Küsse, die ihm in Gegenwart des Kutschers und des Postillons, des Hausmädchens und der Frau Propst zuteilwurden, etwas verlegen fühlte.

»Nein«, erklärte Frau Beate, »während der ganzen Reise hab' ich immer wieder gesagt, ich wolle mit der Person, die dich so schändlich betrogen hat, nicht unter einem Dach schlafen. Setz' dich hier neben mich, Karl-Artur, dann fahren wir nach dem Gasthaus.«

»Ach was, sei nicht kindisch, Beate!«, warf die Frau Propst ein, die sich wieder beruhigt hatte. »Wenn du nur dableibst, dann sollst du auch nicht einen Schimmer von Charlotte sehen, das verspreche ich dir.«

»Aber ich werde ihre Nähe trotzdem fühlen«, beharrte Frau Beate.

»Die Leute haben schon genug Stoff zum Klatschen«, sagte die Frau Propst. »Sollen sie nun auch noch die Nachricht verbreiten dürfen, dass du nicht bei uns wohnen wolltest?«

»Natürlich musst du hierbleiben, Mama«, entschied Karl-Artur. »Ich sehe Charlotte jeden Tag, und es ist mir noch kein Leid geschehen.«

Als Karl-Artur sich so bestimmt äußerte, schaute sich Frau Beate um, wie um einen Ausweg zu finden. Plötzlich deutete sie auf den Seitenflügel, in dem ihr Sohn wohnte.

»Kann ich nicht dort drüben bei Karl-Artur übernachten?«, fragte sie. »Wenn ich ihn im nächsten Zimmer wüsste, würde ich vielleicht nicht immer an die schreckliche Person denken müssen. Liebe Regina«, wendete sie sich an die Frau Propst, »wenn ich durchaus hierbleiben soll, dann lass mich dort im Flügel wohnen! Du brauchst gar keine Umstände zu machen. Ich brauche nur ein Bett, nichts als ein Bett!«

»Ich begreife gar nicht, warum du nicht in dem gewöhnlichen Gastzimmer schlafen kannst«, murrte die Frau Propst; »aber alles ist besser, als wenn du wegfährst.«

Sie war tatsächlich sehr ärgerlich. Während der Reisewagen nach dem Seitenflügel fuhr, murmelte sie vor sich hin, dass diese Beate Ekenstedt, so vornehm sie auch sein wolle, eben doch keine richtige Lebensart habe.

Als sie wieder ins Esszimmer trat, sah sie am offenen Fenster Charlotte stehen, die offenbar alles genau gehört hatte.

»Nun ja, du hast wohl gehört, dass sie nicht mit dir zusammentreffen will«, sagte die Frau Propst. »Sie wollte nicht einmal unter einem Dach mit dir schlafen.«

Aber Charlotte stand befriedigt lächelnd dort am Fenster. Ach, seit Langem war sie nicht so glücklich gewesen wie eben jetzt, wo sie Zeuge des liebevollen Wiedersehens zwischen Mutter und Sohn geiwesen war! Jetzt wusste sie eines: Nein, ihre Aufopferung war nicht vergeblich gewesen.

»Dann muss ich mich wohl abseits halten«, sagte sie mit der größten Seelenruhe, und damit glitt sie aus dem Zimmer.

Die Frau Propst war dem Ersticken nahe. Sie musste hinein zu ihrem Mann.

»Was sagst du dazu?«, begann sie. »Karl-Artur und die Organistenfrau müssen jedenfalls recht haben. Sie hört, dass Beate Ekenstedt nicht unter einem Dach mit ihr schlafen will, und sie lächelt und sieht höchst befriedigt aus, wie wenn sie zur Königin von Spanien gewählt worden wäre.«

»Na ja, mein lieber Schatz«, sagte der Propst, »der Vorhang beginnt sich zu heben. Die Frau Oberst wird uns sicherlich helfen, unsere Sorgen zu zerstreuen.«

Aber die Frau Propst fürchtete, ihr lieber Gatte, der bis jetzt durch Gottes Gnade im vollen Besitz seiner geistigen Kräfte geblieben war, fange nun an kindisch zu werden. Diese Törin, Frau Beate Ekenstedt, wie wollte die ihnen helfen können?

Die Worte des Propstes hatten sie nur noch niedergeschlagener gemacht. Sie ging in die Küche und ordnete an, dass für die Frau Oberst im Flügel ein Zimmer zurechtgemacht werde. Dann schickte sie auch noch ein Abendbrot hinüber, und darauf ging sie in ihr Schlafzimmer.

»Es ist am besten, sie isst ihr Abendbrot drüben. Da kann sie ihren Herrn Sohn liebkosen, soviel sie will. Ich dachte, sie sei gekommen, um ihm wegen der neuen Verlobung die Leviten zu lesen, aber sie küsst ihn und verwöhnt ihn nur. Wenn sie meint, sie werde auf diese Weise Freude an ihm erleben ...«

Am nächsten Morgen erschien nicht allein Karl-Artur, sondern auch die Frau Oberst beim Frühstück. Frau Beate war in strahlender Laune und unterhielt sich aufs Liebenswürdigste mit ihren Gastgebern. Aber als die Frau Propst ihre Freundin Beate jetzt beim hellen Tageslicht sah, kam sie ihr wie etwas verwelkt und geisterhaft vor. Frau Forsius war viele Jahre älter als Frau Beate, aber sie fühlte sich im Vergleich zu ihrer Freundin frisch und in ungebrochener Kraft.

›Beate tut mir wirklich leid‹, dachte sie. ›Sie ist nicht so froh, wie sie tut.‹

Als das Frühstück vorüber war, schickte Frau Beate Karl-Artur ins Kirchdorf, um Thea Sundler, die sie gern sprechen wollte, zu holen. Der Propst ging in sein Zimmer an seine gewohnte Beschäftigung, und die beiden Damen blieben allein zurück.

Frau Beate begann sofort von ihrem Sohn zu sprechen.

»Ach, meine liebe Gina«, sagte sie, »ich bin viel glücklicher, als ich aussprechen kann. Gleich nach Empfang von Karl-Arturs Brief bin ich von zu Hause aufgebrochen. Ich glaubte, er werde ganz verzweifelt sein, ja, er werde an Selbstmord denken, statt dessen aber hab' ich ihn vollkommen befriedigt, vollkommen glücklich gefunden. Ist das nicht bewunderungswürdig? Nach einem solchen Schlag ...«

»Ja, er hat sich schnell getröstet«, warf Frau Regina mit ihrer trockensten Stimme ein.

»Freilich, ich weiß das von der Verlobung mit dem Mädchen aus Dalarne. Eine kleine Laune ohne jede Bedeutung. Eine Pastille, die man in den Mund steckt, um einen schlechten Geschmack zu vertreiben. Wie sollte es ein Mann von Karl-Arturs Gewohnheiten auf die Dauer mit einer solchen Person aushalten können?«

»Ich hab' sie gesehen«, sagte Frau Regina. »Und ich kann dir sagen, Beate, sie ist schön, ein richtig großartiges Frauenzimmer.«

Ein aschgrauer Schein fuhr über Frau Beates Gesicht, doch nur für einen Augenblick. »Ekenstedt und ich sind übereingekommen, diese Sache als Bagatelle zu behandeln. Wir werden ihm unsere Einwilligung nicht versagen. Er ist so abscheulich betrogen worden und war natürlich ganz unzurechnungsfähig vor lauter Kummer. Wenn man ihn nicht durch Widerspruch reizt, wird er dieses kleine Spielzeug rasch wieder vergessen.«

An diesem Morgen strickte die Frau Propst ausnahmsweise mit solchem Eifer, dass die Nadeln klirrten. Nur auf diese Weise konnte sie so viel Torheit gegenüber ihre Ruhe bewahren ...

›Meine liebe Freundin‹, dachte sie, ›man hält dich für eine außerordentlich kluge und begabte Frau. Und du begreifst nicht, welch ein Elend aus dieser Geschichte entstehen wird.‹

Ihre Nasenflügel bebten, es arbeitete in den Runzeln ihres Gesichts; aber sie fühlte an diesem Morgen unbeschreibliches Mitleid mit Frau Beate, und deshalb unterdrückte sie ihre Lachlust.

»Ja, es ist gewiss jetzt immer so bei den Kindern; sie ertragen keinen Widerspruch mehr von ihren Eltern.«

»Wir haben in Beziehung auf Karl-Artur früher schon verschiedene Missgriffe getan«, sagte Frau Beate. »Als er Pfarrer werden wollte, haben wir uns dem widersetzt. Aber es nützte alles nichts; es entfremdete uns nur unseren Sohn. Diesmal wollen wir uns seiner Verlobung mit dem Mädchen aus Dalarne nicht widersetzen, wir wollen ihn nicht ganz verlieren.«

Die Frau Propst zog die Augenbrauen hoch hinauf.

»Na, das muss ich sagen! Das ist sehr liebevoll, unbeschreiblich liebevoll!«

Nun vertraute Frau Beate ihrer lieben Freundin Frau Regina Forsius an, was sie zu tun beabsichtigte. Sie wollte Thea Sundler um Rat fragen. Deshalb hatte sie nach ihr geschickt. Sie sagte, sie halte Thea Sundler für eine kluge und dabei Karl-Artur sehr ergebene Frau. Er setze das größte Vertrauen in ihr Urteil.

Frau Regina konnte kaum noch ruhig sitzenbleiben. Die Organistenfrau, diese kleine, unbedeutende Person, und Frau Oberst Ekenstedt, eine so hervorragende Dame trotz all ihrer Sonderbarkeiten! Sie wagte es nicht, selbst ein vernünftiges Wort mit ihrem Sohn zu reden. Das sollte jemand anders tun – die Organistenfrau!

»Nun, das sind ja Finessen, um die sich kein Mensch kümmerte, als ich jung war«, sagte sie.

»Thea Sundler schrieb mir nach dem Bruch einen ausgezeichnet guten und beruhigenden Brief«, erklärte die Frau Oberst.

Als das Wort Brief ausgesprochen wurde, fuhr Frau Regina auf und schlug sich vor die Stirn.

»Ei, da hätte ich fast etwas Wichtiges vergessen«, rief sie. »Willst du mir nicht sagen, was Charlotte über diese traurige Veränderung an dich geschrieben hat.«

»Du sollst den Brief lesen«, antwortete Frau Beate. »Ich hab' ihn hier in meinem Beutel.«

Sie reichte der Frau Propst einen zusammengefalteten Brief, und Frau Regina machte ihn auf. Der ganze Inhalt bestand nur aus wenigen Worten: »Möchte meine gnädige Schwiegermutter nicht allzu schlecht von mir denken!«

Frau Regina gab den Brief mit verblüffter Miene zurück. »Das macht mich nicht klüger, als ich schon vorher war«, sagte sie.

»Auf mich macht er einen ganz überzeugenden Eindruck«, versetzte Frau Beate mit nachdrücklicher Betonung.

Da fiel es der Frau Propst plötzlich ein, dass ihr Gast die ganze Zeit über mit ungewöhnlich lauter Stimme gesprochen hatte. Das sah ihr zwar nicht ähnlich; aber sie war eben aufgeregt und nicht ganz in ihrer gewohnten Verfassung, daher kam es wohl. Zugleich musste Frau Regina auch an Charlotte denken, die noch immer in der Anrichte mit dem Zuschneiden der Stoffstreifen beschäftigt war und natürlich jedes Wort gehört haben musste. Die Luke in der Wand, durch die die Speisen ins Esszimmer hereingereicht wurden, schloss durchaus nicht dicht. Frau Regina hatte sich oft darüber beklagt, dass man das mindeste Geräusch von der Anrichte her im Esszimmer höre.

»Was sagt denn Charlotte selbst?«, fragte jetzt die Frau Oberst.

»Sie sagt gar nichts. Forsius hatte es übernommen, sie zur Rede zu stellen, aber nun behauptet er, es sei unnötig. Ich weiß gar nichts.«

»Höchst sonderbar«, versetzte die Frau Oberst. »Höchst sonderbar!«

Nun fragte die Frau Propst ihren Gast, ob sie nicht Lust habe, mit ihr in den oberen Stock zu gehen. Es sei ein großes Versäumnis von ihr, dass sie nicht schon längst daran gedacht habe. Ein so vornehmer Gast dürfe doch nicht wie an einem gewöhnlichen Werktag im Esszimmer sitzenbleiben.

Aber die Frau Oberst wollte sich unter keiner Bedingung in ein Zimmer des oberen Stockwerkes einsperren lassen, die ohne Zweifel viel hübscher waren als die, in denen man sich täglich aufhielt. Sie wollte lieber im Esszimmer bleiben und redete mit ebenso lauter Stimme wie vorher weiter über Charlotte. Was sie tue, wo sie sich mit ihrer Arbeit aufhalte, ob es aussehe, als freue sie sich über den Gedanken, sich mit Schagerström zu verheiraten?

Doch plötzlich klang es wie unterdrücktes Weinen durch die Stimme der Frau Oberst.

»Ich habe sie wirklich sehr lieb gehabt!«, rief sie. »Alles hätte ich von ihr erwartet, nur das nicht, alles, nur das nicht!«

Die Frau Propst hörte, wie drinnen in der Anrichte eine Schere klirrend zu Boden fiel.

›Jetzt kann sie gewiss nicht noch länger da drinnen sitzenbleiben und das alles mit anhören‹, dachte sie. ›Nun kommt sie wohl hereingestürmt, um sich zu verteidigen.‹

Aber es wurde nichts mehr gehört; Charlotte erschien nicht.

Endlich wurde der qualvollen Lage ein Ende gemacht. Karl-Artur kehrte in Gesellschaft von Thea Sundler aus dem Kirchdorf zurück. Darauf ging Frau Beate mit Frau Sundler und ihrem Sohn sofort in den Garten, und die Frau Propst eilte in die Küche, um Zucker kleinzuschlagen, kleine Kuchen aufzulegen und Kaffee zu mahlen. All dies hätte sie vielleicht nicht selbst zu tun brauchen, aber sie dachte, sie werde sich dabei beruhigen.

Unterdessen grübelte sie über den Wisch nach, den Charlotte ihrer Schwiegermutter geschickt hatte. Warum hatte sie sich so kurz gefasst? Sie erinnerte sich, dass Charlotte eines Tages mit tintenbeschmutzten Fingern beim Frühstück erschienen war. Um diese einzige Zeile an die Frau Oberst zu schreiben, hätte sie sich wohl nicht in dem Grad mit Tinte zu beklecksen brauchen. Sie musste also noch einen zweiten Brief geschrieben haben. Und war es nicht am Dienstag gewesen? Am Tage nach Schagerströms erstem Heiratsantrag. Hier war etwas, das Frau Regina ergründen musste.

Immerhin befahl sie dem Hausmädchen, den Kaffeetisch in der großen Fliederlaube zu decken. Um elf Uhr sollte des vornehmen Gastes wegen Kaffee angeboten werden.

›Charlotte muss einen langen Brief geschrieben haben‹, dachte Frau Regina. ›Hat sie ihn abgeschickt? Oder hat sie ihn zerrissen?‹

Während man Kaffee trank, war sie noch immer mit diesen Gedanken beschäftigt, und sie verhielt sich deshalb gegen ihre Gewohnheit ziemlich still. Frau Sundler saß mit am Kaffeetisch, und sie verhielt sich im Gegenteil gar nicht still, sondern schwatzte in einem fort. Die Frau Propst dachte, Thea Sundler sehe aus wie die aufgeblasene Kröte in der Fabel, so hochmütig und eingebildet war sie geworden, weil die vornehmen Leute Hilfe bei ihr suchten. Vorher hatte die alte Dame Frau Sundler nur lächerlich gefunden, jetzt begann sie ihr widerwärtig zu werden. ›Sie brüstet sich und ist froh, weil wir anderen bekümmert und unglücklich sind‹, dachte sie. ›Nein, sie ist kein guter Mensch.‹

Aber natürlich bot sie ihr auch noch eine zweite Tasse Kaffee an, knickste, war aufmerksam und nötigte ihr die besten Kuchen auf. Die Gesetze der Gastfreundschaft mussten befolgt werden, selbst wenn es der ärgste Feind war, den man unter seinem Dach beherbergte.

Nach dem Kaffee zog sich die Frau Propst wieder in die Küche zurück. Frau Beate wollte um zwei Uhr abreisen, und vorher musste noch zu Mittag gegessen werden. Das war eine wichtige Sache, und die Frau Propst wollte die Zubereitung selbst überwachen.

Als es ein Uhr war, kam Frau Sundler in die Küche, um sich zu verabschieden. Die andern saßen noch in der Laube, aber sie wollte nach Hause gehen, um ihrem Mann das Mittagessen zu kochen.

Frau Forsius stand eben über den Fleischbrühkessel gebeugt, aber j sie legte gleich den Schaumlöffel weg und begleitete Frau Sundler in den Flur. Hier verneigte sie sich und trug ihre Grüße an den Organisten auf.

Sie meinte, Thea Sundler müsse verstehen, wie eilig sie es hatte; aber Frau Thea blieb noch eine ganze Ewigkeit stehen, hielt Frau Reginas Hand fest und redete drauflos, wie leid ihr die Frau Oberst wegen dieser neuen Verlobung tue.

Jawohl, darin stimmte ihr die Frau Propst bei.

Da drückte Frau Sundler die Hand der Frau Propst noch fester und sagte, sie könne nicht fortgehen, ohne sich erkundigt zu haben, wie es denn mit Charlotte gehen werde.

»Ich will dir etwas sagen«, versetzte die Frau Propst. »Sie sitzt da drin und schneidet Teppichstreifen zurecht, geh' hinein und frage sie selbst!«

Die beiden standen dicht vor der Anrichte. Mit einem raschen Entschluss öffnete die Frau Propst die Tür und schob Frau Sundler über die Schwelle hinein.

›Das war's doch, was sie wünschte, ich hab' es gut verstanden‹, dachte sie. ›Charlotte ist ja ihr gegenüber immer sehr zurückhaltend gewesen, nun will Thea sie in ihrer Erniedrigung sehen. Eine solche Kröte! Ich hoffe nur, Charlotte empfängt sie, wie sie es verdient.‹

»Hahaha!«, lachte sie. »Ich möchte wohl Zeuge dieses Zusammentreffens sein.«

Darauf schlich sie so leise wie möglich an eine andere Tür, die ins Esszimmer führte. Sie öffnete diese Tür lautlos, und eine Sekunde später stand sie an der Luke der Anrichte.

Ganz leise schob sie die Luke ein bisschen zurück; dadurch gewann sie einen ziemlich guten Überblick über den kleinen Raum, worin Charlotte saß, umgeben von den Kleidern der verschiedensten Zeiten, nicht allein aus der Zeit der Frau Propst Forsius, sondern aus denen anderer, früherer Propstgattinnen. Charlotte hatte allen grünen Stoff besonders gelegt, allen blauen auch besonders und alles, was grell und bunt war, auch besonders. Auf dem Boden lagen verschiedene Haufen von schmalen, gleichmäßig geschnittenen Streifen, und in einer Kiste daneben sah man große Knäuel aus Streifen, die schon zusammengenäht und aufgewickelt waren. Offenbar hatte Charlotte nicht auf der faulen Haut gelegen.

Charlotte saß so, dass sie Thea Sundler, die ziemlich unentschlossen an der Tür stehengeblieben war, den Rücken kehrte.

›Aha, sie ist noch nicht weitergekommen‹, dachte die Frau Propst. ›Das geht ja gut. Es wartet ihrer gewiss ein angenehmer Augenblick.‹

Nun sah sie, wie Thea Sundler sich mit einem Ausdruck niedersetzte, der teilnehmend und aufmunternd zugleich war, und sie hörte Frau Sundler sanft und mitleidig reden, so, wie man einen Kranken oder Gefangenen oder Armenhäusler anredet.

»Guten Tag, Charlotte!«

Charlotte gab keine Antwort. Sie hielt die Schere in der Hand, hatte aber aufgehört, weiterzuschneiden.

Ein spöttisches Lächeln flog über Thea Sundlers Gesicht. Sie zeigte ihre spitzen Zähne, zwar nur für einen Augenblick, aber das genügte.

Jetzt wusste Frau Propst Forsius, warum sie gekommen war.

Thea Sundler war sofort wieder Mitleid und Sanftmut zugleich. Sie trat einen Schritt tiefer ins Zimmer und sagte dann, so freundlich und wohlwollend, wie man zu reden pflegt, wenn man mit einem unwissenden Dienstboten oder einem störrischen Kind spricht:

»Guten Tag, Charlotte!«

Aber Charlotte rührte sich nicht.

Da beugte sich Thea Sundler über sie vor, um ihr ins Gesicht sehen zu können. Sie dachte vielleicht, Charlotte weine darüber, dass Karl-Arturs Mutter nicht mit ihr Zusammentreffen wolle. Aber dadurch berührten ein paar von Frau Sundlers Locken Charlottes nackte Schulter, denn das Tuch, das Charlotte sonst um den Hals gebunden hatte, war bei der Arbeit heruntergeglitten.

Doch in demselben Augenblick, wo die Locken Charlottes Schulter berührten, wurde Charlotte lebendig. So rasch wie ein Raubvogel erfasste sie ein Gutteil der wohlgepflegten Locken, hob die Schere auf, die sie offen in der Hand hielt, und schnitt die Locken ab.

Es war keine überlegte Tat. Sobald sie vollbracht war, stand Charlotte auf, und sie sah über das, was sie angerichtet hatte, etwas verblüfft aus. Die andere aber schrie vor Zorn und Entsetzen Zetermordio.

Die Locken waren ihr ganzer Stolz. Es war das einzige Schöne, was sie besaß. Ehe sie wieder gewachsen waren, konnte sie sich nicht vor den Menschen sehen lassen. Noch einmal stieß sie einen angstvollen, wahnsinnigen Schrei aus.

In der dicht neben der Anrichte liegenden Küche ging es indes durch kochende Kessel, knisterndes Brennholz und schwere Mörserschläge sehr laut her, und so hörte man da nichts von Frau Theas Klagegeschrei. Die Frau Oberst und ihr Sohn saßen draußen im Garten und hatten wohl auch nichts gehört. Niemand kam Frau Sundler zu Hilfe.

»Ja, was hattest du überhaupt hier verloren?«, fragte Charlotte. »Ich schweige ja Karl-Arturs wegen, aber du wirst doch wohl nicht glauben, dass ich nicht wüsste, wer dies alles angezettelt hat.«

Damit trat Charlotte an die Tür und riss sie auf. »Geh' jetzt!«, befahl sie.

Zugleich machte sie mit der Schere einen Griff in die Luft, und mehr brauchte es nicht, um Thea Sundler eiligst die Flucht ergreifen zu lassen.

Die Frau Propst schob vorsichtig die Luke wieder zu. Darauf schlug sie die Hände zusammen und brach in lautes Lachen aus.

»Herr, du mein Gott!«, rief sie, »dass ich das gesehen habe! Jetzt soll mein guter Alter auch etwas zum Lachen bekommen!«

Aber plötzlich wurde sie wieder ernst.

»Das verflixte Kind!«, murmelte sie. »Da hat sie uns nun alle miteinander das Schlechteste von sich denken lassen. Nein, nein, dem müssen wir nun ein Ende machen.«

Im nächsten Augenblick war die Frau Propst auf dem Weg in das oberste Stockwerk. Leise und vorsichtig wie ein Dieb glitt sie durch die Räume bis zu Charlottes Zimmer, das ganz draußen im östlichen Giebel lag.

Sie sah sich kaum darin um, ging aber geradewegs an den Ofen. Da fand sie einige entzweigerissene, zusammengeknüllte Papierbogen.

»Gott möge mir dies verzeihen!«, sagte sie. »Er weiß, es ist zum ersten Male in meinem Leben, dass ich unerlaubt anderer Leute Briefe lese.«

Sie nahm die vollgekritzelten Seiten mit in ihre Schlafstube, suchte ihre Brille hervor und las.

»Aha, jaja«, sagte sie, als sie mit dem Brief fertig war. »Dies ist der rechte Brief. Das hätte ich mir doch denken können.«

Darauf ging sie mit dem Brief in der Hand die Treppe hinunter, um ihn Frau Beate vorzulegen. Aber als sie ins Freie trat, sah sie ihren Gast neben ihrem Sohn auf einer Bank vor dem Seitenflügel sitzen. Wie zärtlich sie sich an ihn lehnte! Welche Hingebung, ja, Verehrung lag in ihrem Blick, womit sie zu ihm aufsah!

Da hemmte Frau Propst Forsius ihre Schritte.

›Ach, du lieber Gott, wie soll ich ihr denn nur das vorlesen!‹, dachte sie.

Und statt nach der Bank zu gehen, wendete sie sich wieder um und ging zu ihrem Propst auf sein Zimmer.

»Hier bekommst du etwas Angenehmes zu lesen«, sagte sie, indem sie den Brief vor ihm ausbreitete. »Ich hab' es in Charlottes Ofen gefunden. Sie hat es zum Verbrennen hineingeworfen, aber das verflixte Mädchen hat vergessen, es anzuzünden. Lies nur! Das wird dir nichts schaden.«

Der alte Herr sah, dass seine Frau ein ganz anderes Aussehen hatte als während der letzten traurigen Tage. Und da dachte er wohl, es könne ihm auch nichts schaden, wenn er den Brief ebenfalls lesen würde.

»Ja, gewiss«, sagte er, als er zu Ende gelesen hatte, »so ist es zugegangen. Aber warum hat sie denn diesen Brief nicht abgeschickt?«

»Ja, wer das wüsste!«, versetzte seine Frau. »Jedenfalls aber hab' ich den Brief an mich genommen, um ihn Beate zu zeigen; aber weißt du, als ich auf die Veranda hinaustrat und sah, wie sie ihren Sohn mit den Augen anbetete, da dachte ich, ich wolle den Brief lieber vorher dir zeigen.«

Der Propst stand auf und warf durchs Fenster einen Blick auf Frau Beate Ekenstedt.

»Ja, so ist es«, sagte er seiner Frau zunickend. »Siehst du, Gina, mein lieber Schatz, Charlotte konnte einer solchen Mutter diesen Brief nicht schicken. Deshalb hat sie ihn in den Ofen geworfen. Sie konnte sich nicht verteidigen. Und auch wir können nichts in der Sache tun. Nein, auch wir nicht.«

Beide seufzten, weil sie keine Möglichkeit sahen, Charlotte in den Augen der Welt sofort rein zu waschen; aber in ihren Herzen fühlten sie sich doch ungeheuer erleichtert, und als sie beim Mittagessen mit ihrem Gast wieder zusammentrafen, waren sie in ihrer allerbesten Laune.

Merkwürdigerweise schien auch mit der Frau Oberst eine ähnliche Veränderung vorgegangen zu sein. In ihrer Liebenswürdigkeit lag jetzt nichts Erzwungenes mehr wie vorher beim Frühstück.

Sie sah aus wie jemand, der neues Leben bekommen hat.

Frau Propst Forsius fragte sich, ob diese Veränderung wohl Thea Sundler zuzuschreiben sei. Und so war es auch, wenn auch nicht gerade auf die Weise, die Frau Regina annahm.

Frau Beate Ekenstedt hatte mit Karl-Artur auf der Bank vor dem Seitenflügel gesessen, als Frau Sundler aus dem großen Gebäude herausgestürzt kam und wie eine Taube, die sich eben noch in den Klauen des Habichts befunden hat, davonflatterte.

»Was hat denn deine Freundin Thea?«, fragte Frau Beate. »Sieh, wie sie davonläuft, und sie drückt die eine Hand an die Wange! Schnell, Karl-Artur, eile ihr nach, damit du sie am Hoftor einholst. Vielleicht ist sie von einem Bienenschwarm angefallen worden. Frag' sie, ob du ihr nicht beistehen kannst!«

Karl-Artur beeilte sich, dem Wunsch seiner Mutter nachzukommen, und obgleich ihn Frau Sundler voller Verzweiflung zurückwinkte, erreichte er sie doch am Hoftor.

Als er zu seiner Mutter zurückkam, sah er höchst empört aus.

»Nun hat Charlotte wiederum Böses angestiftet. Sie ist wirklich zu rücksichtslos. Denk' dir, Frau Sundler ist zu ihr hineingegangen, um zu fragen, wie es ihr gehe; da hat Charlotte einen günstigen Augenblick benutzt und hat ihr mehrere Locken an dem einen Ohr abgeschnitten.«

»Was sagst du?«, rief Frau Beate, während ein mutwilliges Lächeln ihr Gesicht erhellte. »Frau Sundlers schöne Locken! Sie muss ja schrecklich ausgesehen haben!«

»Es war eine Rache, Mama«, sagte Karl-Artur. »Frau Sundler weiß, wie Charlotte eigentlich ist. Sie war es, die mir die Augen geöffnet hat.«

»Ich verstehe«, erwiderte Frau Beate.

Sie blieb ein paar Sekunden lang sehr nachdenklich ganz ruhig sitzen. Dann wendete sie sich an ihren Sohn und sagte:

»Wir wollen jetzt weder von Charlotte noch von Thea Sundler reden, denn wir haben nur noch wenige Minuten für uns, ehe ich reise. Lass uns dafür lieber von dir und deinen Plänen, wie du uns armen Menschen helfen willst, reden!« – – –

Beim Mittagessen war dann also die Frau Oberst geradeso vergnügt und fröhlich, wie sie sonst immer zu sein pflegte. Frau Regina und sie wetteiferten miteinander, Witze zu machen und lustige Geschichten zu erzählen.

Ab und zu warf Frau Beate einen Blick auf die Luke in der Wand. Sie fragte sich wohl, wie es Charlotte in ihrer Einsamkeit gehe. Ja, sie fragte sich wohl, ob sich das junge Mädchen, das ihr stets eine so hingebende Liebe dargebracht hatte, nicht nach ihr sehne.

Nach dem Essen, als der Reisewagen schon vor der Tür stand, war Frau Beate zufällig einen Augenblick allein im Esszimmer. In demselben Augenblick stand sie auch schon an der Luke und stieß sie auf. Vor sich hatte sie nun Charlotte, Charlotte, die sich den ganzen Tag fast krank gesehnt hatte, nur, um einen einzigen Blick aus den lieben Augen ihrer Schwiegermutter auffangen zu können.

Blitzschnell umschlang Frau Beate Charlottes Gesicht mit ihren weichen Händen, zog sie an sich und küsste sie einmal ums andere. Und zwischen den Küssen flüsterte sie ihr ein paar abgerissene Sätze zu.

»Mein Liebling, kannst du es aushalten, noch ein paar Tage, ein paar Wochen zu schweigen? Es wird noch alles gut werden. Hab' ich dich zu sehr gequält? Aber ehe du die Locken abgeschnitten hattest, wusste ich ja nicht, was ich von dir glauben sollte. Ekenstedt und ich werden nun die Sache in die Hand nehmen. Kannst du Karl-Arturs wegen und auch um meinetwillen noch etwas aushalten? Du sollst ihn wiederhaben, mein Kind, du sollst ihn wiederbekommen.«

Jemand fasste nach der Stubentür. Die Luke schloss sich in aller Eile, und gleich nachher saß die Frau Oberst Ekenstedt in ihrem Reisewagen.

Der Günstling des Glücks

Der reiche Schagerström war fest überzeugt, dass er nie etwas anderes geworden wäre als ein Tölpel und ein Schlingel, wenn ihn nicht seine ganze Jugend hindurch ein merkwürdiges Glück begleitet hätte.

Er, der Sohn reicher, angesehener Eltern, hätte ja in behaglichem Wohlleben aufwachsen können. Er hätte jede Nacht in einem weichen Bett schlafen, hätte die feinsten Kleider tragen und reichlich und gut zubereitete Speisen essen können, er genauso wie seine Geschwister. Aber das hätte er nicht ertragen. Nicht mit den Anlagen, die ihm zuteilgeworden waren. Das verstand er selbst besser als sonst jemand.

Aber dann hatte er das große Glück gehabt, hässlich und unbeholfen zu sein. Seine Eltern und vor allem seihe Mutter hatten ihn nicht leiden können. Sie konnten nicht begreifen, woher sie dieses Kind mit dem großen Kopf, dem kurzen Hals und dem dicken Körper bekommen hatten. Sie selbst waren stattliche, schöne Menschen, und alle ihre anderen Kinder waren schön wie Engel. Dieser Gustav kam ihnen wie ein Wechselbalg vor, und als ein solcher wurde er auch behandelt.

Der ungeliebte Wechselbalg zu sein, war wirklich kein Vergnügen gewesen. Oft hatte es ihm bitter wehgetan, das wollte Schagerström gern zugeben; aber sobald er in ein reiferes Alter kam, hatte er all dies als eine Wohltat betrachtet. Wenn er von seiner Mutter jeden Tag hätte hören dürfen, wie sehr sie ihn liebe, und wenn er wie seine Brüder immer die Taschen voll Geld gehabt hätte, dann wäre er verloren gewesen. Damit wollte er allerdings nicht sagen, dass die Geschwister nicht auch gute und ausgezeichnete Menschen geworden seien. Sie hatten vielleicht von Anfang an bessere Charakteranlagen gehabt und konnten demgemäß das Glück ertragen. Aber für ihn hätte das nicht getaugt.

Dass er so schwer Lateinisch gelernt und dadurch in allen Schulklassen sitzengeblieben war, das rechnete er natürlich als einen großen Gnadenbeweis von Frau Fortuna, vielleicht nicht gerade, solange er in die Schule ging, wohl aber nachher. Das war ja die Veranlassung, warum ihn der Vater aus der Schule nahm und ihn nach Värmland als Lehrling in ein Hüttenwerk schickte.

Dort hatte ihm sein gutes Glück auch wieder zur Seite gestanden.

Es führte ihn in die Hände eines harten, geizigen Verwalters, und der konnte ihm die so notwendige Erziehung noch besser zuteilwerden lassen als die eigenen Eltern. Bei diesem Verwalter durfte er wahrlich nicht auf Daunenpolstern liegen. Er musste froh sein, wenn er eine dünne Strohmatratze auf der Pritsche hatte. Bei ihm lernte er Brei essen, auch wenn er angebrannt war, und Heringe verzehren, auch wenn sie ranzig schmeckten. Bei ihm lernte er vom Morgen bis Abend ohne Lohn arbeiten, aber mit der zuversichtlichen Gewissheit, für das kleinste Versäumnis ein paar Stockschläge in Empfang nehmen zu müssen. Auch dies alles war durchaus nicht angenehm, während er es durchmachte; aber der reiche Schagerström wusste eines sehr wohl: Er konnte dem Schicksal nie dankbar genug sein, weil es ihn gelehrt hatte, auf Stroh zu schlafen und von Armeleutekost satt zu werden.

Nach einer Reihe von Jahren, als er lange genug in dem Hüttenwerk gewesen war, wurde er Buchhalter, und zu gleicher Zeit schickte man ihn nach Kronbäcken in den Bezirk Philippstadt auf ein Hüttenwerk, das dem Hüt-

tenbesitzer Fröberg gehörte. Da bekam er einen angenehmen Herrn, gutge-
kochtes Essen am Herrschaftstisch und ein kleines Gehalt, von dem er sich
ordentliche Kleider anschaffen konnte. Nun war er plötzlich in gute und
angenehme Verhältnisse hineingekommen. Das wäre vielleicht nicht nützlich
für ihn gewesen, aber er kam nie so weit, tatsächlich verwöhnt zu werden,
weil sein altes Glück ihn auch hier nicht verließ.

Er war noch nicht vier Wochen auf Kronbäcken, als er sich auch schon in
ein junges Mädchen verliebte, in die Pflegetochter des Hüttenbesitzers Fröberg, der zugleich auch ihr Vormund war. Und das war gerade das
Schlimmste, was ihm widerfahren konnte, weil das junge Mädchen nicht
allein blendend schön und talentvoll und gefeiert, sondern auch die Erbin
von Eisenhämmern und Gruben im Wert von Millionen war. Für jeden Hüttenverwalter wäre es eine Vermessenheit gewesen, wenn er seine Augen zu
diesem Mädchen hätte erheben wollen, umso mehr aber für einen, der hässlich und schwerfällig war und in seiner Familie als Wechselbalg betrachtet
wurde, für einen, dem niemand half, der im Gegenteil ganz auf eigenen
Füßen stehen musste.

Von der ersten Stunde an sah Schagerström ein, dass es für ihn nichts anderes gab, als sich im Hintergrund zu halten und bei keinem Menschen auch
nur eine leise Ahnung über seine Liebe aufkommen zu lassen. Für ihn gab es
nichts anderes, als still zuzusehen, wenn junge Offiziere und Studenten zu
Weihnachten und zur Sommerzeit scharenweise nach Kronbäcken kamen,
um der jungen Dame ihre Aufwartung zu machen. Für ihn galt es, die Zähne
zusammenzubeißen und die Fäuste in der Gewalt zu behalten, wenn die
andern sich rühmten, dass sie an ein und demselben Abend soundso oft mit
ihr getanzt und soundso viele Kotilionorden von ihr bekommen hätten und
ihnen soundso viele holde Blicke und freundliche Mienen von ihr zuteilgeworden wären.

Schagerström hatte nicht viel Freude an der ausgezeichneten Stellung, da
er sich zu gleicher Zeit mit seiner unglücklichen Liebe herumschlagen
musste. Sie begleitete ihn bei der Arbeit an den Werktagen und auf der Jagd
an den Sonntagen. Die einzige Zeit, wo er sich einigermaßen frei von seiner
Liebesqual fühlte, war, wenn er Grubenbau und Bergwerksbetrieb in ein
paar gewaltigen Bänden studierte, die im Kontor auf den Wandbrettern
lagen und in denen zu lesen gewiss noch niemals irgendeinem Menschen
eingefallen war.

Nun ja, lange nachher hatte er ja wohl verstanden, dass diese unglückliche
Liebe ebenfalls ein Erziehungsmittel gewesen war, mit dem er sich aber nie
recht aussöhnen konnte; dazu war sie zu schwer zu ertragen gewesen.

Das junge Mädchen, dem seine Liebe gehörte, war weder freundlich noch
unfreundlich gegen ihn. Da er nicht tanzte und nie einen Versuch machte,
sich ihr zu nähern, hatte sie eigentlich nie Gelegenheit, sich mit ihm zu

unterhalten.

An einem Sommerabend jedoch, als man sich in dem großen Salon auf Kronbäcken mit Tanzen vergnügte, hatte Schagerström wieder wie gewöhnlich drüben an der Tür gestanden und war seiner teuren Geliebten nur mit den Augen gefolgt. Sein ganzes Leben lang konnte Schagerström nicht vergessen, wie bestürzt er war, als sie in einer Tanzpause auf ihn zutrat.

»Wäre es nicht besser, Sie würden zu Bett gehen, Herr Schagerström?« hatte sie gesagt. »Es ist Mitternacht, und Sie müssen doch morgen früh um vier Uhr wieder an die Arbeit. Wir anderen können ruhig bis Mittag schlafen, wenn wir Lust dazu haben.«

Er zog sofort wie ein begossener Pudel in das Kontor ab. Ja, er verstand sie recht wohl; es hatte sie verdrossen, ihn die ganze Zeit an der Tür stehen zu sehen. Sie hatte zwar freundlich gesprochen und ihn auch freundlich dabei angesehen, aber diesen kleinen Auftritt als Wohlwollen gegen sich zu deuten und zu meinen, er habe ihr leidgetan, weil er sich da unnötigerweise ermüde, das konnte ihm nicht einfallen.

Ein anderes Mal waren sie auf dem Fischfang draußen gewesen, und einer von ihren gewöhnlichen Kurmachern sowie Schagerström hatten die Ruder geführt. Es war ein heißer Tag, und das Boot war sehr schwer, aber er, Schagerström, war jedenfalls glücklich gewesen, weil er seinen Platz im hinteren Teil des Schiffes ihr gerade gegenüber hatte, sodass er die ganze Zeit über seinen Blick auf ihr ruhen lassen konnte.

Bei der Rückfahrt, als man am Landungssteg anlegte und er ihr beim Aussteigen half, hatte sie ihm ganz freundlich für sein Rudern gedankt. Dann aber gleich, fast ängstlich, er könnte vielleicht ihre Freundlichkeit missverstehen, hinzugefügt:

»Ich begreife nicht, warum Sie nicht nach Falun auf die Bergwerkschule gehen, Herr Schagerström. Wenn man der Sohn eines Präsidenten ist, sollte man sich eigentlich nicht damit begnügen, nichts weiter als ein Buchhalter auf einem Hüttenwerk zu sein.«

Natürlich hatte sie gemerkt, dass er sie auf der ganzen Kahnfahrt mit den Augen verschlungen hatte. Sie hatte begriffen, wie sehr er sie verehrte; das war ihr unangenehm gewesen, und nun wollte sie ihn forthaben. Ihre Ermahnung als Beweis von Interesse für seine Zukunft aufzufassen, weil sie von ihrem Vormund gehört hatte, es könne ein tüchtiger Bergwerksbeamter aus ihm werden, wenn er nur die richtige Ausbildung bekäme, ja, dass sie sich vielleicht das ausgedacht hätte, um die Kluft zwischen ihm und ihr zu vermindern, zwischen dem Hüttenwerksbuchhalter und der Tochter des Hüttenherrn, nein, das konnte er sich nicht vorstellen.

Da sie es aber wünschte, schrieb er an seine Eltern und bat sie, ihm die nötigen Mittel zum Besuch der Bergwerkschule zu gewähren, und siehe, er erhielt, was er begehrt hatte. Es wäre ihm ja leichter gefallen, das Geld anzunehmen, wenn sein Vater nicht zugleich geschrieben hätte, er hoffe, der Sohn werde sich jetzt besser halten als einst in der Klaraschule zu Stockholm, oder wenn nicht gar so deutlich aus dem Brief hervorgegangen wäre, dass die Eltern glaubten, selbst wenn er noch fünfzehn Bergwerkschulen durchmache, werde er es doch zu nichts weiter bringen als zu einem Hüttenwerksbuchhalter.

Später hatte er indes abermals begriffen, dass sein altes Glück immer noch weiter daran arbeitete, einen tüchtigen Mann aus ihm zu machen.

In jeder Hinsicht hatte er auf der Bergwerkschule eine gute Zeit gehabt, das konnte er nicht leugnen. Seine Lehrer waren mit ihm zufrieden gewesen, und er selbst hatte sich mit einer wahren Gier auf das Studium geworfen. Nun hätte er mit der Welt ganz im Einklang gestanden, wenn er nicht in jedem freien Augenblick an die heimlich Geliebte unten im Värmland sowie an alle, die sie dort umschwärmten, hätte denken müssen.

Als er schließlich mit großer Auszeichnung, die ihm niemand bestreiten konnte, den zweijährigen Lehrgang durchgemacht hatte, wurde ihm von Herrn Fröberg, ihrem Vormund, die Stelle eines Verwalters auf Gammalhyttan angeboten. Gammalhyttan war das größte und schönste der Hüttenwerke, die seinem Mündel gehörten.

Es war eine ausgezeichnete Stelle, viel besser, als sie ein junger Mann im Alter von dreiundzwanzig Jahren je hätte erwarten können. Schagerström wäre auch überglücklich gewesen, wenn er nicht begriffen hätte, dass sie es war, die dahinterstand. Er nahm sich wohl in acht, sich einzubilden, sie setze Vertrauen in ihn und wolle ihm Gelegenheit geben, sich auszuzeichnen. Nein, das Angebot konnte nichts anderes bedeuten, als dass sie ihn auf liebenswürdige Weise daran hindern wollte, nach Kronbäcken zurückzukehren. Schagerström fühlte, sie war nicht gerade unfreundlich gegen ihn gestimmt, ja, sie wollte ihm gern helfen, aber sie konnte es nicht ertragen, ihn in ihrer Nähe zu haben.

Er wäre auch ihren Wünschen gern entgegengekommen und hätte sich nie mehr vor ihr gezeigt, doch ehe er die neue Stelle antrat, musste er notgedrungen nach Kronbäcken, um sich seine Instruktionen zu holen. Und als er dort angekommen war, wurde ihm vom Herrn Hüttenbesitzer befohlen, sich in das große Wohngebäude zu den Damen zu verfügen, weil sein Mündel ihm auch einige Verhaltungsmaßregeln mitteilen wolle.

Er begab sich also in den kleinen Salon rechts vom Flur, wo die Damen auf Kronbäcken meist mit ihren Handarbeiten saßen, und da kam sie ihm sofort mit ausgestreckten Händen entgegen, genau wie man jemand begrüßt, nach dem man sich gesehnt hat. Zu seinem Entsetzen bemerkte er dann auch, dass er allein mit ihr im Zimmer war. Dies war das erste Mal, dass er und sie unter vier Augen zusammentrafen.

Dadurch allein fing sein Herz heftig zu klopfen an; aber noch schlimmer wurde es, als sie ihm in ihrer gewohnten freundlichen und offenen Weise mitteilte, auf Gammalhyttan, wo er jetzt Verwalter werde, sei ein großes, prächtiges Herrschaftshaus, und so könne er sich nun, sobald er nur wolle, verheiraten.

Er war nicht imstande, etwas zu erwidern, solchen Schmerz bereitete ihm der Gedanke, dass sie nicht damit zufrieden sei, ihn von Kronbäcken fortgeschafft zu haben, sondern ihn überdies noch verheiraten wollte. Er meinte, das habe er nicht verdient; er sei doch niemals aufdringlich gewesen.

Aber mit derselben Offenherzigkeit fuhr sie fort:

»Gammalhyttan ist das schönste von allen meinen Hüttenwerken. Ich habe immer gedacht, dort möchte ich wohnen, wenn ich einmal heirate.«

Dies wäre für jeden anderen deutlich genug gewesen; aber Schagerström hatte von seinen Kinderjahren an strenge Erzieher gehabt, und so wendete er sich der Tür zu, um zu gehen.

Sie aber war sofort an der Tür und legte die Hand auf die Klinke.

»Ich habe schon manchem Freier einen Korb gegeben«, sagte sie. »Vielleicht ist es gerecht, wenn ich jetzt, wo ich selbst freie, auch einen bekomme.«

Da erfasste er ihre Hand mit hartem Griff, um die Tür öffnen zu können.

»Spielen Sie nicht mit mir!«, sagte er. »Für mich ist es Ernst.«

»Das ist es für mich auch«, versetzte sie und sah ihm dabei fest in die Augen.

Und in diesem Augenblick verstand Schagerström, wie gut es sein altes Glück mit ihm meinte. Alle Einsamkeit, alle Härte, alles Vermissen, die ihm das Leben bisher gebracht hatten, war ihm nur geschickt worden, damit nun übermenschliche Seligkeit in sein Herz hineindringen könne, damit diese Seligkeit gleichsam Raum finde, sich auszubreiten, sodass nichts anderes als sie und nur sie allein in seinem Herzen herrschen könne.

Das Erbe

Als Schagerström nach einer dreijährigen Ehe seine geliebte Gattin verlor, hinterließ sie ein Testament, wonach alles, was sie besaß, ihrem Manne zufallen solle, falls sie kinderlos vor ihm sterbe. Und als die Hinterlassenschaft aufgenommen und einige Legate an altersschwache Diener und entfernte Verwandte ausbezahlt waren, trat Schagerström das gewaltige Erbe an.

Auf allen den Schagerströmschen Besitzungen und Hüttenwerken seufzte man erleichtert auf, als diese Sache geordnet war. Man war froh, dass das Vermögen in einer Hand vereinigt bleiben würde; und dass es ein tüchtiger Hüttenherr war, dem die Leitung der vielen Werke unterstand, das betrachtete man als eine gnädige Schickung der Vorsehung.

Aber kurz, nachdem Schagerström die Erbschaft angetreten hatte, wurden die Hüttenverwalter, die Inspektoren, die Pächter, die Waldhüter, mit einem Wort alle, die etwas mit der Bewirtschaftung der Besitzungen zu tun hatten, allmählich misstrauisch, und sie fürchteten, sie würden am Ende keine Freude an dem neuen Regiment erleben. Schagerström wohnte fortgesetzt in Stockholm, und das war schon schlimm genug, aber es wäre immerhin noch gegangen, wenn er ihre Briefe beantwortet hätte. Dies unterließ er indes fast immer. Roheisen sollte gekauft, Stabeisen verkauft werden. Es sollten Kontrakte über Kohlen- und Holzlieferungen aufgesetzt werden. Offene Stellen mussten besetzt, Gebäude repariert, Rechnungen bezahlt werden. Aber von Schagerström kam weder Brief noch Geld. Bisweilen berichtete er, die Mitteilung sei eingetroffen und Bescheid würde nachfolgen, aber ein solcher traf nie ein.

Nach wenigen Wochen herrschte eine schreckliche Verwirrung. Einige Verwalter legten einfach die Hände in den Schoß, andere handelten nach eigenem Gutdünken, und das war beinahe noch schlimmer. Nein, Schagerström sei doch nicht der rechte Mann, um das große Besitztum zusammenzuhalten, so lautete die allgemeine Ansicht.

Wer sich aber am allermeisten enttäuscht und unzufrieden fühlte, das war vielleicht der Hüttenbesitzer Fröberg auf Kronhyttan. Schagerström war von jeher sein Günstling gewesen, und er hatte Großes von ihm erwartet.

Wie sehr er auch um die frohe, strahlend glückliche junge Frau trauerte, die in seinem Hause aufgewachsen und nun eine Beute des Todes geworden war, so hatte er es doch als großen Trost gefühlt, dass ihre von ihm schon so lange verwalteten Besitztümer, diese einträglichen Gruben, die rauschenden Wildbäche, die schönen Herrensitze, die mächtigen Waldstrecken, die einträglichen Schmieden und Eisenhämmer, in gute Hände gekommen waren.

Schagerström war für die Stellung eines großen Grundbesitzers gut vorbereitet, das wusste der Hüttenbesitzer Fröberg wohl. Das erste Jahr ihres Ehestandes hatten er und seine Frau im Ausland verbracht, und zwar auf den Rat ihres Vormunds. Aus den Briefen, die ihm das junge Paar damals sandte, hatte er ersehen, dass sie ihre Zeit nicht mit Besuchen in Galerien oder dem Aufsuchen alter Denkmäler vergeudet hatten. Nein, diesen beiden vernünftigen Menschen war es angelegen gewesen, Bergwerke in Deutschland, Fabriken in England, Viehzucht in Holland zu studieren. Ganz unermüdlich war das junge Paar gewesen. Allerdings hatte sich Schagerström doch bisweilen ein wenig beklagt.

»Wir fahren an den herrlichsten Orten vorüber, ohne uns Zeit zu lassen, sie anzusehen«, hatte er geschrieben. »Wir denken an nichts weiter, als nützliches Wissen einzusammeln. Disa ist dabei die treibende Kraft. Ich Ärmster möchte am liebsten nur unserer Liebe leben.«

In den letzten Jahren hatten sie in Stockholm gewohnt. Sie hatten da ein großes Haus gekauft, sich aufs Prächtigste eingerichtet und eine unbegrenzte Gastfreundschaft ausgeübt. Wieder war dies auf Anraten des Vormunds geschehen.

Schagerström war jetzt ein Matador. Er würde mit den Höchsten im Land in Verkehr kommen und musste sich daher Weltgewandtheit erwerben, musste die Bekanntschaft einflussreicher Persönlichkeiten machen, das Vertrauen der Regierungskreise erlangen.

Da wird man wohl verstehen, dass der Gutsherr auf Kronbäcken enttäuscht und unzufrieden war, obgleich ihn Schagerströms Angelegenheiten jetzt eigentlich nichts mehr angingen. Nein, er musste durchaus mit Schagerström selbst reden, wollte hören, was ihm fehlte, und ihn dazu bringen, seine Arbeit wieder aufzunehmen.

Eines schönen Tages rief er einen seiner Buchhalter zu sich, einen jungen Mann, der ungefähr gleichzeitig mit Schagerström nach Kronbäcken gekommen und dessen besonderer Freund und Kamerad gewesen war.

»Hören Sie nun, guter Nyman«, begann er, »es muss irgendetwas mit Schagerström nicht in Ordnung sein. Sie müssen daher sofort nach Stockholm fahren und ihn herholen. Sie dürfen meinen eigenen Reise wagen benutzen. Wenn Sie aber ohne Schagerström zurückkommen, dann wird Ihnen Ihre Stelle hier gekündigt.«

Buchhalter Nyman stand ganz verblüfft vor seinem Herrn. Seine Stelle auf Kronbäcken wollte er um keinen Preis der Welt verlieren. Er war eigentlich ein recht tüchtiger Mensch, aber von Natur etwas träge, und es war ihm geglückt, sich bei den Damen auf Kronbäcken in dem Grad unentbehrlich zu machen, dass er fast aller Kontorarbeit enthoben worden war. Mit der alten Dame musste er Whist spielen, den jungen Fräulein sollte er vorlesen oder Stickmuster entwerfen, sie auf ihren Ausritten begleiten und ihr vertrauter, gehorsamer Kavalier sein. Der gute Nyman sollte überall mit dabei sein, sobald es sich um irgendeine Zerstreuung handelte. Er war durchaus zufrieden mit seiner Umgebung und wollte nichts von einer Veränderung wissen.

Der Buchhalter Nyman fuhr also nach Stockholm, um sowohl sich selbst als auch Schagerström zu retten. Er reiste Tag und Macht, erreichte Stockholm eines Morgens früh um acht Uhr, stieg in einem Gasthof ab, bestellte sofort frische Pferde für die Rückfahrt, nahm eine kleine Erfrischung zu sich und begab sich zu Schagerström.

Er klingelte und erklärte dem ihm öffnenden Diener, er müsse Herrn Schagerström sprechen. Doch der Diener erwiderte sofort, Herr Schagerström sei nicht zu sprechen, er sei ausgegangen.

Der Buchhalter sagte dem Diener seinen Namen und fügte hinzu, er komme im Auftrag von Herrn Fröberg in einer wichtigen Angelegenheit und werde in einer Stunde wieder vorsprechen.

Und richtig, nach Verlauf einer Stunde war er wieder da. Er kam in dem mit frischen Pferden bespannten Fröbergschen Reisewagen angefahren, der notwendige Reiseimbiss war auch vorhanden, und so war alles bereit zur Reise nach Värmland.

Als er aber in den Flur trat, blieb der Diener an der Tür stehen und richtete ihm von Herrn Schagerström aus, der Herr Buchhalter möge später am Tag wiederkommen. Er müsse in eine Sitzung, die keinen Aufschub dulde.

Dem Buchhalter kam es vor, als drücke sich in dem Ton des Mannes eine gewisse Verlegenheit und Gezwungenheit aus, und er fürchtete, der Mann lüge ihn an. Er fragte ihn deshalb, wo denn die Sitzung stattfinde.

»Die Herren sind im großen Salon versammelt«, antwortete der Diener, und Herr Nyman sah, dass wirklich eine ganze Menge Überzieher und Hüte in Schagerströms Flur hingen.

Nun entledigte sich Nyman rasch seines eigenen Regenmantels und Hutes und übergab beides dem Diener.

»Es wird sich doch wohl ein Zimmer hier finden, wo ich warten kann«, sagte er. »Ich habe keine Lust, auf den Straßen herumzulaufen, denn ich bin die ganze Nacht hindurch gefahren, um bei guter Zeit hier zu sein.«

Es hatte nicht den Anschein, als ob der Diener besonders große Lust hätte, Herrn Nyman hereinzulassen, aber Herr Nyman gab nicht nach, bis er ihn in das kleine, vor dem großen Salon liegende Gemach hineingehen ließ.

Nach einer guten Weile kamen zwei Herren herein, die offenbar an der Sitzung teilnehmen wollten. Der sie begleitende Diener riss die Flügeltür zum Saal weit auf, und der Buchhalter Nyman benutzte die Gelegenheit, um einen Blick in den Sitzungssaal zu werfen. Er sah eine Menge vornehmer alter Herren um einen mit Dokumenten beladenen Tisch sitzen. Und er glaubte auch zu erkennen, dass die Dokumente auf gestempeltes Papier geschrieben waren.

›Was zum Kuckuck?‹, dachte er. ›Das sieht ja nach lauter Kaufkontrakten und Hypothekeninstrumenten aus. Schagerström muss mit einer sehr großen Sache beschäftigt sein.‹

Gleich danach fiel ihm ein, dass er unter denen, die um den großen Tisch herumsaßen, ja Schagerström selbst gar nicht gesehen hatte. Was konnte denn das bedeuten? Wenn Schagerström nicht an der Sitzung teilnahm, dann konnte er doch mit ihm, Nyman, reden!

Jetzt trat wieder einer der Herren, die an der Sitzung teilnehmen sollten, in das Vorzimmer. Es war ein königlicher Sekretär, den der Buchhalter zu jener Zeit schon auf Kronbäcken gesehen hatte, als eben dieser königliche Sekretär, wie so mancher andere, auf Freiersfüßen dahin gekommen war. Er eilte auf Nyman zu, um ihn mit ein paar Worten zu begrüßen.

»Ei sieh da, der gute ... ich meine, der Herr Buchhalter Nyman«, sagte der königliche Sekretär. »Ich freue mich, Sie in Stockholm zu sehen. Wie steht es auf Kronbäcken?«

»Könnten Sie es nicht so einrichten, dass ich Herrn Schagerström sprechen kann, Herr Sekretär?«, versetzte Buchhalter Nyman. »Ich bin in einer sehr wichtigen Angelegenheit Tag und Nacht gereist, und nun kann ich nicht einmal zu ihm gelangen.«

Der königliche Sekretär sah auf seine Uhr.

»Ich fürchte, Sie müssen sich noch ein paar Stunden gedulden, Herr Nyman. Vorher kommt die Sitzung wohl nicht zu Ende.«

»Aber was ist denn eigentlich da drinnen los?«

»Ich weiß nicht, ob ich berechtigt bin, jetzt schon darüber zu reden.«

Der Buchhalter dachte an die angenehme Stelle, die er als Faktotum bei der gnädigen Frau und den Fräulein Töchtern einnahm, und so erkühnte er sich, einen höchst gewagten Ausspruch zu tun.

»Ich weiß ja, dass Schagerström die Absicht hat, sich seiner Besitztümer zu entäußern«, sagte er.

»Ach so, wenn Sie drunten auf dem Hüttenwerk schon Bescheid wissen«, entgegnete der königliche Sekretär.

»Ja, soviel wissen wir, aber wir haben nicht erfahren, wer sie kaufen will.«

»Sie kaufen?«, rief der königliche Sekretär. »Von einem Kauf ist keine Rede. Alles wird frommen Stiftungen, dem Kinderasyl der Freimaurer, den Witwenkassen und dergleichen Anstalten geschenkt. Aber nun muss ich gehen! Ich selbst soll die Schenkungsurkunde aufsetzen, sobald die Herren dort drinnen über die Bedingungen einig geworden sind.«

Buchhalter Nyman schnappte nach Luft wie ein ans Land geworfener Fisch. Wenn er mit solchen Nachrichten heimkam, wurde der alte Fröberg gewiss so aufgebracht, dass er, Nyman, nicht einen einzigen Tag mehr auf der angenehmen Stelle geduldet würde. Was sollte er nur tun? Was sollte er unternehmen?

Gerade, als der königliche Sekretär durch die geöffnete Tür Herrn Nyman aus dem Gesichtskreis zu verschwinden drohte, eilte Nyman herzu und erfasste ihn am Rockärmel.

»Ach, Herr Sekretär, könnten Sie nicht Schagerström sagen, ich müsse ihn durchaus sprechen. Sagen Sie, Gammalhyttan sei abgebrannt!«

»Gewiss, natürlich! Welch ein Unglück!«

Wenige Sekunden später stand auf der Türschwelle ein kleiner, zum Skelett abgemagerter Mann mit fahler Gesichtsfarbe und blutunterlaufenen Augen.

»Was willst du denn?«, wendete er sich kurz und streng, wie jemand, der in unangenehmer Weise gestört worden ist, an Buchhalter Nyman.

Wieder stand der Buchhalter ganz bestürzt da und schluckte, ohne ein Wort herausbringen zu können. Ach, ach, das war Schagerström! Ein stattlicher oder schöner Mann war er zwar nie gewesen, aber er hatte etwas unbeschreibliches Gutes an sich gehabt, damals, als er von seiner Liebessehnsucht erfüllt auf Kronbäcken weilte. Jetzt bekam Herr Nyman fast Angst vor dem früheren Kameraden.

»Was hast du gesagt?«, fragte Schagerström weiter. »Ist Gammalhyttan abgebrannt?«

Der Buchhalter hatte eigentlich die kleine Notlüge nur gebrauchen wollen, um mit Schagerström zusammenzukommen. Aber nun entschloss er sich rasch, die Aufklärung noch eine Weile hinauszuschieben.

»Ja«, sagte er, »es hat auf Gammalhyttan gebrannt.«

»Und was ist dort verbrannt? Das Hauptgebäude?«, versetzte Schagerström.

Der Buchhalter sah Schagerström scharf an. Dessen Augen hatten einen starren Blick, und das Haar an den Schläfen war sehr gelichtet.

›Das Wohnhaus genügt nicht‹, dachte er, ›nein, hier gehört eine ordentliche Aufrüttlung her.‹

»Ach nein, ich wollte, es wäre nur das!«, sagte er in traurigem Ton.

»Dann ist's wohl auch die Schmiede?«

»Auch das ist noch nicht alles, auch das große elende Hüttenwerksgebäude, in dem zwanzig Familien Unterkunft gefunden hatten, ist in Asche gesunken. Zwei Frauen sind drinnen verbrannt, hundert Menschen sind ohne Dach über dem Kopf. Alle Überlebenden haben nichts als das nackte Leben gerettet. Es scheint ein fürchterliches Elend dort zu herrschen. Ich hab' es nicht selbst gesehen, denn ich wurde sofort hergeschickt, um dich zu holen.«

»Der Verwalter hat nichts davon geschrieben«, wendete Schagerström ein.

»Es lohnt sich ja nicht, wenn man an dich schreibt«, versetzte Nyman. »Börjesson hat Herrn Fröberg um Hilfe gebeten, aber der alte Herr meinte, das gehe über seine Kräfte. Das müsstest du selbst in Angriff nehmen.«

Schagerström trat an die Tür und klingelte seinem Diener.

»Ich muss sofort nach Värmland reisen«, erklärte er. »Sag' Lundman, er solle meinen Reisewagen in aller Eile bereitstellen.«

»Mit Erlaubnis«, unterbrach ihn Nyman. »Herrn Fröbergs Reisewagen steht mit frischen Pferden fix und fertig vor der Tür. Wenn du dich nur zur Reise ankleiden willst, können wir jeden Augenblick wegfahren.«

Schagerström schien geneigt, Nymans Vorschlag nachzukommen, doch plötzlich fuhr er sich mit der Hand über die Stirn.

»Die Sitzung!«, sagte er. »Das ist wirklich sehr wichtig. Vor Verlauf einer halben Stunde kann ich nicht abreisen.«

Aber nach Buchhalter Nymans Ansicht sollte Schagerström keine Zeit bekommen, seine Besitztümer zu verschenken.

»Nun ja, eine halbe Stunde wird ja nicht so viel zu bedeuten haben«, sagte er. »Aber den Ärmsten, die jetzt in der Herbstkühle auf freiem Felde kampieren müssen, kann sie freilich lang genug werden.«

»Warum müssen sie denn auf freiem Feld kampieren?«, fragte Schagerström. »Das große Wohnhaus ist doch da.«

»Börjesson wusste wohl nicht, ob er sie darin unterbringen durfte.«

Noch immer zögerte Schagerström.

»Ich möchte wissen, ob Disa Landberg hiergeblieben wäre, um einer Sitzung bis zum Schlusse beizuwohnen, wenn sie solche Nachrichten bekommen hätte.«

Schagerström warf Nyman einen ungeduldigen Blick zu. Er ging in den Salon, kam aber sofort wieder heraus.

»Ich hab' ihnen gesagt, dass die Sitzung auf die nächste Woche verschoben werden müsse«, sagte er.

»Komm' jetzt!«

Es wäre unrecht, wenn man behaupten wollte, der Hüttenwerksbuchhalter Nyman habe eine besonders angenehme Reise gehabt, als er in Schagerströms Gesellschaft in das Värmland hinabfuhr. Ganz besonders quälte ihn die Lüge über die Feuersbrunst, und er hätte Schagerström seine Notlüge gern gebeichtet, wagte es aber nicht.

›Wenn ich ihm sage, dass es auf Gammalhyttan weder Abgebrannte noch Obdachlose gibt, dann kehrt er sofort nach Stockholm zurück‹, dachte er. ›Das ist das Einzige, wodurch ich ihn zurückhalten kann.‹

Er fragte sich, ob es nicht irgendeine Möglichkeit gäbe, Schagerström auf andere Gedanken zu bringen; so ließ er denn seiner Zunge freien Lauf und erzählte eine Menge kleiner Anekdoten vom Hüttenwerk. Alte, treue Diener hatten witzige, treffende Bemerkungen gemacht, schlaue Kohlenfuhrleute hatten einen unerfahrenen Inspektor bemogelt, es hieß, man habe in der Nähe von Gammalhyttan große Erzlager entdeckt, eine Auktion war abgehalten worden, wobei ungeheure Waldstrecken um einen Spottpreis losgeschlagen worden waren.

Nyman redete, als gelte es sein Leben, aber Schagerström, der wohl dachte, Nymans sichtbare Mühe, sein Interesse als Hüttenbesitzer zu wecken, trete allzu deutlich hervor, unterbrach ihn mit den Worten:

»Ich kann meine Besitztümer nicht behalten, und deshalb will ich sie verschenken. Disa würde nicht glauben, dass ich um sie traure, wenn ich all das annähme.«

»Du müsstest es eben nicht als eine Freude annehmen, sondern als ein Kreuz«, entgegnete der Buchhalter.

»Dazu bin ich nicht imstande«, versetzte Schagerström in einem so verzweifelten Tone, dass der andere nichts mehr hinzuzufügen wagte.

Der nächste Tag verging auf dieselbe Weise. Der Buchhalter hatte erwartet, Schagerström werde, wenn er erst aus der Stadt heraus sei und sich von Wäldern und Feldern umgeben sähe, etwas frischer werden; aber es war keine Besserung an ihm wahrzunehmen. Da wurde Nyman ernstlich besorgt um seinen alten Freund.

›Er treibt es nicht mehr lange‹, dachte er. ›Sobald er sich von dem ganzen Erbe freigemacht hat, legt er sich hin und stirbt. Sein Leid hat ihn ganz aufgerieben.‹

Noch einmal versuchte er Schagerström in Beziehung auf die Erbschaft auf andere Gedanken zu bringen, und das tat er wirklich nicht nur, um sich seine eigene Stellung zu retten, sondern auch, um seinem früheren Freund zu helfen.

»Denk' an alle, die daran gearbeitet haben, einen so großen Reichtum zusammenzubringen«, sagte er. »Meinst du, sie hätten das alles nur um ihrer selbst willen getan? Nein, ihrer Meinung nach musste, wenn soviel Macht in einer Hand vereinigt wurde, auch etwas Großes dabei herauskommen, etwas Großes, das der ganzen Provinz zugutekäme. Aber du willst zerstückeln und verschenken. Das nenne ich gewissenlos, und du bist meiner Ansicht nach dazu auch gar nicht berechtigt. Ich meine, du solltest diese Last auf dich nehmen und das gut verwalten, was dein ist.«

Er sah keinerlei Anzeichen, dass seine Worte den geringsten Eindruck auf Schagerström machten, aber trotzdem redete er mutig weiter.

»Komm' zu uns nach Värmland und arbeite! Du bist zu gut dazu, die Winter in Stockholm mit allerlei Vergnügungen zu verbringen und nur im Sommer ins Hüttenwerk herunterzukommen, um auf der faulen Haut zu liegen. Nein, komm' und sieh nach deinen Gütern! Es wäre sehr nötig, du kannst mir's glauben.«

Nyman bewunderte wirklich seine eigene Beredsamkeit, aber Schagerström unterbrach ihn aufs Neue:

»Ach, nun hör' auf, guter Nyman!«, sagte er etwas wegwerfend.

Der Buchhalter wurde dunkelrot.

»Ja, ich weiß wohl, dass ich nicht das Recht habe, dir zu predigen«, sagte er; »aber ich besitze keinen Heller und kann nichts ausrichten. Ich meine allerdings, der Mensch habe das Recht, wenn es in seiner Macht steht, sich das Leben so angenehm wie möglich zu machen; aber wenn ich auch nur eine einzige Erdscholle besäße ..., ich würde sie mir nicht nehmen lassen, das weiß ich gewiss.«

Am Morgen des dritten Tages hatten sie ihr Ziel erreicht. Gegen sechs Uhr hielt der Wagen vor dem Herrenhaus von Gammalhyttan. Die Sonne schien hell auf die gelben oder in herbstlich leuchtenden Farben schimmernden Baumwipfel. Der Himmel strahlte im schönsten Blau, und der kleine See, der sich vor dem Herrenhof ausbreitete, lugte glänzend hell wie ein blanker Spiegel unter einem leichten Nebelschleier hervor.

Kein Mensch erschien, um den Reisenden behilflich zu sein. Während der Postillion nach dem Wirtschaftshofe ging, um den Stallknecht herbeizurufen, benutzte der Buchhalter die Gelegenheit, seine Beichte abzulegen.

»Gib dir keine Mühe, mit Börjesson wegen der Feuersbrunst zu reden!«, sagte er. »Es hat überhaupt keine stattgefunden. Aber ich musste etwas Vorbringen, wodurch ich dich zur Mitreise zwingen konnte. Fröberg sagte, ich müsse meinen Abschied nehmen, wenn ich dich nicht mit zurückbringe.«

»Aber die Abgebrannten, die Obdachlosen?«, fragte Schagerström, der nicht so schnell von seinem bisherigen Gedankengang loskommen konnte.

»Hat es nie gegeben!«, rief der Buchhalter in heller Verzweiflung. »Was hätte ich denn tun sollen? Ich konnte nicht anders als lügen, damit du deine Absicht, deinen ganzen Reichtum zu verschenken, nicht ausführen konntest.«

Schagerström sah seinen Begleiter kalt und ohne Interesse an, dann sagte er:

»Du hast es natürlich gut gemeint, aber das alles war ganz unnötig. Sobald frische Pferde vorgespannt sind, fahre ich nach Stockholm zurück.«

Der Buchhalter seufzte, doch nun schwieg er. Es war nichts mehr zu machen, das Spiel war verloren.

Mittlerweile kam der Postillion.

»Es ist kein einziger Mann auf dem Hofe«, sagte er. »Ich traf nur ein altes Weib, das behauptete, der Verwalter und alle Leute vom Hüttenwerk seien auf der Elchjagd. Die Treiber seien schon früh um vier Uhr ausgezogen. Sie hatten es offenbar so eilig, dass die Stallknechte nicht einmal Zeit hatten, den Pferden ihr Morgenfutter zu geben. Hören Sie nur, wie sie stampfen!«

Und wirklich, ein dröhnendes Getöse drang vom Pferdestalle herüber, wo die hungrigen Pferde so laut stampften und lärmten, als es ihnen möglich war.

Da stieg eine schwache Röte in Schagerströms Wangen.

»Seien Sie so gut und geben Sie den Tieren etwas Futter«, sagte er zu dem Postillion, indem er ihm zugleich ein Trinkgeld reichte.

Mit neuerwachtem Interesse schaute er sich auf dem Hof um.

»Es steigt kein Rauch aus dem Hochofen auf«, sagte er.

»Der Hochofen ist seit dreißig Jahren zum ersten Mal ausgeblasen worden«, versetzte Nyman. »Es war kein Erz mehr da. Was hätte man tun sollen? Börjesson geht, wie du siehst, mit allen seinen Leuten auf die Jagd. Ich wundere mich nicht über ihn.«

Schagerström wurde noch ein wenig röter.

»Steht die Schmiede auch still?«, fragte er.

»Jawohl, das nehme ich als sicher an. Die Schmiede sind natürlich als Treiber draußen. Aber was geht das dich an? Du willst ja alles miteinander verschenken.«

»Allerdings«, sagte Schagerström etwas ausfällig, »es geht mich gar nichts an.«

»Die vornehmen Herren im Aufsichtsrat des Freimaurerkinderheimes sind es, die sich um diese Sache kümmern müssen, du nicht«, warf der Buchhalter ein.

»Allerdings«, sagte Schagerström wieder.

»Hast du Lust, hineinzugehen?«, fragte Herr Nyman und ging auch gleich auf das Wohnhaus zu. »Du begreifst, dass hier sehr zeitig gefrühstückt wurde, da die Jäger früh aufbrachen. Die Damen und Dienstmädchen schlafen jetzt nach der ungewohnten Arbeit aus.«

»Du brauchst sie nicht zu wecken«, sagte Schagerström. »Ich fahre gleich ab.«

»Hallo!«, rief Herr Nyman in diesem Augenblick. »Sieh dort, dort!«

Man hörte einen Schuss knallen. Vom Parke her kam ein Elch dahergejagt. Er war getroffen worden, hielt aber in seiner Flucht nicht inne. Das eine Vorderbein hing gelähmt herunter und schwankte hin und her, während das Tier auf seinen drei anderen Beinen davonhumpelte.

Einen Augenblick später eilte einer der Jäger aus dem Park heraus. Er zielte und fällte das Tier mit einem wohlgezielten Schuss. Der Elchochse stürzte nur ein paar Schritte von Schagerström entfernt stöhnend zu Boden.

Der Schütze trat langsam, gleichsam zögernd, näher. Es war ein großer Mann von sehr guter Haltung.

»Das ist Hauptmann Hammarberg«, klärte Herr Nyman auf.

Schagerström richtete seinen Blick auf den großen Jäger und sah ihn scharf an. Er erkannte ihn sofort wieder. Es war derselbe rosige, blondhaarige Offizier, der eine ganz wunderbare Macht über die Frauen hatte, den alle gut leiden konnten, obgleich sie wohl wussten, dass er ein Lümmel war, ja ein Schurke, könnte man fast sagen. Schagerström konnte nun und nimmer vergessen, wie dieser Mensch sich bei Disa einzuschmeicheln versuchte, wie er sie gleichsam bezauberte, sodass sie ihm auch erlaubt hatte, mit ihr spazierenzugehen, mit ihr auszureiten, mit ihr zu tanzen.

»Wie kann dieser Elende sich hierherwagen?«, murmelte er.

»Ja, das scheinst du nicht verhindern zu können«, sagte Herr Nyman in einem Ton, der alles andere als bescheiden war.

Die Erinnerungen stürmten auf Schagerström ein. Dieser Hauptmann, der damals seine Liebe zu der Erbin erraten haben musste, hatte ihn gequält, ihn lächerlich gemacht, hatte vor ihm mit seinen Schurkenstreichen geprahlt, wie wenn Schagerström es doppelt bitter empfinden sollte, dass Disa Landberg einen solchen Mann bekommen würde.

Schagerström biss die Zähne zusammen und sah doppelt barsch aus.

»Beim Satan, kommen Sie her und geben Sie dem Tier den Todesstoß!«, rief er dem Hauptmann zu. Zugleich wandte er ihm den Rücken und ging nach dem Wohngebäude, wo er mit kräftigen Schlägen wetterte.

Der Verwalter Börjesson und die anderen Jäger waren nun auch aus dem Park herausgekommen. Der Hüttenverwalter erkannte natürlich Schagerström sofort und eilte nach der Veranda.

Ein zerschmetternder Blick von Schagerström wurde ihm zuteil.

»Ich sage nichts von all dem andern«, begann Schagerström, »nichts von dem ausgeblasenen Hochofen, und auch nichts darüber, dass die Schmiede kalt steht und die Tiere kein Futter bekommen. Es kann ebenso gut mein Fehler sein wie der Ihrige. Aber dass Sie diesen elenden Hauptmann Hammarberg auf meinem Boden jagen lassen, das ist nicht mein Fehler. Und jetzt sind Sie verabschiedet, Herr Verwalter.«

Mit diesen Worten übernahm Schagerström das Regiment über seine Güter wieder, und es dauerte lange, bis er abermals daran dachte, sich ihrer zu entledigen.

Die Postkutsche

1

Als Schagerström nach seiner zweiten Werbung um Charlotte Löwensköld die Propstei von Korskyrka verließ, war es ihm durchaus nicht zum Lachen zumute. Am Tag vorher war er in erhobener Stimmung von dort abgefahren, weil er glaubte, einem stolzen, uneigennützigen Charakter begegnet zu sein. Jetzt dagegen, wo Charlotte Löwensköld sich niedrig gesinnt und berechnend gezeigt hatte, fühlte er sich tief verstimmt.

Und diese seine Niedergeschlagenheit hatte einen ernsten Hintergrund insofern, als ihm allmählich klar wurde, dass das junge Mädchen einen stärkeren Eindruck auf ihn gemacht hatte, als ihm bisher bewusst gewesen war.

»Zum Kuckuck!«, murmelte er. »Wenn sie nun die Probe bestanden hätte, ich fürchte beinahe, ich hätte mich in sie verliebt.«

Dies konnte indes jetzt, nachdem sie ihre wahre Sinnesart entschleiert hatte, gar nicht mehr in Frage kommen. Selbstverständlich musste er sie heiraten, aber er kannte sich selbst, eine Frau, die intrigiert, unzuverlässig und geldgierig war, würde er nie und nimmer lieben können.

An diesem Tage fuhr Schagerström in einer kleinen Kutsche, deren er sich auf weiten Reisen immer bediente. Jetzt ließ er plötzlich die ledernen Vorhänge vor den Wagenfenstern herab. Der ewige Sonnenschein und der Anblick der in reichem Erntesegen prangenden Felder war ihm zuwider.

Als er aber dann nichts anderes vor Augen hatte, bot sich ihm die ganze Zeit im Dunkel des Wagens ein entzückendes Bild dar. Er sah Charlotte, wie sie sich unter der Türöffnung vorbeugte und den jungen Ekenstedt betrachtete. Wenn jemals Liebe aus einem Antlitz herausgestrahlt hatte, dann aus dem ihrigen.

Aber so oft dieses Bild vor dem jungen Hüttenbesitzer auftauchte, fing sein Blut an zu kochen.

»Fahr' zur Hölle! Da standest du und hattest dich in einen Engel des Lichtes verkleidet, und kaum zehn Minuten nachher gabst du dem reichen Schagerström dein Jawort.«

Seine Niedergeschlagenheit nahm immer mehr zu, je länger die Fahrt dauerte, und das ist leicht begreiflich. Wenn er daran dachte, wie schlecht er diese Angelegenheit gedeichselt hatte, musste er sich selbst in Grund und Boden verachten. Da war er in kecker Weise Bürge für einen Menschen geworden, und zwar nur um ein Paar schöner Augen willen. Eine solche Dummheit! Die ganze Freierei war eine fast unverzeihliche Unbesonnenheit gewesen.

Hatte er denn den Verstand vollständig verloren gehabt? Sollten seine Eltern doch recht behalten? In dieser Sache hatte er sich jedenfalls tollpatschig und unbegabt genug gezeigt.

Es dauerte nicht lange, bis er sein Missgeschick als eine Strafe betrachtete, weil er dem Andenken seiner verstorbenen Gattin untreu geworden war und sich wieder verheiraten wollte. Deshalb würde er nun an eine Frau gebunden sein, die er weder achten noch lieben konnte.

Bei diesen Gedanken erwachte überdies das alte schwere Leid wieder in seinem Herzen. Ja, in diesem Leid allein war er daheim, und in ihm lebte und webte er. Das Leben mit seinen Pflichten und seinen Verwicklungen widerstand ihm tatsächlich.

Schagerström hatte sich diesmal auf Reisen begeben, um seine Hüttenwerke und Eisenhämmer zu inspizieren. Er wollte die Abrechnungen seiner Verwalter durchgehen, wollte nachsehen, ob die schwarzen Schmiedewerkstätten mit ihren gähnenden Essen und ihren eisenbeschlagenen Hämmern in gutem Zustande wären, und zugleich bestimmen, wie viel Kohlen und Roheisen für den nächsten Winter eingekauft werden sollten.

Es war also eine wirkliche Geschäftsreise. Eine solche Reise war in jedem Sommer nötig, sie konnte nicht unterlassen werden.

Nach einer mehrstündigen Fahrt erreichte Schagerström Gammalhyttan, wo sein guter Freund Henrik Nyman jetzt Verwalter war. Man wird verstehen, dass Herr Nyman und auch seine Gattin, eine der liebenswürdigsten Fräulein Fröberg von Kronbäcken, den Hüttenbesitzer mit offenen Armen aufnahmen. Hier wurde er nicht als der gefürchtete Herr willkommen geheißen, sondern als ein guter Kamerad und treuer Jugendfreund.

In bessere Hände hätte Schagerström nicht kommen können; aber die Schwermut, die ihn während der Wagenfahrt überfallen hatte, wollte trotzdem nicht weichen. Gammalhyttan war auch tatsächlich der letzte Ort, wohin er sich als neuverlobter Bräutigam hätte begeben sollen. Jeder Pfad im

Garten, jeder Baum in der Allee, jeder Sitz und jede Bank auf dem Hofplatz schien die Erinnerung an Worte der Liebe und Liebkosungen, die zwischen Schagerström und seiner Frau gewechselt worden waren, treulich bewahrt zu haben. Hier lebte sie noch, schön, jung und strahlend. Er konnte sie sehen, sie hören. Wie war es nur möglich, dass er ihr untreu geworden war? Gab es irgendeine Frau auf der Welt, die würdig wäre, ihren Platz in seinem Herzen einzunehmen?

Seinen Gastgebern, Herrn und Frau Nyman, entging natürlich Schagerströms Niedergeschlagenheit durchaus nicht. Sie fragten sich, was ihn denn so düster und niedergedrückt machen könnte? Da er sich ihnen aber nicht von selbst anvertraute, wollten sie auch mit Fragen nicht in ihn dringen.

Da indes Gammalhyttan nur einige Meilen von Korskyrka entfernt lag, musste ja unter allen Umständen die Nachricht von Schagerströms Werbung und auch sonst von allem, was damit zusammenhing, nach Gammalhyttan dringen, ehe Schagerström wieder abreiste. Der Hüttenverwalter und seine Frau waren also schon nach ganz kurzer Zeit mit der Veranlassung seiner Schwermut bekannt geworden.

»Er bereut es«, sagten sie zueinander. »Aber das ist wirklich schade. Charlotte Löwensköld wäre eine ausgezeichnete Frau für ihn. Sie würde ihn aus dieser ewigen Schwermut und den beständigen Grübeleien herausreißen.«

»Sehr gerne würde ich über all dies mit ihm reden«, sagte Frau Nyman, »denn ich kenne Charlotte nun schon sehr lange. Alles, was man von ihrer Falschheit und Hinterlistigkeit erzählt, ist sicherlich nicht wahr. Sie ist die Ehrenhaftigkeit selbst.«

»Ich würde mich an deiner Stelle nicht in die Sache mischen«, riet Herr Nyman ab. »Schagerström hat jetzt wieder jenen starren Blick, der mir so sehr auffiel, als ich ihn vor sechs Jahren mit List von Stockholm hierherbrachte. Das kann gefährlich werden, weißt du.«

Die junge Frau richtete sich nach der Warnung ihres Mannes, und es gelang ihr wirklich, sich während des größten Teils der Zeit, die Schagerström bei ihnen zubrachte, aller Einmischung zu enthalten. Am Freitagabend jedoch, als die Revision zu Ende gekommen war und der Gast am folgenden Morgen Gammalhyttan wieder verlassen wollte, konnte sie ihr gutes, hilfreiches Herz nicht mehr meistern.

›Es ist unbarmherzig, ihn so betrübt und reuevoll abreisen zu lassen‹, dachte sie. ›Warum soll er sich so unglücklich fühlen, wenn es och gar nicht nötig ist?‹

Und auf die feinste Weise, nur wie ganz zufällig, brachte sie während der Abendmahlzeit das Gespräch auf Charlotte Löwensköld. Sie erzählte mehrere von den Anekdoten, die über das junge Mädchen im Umlauf waren. Sie berichtete von dem Nasenstüber und dem aufsehenerregenden Vorkommnis, als Charlotte in der Kirche aus der Bank herausgefallen war. Sie erzählte auch von der Zuckerschale, von dem Wettfahren mit den Pferden des Propstes und noch vieles andere. Im ganzen versuchte sie Schagerström den Eindruck von einem stolzen, fröhlichen, verwegenen und dabei doch besonders klugen und getreuen Menschenkinde beizubringen. Von seiner eigenen Freierei um Charlotte schien sie keine Ahnung zu haben.

Aber gerade, als Frau Britta Nyman ihre wärmste Beredsamkeit zur Verteidigung ihrer Freundin entwickelte, stand Schagerström auf, stieß den Stuhl, auf dem er gesessen hatte, weit zurück und sagte:

»Es ist sehr gut von dir gemeint, Britta, ich verstehe, du willst mich trösten, willst das Elend vergolden. Ich aber will lieber der Wahrheit gerade in die Augen sehen. Und wenn ich so herzlos gewesen bin, an eine zweite Heirat zu denken, dann ist es nicht mehr als recht und billig, wenn ich als Frau eine falsche, intrigante Person bekomme, gerade das Schlimmste von allem, was ich kenne.«

Nachdem Schagerström diese Worte herausgestoßen hatte, verließ er in aller Eile das Zimmer. Die erschrockenen Gastgeber hörten, wie er die Flurtür aufriss und ins Freie hinausstürmte.

Schagerström lief aufs Geratewohl in dem großen ostwärts von Gammalhyttan gelegenen Walde umher. Er war schon ein paar Stunden gelaufen und wusste nun nicht genau, wo er sich befand.

Während dieser Wanderung waren die seit sechs Jahren in Vergessenheit versenkten Ideen allmählich wieder aufgewacht. Diesen ganzen Reichtum, mit dem er sich herumschlug und der ihm nichts als Qual und Verdruss bereitete, warum sollte er ihn nicht von sich werfen?

Wenn er darüber nachdachte, hatte Britta Nyman bis zu einem gewissen Grade recht. Charlotte war nicht schlechter als eine andere. Aber eine Versuchung war an sie herangetreten, die zu groß für sie gewesen war.

Warum sollte er umherfahren und die Menschen in Versuchung führen? Warum nicht die Besitztümer hergeben? Er war von einem unerhörten Glück verfolgt worden, schon seit er das Erbe angetreten hatte. Sein Reichtum hatte sich fast verdoppelt. Das aber war nur noch ein weiterer Grund, die drückende Last abzuwerfen.

Und dann noch eins! Auf diese Weise würde er vielleicht der neuen Heirat entgehen. Fräulein Charlotte Löwensköld wollte sicherlich nicht mit einem armen Manne in den Ehestand treten.

Er stolperte in der Dunkelheit weiter, fiel mehrmals zu Boden, stand eine Weile still, und es wurde ihm ebenso schwer, sich in dem öden Walde durch Gestrüpp und Gebüsch hindurchzuarbeiten, wie in seinem eigenen Innern einen Weg zu finden.

Schließlich gelangte er auf eine breite, mit Kies beworfene Straße, und jetzt wusste er wieder, wo er war. Das war die Landstraße nach Stockholm, die auf der Ostseite von Gammalhyttan vorüberführte.

Auf dieser Straße ging er weiter. War das nicht ein Wink aus der Höhe? Lag nicht ein besonderer Sinn darin, dass er in demselben Augenblick die Straße nach Stockholm erreichte, wo er sich entschlossen hatte, seine Besitztümer zu verschenken?

Immer schneller wanderte er dahin. Er wollte nicht nach Gammalhyttan zurückkehren, sich nicht auf neue Erklärungen einlassen. Genügend Geld hatte er bei sich, im nächsten Gasthaus konnte er sich Pferde und Wagen verschaffen.

Während er einen steilen Hügel hinaufkletterte, hörte er hinter sich Räderrollen. Er schaute sich um und unterschied einen großen, von drei Pferden gezogenen Wagen.

Die Stockholmer Postkutsche! Das war der zweite Wink! Mit der Post konnte er Stockholm am schnellsten erreichen. Ehe hier in der Gegend irgendjemand das allergeringste auch nur davon ahnte, würde er die vor sechs Jahren abgebrochene Sitzung wieder einberufen und die Schenkungsurkunden ausfertigen lassen.

Er blieb stehen und wartete auf die Postkutsche. Als diese gerade vor ihm war, rief er:

»Halt! Halt! Ist noch Platz im Wagen?«

»Jawohl, Platz genug!«, antwortete der Postillion mit lauter Stimme, »aber nicht für Landstreicher!«

Die Postkutsche fuhr ruhig weiter, erst oben auf dem Hügel hielt sie an. Als Schagerström auch oben ankam, zog der Postillion die Mütze und sagte:

»Der Kutscher behauptet, er habe den Herrn Hüttenbesitzer Schagerström an der Stimme erkannt.«

»Jawohl, der bin ich.«

»Bitte, steigen Sie ein und nehmen Sie Platz! Es sind nur zwei Damen im Wagen.«

2

Wie unangenehm es für betagte Menschen, die auf ihre Ehre und Würde bedacht sind, sein muss, ein Bekenntnis darüber ablegen zu müssen, dass sie durch die Esszimmerluke spioniert und im Ofen nach weggeworfenen Briefen gesucht hätten, das wird wohl jedermann, der nur einen Funken von Verstand hat, leicht beurteilen können. Man darf sich deshalb auch nicht darüber verwundern, dass Propstens von Korskyrka zu Charlotte nichts von ihrer Entdeckung sagten.

Andererseits aber, obgleich sie nichts von ihrer Spioniererei an den Tag kommen lassen wollten, konnte es ihnen nicht einfallen, das junge Mädchen noch länger in der Anrichte bei ihrer so sehr beschwerlichen Arbeit sitzen zu lassen. Der Wagen der Frau Oberst Ekenstedt war kaum zum Hof hinausgefahren, als Frau Regina auch schon den Kopf zu Charlotte hineinsteckte.

»Weißt du was, mein Herzenskind«, sagte sie, wobei ihr ganzes Gesicht vor Wohlwollen strahlte. »Als ich die Frau Oberst davonfahren sah, kam mir ein guter Gedanke. Wäre es nicht ein Vergnügen, wenn wir bei dem schönen Wetter eine kleine Reise machten? Meine Schwester in Örebro ist sehr alt, und ich habe sie nun seit Jahr und Tag nicht mehr gesehen. Sie würde sich gewiss sehr freuen, wenn wir ihr einen Besuch machten.«

Charlotte sah im ersten Augenblick etwas verdutzt aus; aber eben vorhin hatten ja die weichen Hände ihrer Schwiegermutter liebkosend ihre Wangen gestreichelt, und an ihr Ohr waren deren rasche Flüsterworte gedrungen. Dadurch hatte die Welt leichtbegreiflicherweise ein ganz anderes Aussehen für Charlotte bekommen. Und eine Reise, wohin sie auch gehen mochte, war für Charlotte gerade das Allerwillkommenste.

Dass sie von Propstens wieder in Gnaden angenommen war, das war auch nicht das wenigst Angenehme! Den ganzen Nachmittag war sie übersprudelnd vergnügt; sie plauderte und trällerte vor sich hin. Sie schien weder an verschmähte Liebe noch an die verhasste Verleumdung zu denken.

In aller Eile wurden die Reisevorbereitungen getroffen, und am Abend Punkt zehn Uhr stand man an der Gartenecke und erwartete die Stockholmer Postkutsche, die da vorüberkam. Als der schwere gelbe Wagen, von einem frischen Dreigespann gezogen, am Kirchdorfe auftauchte, als man das fröhliche Räderrollen, das Klirren des Pferdegeschirrs, das Knallen der Peitsche und die frohen Töne aus dem Horn des Postillions hörte, da musste die Reiselust in jedem Menschen erwachen.

Charlotte war außer sich vor Freude.

»Reisen! Reisen dürfen! Ich möchte Tag und Nacht um die ganze Welt herum reisen!«

»Ach, das würde dir bald überdrüssig werden, mein Kind!«, entgegnete die Frau Propst. »Aber wer weiß! Dieser Wunsch kann dir früher, als man denkt, in Erfüllung gehen.«

Die Plätze waren im Gasthaus im Voraus bestellt worden, und die Postkutsche hielt an, um die Reisenden einsteigen zu lassen. Der Postillion, der die Zügel nicht loszulassen wagte, blieb auf dem Bock sitzen und rief den beiden Damen nur einen freundlichen Gruß zu.

»Guten Abend, Frau Propst und Fräulein Löwensköld! Bitte steigen Sie ein! Es ist Platz genug da. Ich habe nicht einen einzigen Reisenden drin.«

»Ach so!«, erwiderte die lustige alte Dame. »Und damit sollen wir zufrieden sein? O nein, wir hätten lieber ein paar schöne junge Kavaliere im Wagen gehabt, mit denen wir ein wenig Kurzweil hätten treiben können.«

Der Postillion, der Kutscher und, mit Ausnahme von Karl-Artur, alle sonstigen Bewohner der Propstei, die herausgekommen waren, um Zeugen der

Abfahrt zu sein, brachen bei den Worten der guten Frau Forsius in helles Gelächter aus. Danach machte es sich die alte Dame höchstvergnügt in der rechten Wagenecke bequem. Charlotte ließ sich neben ihr nieder, der Postillion blies ein neues Signal, und fort ging es!

Die Frau Propst und Charlotte plauderten und scherzten noch eine gute Weile miteinander, doch bald trat etwas Verhängnisvolles ein. Die alte Dame wurde vom Schlaf übermannt. Charlotte, die höchst redselig gestimmt war, versuchte sie zwar wieder munter zu machen, aber es war unmöglich.

›Na ja, sie hat einen anstrengenden Tag gehabt‹, dachte das junge Mädchen. ›Es ist nicht verwunderlich, wenn sie müde ist. Aber es ist recht schade. Wir hätten es so gemütlich haben können. Ich selbst könnte mich die ganze Nacht hindurch unterhalten.‹

Tatsächlich hatte sie ein wenig Angst davor, mit ihren Gedanken allein zu sein. Es wurde allmählich Nacht, der Weg führte durch dichte Wälder.

Mutlosigkeit und Zweifel lagen auf der Lauer, ganz bereit, im nächsten Augenblick über sie herzufallen.

Nachdem sie ein paar Stunden gefahren waren, hörte Charlotte, wie die Postkutsche von einem Wanderer angerufen wurde. Nach ein paar Augenblicken hielt der Wagen, ein neuer Reisender stieg ein und ließ sich auf dem Rücksitz, Charlotte gerade gegenüber, nieder.

Im Wagen war eine kleine Weile nichts anderes vernehmlich als die ruhigen Atemzüge zweier schlafender Menschen. Charlotte war seiner raschen Eingebung gefolgt und tat, als ob sie schliefe, um nicht mit Schagerström reden zu müssen. Als sich aber die erste Verblüffung gelegt hatte, erwachte indes die Spitzbubenlaune in ihr. Eine solch ausgezeichnete Gelegenheit! Nein, die durfte man sich wohl nicht entgleiten lassen. Ja, sie könnte vielleicht auf schlaue Weise Schagerström dazu bringen, von seinen Ehestandsplänen abzustehen. Und wenn sie ihn zugleich ein wenig foppte, so konnte das sicher nichts schaden.

Schagerström, der noch immer tief schwermütig war, fuhr zusammen, als ihn plötzlich aus der entgegengesetzten Wagenecke eine Stimme anredete. Von der Person, die ihm gegenübersaß, konnte er eigentlich nichts unterscheiden als nur eben das helle Oval eines Gesichts.

»Entschuldigen Sie, aber mir war, als sagte der Postillion den Namen Schagerström. Ist es möglich, dass Sie der Herr Hüttenbesitzer Schagerström auf Groß-Sjötorp sind, von dem ich soviel reden gehört habe?«

Schagerström fühlte sich etwas unangenehm berührt, weil er erkannt worden war; aber er konnte eben die Tatsache nicht leugnen. So zog er denn den Hut und murmelte ein paar Worte, die man deuten konnte, wie man wollte.

Die Stimme aus der Dunkelheit ließ sich von Neuem vernehmen.

»Ich möchte wohl wissen, wie man sich fühlt, wenn man so reich ist«, sagte sie. »Noch niemals bin ich mit jemand zusammen gewesen, der eine Million besaß, und ich weiß nicht, ob es richtig ist, wenn ich auf dem Vordersitz sitzen bleibe und den Herrn Hüttenbesitzer rückwärts fahren lasse. Ich tausche gern mit Ihnen, Herr Hüttenbesitzer.«

Die Reisegenossin sprach mit demütiger, salbungsvoller Stimme, und sie lispelte auch ein wenig, wodurch sie im Sprechen etwas gehemmt war.

Wenn Schagerström mit den Leuten im Korskyrker Kirchdorfe im Verkehr gestanden hätte, würde er sofort gewusst haben, wen er vor sich hatte, nämlich die Frau des Organisten, Frau Thea Sundler. Aber da er diese nicht kannte, konnte er nur feststellen, dass er fast noch nie eine so aufreizende und wenig vertrauenerweckende Stimme gehört hatte.

»Durchaus nicht, durchaus nicht! Bleiben Sie ruhig sitzen«, wehrte er ab.

»Ach sehen Sie, ich bin ja daran gewöhnt, es mühselig und schwer zu haben, jawohl«, sagte die Stimme. »Mir macht es nichts aus, auf einem verachteten Platz zu sitzen. Aber der Herr Hüttenbesitzer ist doch sicher daran gewöhnt, einen vergoldeten Stuhl einzunehmen und von goldenen Tellern mit einer goldenen Gabel zu essen.«

»Ich will Ihnen etwas sagen, meine Gnädigste«, versetzte Schagerström, der sich allmählich etwas gereizt fühlte, »einen guten Teil meines Lebens habe ich auf Stroh geschlafen und mit einem Holzlöffel aus Zinnschüsseln gegessen. Ich hatte einen Herrn, der mir, wenn er böse auf mich war, so viel Haar ausriss, dass ich es sammelte und mir ein Kissen daraus machte. Und das war das einzige weiche Bettstück, das mir gewährt wurde.«

»Ach wie romantisch! Ach wie romantisch!«, rief die demütige Stimme. »Wie schön und romantisch!«

»Verzeihen Sie, meine Gnädige«, versetzte Schagerström. »Es war durchaus nicht romantisch, aber es war nützlich. Es hinderte mich daran, ein solcher Narr zu werden, für den Sie mich halten.«

»Ach, was sagen Sie da, Herr Hüttenbesitzer! Ein Narr! Sollte eine Person in meiner Stellung wohl jemals einen Millionär für einen Narren halten können? Aber es ist so interessant für mich, zu erfahren, wie eine so hochstehende Persönlichkeit denkt und fühlt. Was haben Sie gefühlt, als sich Ihnen das Glück endlich zuwandte? War es nicht ... Wie soll ich nur sagen? War es Ihnen nicht, als seien Sie in den siebten Himmel gekommen?«

»In den siebten Himmel!«, wiederholte Schagerström. »Wenn man mir nur meinen Willen gelassen hätte, würde ich alles verschenkt haben.«

Schagerström meinte, die Person da drüben in der Ecke müsse nun begriffen haben, dass ihm ihre Reden höchst unangenehm seien, er sich auch gekränkt davon fühle und sie deshalb das Gespräch fallenlassen solle, aber die ölige und demütige Stimme fuhr unverdrossen fort:

»Wie schön ist es, dass der Reichtum nicht einem Unwürdigen zuteilgeworden ist! Wie schön ist der Gedanke, dass die Tugend belohnt wurde!«

Schagerström schwieg. Auf andere Weise konnte er diesen Auslassungen über sich und seine Reichtümer nicht entgehen.

Nun verstand die Dame in der Wagenecke vielleicht, dass sie zu weit gegangen war. Aber sie schwieg nicht, sie wechselte nur den Gesprächsstoff.

»Und wie merkwürdig! Jetzt haben Sie, Herr Hüttenbesitzer, im Sinn, die hochnäsige Charlotte Löwensköld zu heiraten!«

»Was sagen Sie?«, rief Schagerström.

»Ach, entschuldigen Sie«, sagte die Stimme, noch demütiger und noch einschmeichelnder. »Ich gehöre zu den Geringen auf dieser Welt und bin nicht gewöhnt, mit vornehmen Leuten umzugehen. Wahrscheinlich drücke ich mich nicht so aus, wie ich sollte und wollte, und ich kann nichts dafür, dass mir das Wort hochnäsig immer auf die Zunge kommt, wenn ich von Charlotte Löwensköld reden muss. Aber ich will es nicht mehr anwenden, wenn es Ihnen, Herr Hüttenbesitzer, im geringsten missfällt.«

Schagerström ließ eine Art Stöhnen hören. Die Person in der Ecke mochte es für eine Antwort ansehen, falls sie Lust dazu hatte.

»Ja, ich weiß wohl, Sie, Herr Hüttenbesitzer, haben Ihre Wahl nach reiflicher Überlegung getroffen«, fuhr die Stimme unentwegt fort. »Ich habe sagen hören, alles, was der Herr Hüttenbesitzer tue, sei sehr wohl ausgedacht und sehr gut überlegt, und so ist es selbstverständlich auch mit der Werbung um Charlotte Löwensköld gewesen. Im Übrigen aber hätte ich wohl sehr gerne gewusst, ob der Herr Hüttenbesitzer wirklich weiß, wie sie – diese hochnäsi ... nein, verzeihen Sie, verzeihen Sie, diese schöne, entzückende Charlotte Löwensköld – eigentlich ist. Es heißt ja, der Herr Hüttenbesitzer habe, als er Charlotte seinen Antrag machte, noch kein einziges Wort mit ihr gewechselt gehabt; aber der Herr Hüttenbesitzer hat sich natürlich auf andere Weise davon überzeugt, ob sie geeignet sei, die gnädige Frau auf Groß-Sjötorp zu werden.«

»Sie sind ja sehr gut unterrichtet«, erwiderte Schagerström. »Gehören Sie vielleicht zu Fräulein Löwenskölds näheren Bekannten?«

»Ich genieße die Ehre, Karl-Arturs Vertraute zu sein, Herr Hüttenbesitzer.«

»Aha!«, warf Schagerström ein.

»Aber um wieder auf Charlotte zu kommen! Verzeihen Sie, wenn ich es sage, aber der Herr Hüttenbesitzer scheint nicht glücklich zu sein. Ich höre Sie seufzen und stöhnen. Wäre es möglich, dass der Herr Hüttenbesitzer das versprochene Aufgebot und die Heirat mit diesem ... ich sage ... unberechenbaren jungen Mädchen bereute? Ich hoffe, dieses Wort ist Ihnen nicht unangenehm? Unberechenbar kann ja alles mögliche bedeuten. Natürlich kann ein Herr Schagerström sein einmal gegebenes Wort nicht zurücknehmen, das weiß ich, aber der Propst und seine Frau sind rechtlich denkende Menschen. Sie dürften sich ja nur überlegen, was sie selbst alles von dieser Charlotte ausgestanden haben.«

»Der Propst und seine Frau sind von ihrem Schützling sehr eingenommen.«

»Sagen Sie lieber, sie seien wunderbar nachsichtig, Herr Hüttenbesitzer. Das ist das richtige Wort. Denken Sie nur, die Frau Propst hatte einmal eine ganz ausgezeichnete Haushälterin, aber Charlotte konnte sie nicht leiden. Eines Tages, mitten in den strengsten Weihnachtsvorbereitungen, versetzte sie der Haushälterin einen Nasenstüber. Die arme Person war tief gekränkt, sie ging auf und davon, und nachher musste die arme Tante Gina, die überdies krank war, alle Weihnachtsvorbereitungen selbst übernehmen.«

Schagerström hatte diese Geschichte vor kurzem auf ganz andere Weise erzählen hören, aber er hielt es nicht für der Mühe wert, irgendeinen Widerspruch laut werden zu lassen.

Die Frau im Wagen sprach weiter:

»Und denken Sie sich, Herr Hüttenbesitzer, der Propst, der seine Pferde über alle Maßen liebt ...«

»Ja, ich weiß, sie hat eine Wettfahrt mit ihnen gemacht«, warf Schagerström ein.

»Und Sie halten das nicht für ganz schrecklich, Herr Hüttenbesitzer?«

»Man hat mir gesagt, die Pferde seien aus Mangel an Bewegung beinahe draufgegangen.«

»Wissen Sie dann auch, wie Charlotte Löwensköld ihre Schwiegermutter behandelt hat?«

»Damals, als sie die Zuckerschale ausleerte?«, fragte Schagerström.

»Ja, gewiss, damals, als sie die Zuckerschale – ausleerte. Die Person, die auf Groß-Sjötorp die gnädige Frau werden soll, müsste sich doch wenigstens bei Tische ordentlich benehmen können.«

»Vollkommen richtig, meine Gnädige.«

»Sie wollten doch wohl keine Frau haben, die sich weigert, Ihre Gäste zu empfangen?«

»Natürlich nicht.«

»Aber das riskieren Sie, Herr Hüttenbesitzer, wenn Sie Charlotte heiraten. Bedenken Sie nur, wie sie sich auf Holma bei dem Kammerherrn aufführte. Hauptmann Hammarberg sollte bei einer großen Mittagsgesellschaft ihr Tischherr sein, aber sie erklärte, darauf gehe sie nicht ein, lieber wolle sie wieder fortgehen. Nun ja, wie Sie vielleicht gehört haben, hat Hauptmann Hammarberg nicht gerade den besten Ruf, aber er hat doch auch viele gute Seiten. Wie ich jetzt mit Ihnen, Herr Hüttenbesitzer Schagerström, rede, so hab' ich auch mit Hauptmann Hammarberg im Vertrauen geredet, und ich weiß, wie unglücklich er im Grunde seines Herzens ist, weil er niemand findet, der ihn versteht und an ihn glaubt. Und es mag nun sein, wie es will, jedenfalls aber ist Charlotte nicht zum Richter über ihn bestimmt, wenn also der Kammerherr Dunker mit ihm verkehrt, dann brauchte sie wohl nicht ihr

Missfallen kundzugeben.«

»Nun, was das betrifft«, erwiderte Schagerström, »so habe ich nicht im Sinn, Hauptmann Hammarberg einzuladen.«

»Ach so, ja, ja, das ist ja Ihre Sache«, sagte die Stimme. »Das ist etwas anderes. Ich merke, dass der Herr Hüttenbesitzer größere Sympathie für Charlotte hegt, als ich vermutete. Das ist sehr schön und ritterlich von Ihnen. Sie verteidigen sicherlich jeden Menschen, der irgendwie verleumdet wurde. Aber im Grunde meines Herzens glaube ich doch, dass Sie auf meiner Seite stehen, Herr Hüttenbesitzer. Sie wissen ja, dass eine Heirat zwischen einem Manne in Ihrer Stellung und einer so unberechenbaren Person wie Charlotte Löwensköld eine reine Unmöglichkeit ist.«

»Sie meinen also, meine Gnädige«, sagte Schagerström, »ich könnte mithilfe des Propstes und seiner Gattin ... aber nein, das ist unmöglich.«

»Das, was unmöglich ist«, sagte die fette, ölige Stimme mit ihrem allersanftesten Tonfall, »das ist eine Heirat mit so einer unverschämten Person.«

»Unverschämt?«

»Entschuldigen Sie, aber Sie wissen eben nicht alles. Sie sind gar so gutmütig. Karl-Artur Ekenstedt hat mir erzählt, wie Sie, Herr Hüttenbesitzer, sich für Charlotte eingesetzt haben. Und obgleich Sie erfahren mussten, dass die Anklage gegen sie auf Wahrheit beruhte, nehmen Sie sie doch immer noch in Schutz. Aber andere Menschen sind nicht so wie Sie, Herr Hüttenbesitzer. Die Frau Oberst Ekenstedt ist gestern und heute in der Propstei zu Besuch gewesen. Sie weigerte sich, Charlotte zu sehen, ja, sie wollte nicht einmal unter einem Dache mit ihr schlafen.«

»Wirklich?«, rief Schagerström.

»Jawohl«, sagte die Stimme. »Es ist vollkommen wahr. Und wissen Sie auch noch weiter? Einige von den Herren im Kirchdorf waren so empört über Charlottes Aufführung, dass sie beschlossen, Charlotte eine Katzenmusik zu bringen, wie das in Uppsala Sitte ist, wenn die Studenten mit einem Professor unzufrieden sind.«

»So?«

»Die jungen Männer waren schon vor der Propstei angekommen und fingen eben an, Spektakel zu machen, wurden aber an der Fortsetzung verhindert. Karl-Artur tat ihnen Einhalt. Er sagte, seine Mutter übernachte in der Propstei, und sie würde einen solchen Lärm nicht aushalten können.«

»Aber sonst hätte natürlich der junge Ekenstedt der Sache ihren Lauf gelassen?«, fragte Schagerström.

»Darüber wage ich mich nicht zu äußern. Aber im Interesse der Gerechtigkeit hoffe ich doch, dass die jungen Leute in einer andern Nacht wiederkommen. Und ich hoffe auch, dass Blinda Kall noch lange umherläuft und ihr Schmähgedicht über Charlotte singt. Hauptmann Hammarberg hat es gedichtet, es ist sehr komisch und geht nach der Melodie: ›Wenn der Mond am Himmel schwebt!‹ Wenn Sie, Herr Hüttenbesitzer, dieses Gedicht gehört haben, werden Sie überzeugt sein, dass Sie Charlotte Löwensköld nicht heiraten können.«

Die Sprechende brach jäh ab. Schagerström hatte an die Wand der Postkutsche geklopft. Wahrscheinlich, um dem Kutscher das Zeichen zum Halten zu geben.

»Aber was in aller Welt, Herr Hüttenbesitzer, wollen Sie denn schon aussteigen?«

»Ja, meine Gnädigste«, versetzte Schagerström, und er schien jetzt ebenso wütend zu sein wie am Abend vorher, wo Britta Nyman es versucht hatte, Gutes über Charlotte zu sagen. »Ich sehe keinen andern Ausweg, um nicht noch mehr Lästerreden über eine Persönlichkeit, die ich hoch achte und zu meiner Gattin zu machen gedenke, anhören zu müssen.«

»Aber ich bitte Sie! So war es ja gar nicht gemeint!«

In diesem Augenblick hielt der Wagen. Schagerström riss die Tür auf und stieg aus.

»Ja, ich verstehe wohl, dass es nicht so gemeint war«, sagte er mit seiner lautesten Stimme, und damit schlug er die Tür eiligst und heftig zu.

Er trat zu dem Postillion, um für die Fahrt zu bezahlen.

»Wollen Sie uns denn schon wieder verlassen, Herr Hüttenbesitzer? Da werden die Damen nicht erfreut sein. Die Frau Propst hat mir schon beim Einsteigen Vorwürfe gemacht, weil nicht ein paar Kavaliere im Wagen saßen.«

»Die Frau Propst?«, fragte Schagerström. »Welche Frau Propst?«

»Nun, die Frau Propst von Korskyrka. Haben Sie nicht so viel mit Ihren Reisegefährten gesprochen, Herr Hüttenbesitzer, um zu erfahren, dass die Frau Propst und Fräulein Löwensköld mit Ihnen im Wagen saßen?«

Damit zog er die Mütze, knallte mit der Peitsche, und die Postkutsche rollte davon. Schagerström aber stand noch lange auf dem gleichen Fleck und sah ihr nach.

»Charlotte Löwensköld!«, wiederholte er. »Ist das Charlotte Löwensköld gewesen?«– – –

Mitternacht war längst vorüber, als Schagerström wieder auf Gammalhyttan eintraf. Nyman und seine Frau waren noch nicht schlafen gegangen. Mit großer Angst hatten sie Schagerströms Rückkehr erwartet, und sie hatten sich schon gefragt, ob man nicht am Ende Leute ausschicken sollte, um ihn zu suchen. Beide wanderten in der Allee auf und ab, als er endlich sichtbar wurde.

Sie sahen die kräftige, etwas untersetzte Gestalt sich vom Nachthimmel abheben und erkannten Schagerström sofort, aber es fiel ihnen schwer, zu glauben, dass er es wirklich war. Der Mann, der ihnen entgegenkam, trällerte ja einen alten Gassenhauer vor sich hin. Als Schagerström die beiden erreicht hatte, fing er an zu lachen.

»Ach, macht, dass ihr zu Bett kommt!«, sagte er. »Morgen sollt ihr alles erfahren. Aber dass ich es nicht vergesse, du, Nyman, musst dich fertigmachen, damit du dich morgen an meiner Stelle auf diese Inspektionsreise begeben kannst. Ich muss gleich morgen früh nach Korskyrka zurück.«

Das Aufgebot

1

Am Sonnabendvormittag erschien Schagerström in der Propstei zu Korskyrka. Er wünschte mit dem Propst wegen der Verfolgung, die gegen Charlotte in Gang gesetzt worden war, Rücksprache zu nehmen und mit dem Propst zu beratschlagen, wie ihr Einhalt geboten werden könnte.

Tatsächlich hätte sich Schagerström in keinem passenderen Augenblick einfinden können. Der arme, alte Herr war außer sich vor Aufregung. Die fünf kleinen Runzeln auf seiner Stirn leuchteten wieder feuerrot.

An demselben Vormittag hatten sich nämlich drei Herren aus dem Kirchdorf bei dem Propst eingefunden, der Apotheker, der Organist und der Rentmeister. Sie waren einzig und allein hergekommen, um dem Herrn Propst ihren eigenen Wunsch sowie den der ganzen Gemeinde vorzulegen, nämlich, dass er Charlotte aus seinem Hause entferne.

Der Apotheker und der Rentmeister waren ziemlich höflich gewesen.

Man hatte ihnen wohl angesehen, wie unangenehm es ihnen war, ein solches Verlangen vorzubringen. Der Organist aber war im höchsten Grade erbittert gewesen. Er hatte sehr laut und ganz unüberlegt gesprochen und die Ehrfurcht, die er seinem Vorgesetzten schuldete, vollkommen außer acht gelassen.

Er hatte dem alten Propst ins Gesicht gesagt, dass es seinem Ansehen in der Gemeinde schade, wenn Charlotte noch länger in der Propstei verbleiben dürfe. Sie habe nicht allein ihren Bräutigam aufs Schändlichste betrogen, sich auch nicht nur bei vielen Gelegenheiten ganz ungehörig betragen, sondern sich erst gestern noch an seiner Frau handgreiflich vergangen, die wahrlich nicht erwartet hätte, dass ihr etwas Böses widerfahren würde, wenn sie als Gast in diesem hochgeachteten Hause zu Besuch weile.

Der Propst hatte darauf kurz und gut erklärt, seine Verwandte, Fräulein Löwensköld, werde in seinem Hause verbleiben, solange sein alter Kopf noch aufrecht auf seinen Schultern sitze, und mit diesem Bescheid hatten sich die Herren entfernen müssen.

»Die ganze Schererei will gar kein Ende nehmen«, sagte er zu Schagerström. »So ist es nun die ganze Woche fortgegangen. Und Sie können sich darauf verlassen, Herr Hüttenbesitzer, dieser Organist lässt es nicht beim ersten Angriff bewenden. Er selbst ist ein ganz guter Mensch, aber seine Frau reizt ihn auf.«

Schagerström, der diesmal in ausgezeichneter Laune war, versuchte den Propst zu beruhigen, aber er hatte sehr wenig Glück damit.

»Ich kann Ihnen jedenfalls eines versichern, Herr Hüttenbesitzer, Charlotte ist so unschuldig in dieser Sache wie ein neugeborenes Kind, und es kann mir nie und nimmer einfallen, sie von hier fortzulassen. Aber der Frieden in der Gemeinde, den ich nun in fünfunddreißig Jahren so sorgsam gehütet habe, ach, Herr Hüttenbesitzer, der geht verloren!«

Schagerström verstand die Klage des Propstes wohl. Dieser dachte, das, was ihm während seiner ganzen Amtszeit am meisten zur Ehre gereichte, sei nun in Gefahr. Und Schagerström stiegen allerlei Zweifel auf, ob der alte Herr Mut und Kraft genug haben werde, den erneuten Überredungsversuchen der Gemeindeglieder zu widerstehen.

»Um die Wahrheit zu sagen«, begann er, »so habe ich auch von der Verfolgung reden hören, die gegen Fräulein Löwensköld in Gang gesetzt worden ist. Und ich bin gerade deshalb heute hierhergekommen, um mit Ihnen, Herr Propst, zu beraten, wie sie niedergeschlagen werden könnte.«

»Sie sind allerdings ein überaus tüchtiger Mann, Herr Hüttenbesitzer, aber ich zweifle doch, ob es Ihnen gelingen wird, die bösen Zungen im Zaume zu halten. Nein, es bleibt nichts anderes übrig, als zu schweigen und sich auf das Schlimmste vorzubereiten.«

Schagerström wollte widersprechen, aber der alte Herr begann noch ebenso mutlos aufs Neue:

»Ja, man muss sich auf das Schlimmste gefasst machen. Ach, Herr Hüttenbesitzer, wenn Sie doch erst glücklich verheiratet wären ... wenn Sie wenigstens schon aufgeboten wären!«

Bei diesen Worten des Propstes sprang Schagerström von seinem Stuhl auf.

»Was sagen Sie, Herr Propst? Könnte das etwas helfen, wenn wir in der Kirche aufgeboten würden?«

»Natürlich wäre es eine Hilfe«, antwortete der Propst. »Wenn die Gemeindeglieder ganz sicher wüssten, dass Charlotte Ihre Frau werden soll, würden sie sie schon in Ruhe lassen. Wenigstens dürfte sie dann bis zum Hochzeitstag hier in der Propstei bleiben, ohne dass irgendjemand etwas dagegen einzuwenden hätte. So sind die Menschen, Herr Hüttenbesitzer. Sie beleidigen meistens den nicht, der Aussicht hat, mächtig und reich zu werden.«

»Dann würde ich Ihnen vorschlagen, gleich morgen das Aufgebot verkündigen zu lassen«, sagte Schagerström.

»Dieser Gedanke macht Ihnen alle Ehre, Herr Hüttenbesitzer, aber es ist

138

unmöglich. Charlotte ist verreist, und Sie tragen die notwendigen Papiere wohl nicht gerade in der Westentasche herum.«

»Die Papiere sind auf Groß-Sjötorp und können herbeigeschafft werden. Wie Sie wissen, Herr Propst, habe ich Fräulein Charlottes bestimmtes Versprechen. Und außerdem sind Sie, Herr Propst, wohl auch der Vormund und der gesetzliche Vertreter der Braut.«

»Nein, nein, Herr Hüttenbesitzer! Nicht so überstürzt! Nicht so überstürzt!«

Nun begann der alte Herr von anderen Dingen zu sprechen. Er zeigte Schagerström eines seiner seltensten Pflanzenexemplare und erzählte ihm, wo er es schließlich gefunden hatte. Während er damit beschäftigt war, wurde er lebendig und beredt. Man hätte meinen können, er habe alle seine Sorgen vergessen.

Nach einer Weile kam er indes wieder auf Schagerströms Vorschlag wegen des Aufgebots zurück.

»Ein Aufgebot ist noch keine Trauung«, sagte er. »Wenn Charlotte nicht damit einverstanden ist, kann sie ja zurücktreten.«

»Es handelt sich ja nur um einen Notbehelf«, erwiderte Schagerström, »damit das gute Verhältnis innerhalb der Gemeinde wiederhergestellt wird und die Verleumdungen und Lästerreden aufhören. Ich habe ganz gewiss nicht die Absicht, Fräulein Charlotte mit Gewalt vor den Traualtar zu schleppen.«

»Ja, wer weiß?«, sagte der Propst, der vielleicht an einen gewissen Brief dachte, den er unerlaubterweise gelesen hatte. »Charlotte ist sehr heftiger Natur, das kann ich Ihnen sagen, Herr Hüttenbesitzer. Es wäre wirklich auch für sie am besten, wenn diese Sache zu einem Abschluss käme. Auf die Dauer würde sie sich vielleicht nicht damit begnügen, nur ein paar Locken abzuschneiden.«

Die beiden Herren beredeten die Sache noch eine gute Weile. Je mehr sie über das Aufgebot beratschlagten, desto überzeugter wurden sie, dass es der beste Ausweg aus den Schwierigkeiten wäre.

»Meine Frau würde sicherlich damit einverstanden sein«, sagte der Propst, der schließlich ganz hoffnungsvoll geworden war.

Schagerström dachte, in demselben Augenblick, wo er mit Charlotte in der Kirche aufgeboten sei, habe er das Recht, als ihr Beschützer aufzutreten. Dann würden weder Katzenmusik noch Schmählieder mehr in Frage kommen können.

Außerdem muss man eines bedenken. Seit er sich in der Postkutsche durch die Unterredung mit Charlotte von deren Uneigennützigkeit überzeugt hatte, waren äußerst zärtliche Gefühle für sie in seinem Herzen aufgestiegen.

Der Schritt, den er jetzt tun wollte, hatte etwas sehr Verlockendes für ihn.

Natürlich würde er das nicht einmal sich selbst gegenüber zugegeben haben. Er war überzeugt, dass ihn nur die reinste Notlage zu diesem Vorgehen zwinge. So ist es immer bei verliebten Leuten, und deshalb muss man allen ihren Dummheiten gegenüber Nachsicht walten lassen.

Es wurde also wirklich beschlossen, das Aufgebot am nächsten Tag in der Kirche kundzugeben. Schagerström fuhr ab und holte die notwendigen Dokumente, und der Propst schrieb mit eigener Hand das Aufgebot ins Verkündigungsbuch.

Als alles fertig war, empfand Schagerström in der Tat eine große Befriedigung. Es war ihm durchaus nicht unangenehm, dass sein Name in Verbindung mit dem Charlottes von der Kanzel verlesen werden sollte.

›Der Hüttenbesitzer Gustav Henrik Schagerström und die hochwohlgeborene Jungfrau Charlotte Löwensköld. Ja, das nimmt sich wirklich sehr gut aus‹, dachte er.

Er hatte große Lust, es selbst mit anzuhören, und beschloss deshalb, am nächsten Tage dem Gottesdienst in Korskyrka beizuwohnen.

2

An diesem Sonntag, wo das erste Aufgebot stattfand, hielt indes Karl-Artur eine höchst merkwürdige Predigt. Tatsächlich konnte man ja auch nach den erschütternden Ereignissen, die er in der letzten Woche durchgemacht hatte, gar nichts anderes von ihm erwarten. Vielleicht war es aber auch so, dass diese Ereignisse, die aufgehobene Verlobung sowohl als auch die neu eingegangene, den Eindruck seiner Worte noch verstärkten.

Dem Texte des Tages entsprechend hatte er über die falschen Propheten zu predigen, vor denen unser Heiland seine Jünger warnte. Der Stoff schien ihm indes für seine derzeitige Stimmung nicht sehr geeignet. Am liebsten hätte er von der Nichtigkeit der irdischen Dinge gepredigt, von den Gefahren des Reichtums und den Freuden der Armut. Vor allem hatte er die Notwendigkeit verspürt, seinen Zuhörern in vertraulicher einfacher Weise nahezukommen, ihnen begreiflich zu machen, dass er sie liebe, um dadurch ihr Vertrauen zu gewinnen.

Von Unsicherheit und Ungewissheit geplagt, war es ihm im Laufe der Woche nicht geglückt, seine Predigt so zu formen, wie er sie gerne haben wollte. Die ganze letzte Nacht hindurch hatte er weiter daran gearbeitet, aber ohne Erfolg. Die Predigt war noch nicht fertig, als er sich in die Kirche begeben musste, und um nicht ganz aufs Trockene zu kommen, riss er aus einer alten Postille ein paar Blätter heraus, die eine Predigt über den Text des Tages enthielten, und steckte sie ein.

Als er dann aber auf der Kanzel das Evangelium vorlas, arbeitete sich in seinem Gehirn ein Gedanke hervor, der ihm ungewöhnlich und verlockend erschien. Er nahm ihn auf, als sei er ihm von Gott gesandt.

»Meine geliebten Zuhörer!«, begann er. »Ich stehe hier, um euch im Namen Jesu vor den falschen Propheten zu warnen, aber ihr denkt vielleicht in euren Herzen: Er, der jetzt zu uns spricht, ist er ein rechter Lehrer? Was wissen wir von ihm? Wie können wir gewiss sein, dass er nicht auch ein Dornbusch ist, worauf keine Trauben wachsen können, oder eine Distel, von der man keine Feigen pflücken kann?

Deshalb, meine Zuhörer, will ich euch von den Wegen erzählen, auf die Gott mich geführt hat, als er einen Verkündiger seines Wortes aus mir machen wollte.«

Unter großer innerer Bewegung begann dann der junge Geistliche den in der Kirche Anwesenden seine einfachen Lebensschicksale zu erzählen. Während seiner ersten Studienjahre sei sein ganzes Streben darauf gerichtet gewesen, ein großer, berühmter Mann der Wissenschaft zu werden. Er schilderte das Abenteuer mit der missglückten lateinischen Arbeit, seine Rückkehr nach Uppsala, nachdem er sich gegen seine Mutter vergangen hatte, die Aussöhnung mit ihr, und schließlich, dass all dies ihm die Bekanntschaft mit dem Pietisten Pontus Friman vermittelt habe.

Karl-Artur sprach sehr leise und schüchtern; niemand hätte an der Wahrheit von einem einzigen seiner Worte zweifeln können. Vielleicht war es hauptsächlich der tief bewegte Klang seiner Stimme, der die Zuhörer gefangen nahm. Schon nach den ersten Sätzen saßen alle mit vorgestreckten Hälsen und die Augen fest auf den Prediger geheftet ganz still und regungslos da.

Und wie es immer geht, wenn der Mensch frei und offen zum Menschen spricht, wurden die Zuhörer von ihm angezogen, und sie räumten ihm von dem Augenblick an einen Platz in ihrem Herzen ein. Die Armen von den Waldkaten und die Angesehenen aus den Bergmannshöfen verstanden, dass er ihnen dieses anvertraute, damit auch sie ihm Vertrauen um Vertrauen geben sollten. Sie hörten ihm mit einer so gespannten Aufmerksamkeit zu, wie noch nie vorher, sie waren gerührt und erfreut.

Er fuhr fort in der Erzählung seiner ersten tastenden Versuche in der Nachfolge Jesu, und er beschrieb das Hochzeitsfest in seinem Elternhause, wo die Freude dieser Welt über ihn gekommen war wie ein Rausch, sodass er an dem Tanze teilgenommen hatte.

»Nach dieser Nacht«, fuhr er fort, »herrschte viele Wochen lang dunkle Nacht in meiner Seele. Ich hatte meinen Erlöser verraten, das fühlte ich deutlich. Ich hatte es nicht vermocht, mit ihm zu kämpfen und zu wachen. Ach, ich war der Sklave der Welt, und deren Verlockungen hatten mich besiegt! Niemals würde ich den Himmel erben.«

Sehr viele Leute in der Kirche, die sich bei der Schilderung seiner Angst tief ergriffen fühlten, fingen an zu weinen. Der Mann dort oben auf der Kanzel hatte sie ganz und gar in seiner Macht. Sie fühlten und litten und kämpften

141

mit ihm.

»Mein Freund Friman«, fuhr er fort, »versuchte mich zu trösten und mir zu helfen. Er sagte mir, in der Liebe Christi finde sich Rettung, aber meine Seele konnte sich nicht dazu aufschwingen, meinen Erlöser zu lieben. Ich verehrte alle geschaffenen Dinge mehr als den Schöpfer.

Dann mitten in meiner schlimmsten Not stand in einer Nacht plötzlich Jesus vor mir. Ich schlief nicht. In jener Zeit konnte ich weder bei Nacht noch bei Tag Schlaf finden. Aber Bilder, gleich solchen, die man im Schlafe sieht, zogen oft an meinen Augen vorüber. Ich wusste jedoch, dass sie nur durch meine große Müdigkeit hervorgerufen wurden, und so legte ich ihnen keinerlei Bedeutung bei.

Doch nun plötzlich tauchte ein Bild vor mir auf, das sehr klar und deutlich war und nicht im nächsten Augenblick verschwand, sondern ruhig stehenblieb. Ich sah einen See mit schimmerndem blauen Wasser, an dessen Ufer eine große Schar Menschen versammelt war. Mitten in dem großen Haufen saß ein Mann mit langem, lockigem Haar und tiefen, traurigen Augen, der mit der Menge zu reden schien, und sobald ich dieses gewahr wurde, wusste ich, dass es Jesus war.

Und seht, ein junger Mann trat vor, verbeugte sich tief vor Jesus und stellte eine Frage an ihn.

Ich konnte zwar die Worte nicht hören, aber ich wusste, der junge Mann war der reiche Jüngling, von dem im Evangelium erzählt wird, dass er den Meister fragte, was er tun müsse, um das ewige Leben zu erlangen.

Ich sah, wie Jesus einige Worte mit ihm wechselte, und ich wusste auch, was er zu ihm sagte. Jesus sagte, er müsse die zehn Gebote Gottes halten.

Aber der junge Mann verbeugte sich noch einmal vor dem Meister und lächelte selbstgefällig. Und da wusste ich, was er erwiderte. Er sagte, das alles habe er von seiner Jugend an gehalten.

Doch Jesus ließ seinen Blick lang und prüfend auf ihm ruhen, und dann sagte er nochmals ein paar Worte. Und auch diesmal wusste ich, was Jesus sagte.

›Willst du vollkommen sein, so gehe hin und verkaufe alles, was du hast, und gib es den Armen, dann wirst du einen Schatz im Himmel haben. Und dann komm und folge mir nach.‹

Da wendete sich der junge Mann von Jesus weg und ging fort. Und ich wusste, dass er betrübt war, denn er hatte viele Güter.

Aber als der reiche Jüngling davonging, sah Jesus ihm lange nach.

Und in diesem Blick las ich ein großes Mitleid und eine große, große Liebe. Ach, meine Zuhörer, einen so himmlischen Ausdruck sah ich darin – mein Herz klopfte laut vor Freude, und das Licht kehrte in meine verdunkelte Seele zurück. Ich sprang auf, ich wollte selbst zu Jesus hinstürzen und ihm sagen, dass ich ihn jetzt von ganzer Seele liebe. Jetzt war mir die ganze Welt gleichgültig. Ich begehrte nichts weiter, als ihm zu folgen.

Die Erscheinung verschwand, als ich mich bewegte, aber die Erinnerung daran verschwand nicht, meine Freunde und Zuhörer, nein, die Erinnerung verschwand nicht.

Am nächsten Tage ging ich zu meinem Freund Pontus Friman und fragte ihn, was wohl Jesus von mir verlange, denn ich hätte ja keine Güter, die ich ihm geben könne.

Da sagte Pontus Friman, Jesus wünsche offenbar, ich solle ihm alle die Ehren und Auszeichnungen opfern, die ich durch meine Gelehrsamkeit später gewinnen könne, und dafür soll ich ein geringer und armer Diener Christi werden.

Und so warf ich alles andere auf die Seite und wurde Pfarrer, um mit den Menschen von Christus und von seiner Liebe zu reden.

Ihr aber, meine Zuhörer, betet für mich, denn ich muss in dieser Welt leben, wie ihr alle auch, und die Welt will mich verlocken, und ich bebe und habe Angst, sie könnte meine Liebe von Christus abziehen und mich zu einem falschen Propheten machen!«

Zugleich faltete er seine Hände; vor ihm schienen alle Versuchungen und alle Angst wieder aufzutauchen, die auf ihn lauerten, und bei dem Gedanken an seine eigene Schwachheit brach er in Tränen aus. Die Bewegung überwältigte ihn in solchem Grade, dass er nicht fortfahren konnte. Ein kurzes Amen war das Einzige, was er sagen konnte, dann sank er im Gebet zusammen.

Auch in der Kirche brachen die Zuhörer in lautes Schluchzen aus. Mit einer einzigen kurzen Predigt hatte Karl-Artur sich zum Liebling aller dieser Menschen gemacht. Sie hätten ihn am liebsten auf den Händen getragen, hätten sich ihrerseits für ihn opfern wollen, wie er sich jetzt seinem Heiland zum Opfer brachte.

Aber wie stark auch die Wirkung war, die von seinen Worten ausging, sie wäre doch nicht so ganz außerordentlich gewesen, wenn sich nicht gleich nachher das Verlesen der Aufgebote angeschlossen hätte.

Zuerst las der junge Geistliche einige gleichgültige Namen, denen niemand irgendeine weitere Bedeutung beilegte, aber plötzlich sah man ihn erbleichen und sich ein wenig über das Papier Vorbeugen, um zu sehen, ob er sich nicht getäuscht habe. Dann las er das Aufgebot mit leiser Stimme, wie wenn es nicht gehört werden sollte.

»In der Gemeinde wird zum ersten Male aufgeboten zwecks christlicher ehelicher Vereinigung der Hüttenbesitzer Gustav Henrik Schagerström und die hochwohlgeborene Jungfrau Charlotte Adriana Löwensköld. Mögen sie diesen Stand in christlicher Liebe führen und selig zu Gottes Lob vollenden!«

Doch es half Karl-Artur nichts, dass er mit leiser Stimme vorlas. In der totenstillen Kirche wurde jede Silbe deutlich vernommen.

Schagerström fühlte selbst, wie furchtbar es war. Da stand der Mann, der der Welt entsagen wollte, um Christi armer Nachfolger zu werden, und las vor, dass sich das von ihm geliebte Mädchen mit dem reichsten Manne des ganzen Landes verlobt hatte.

Den Menschen stieg die Schamröte ins Gesicht, sie wagten nicht, einander anzusehen. Als sie aus der Kirche gingen, sahen sie ganz bestürzt aus.

Schagerström aber fühlte sich noch viel unbehaglicher als alle die andern. Er hielt zwar seine äußere Ruhe aufrecht, aber in seinem Herzen sah es anders aus, und er dachte, er hätte sich kein bisschen verwundert, wenn die Leute ihn angespuckt oder mit Steinen nach ihm geworfen hätten.

Und er, der gemeint hatte, das Aufgebot sollte eine Genugtuung für Charlotte abgeben!

Ungeschickt und dumm hatte er sich zwar oft gefühlt, aber noch niemals in dem Grad wie an diesem Sonntag, als er durch den Mittelgang aus der Kirche hinausging.

3

Im ersten Augenblick dachte Schagerström daran, an Charlotte zu schreiben, um ihr alles zu erklären und sich zu entschuldigen. Aber er kam davon wieder ab, denn diesen Brief zu schreiben, das fiel ihm zu schwer. Statt dessen bestellte er Wagen und Pferde und begab sich auf den Weg nach Örebro.

Von Propst Forsius hatte er den Namen der alten Dame erfahren, die Frau Forsius und Charlotte zu besuchen beabsichtigten. Am Montagvormittag suchte er Charlotte in der Wohnung auf und erbat sich eine Unterredung.

Er bekannte sofort sein unpassendes Unternehmen, versuchte sich auch kaum zu entschuldigen, sondern erzählte nur, wie sich alles zugetragen hatte.

Und Charlotte? Ach, sie sank zusammen, beinahe wie wenn sie einen Todesstoß empfangen hätte. Um nicht zu Boden zu fallen, ließ sie sich auf einen kleinen, niedrigen Lehnstuhl sinken, und da blieb sie fast regungslos sitzen. Sie brach in keine Vorwürfe aus; dazu war ihr Schmerz viel zu groß und allzu wirklich.

Bis zu diesem Augenblick hatte sie sich doch immer eines sagen können: Wenn Karl-Artur mithilfe seiner Mutter auf andere Gedanken käme und das Band mit ihr aufs Neue anknüpfte, dann wäre ihre Ehre wiederhergestellt, und ihre jetzigen Widersacher würden verstehen, dass das Ganze nichts weiter als ein Streit unter Liebenden gewesen sei. Aber jetzt, nachdem sie mit Schagerström in der Kirche aufgeboten worden war, jetzt musste jedermann glauben, es sei tatsächlich ihre Absicht, den reichen Hüttenbesitzer zu heiraten.

Jetzt gab's keine Hilfe mehr. Eine Aufklärung war nicht mehr möglich. Sie war für ewige Zeiten entehrt. Immer und immer würde man sie für falsch und geldgierig halten.

Sie hatte ein unheimliches Gefühl, als werde sie wie ein gefesselter Gefangener irgendeinem Ziele zugeführt, das sie nicht kannte. Alles, was sie vermeiden wollte, das musste sie tun, alles, was sie zu verhindern suchte, gerade das musste sie fördern.

Es war wie verhext. Nein, es ging nicht mit rechten Dingen zu. Von dem Tag an, wo Schagerström zum ersten Mal um sie gefreit, hatte sie ihren freien Willen nicht mehr gehabt.

»Aber wer sind Sie denn, Herr Hüttenbesitzer?«, fragte sie plötzlich. »Warum treten Sie mir beständig in den Weg? Warum kann ich nicht von Ihnen loskommen?«

»Wer ich bin?«, entgegnete Schagerström. »Ja, das will ich Ihnen sagen, Fräulein Löwensköld. Ich bin der dümmste Kerl, der auf Gottes Erdboden herumläuft.«

Und das sagte Schagerström mit solch ehrlicher Überzeugung, dass der Schein eines Lächelns über Charlottes Gesicht hinflog.

»Schon vom ersten Mal an, da ich Sie, gnädiges Fräulein, in dem Stuhle der Propstei in der Kirche sah, habe ich Ihnen helfen und Sie glücklich machen wollen; aber nun hab' ich im Gegenteil nur Schmerz und Kummer über Sie gebracht.«

Das Lächeln war schon wieder aus Charlottes Gesicht verschwunden. Sie saß noch immer still und blass und mit herunterhängenden Armen auf dem niederen Sessel. Ihre starren Augen schienen nichts anderes sehen zu können als das schreckliche Unglück, das er über sie gebracht hatte.

»Fräulein Löwensköld, ich gebe Ihnen hiermit die ausdrückliche Erlaubnis, am nächsten Sonntag das Aufgebot einstellen zu lassen«, fuhr Schagerström fort. »Sie wissen, dass ein Aufgebot erst gesetzlich in Kraft tritt, wenn es dreimal nacheinander in derselben Kirche von der Kanzel verkündigt worden ist.«

Charlotte machte eine kleine Bewegung mit der Hand, als wenn sie sagen wollte, diese Erlaubnis habe jetzt keine Bedeutung mehr. Ihr Ansehen sei zerstört und könne nicht mehr gerettet werden.

»Und ich verspreche Ihnen, Fräulein Löwensköld, Ihnen nicht mehr in den Weg zu treten, bis Sie mich selbst rufen.«

Er wendete sich der Tür zu. Doch da war noch etwas, was er ihr sagen wollte, und dieses forderte allerdings mehr Selbstüberwindung als alles, was vorhergegangen war.

»Ich will noch eines hinzufügen«, begann er. »Fräulein Löwensköld, ich fange an, Sie zu verstehen. – Ich hatte mich etwas darüber verwundert, dass Sie den jungen Ekenstedt so innig lieben und sich um seinetwillen all dieser Verleumdung und Verfolgung ausgesetzt haben, denn dass Sie nur an ihn denken, das ist mir völlig klar. Seit gestern jedoch, seit ich ihn in der Kirche predigen hörte, verstehe ich, dass er geschützt werden muss. Er ist zu etwas Großem bestimmt.«

Schagerström erhielt seine Belohnung. Sie warf ihm einen Blick zu, und ein leichtes Rot färbte ihre Wangen.

»Danke!«, sagte sie. »Ich danke Ihnen, Herr Hüttenbesitzer, dass Sie verstehen.«

Darauf versank sie indes wieder in Hoffnungslosigkeit. Nun konnte er nichts weiter tun. Er verbeugte sich tief und verließ das Zimmer.

Die Armenversteigerung

Ein Unglück kommt selten allein, es hat doch immer ein kleines Glück im Schlepptau, heißt es, und was Charlotte Löwensköld betrifft, so schenkte ihr das Liebesleid und das Verschmähtsein gerade das, was ihr noch fehlte, um wirklich liebenswert zu sein.

Die tiefe Schwermut verjagte für alle Zeiten aus ihrem Benehmen, was allzu keck, allzu ausgelassen gewesen war. Über ihre Stimme, ihre Bewegungen, ihre Gesichtszüge kam eine gewisse stille Würde. Den Augen schenkte sie jenen sehnsüchtigen Glanz, jene rührende, verhaltene Glut, die von verscherztem Glück erzählt. Dieses traurige, entzückende Geschöpf musste, wohin es auch immer kam, Interesse, Teilnahme, Zärtlichkeit erwecken.

Am Dienstagvormittag waren Charlotte und Frau Forsius von Örebro zurückgekehrt, und schon an demselben Nachmittag kam die Jugend von dem naheliegenden Hüttenwerk nach der Propstei. Unter diesen liebenswürdigen Menschen hatte Charlotte Freunde, die ebenso wie Frau Nyman auf Gammalhyttan durchaus nicht an Charlottes Falschheit und Hinterlist glauben wollten. Jetzt brauchten sie nur zu sehen, um zu verstehen, dass sie von einem schweren Leid betroffen worden war. Sie stellten indes keine Fragen, erlaubten sich keine Andeutungen in Beziehung auf die bevorstehende Hochzeit, sondern suchten nur so freundlich und herzlich gegen sie zu sein, wie es überhaupt möglich war.

Tatsächlich waren sie indes durchaus nicht gekommen, um ihr nach dem Aufgebot in der Kirche zu gratulieren, nein, sie hatten ein ganz anderes Anliegen. Als sie aber jetzt Charlottes schweren Kummer sahen, wussten sie kaum, ob sie damit herausrücken dürften.

Allmählich aber konnten sie es doch nicht verschweigen. Es handelte sich um die Elin des Händlers Matt, das Mädchen mit dem Muttermal und den zehn Geschwistern. Elin war am Vormittag gleich nach dem Frühstück nach

Holma gekommen und hatte der gnädigen Frau ihr Leid geklagt, weil ihre Mutter ihre kleinen Geschwister in der Gemeinde öffentlich ausbieten, das heißt durch eine Versteigerung dem zuschreiben lassen wollte, der von der Gemeinde den geringsten Preis für ihren Unterhalt verlangte.

Elin und ihre Geschwister hatten bisher vom Bettel gelebt. Was hätten diese blutarmen Tröpfe sonst unternehmen sollen? Jetzt aber waren die Menschen dieser großen Schar hungriger Mägen, die von Hof zu Hof zogen, überdrüssig geworden, und der Gemeinderat im Kirchspiel hatte beschlossen, die Kinder versteigern zu lassen, wodurch sie auf den verschiedensten Höfen untergebracht würden.

Man hatte also eine Art Versteigerung angekündigt, wo die, so eines oder mehrere der Kinder übernehmen wollten, ihr Angebot machen konnten.

»Und die gnädige Frau weiß schon, wie es dabei zugeht«, hatte Elin gesagt. »Man will nur herausbringen, wer die Kinder zu dem billigsten Preis übernehmen will, damit der Gemeinde keine großen Unkosten entstehen. Kein Mensch denkt daran, ob sie auch eine ordentliche Pflege erhalten und anständig erzogen werden.«

Die arme Elin, die bisher die Verantwortung für die Geschwisterschar gehabt hatte, war ganz außer sich gewesen. Sie hatte gesagt, wer bei solchen Auktionen Kinder steigere, das seien nur arme Kätner, die billige Hirten für ihre Schafe und Ziegen brauchten, oder auch eine billige Hilfe im Hause zur Unterstützung der abgerackerten Hausfrau. Ihre kleinen Geschwister müssten dann ebenso schaffen und sich abschinden wie richtige Dienstboten, niemand schone solche Auktionskinder. Sie müssten für das, was sie erhielten, volles Genüge leisten. Eines der Geschwister, das jüngste, sei erst drei Jahre alt, diese Kleine könne ja natürlich weder die Schafe hüten noch im Haushalt helfen. Sie müsste wohl verhungern, denn sie könne sich ja unmöglich schon irgendwie nützlich machen.

Aber am allermeisten hatte Elin darüber geklagt, dass die Geschwister nach allen Seiten hin zerstreut würden. Jetzt hielten sie innig zusammen und liebten einander herzlich, aber in wenigen Jahren schon würden sie weder ihre Elin, die älteste Schwester, noch sich untereinander mehr kennen. Und wer würde ihnen von nun an Ehrlichkeit und Wahrheitsliebe einpflanzen, wie sie es bisher immer getreulich versucht hatte.

Die gnädige Frau auf Holma hatte bei den Klagen des armen Mädchens eine tiefe Rührung überkommen; sie hatte sich jedoch außerstande gesehen, helfend einzugreifen. Auf den Hügeln des Hüttenwerks rings um Holma gab es schon zu viele kleine Kinder, deren sie sich annehmen musste. Aber sie hatte doch zwei ihrer Töchter zu der Armenversteigerung geschickt, die im Laufe dieses Tages noch im Kirchspiel stattfinden sollte, damit man doch wenigstens erführe, wer die armen kleinen Schelme ersteigere.

Als die beiden Mamsellen von Holma ins Gemeindehaus gekommen waren, hatte die Versteigerung eben begonnen. Auf einer Bank weit vorne in dem Raume saßen die armen Kinder, die älteste Schwester in der Mitte mit dem Dreijährigen auf dem Schoß, die anderen um die große Schwester her. Sie hatten nicht laut geklagt; nur ein leises ununterbrochenes Jammern war von ihrem Platze hergedrungen. Wie sie so zerlumpt und verhungert da auf der Bank saßen, musste man unwillkürlich denken, sie könnten es kaum noch schlimmer bekommen, als sie es schon vorher hatten; aber was ihnen jetzt bevorstand, hielten sie offenbar für den Gipfel des Elends.

Ringsum an den Wänden saß allerlei armes Volk, wie man es bei einer solchen Versteigerung nicht anders erwarten konnte. Nur vorne an dem Tisch des Vorstands sah man einige Mitglieder des Gemeinderats, ein paar Vollbauern und einige Hufenbesitzer des Hüttenwerks, die die Auktion beaufsichtigen sollten, damit alles ordentlich zuging und die Kinder wohlmeinenden bekannten Leuten übergeben würden.

Das älteste der Kinderschar, ein magerer, aufgeschossener Junge, stand eben am Tisch, zum allgemeinen Beschauen aufgestellt. Der Versteigerer hatte ihn als Hirtenjungen und Holzhacker ausgeboten, und eine, nach ihren Kleidern zu urteilen, sehr arme Frau trat nun vor, um besser zu sehen, was er wohl leisten könnte.

Weiter war man also noch nicht gekommen, als Karl-Artur Ekenstedt eintrat. Er blieb auf der Schwelle stehen und schaute sich im Zimmer um, dann hob er die Arme zum Himmel empor und rief: »O mein Gott, wende dein Antlitz von uns ab! Sieh nicht an, was hier vorgeht!«

Dann trat er zu den gestrengen Männern am Vorstandstisch.

»Ich bitte euch, meine Mitchristen«, sagte er, »begehet keine solche große Sünde! Lasst uns nicht Menschen in Sklaverei verkaufen!«

Alle Anwesenden waren über dieses Auftreten aufs Höchste bestürzt. Die arme Frau zog sich schnell vom Tische nach der Tür zurück. Die Männer vom Gemeinderat traten ein wenig vor, wichen aber auch verlegen wieder in die Bänke zurück. Es sah indes fast so aus, als ob sie die ungehörige Einmischung des Geistlichen in die Angelegenheiten der Gemeinde mehr missbilligten als ihre eigenen Vorkehrungen. Schließlich stand einer von ihnen auf.

»Dies ist ein Gemeinderatsbeschluss«, sagte er.

Der junge Pfarrer stand da, schön wie ein Gott, mit zurückgeworfenem Kopf und glänzenden Augen. Er sah sicherlich nicht aus, als ob er vor einem Gemeinderatsbeschluss zurückzuweichen gedächte.

»Ich bitte den Hufenbesitzer Aron Månsson, die Auktion einstellen zu lassen.«

»Der Herr Doktor Ekenstedt hörte ja aber, dass die Auktion durch Gemeinderatsbeschluss vor sich geht.«

Karl-Artur wandte sich mit einem Schulterzucken von dem Manne weg. Er legte seine Hand auf die Schulter des ausgebotenen Jungen.

»Ich kaufe ihn«, sagte er. »Ich mache ein so niederes Angebot, dass niemand unterbieten kann. Ich biete mich an, ohne irgendeine Vergütung von der Gemeinde für den Jungen zu sorgen.«

Der Hufenbesitzer Aron Månsson stand auf, aber Karl-Artur sah nicht nach ihm hin.

»Es braucht nicht weiter ausgerufen zu werden«, sagte Karl-Artur zu dem Versteigerer. »Ich biete für alle Kinder auf einmal und zu demselben Preis.«

Jetzt standen alle Anwesenden auf. Nur Elin und ihre Geschwister blieben ganz regungslos sitzen; sie waren nicht fähig, zu begreifen, was hier vorging.

Der Hufenbesitzer Aron Månsson machte nun Einwendungen.

»Das ist dann die alte Geschichte«, sagte er. »Wir haben diese Vorkehrung getroffen, damit der ewigen Bettelei ein Ende gemacht wird.«

»Die Kinder werden nicht mehr betteln.«

»Wer bürgt uns dafür?«

»Jesus Christus, er, der sagte: Lasset die Kinder zu mir kommen! Er wird Bürge für alle Kleinen hier.«

Als er dies sagte, lag eine solch befehlende Kraft und Hoheit über der Person des jungen Geistlichen, dass der gestrenge Hufenbesitzer keine Worte der Erwiderung fand.

Nun trat Karl-Artur zu der Kinderschar.

»Geht jetzt, Kinder!«, sagte er. »Lauft nach Hause! Ich hab' euch ersteigert.«

Noch immer wagten sie sich nicht zu rühren. Doch da nahm Karl-Artur das Kleinste von Elins Schoß, und mit dem Dreijährigen auf dem Arm und die andern zehn dicht hinter sich verließ er das Gemeindehaus.

Niemand legte ihm etwas in den Weg. Mehrere der Kauflustigen hatten sich beschämt und verschüchtert schon entfernt.

Aber als die beiden Schwestern nach Hause gekommen waren und ihrer Mutter den ganzen Vorgang berichtet hatten, war die gnädige Frau tief bewegt gewesen, und sie hatte erklärt, es müsse etwas geschehen, um dem jungen Pastor mit seinen vielen Schützlingen zu j helfen. Sie meinte, man solle eine Sammlung veranstalten zum Bau j eines Kinderheimes, und das war der Grund, warum die beiden Fräulein in die Propstei gekommen waren. Sie hatten Charlotte erzählen wollen, wie alles zugegangen war.

In dem Augenblick, wo die Erzählung zu Ende war, stand Charlotte auf und verließ weinend das Zimmer. Sie musste rasch in ihre eigene Stube gehen, um sich da auf die Knie niederzuwerfen und Gott zu danken.

Wovon sie so lange geträumt hatte, war also nun in Erfüllung gegangen. – Karl-Artur hatte als ein Führer vor den Leuten gestanden, als ein Bahnbrecher, der die Menschen auf die Wege Gottes führt.

Der Triumph

Ein paar Tage später trat die Frau Propst Forsius eines Vormittags in das Zimmer ihres Mannes, wo er eben an seinem Schreibtisch saß.

»Komm, Alter, geh einmal ins Esszimmer, dann wirst du etwas Schönes sehen!«

Der alte Herr stand sofort auf und ging ins Esszimmer. Da sah er Charlotte, die mit einer Stickerei in der Hand an einem der Fenster saß.

Aber sie arbeitete nicht, sondern ließ die Hände müßig im Schoß ruhen und sah unverwandt durchs Fenster hinaus nach dem Seitenflügel, worin Karl-Artur seine Wohnung hatte. Ein ununterbrochener Strom von Besuchern bewegte sich an diesem Tage von dem Hoftor nach dem Flügel, und dieser Anblick hielt Charlottes Blick gefesselt.

Der Propst musste erst noch nach seiner Brille suchen, die aber wohlverwahrt in seinem eigenen Zimmer aufgehoben war. Währenddem betrachtete er Charlotte, die mit einem freundlichen Lächeln alles genau beobachtete, was drüben im Flügel vor sich ging. Eine schwache Röte färbte ihre Wangen, und ihre Augen leuchteten in stiller Begeisterung. Sie bot in der Tat einen schönen Anblick.

Als sie des Propstes Nähe im Zimmer fühlte, sagte sie ein paar Worte.

»Die Leute gehen den ganzen Tag bei Karl-Artur ein und aus!«

»Jawohl«, erwiderte der alte Herr trocken. »Sie lassen ihn keinen Augenblick in Ruhe. Nächstens muss ich meine Kirchenbücher wieder selbst führen.«

»Die da eben hineinging, ist die Tochter von Aron Månsson. Sie trug einen Butterkübel in der Hand.«

»Ja, ich verstehe, es soll wohl eine Hilfe für die vielen Kinder sein.«

»Alle Menschen lieben ihn«, fuhr Charlotte fort. »Ich wusste es ja, dass das einmal so kommen würde.«

»O ja, wenn man jung und schön ist«, versetzte der alte Herr, »dann ist es nicht schwer, die Weiber zum Weinen zu bringen.«

Doch Charlotte ließ sich in ihrer Bewunderung nicht irremachen.

»Vorhin sah ich einen der Schmiede von Holma daherkommen und zu Karl-Artur hineingehen. – Weißt du, Onkel, einen von den Pietisten, die nie in die Kirche gehen und keinen von den gewöhnlichen Pfarrern hören wollen.«

»Was du nicht sagst!«, rief der Propst, der nun wirkliches Interesse zeigte. »Hat er diesen Erzblock bewegen können? Wahrhaftig, Mädchen, nun glaub' ich in der Tat, dass noch etwas aus ihm werden kann!«

»Ich muss immer an die Frau Oberst denken«, sagte Charlotte. »Wie glücklich wäre sie, wenn sie das sehen könnte!«

»Ich weiß nicht gerade, ob es diese Art Erfolg ist, wovon sie in Beziehung auf ihren Sohn geträumt hat.«

»Er macht die Leute besser. Mehrere von denen, die von ihm herauskommen, weinen und wischen sich die Tränen von den Augen. Marie Luises Mann ist auch drinnen gewesen. Denk' nur, Onkel, wenn Karl-Artur ihm helfen könnte! Wäre das nicht herrlich?«

»Gewiss, gewiss, Charlotte. Das beste von allem ist aber doch, dass es dir Freude macht, hier zu sitzen und die Leute dort drüben aus und ein gehen zu sehen.«

»Während ich hier sitze, denke ich mir aus, worüber sie wohl mit ihm reden, und mir ist, als höre ich, was er zu ihnen sagt.«

»Ja, ja, das ist recht, mein Kind. Aber weißt du was? Ich habe gewiss meine Brille drinnen bei mir.«

»Wäre dies nicht gekommen, dann würde alles ganz unbegreiflich sein«, nahm Charlotte wieder das Wort. »Dann wäre ich in keiner Weise dafür belohnt worden, dass ich ihn zu schützen versucht habe. Aber jetzt begreife ich den Sinn, der darin lag.«

Der alte Herr ging rasch hinaus. Das Mädchen hatte ihn beinahe zum Weinen gebracht.

»Was in aller Welt sollen wir nur mit ihr anfangen?«, murmelte er. »Sie ist doch hoffentlich nicht auf dem Wege, den Verstand zu verlieren.«

Wenn aber Charlotte schon an den Werktagen Karl-Arturs Triumph genoss, wie viel mehr Grund zur Freude hatte sie, als der Sonntag herankam!

Da wimmelte es auf allen Wegen von Menschen, gerade wie bei einem Besuch des Königs. Zu Wagen und zu Fuß kamen sie in einem ununterbrochenen Strom daher. Es war klar, das Gerücht von der Predigtweise des jungen Pastors, von seiner Frömmigkeit und seiner Kraft hatte sich wie ein Lauffeuer durchs ganze Kirchspiel verbreitet.

»Die Kirche kann die Leute gar nicht alle fassen«, sagte die Frau Propst. »Keine Katze ist daheim geblieben, wie man sagt. Wenn nur kein Brand ausbricht, solange die Höfe alle leerstehen.«

Der Propst war nicht recht zufrieden. Offenbar war eine religiöse Erweckung im Anzug, und er hätte auch nichts dagegen gehabt, wenn er nur überzeugt gewesen wäre, dass Karl-Artur der rechte Mann dazu sei, die angezündete Flamme brennend zu erhalten. Doch um Charlotte nicht zu kränken, die sich wie in einer Verzückung befand, ließ er nichts von seinen Befürchtungen laut werden.

Die beiden alten Leute fuhren in die Kirche, und es wurde als selbstverständlich angenommen, dass Charlotte nicht mitkam. Am Freitag hatte Charlotte von der Frau Oberst ein Briefchen bekommen, worin sie das junge Mädchen bat, noch einige Tage auszuhalten, und demzufolge hatte diese von Schagerströms Erlaubnis, das Aufgebot einzustellen, keinen Gebrauch gemacht. Herr und Frau Forsius fürchteten indes, alle diese Menschen, die Karl-Artur geradezu anbeteten, könnten sich an Charlotte vergreifen, und deshalb ließen sie sie zu Hause.

Aber sobald der Wagen um die Gartenecke verschwunden war, setzte Charlotte den Hut auf, warf die Mantille über und ging zu Fuß in die Kirche. Sie konnte der Lust nicht widerstehen, Karl-Artur auf die neue kraftvolle Weise, womit er die Herzen aller Menschen gewonnen hatte, predigen zu hören. Nein, sie konnte sich die Freude nicht versagen, Zeuge von all der Verehrung zu sein, die ihn jetzt umgab.

Es gelang ihr, sich in der Kirche in eine der hintersten Bänke hineinzudrängen, und da saß sie nun in atemloser Spannung und Erwartung, bis Karl-Artur endlich auf der Kanzel erschien.

Sie verwunderte sich über den ungezwungenen Ton, womit er zu den Zuhörern redete. Es war, als wenn er nur mit einer Schar Freunde eine Unterredung führte. Er gebrauchte nicht ein einziges Wort, das nicht alle diese einfachen Leute verstehen konnten, und er vertraute ihnen seine Kämpfe und seine Schwierigkeiten an, wie wenn er bei ihnen Rat und Hilfe suchen wollte.

An diesem Tag hatte Karl-Artur über das Gleichnis Jesu von dem ungetreuen Haushalter zu predigen. Charlotte wurde es etwas ängstlich zumute, als sie hörte, über welchen schweren Text er predigen musste. Sie hatte schon viele Pfarrer gerade von diesem Text sagen hören, dass er dunkel und schwer zu deuten sei. Der Anfang und der Schluss scheinen gar nicht zusammenzugehören. In der stark verkürzten Form, worin das Gleichnis wiedergegeben sei, liege vielleicht der Grund, warum die heutigen Menschen es nicht mehr verstünden. Charlotte hatte dieses Gleichnis auch noch niemals auf zufriedenstellende Weise erklären hören. Sie hatte die einen Pfarrer über den Anfang und andere Pfarrer über den Schluss predigen hören, aber einen, dem es gelungen war, dem Gleichnis Deutlichkeit und Zusammenhang zu verleihen, hatte sie noch nie angetroffen.

Alle Menschen in der Kirche dachten fast dasselbe, und das ist sehr begreiflich.

›Er predigt gewiss von etwas ganz anderem‹, dachte man. ›Dieser Text ist ihm zu unbequem. Er wird es machen wie am letzten Sonntag.‹

Aber mit größtem Mut und voller Zuversicht machte sich der junge Pfarrer an den gefährlichen Text und gab ihm Sinn und Bedeutung. Von einer heiligen Eingebung geleitet, verlieh er dem Gleichnis seine ursprüngliche Schönheit und seine geheimnisvolle Tiefe. Es war, wie wenn man von einem alten Gemälde den hundertjährigen Schmutz wegwäscht und dann ein Meisterwerk vor sich hat.

Je länger Charlotte zuhörte, desto bestürzter wurde sie.

›Woher kommt ihm das alles?‹, dachte sie. ›Er ist es nicht, der da redet.

Gott leiht ihm seine Stimme und redet durch ihn!‹

Ja, der Propst selbst lauschte mit der Hand hinter dem Ohr, damit ihm kein Wort entgehe. Charlotte sah es, und sie sah auch noch mehr. Die älteren Männer in der Kirche, solche, die sich noch gerne mit Tiefem und Ernstem beschäftigten, waren offenbar die alleraufmerksamsten Zuhörer. Und nun wusste Charlotte eines: Von nun an würde man sich wohl hüten, zu sagen, Karl-Artur predige für die Frauen, und sein schönes Aussehen sei ihm dabei eine große Hilfe.

Alles war vollkommen. Charlotte war glücklich. Sie fragte sich, ob das Leben je wieder so herrlich, so reich werden könne, wie es in diesem Augenblick war.

Das Merkwürdigste an Karl-Arturs Predigt war vielleicht, dass sich den Menschen, während er redete, Frieden und Vergessen aller ihrer Sorgen ins Herz senkte. Sie fühlten sich unter der Führung eines guten, weisen Menschen. Es wurde ihnen nicht angst gemacht, nein, sie wurden emporgehoben. Viele von ihnen legten in ihrem Herzen ein Gelübde ab, das sie später getreulich zu erfüllen suchten.

Es war indes nicht die Predigt selbst, so schön und erhaben sie auch war, die an diesem Sonntag den stärksten Eindruck auf die Kirchgänger machte. Es war auch nicht die Verkündigung der Aufgebote. Als das Charlotte angehende Aufgebot vorgelesen wurde, hörte man es zwar mit großem Missfallen an, aber man hatte ja im Voraus gewusst, dass es kommen würde. Nein, es war etwas ganz anderes.

Charlotte hatte versucht, die Kirche sofort nach Schluss der Predigt zu verlassen, was ihr aber nicht gelang, weil die Kirche gedrängt voll war; sie musste also noch während der ganzen Liturgie an ihrem Platze bleiben. Als sich dann die Leute allmählich dem Ausgange zuwendeten, wollte Charlotte den anderen abermals zuvorkommen. Aber auch das gelang ihr nicht. Niemand machte ihr Platz. Man sagte zwar nichts zu ihr, aber man erwies ihr auch keine Rücksicht.

Plötzlich fühlte sie, dass sie von Feinden umgeben war. Mehrere von ihren Bekannten wichen ihr aus. Eine einzige trat zu ihr, und das war ihre tapfere Schwester, Frau Doktor Romelius.

Als die beiden endlich die Kirchentür hinter sich hatten, blieben sie noch einen Augenblick beieinander stehen.

Auf dem Wege vor der Kirche hatten sich mehrere der jungen Herren des Kirchspiels aufgestellt. In den Händen hielten sie Sträuße aus Disteln, gelbem Laub und verdorrten Gräsern, die sie in aller Eile vor der Kirchhofmauer gesammelt hatten. Ihre Absicht war nicht zu verkennen; sie wollten diese Sträuße Charlotte als Gratulation zur Verlobung überreichen. Der große Hauptmann Hammarberg stand etwas weiter vor als die andern. Man hielt ihn im ganzen Kirchspiel für den witzigsten, boshaftesten Menschen; jetzt räusperte er sich, um einen passenden Glückwunsch vorzubringen.

Die Kirchgänger hatten einen dichten Kreis um die jungen Herren gebildet. Man freute sich darauf, zu hören, wie das junge Mädchen, das ihren Bräutigam für Geld und Gut im Stiche gelassen hatte, beschimpft und lächerlich gemacht würde, ja, man lachte schon im Voraus. Hammarberg würde sie sicher nicht schonen.

Es sah aus, als sei Frau Doktor Romelius ängstlich geworden. Sie wollte ihre Schwester wieder mit sich in die Kirche hineinziehen, aber diese weigerte sich.

»Es hat nichts zu bedeuten«, sagte sie. »Jetzt hat nichts mehr etwas zu bedeuten.«

Langsam kamen die beiden Schwestern den Herren näher, die auf sie warteten und ihre Gesichter schon zu einem freundlichen Lächeln verzogen hatten.

Doch ganz plötzlich kam Karl-Artur eiligst auf Charlotte und j Frau Doktor Romelius zugelaufen. Er war eben vorbeigegangen, hatte ihre missliche Lage bemerkt und kam ihnen nun zu Hilfe.

Er bot der älteren Schwester den Arm, lüftete den Hut vor den gratulierenden Herren, forderte sie durch eine leichte Handbewegung auf, doch von ihrem Vorhaben abzulassen, und führte die beiden Schwestern wohlbehalten hinunter auf die Landstraße. Aber dieses Vorgehen war etwas, das man nicht alle Tage zu sehen bekam. – Karl-Artur hatte Charlotte in Schutz genommen, und das war ein sehr schöner Zug von ihm. Von diesem ganzen Sonntag blieb dies eine den Menschen am lebhaftesten in Erinnerung.

Die Strafpredigt an den Gott der Liebe

Am Montagvormittag wanderte Charlotte nach dem Kirchdorf, um mit ihrer Schwester, Frau Doktor Romelius, zu sprechen. Die Frau Doktor interessierte sich, wie die meisten aus der Familie Löwensköld, in hohem Grade für übernatürliche Dinge. Sie pflegte zu erzählen, sie habe mitten am helllichten Tage Verstorbene draußen auf der Straße gehen sehen, und es gab kaum eine noch so tolle Spukgeschichte, die sie nicht geglaubt hätte. Charlotte, die anders veranlagt war, hatte bisher immer nur über die Geschichten der Schwester gelacht, jetzt suchte sie diese aber doch auf, um deren Ansicht über die Rätsel, die sie Tag und Nacht beschäftigten, zu hören.

Nach dem unangenehmen Auftritt vor der Kirchentür war in dem jungen Mädchen wieder das Bewusstsein ihres eigenen Unglücks erwacht. Wie an jenem Tage, wo Schagerström in Örebro ihr von dem Aufgebot berichtete, hatte sie auch jetzt wieder das Gefühl, von unbekannten Mächten eingefangen und fortgeschleppt zu werden. Sie war verzaubert, fühlte sich von irgendeinem dunklen, bösgesinnten Wesen verfolgt, das sie von Karl-Artur getrennt hatte und noch immer neues Unglück über sie heraufbeschwor.

Das junge Mädchen, das sich in diesen Tagen immerfort matt und von einer unerklärlichen Müdigkeit bedrückt fühlte, ging langsam und mit niedergeschlagenen Augen ihres Weges nach dem Kirchdorfe dahin.

Die Leute, die sie sahen, nahmen wohl an, sie sei von Gewissensbissen geplagt und wage es nicht, ihnen in die Augen zu sehen.

Mit großer Anstrengung erreichte Charlotte schließlich doch die Dorfstraße und schleppte sich gerade an der hohen Hecke, die das Haus des Organisten umgab, vorbei, als sich die Tür des Vorgartens öffnete. Sie hörte, dass jemand auf den Weg herauskam und in ihrer Richtung weiterging.

Unwillkürlich schaute sie auf. Es war Karl-Artur, und vor lauter Erregung, hier ohne Zeugen mit ihm zusammenzutreffen, blieb sie ganz still stehen. Aber ehe Karl-Artur sie erreicht hatte, wurde aus dem Garten eine Stimme laut, die ihn zurückrief.

Das Wetter war jetzt nicht mehr so beständig schön wie den ganzen Sommer hindurch. Kleine heftige Regenschauer ergossen sich zu allen Tageszeiten, und Frau Sundler, die hinter dem Waldhügel eine Wolke aufsteigen und schon ein paar Regentropfen hatte fallen sehen, kam mit ihres Mannes großem Regenmantel über dem Arm durch den Vorgarten gelaufen, um ihn Karl-Artur anzubieten.

Als Charlotte am Gittertor vorbeiging, half Frau Sundler ihm eben beim Umlegen des Regenmantels.

Die beiden standen nur ein paar Schritte von dem jungen Mädchen entfernt, und dieses konnte es nicht vermeiden, sie zu sehen. Frau Sundler knöpfte Karl-Artur eben den Mantel zu, und er lachte sie in seiner jungenhaften Art an, weil sie so besorgt um ihn war.

Thea Sundler sah auch froh und unbefangen aus; in diesem allem fand sich keine Spur von Ungehörigkeit; aber Charlotte meinte doch, es sei ihr eine Offenbarung zuteilgeworden, als sie Thea Sundler auf diese Weise um Karl-Artur besorgt sah, wie eine Mutter oder Gattin.

›Sie liebt ihn‹, dachte Charlotte.

Sie beeilte sich, weiterzukommen, um nicht noch mehr sehen zu müssen. Aber einmal ums andere wiederholte sie in ihrem Herzen: ›Ja, gewiss, sie liebt ihn. Dass ich das nicht schon vorher verstanden habe! Das erklärt alles miteinander. Deshalb hat sie uns getrennt.‹

Darüber war sie sich indes sofort im Reinen, dass Karl-Artur nichts davon wusste. Er träumte immer weiter von seinem schönen Mädchen aus Dalarne. Allerdings verbrachte er jetzt alle seine Abende bei dem Organistenpaar; aber vermutlich war es der schöne Gesang und die Musik, die ihm dort geboten wurden, was ihn mehr als alles andere anzog. Außerdem brauchte er wohl jemand, bei dem er sich aussprechen konnte, und Thea Sundler war ja eine so alte Freundin der Familie.

Eigentlich hätte man wohl erwarten können, das junge Mädchen sei über ihre Entdeckung erschrocken oder betrübt gewesen, aber das war kaum der Fall. Statt dessen hob sie den Kopf, richtete ihren gebeugten Rücken auf und nahm ihre gewöhnliche gerade, elastische Haltung wieder an.

›Thea Sundler ist an dem ganzen Unglück schuld‹, dachte sie. ›Aber mit ihr werde ich schon fertig werden.‹

Sie fühlte sich wie eine Kranke, die schließlich herausgefunden hat, an welcher Krankheit sie eigentlich leidet, und überzeugt ist, nun endlich Heilung dafür finden zu können. Neue Hoffnung, neue Zuversicht erfüllte ihr Herz.

»Und ich hatte geglaubt, es sei jener unglückselige Ring, der wieder in der Familie spuke«, murmelte sie.

Sie meinte sich zu erinnern, ihren Vater einmal von einem Gelübde erzählen gehört zu haben, das die Familie Löwensköld Malwine Spaak, Thea Sundlers Mutter, abgelegt hätte, aber nicht gehalten habe, und dass der Familie darum ein schweres Strafgericht vorhergesagt worden sei. Nur um zu erfahren, wie es sich mit dieser Geschichte verhalte, war Charlotte Löwensköld jetzt zu ihrer Schwester unterwegs. Bis zu diesem Augenblick hatte sie ja in allem, was ihr in den letzten Wochen widerfahren war, etwas Unabwendbares, etwas Schicksalsschweres gesehen, das sich weder aufhalten noch abwenden lasse. Wenn aber die Tatsache, dass Thea Sundler Karl-Artur liebte, das ganze Unglück verschuldet hatte, dann konnte sie selbst Hilfe dafür finden.

Ganz plötzlich gab sie ihre Absicht, ihre Schwester aufzusuchen, auf, und so wendete sie sich wieder heimwärts. Nein, das passte ihr nicht. Sie wollte nicht glauben, dass es ein altes Strafgericht sei, gegen das sie kämpfen müsse. Sie wollte sich auf ihren eigenen Verstand, ihre eigene Kraft und ihre eigene Erfindungsgabe verlassen, ohne an ein so unbegreifliches Teufelszeug glauben zu müssen.

Als sie sich am Abend in ihrer Schlafstube auszog, blieb sie lange vor einem kleinen porzellanenen Amor stehen, der seinen Platz auf ihrer Schreibkommode hatte.

»Sie ist es also, die du diese ganze Zeit über beschützt hast«, sagte sie zu der kleinen Figur. »Du hast über sie deine Hand gehalten und nicht über mich. Ihretwegen, weil sie Karl-Artur liebt, musste Schagerström um mich werben, und alles das andere musste geschehen.

Ihretwegen mussten Karl-Artur und ich in Streit geraten, ihretwegen musste Karl-Artur um das Mädchen aus Dalarne werben, ihretwegen musste mir Schagerström den Blumenstrauß schicken, wodurch jede Versöhnung unmöglich gemacht wurde.

Ach, Amor, warum beschützest du ihre Liebe? Tust du es darum, weil sie unerlaubt ist? Ist es wahr, dass du eine solche Liebe, die nicht sein darf, mit den allergnädigsten Augen betrachtest?

Mein lieber Amor, du solltest dich schämen. Hier habe ich dich ab einen Wächter meiner Liebe aufgestellt, und du, du hilfst nur dieser anderen.

Weil Thea Sundler Karl-Artur liebt, hast du, ohne mich zu verteidigen, die Verleumdung, das Schmähgedicht, die Katzenmusik über mich hereinbrechen lassen.

Weil Thea Sundler Karl-Artur liebt, hast du mich Schagerström das Jawort geben, hast mich das Aufgebot verkündigen lassen, und du hast vielleicht auch im Sinn, uns vor dem Altar zu vereinigen.

Weil Thea Sundler Karl-Artur liebt, hast du uns alle nun so lange in Jammer und Entsetzen leben lassen. Du verschonst niemand. Die alten Leute hier und die Alten in Karlstadt, sie alle müssen leiden, und zwar nur, weil du diese kleine, dicke, fischäugige Organistenfrau beschützest.

Weil Thea Sundler Karl-Artur liebt, hast du mir mein Glück weggenommen. Ich glaubte, irgendein grausiger Troll wolle meinen Untergang, aber du allein warst es, du, Amor, niemand anders als du!«

Im Anfang hatte Charlotte in scherzhaftem Ton gesprochen, aber von allen den grausamen Schicksalsschlägen, die sie sich ins Gedächtnis zurückrief, überwältigt, fuhr sie in höchster Erregung zitternd fort:

»O du Gott der Liebe, hab' ich dir denn nicht bewiesen, dass ich lieben kann? Ist ihre Liebe dir angenehmer als die meinige? Bin ich nicht ebenso treu? Brennt in ihrem Herzen etwa eine stärkere, reinere Flamme als in dem meinigen? Ach, Amor, du Gott der Liebe, warum beschützest du ihre Liebe und nicht die meinige?

Was kann ich tun, um dich zu besänftigen? Amor, Amor, bedenke, du führst ihn, den ich liebe, in Unglück und Verderben! Ist es deine Absicht, ihr auch seine Liebe zu schenken? Das ist das Einzige, was du ihr bisher noch verweigert hast. Amor, Amor, ist es wirklich deine Absicht, ihr auch noch seine Liebe zu schenken?«

Charlotte fragte nicht weiter, sie wunderte sich über nichts mehr. Weinend ging sie zu Bett.

Das Begräbnis der Frau Dompropst

Die Frau Oberst Ekenstedt war von ihrem Besuch in der Propstei zu Korskyrka nach Karlstadt zurückgekehrt, und zwei Tage später war ein sehr schönes Mädchen aus Dalarne in die Stadt gewandert gekommen, eine Hausiererin, die den gewöhnlichen großen ledernen Rucksack auf dem Rücken trug. In der Stadt jedoch, wo es richtige Kaufleute gab, war es ihr verboten, ihrem alltäglichen Erwerb nachzugehen. Sie ließ deshalb ihren großen Sack in ihrem Unterkunftshaus und ging nur mit einem Körbchen am Arm, worin von ihr selbstverfertigte Haararmbänder und Uhrketten lagen, auf die Straße hinaus.

Das junge Mädchen aus Dalarne, das von Hof zu Hof ging, um Käufer für diese Waren zu finden, kam so auch in das Ekenstedtsche Haus. Die Frau Oberst fand großen Gefallen an den schönen Arbeiten und lud die Verkäuferin ein, ein paar Tage im Haus zu bleiben, um aus einigen langen blonden Locken einige »Souvenirs« herzustellen. Diese Locken hatte sie ihrem Sohn Karl-Artur in seiner frühen Kindheit abgeschnitten und seither gut aufgehoben. Das Anerbieten schien der schönen Wanderin höchst willkommen zu sein. Sie nahm es ohne Bedenken an und begann schon am nächsten Tag mit ihrer Arbeit.

Das Mädchen aus Dalarne war in einer Kammer nach dem Hof untergebracht, und Mamsell Jacquette Ekenstedt, die recht tüchtig j in Handarbeiten war, fand sich recht oft bei ihr ein, um zu sehen, wie man diese Arbeit macht. Auf diese Weise entstand zwischen den beiden eine Art Bekanntschaft, ja, man könnte fast sagen Freundschaft. Das junge Stadtfräulein fühlte sich zu der armen Hausiererin vom Land durch deren schönes Aussehen, das durch ihre schmucke Tracht noch mehr hervorgehoben wurde, hingezogen. Mamsell Jacquette empfand wirkliche Bewunderung für ihren unverdrossenen Fleiß, ihre Fingerfertigkeit und für ihren guten Verstand, der sich besonders durch kurze und treffende Antworten kundgab.

Sie war allerdings sehr verdutzt, als sie fand, dass dieser scharfe Verstand einer Person zu eigen war, die weder schreiben noch lesen konnte, und sie fühlte sich ganz zurückgestoßen, als sie sie ein paarmal dabei überraschte, wie sie aus einer kleinen eisernen Pfeife dampfte, aber im ganzen genommen blieb das gute Verhältnis doch ungetrübt.

Noch etwas anderes war auch sehr lustig. Das fremde Mädchen gebrauchte eine Menge Worte und Ausdrücke, die Mamsell Ekenstedt nicht verstand. So geschah es einmal, als sie ihre neue Freundin mit in die Wohnung nahm, um ihr die vielen schönen Sachen zu zeigen, die das Heim schmücken, dass das arme Mädchen seine Bewunderung nicht anders auszudrücken verstand, als durch den Ausruf:»Das ist saumäßig schön!«

Mamsell Ekenstedt war über diesen Ausdruck entsetzt gewesen, bis sie unter viel Gelächter herausgebracht hatte, dass in dem Mund eines Mädchens aus Dalarne der Ausdruck »saumäßig« die allerhöchste Bewunderung bedeutete.

Dagegen suchte die Frau Oberst die fleißige Haararbeiterin nur selten auf. Man könnte meinen, sie habe durch die Vermittlung ihrer Tochter in den Charakter, die Begabung und die Gewohnheiten des Mädchens eindringen wollen, um dadurch herauszubringen, ob es als Frau ihres Sohnes überhaupt in Betracht kommen könne. Denn daran braucht natürlich niemand zu zweifeln, dass Frau Oberst Ekenstedt vom ersten Augenblick an erraten hatte, wer dieses junge Mädchen war, nämlich die neue Braut ihres Sohnes. Nein, daran brauchte wahrlich niemand zu zweifeln, wer einen Begriff von dem durchdringenden Scharfsinn der Frau Beate Ekenstedt hatte.

Der Aufenthalt des Mädchens aus Dalarne in dem Ekenstedtschen Haus wurde indes durch ein trauriges Ereignis abgekürzt. Die Schwester des Oberst, Frau Elise Sjöborg, die seit dem Tod ihres Ehegatten bei ihrem Bruder wohnte, bekam einen Schlaganfall und starb schon einige Stunden danach. Nun musste man Vorbereitungen zu einem standesgemäßen Begräbnis treffen; alle Nebenräume wurden von Näherinnen, Kochfrauen und Tapezierern, die das Zimmer schwarz ausschlagen sollten, in Anspruch genommen. Demzufolge wurde das Mädchen aus Dalarne sofort verabschiedet.

Sie wurde in das Arbeitszimmer des Oberst bestellt, um ihre Bezahlung zu erhalten; den Leuten im Haus fiel es auf, wie ungewöhnlich lange sich die Unterhaltung in dem Arbeitszimmer hinzog, und als das Mädchen endlich herauskam, hatte sie rot geweinte Augen. Die gutherzige Haushälterin meinte, sie sei betrübt, weil sie das Haus, worin man ihr soviel Freundlichkeit erwiesen hatte, nun verlassen müsse, und als eine Art Ersatz dafür lud sie sie ein, am Begräbnistag selbst in die Küche zu kommen, dann dürfe sie von den guten Bissen, die es da geben werde, versuchen.

Das Begräbnis war auf Donnerstag, den einunddreißigsten August, festgesetzt. Der Sohn des Hauses, Dr. Karl-Artur Ekenstedt, war natürlich herbeigerufen worden, und er kam schon am Mittwochabend an. Er wurde mit großer Freude empfangen, und er scheint die Zeit bis zum Begräbnis dazu verwendet zu haben, den Eltern und der Schwester eine Vorstellung von der Liebe zu geben, womit seine Gemeindeglieder jetzt zu ihm aufsahen. Es war durchaus nicht leicht für den schüchternen jungen Pfarrer, von seinen Triumphen zu sprechen; aber seine Mutter, die durch einen Brief von Charlotte Löwensköld einigermaßen unterrichtet war, hatte ihn durch ihre Fragen angeregt und ihn gezwungen, von den vielen Beweisen der Dankbarkeit und Hingebung, die ihm zuteilwurden, zu erzählen, und man kann sich wohl denken, dass Frau Beate Ekenstedt dadurch die reinste Mutterfreude empfand.

Dass man bei dieser Gelegenheit die arme Arbeiterin, die ein paar Tage im Haus gewohnt hatte, gar nicht erwähnte, ist ganz natürlich. Der nächste Morgen aber war mit den Vorbereitungen zum Begräbnis ausgefüllt, und so erfuhr Karl-Artur auch da noch nichts vom Aufenthalt des Mädchens aus Dalarne im Hause seiner Eltern.

Auf den Wunsch von Oberst Ekenstedt sollte seine Schwester mit allen Ehren begraben werden. Der Bischof und der Landeshauptmann sowie viele der ersten Familien der Stadt, die mit der seligen Frau Dompropst in Berührung gekommen waren, hatten Einladungen erhalten. Auch der Hüttenbesitzer Schagerström von Groß-Sjötorp befand sich unter den Geladenen, weil er durch seine verstorbene Frau als Verwandter der seligen Frau Dompropst galt, und da ihm diese Aufmerksamkeit von Personen, die Grund hatten, ihm gram zu sein, wohltat, hatte er die Einladung dankbar angenommen.

Nachdem die alte Frau Sjöborg unter Liedergesang und von einem langen Trauerzug begleitet vom Ekenstedtschen Haus nach dem Kirchhof gebracht und ins Grab gesenkt worden war, kehrte man in das Trauerhaus zurück, wo ein großes Leichenmahl bereitstand. Dass dieses lange dauerte und sehr großartig war, versteht sich von selbst, und ebenso ist es fast unnötig, zu bemerken, dass die Feierlichkeit und der Ernst, die bei einem Begräbnis zur guten Sitte gehören, beobachtet wurden.

Als einer der Verwandten der Verstorbenen wurde Schagerström bei Tisch in die Nähe der Hausfrau gesetzt, und so hatte er Gelegenheit, diese außergewöhnliche Dame, mit der er nie vorher zusammengetroffen war, zu sehen und sich mit ihr zu unterhalten. Sie machte an diesem Tag in ihrer tiefen Trauerkleidung einen höchst poetischen Eindruck, und obgleich der geistreiche Scherz und die schillernde Fröhlichkeit, wofür sie berühmt war, jetzt nicht in Anwendung kommen konnten, so fand Schagerström ihre Unterhaltung trotzdem äußerst anregend und aufmunternd. Er zögerte keinen Augenblick, sich vor den Triumphwagen dieser Zauberin spannen zu lassen, und war froh, ihr seinerseits auch eine kleine Freude bereiten zu können, indem er ihr die Predigt ihres Sohnes vom vorletzten Sonntag schilderte sowie die Wirkung, die sie auf die Zuhörer ausgeübt hatte.

Bei Tisch erhob sich der junge Ekenstedt und hielt eine Rede auf die Verstorbene, der alle Anwesenden mit der größten Bewunderung zuhörten. Man verwunderte sich über die einfache und doch so anziehende und geistreiche Ausdrucksweise sowie über die Anschaulichkeit, womit Karl-Artur die Dahingeschiedene schilderte.

Schagerströms Aufmerksamkeit und sicherlich auch die von vielen der anderen Gäste wurde doch ab und zu von dem Redner abgezogen und richtete sich auf dessen Mutter, die, in Anbetung und Entzücken versunken, ganz still dasaß. Schagerström hörte einen Tischnachbar sagen, die Frau Oberst sei fünfundsechzig oder siebenundsechzig Jahre alt, und obgleich ihr Gesicht nicht gerade ihre Jahre verleugnete, fragte er sich doch, ob wohl irgendeine junge Schönheit über solch sprechende Augen und ein so hinreißendes Lächeln verfügen könnte.

Alles verlief aufs Beste; als jedoch die Gäste vom Tisch aufgestanden waren und der Kaffee herumgereicht werden sollte, ereignete sich in der Küche ein kleines Missgeschick. Das Zimmermädchen, das das schwere Auftragebrett mit den Kaffeetassen hineintragen sollte, zerbrach ein Glas und schnitt sich an einer der Scherben. Das Blut lief ihr über die Hand herab, und in der Eile wusste es niemand zu stillen. So klein auch der Schaden war, das Mädchen konnte das Brett nicht hineintragen, weil das Blut unaufhörlich von der Hand herabtröpfelte.

Als man sich nun nach einer Stellvertreterin für das Zimmermädchen umschaute, weigerten sich alle die anderen Schaffnerinnen, das schwere Brett hineinzutragen. In ihrer Not wendete sich da die Haushälterin an das starke und kräftige Mädchen aus Dalarne, das sich ganz richtig in der Küche eingefunden hatte, um die gute Mahlzeit zu kosten, und bat es, das Brett hineinzutragen.

Das Mädchen hob es auch ohne das geringste Zögern auf, worauf sich das Zimmermädchen eine Serviette um die Hand wickelte und mit hineinging, um dafür zu sorgen, dass beim Herumbieten die richtige Rangordnung eingehalten würde.

Eine Aufwärterin mit ihrem Brett pflegt ja in gewöhnlichen Fällen kein besonderes Aufsehen zu erregen. Aber in dem Augenblick, wo das stattliche Mädchen aus Dalarne in ihrer farbenreichen Tracht unter die schwarz gekleideten Gäste trat, zog sie aller Blicke auf sich, Karl-Artur Ekenstedt drehte sich ebenfalls nach ihr um. Ein paar Sekunden lang starrte er sie an, ohne zu begreifen, dann aber stürzte er auf sie zu und fasste nach ihrem Brett.

»Du darfst in diesem Haus hier nicht den Kaffee herumreichen, Anna Svärd«, sagte er, »denn du bist meine Braut.«

Das schöne Mädchen sah ihn halb ängstlich, halb erfreut an.

»Nein, nein, lass mich allein, bis dies fertig ist«, sagte sie abwehrend.

Um diese Zeit hatten sich alle Gäste in dem großen Salon versammelt, der Bischof und seine Gattin, der Landeshauptmann und seine Gemahlin sowie alle die anderen Gäste, und alle miteinander sahen, wie der Sohn des Hauses dem Mädchen das Kaffeebrett abnahm und es auf einen Tisch in der Nähe stellte.

»Ich wiederhole dir«, sagte er mit lauter Stimme, »du darfst in diesem Haus nicht den Kaffee herumreichen, denn du bist meine Braut.«

In demselben Augenblick erklang eine laute, durchdringende Stimme.

»Karl-Artur, bedenke, was das für ein Tag ist!«

Die Frau Oberst hatte es gerufen. Sie saß ganz drinnen im Zimmer auf einem großen Sofa, wie es ja das Vorrecht der Leidtragenden ist. Vor ihr stand ein großer Sofatisch, und rechts und links von ihr saßen ehrwürdige, korpulente Damen. Sie versuchte, sich auch einen Weg zu bahnen, um vorzutreten, aber das brauchte Zeit, weil ihre Nachbarn so von dem in Anspruch genommen waren, was am anderen Ende des Zimmers vor sich ging, dass sie ihr nicht Platz machen wollten.

Karl-Artur hatte das Mädchen an der Hand gefasst und zog es mit sich tiefer ins Zimmer hinein. Sie war schüchtern und hielt wie ein Kind die Hand vor die Augen, sah aber trotzdem glücklich aus. Schließlich machte Karl-Artur vor dem Bischof mit ihr halt.

»Bis zu diesem Augenblick hatte ich keine Ahnung von der Anwesenheit meiner Braut in unserem Haus«, sagte er. »Da ich sie aber jetzt entdeckt habe, bitte ich, sie in erster Linie meinem Oberhirten und Bischof vorstellen zu dürfen. Ich erbitte mir Ihre Zustimmung und Ihren Segen zu meiner Verbindung mit diesem jungen Mädchen, das mir versprochen hat, als meine Gefährtin die Wege der Pflicht und Entsagung, die einem Diener Christi geziemen, mit mir zu gehen.«

Es kann nicht geleugnet werden, dass sich der junge Pfarrer durch dieses Auftreten, wenn es auch von verschiedenen Gesichtspunkten aus unpassend war, allgemeine wohlwollende Teilnahme erwarb. Dieses mutige Anerkennen der einfachen Braut, die er sich erwählt hatte, sowie seine tiefgefühlten Worte nahmen viele zu seinen Gunsten ein. Auf seinem bleichen, feinen Gesicht prägte sich in diesem Augenblick eine ungewöhnliche Männlichkeit und Kraft aus, und mehrere der anwesenden Herren mussten zugeben, dass er jetzt einen Weg ging, den zu betreten sie sich wohl gehütet haben würden.

Karl-Artur hatte wahrscheinlich noch viel mehr sagen wollen, doch jetzt ertönte ein lauter Schrei hinter ihm. Frau Beate hatte sich von dem Sofa her durchgearbeitet und war mit raschen Schritten auf die Gruppe vor dem Bischof zugeeilt. Aber in ihrer Bestürzung und Eile trat sie auf ihr lang nachschleppendes Trauergewand, stolperte und fiel zu Boden. Dabei stieß sie gegen die scharfe Ecke eines Seitentisches und schlug sich eine schlimme Wunde in die Stirn.

Rufe und Teilnahmebezeigungen ertönten ringsum und vielleicht auch ein Seufzer der Erleichterung vonseiten des Bischofs, der aus einer sehr peinlichen Lage befreit worden war. Karl-Artur ließ die Hand seiner Braut los und eilte zu seiner Mutter hin, um ihr aufzuhelfen. Aber das war keine ganz leichte Sache. Frau Beate hatte zwar die Besinnung nicht verloren, was sicherlich viele andere Damen in ihrer Lage getan hätten, aber sie war offenbar sehr schlimm gefallen und konnte nicht wieder aufstehen. Schließlich gelang es dem Oberst Ekenstedt, mithilfe seines Sohnes, des Hausarztes, und des Schwiegersohnes, Leutnant Arcker, die Verletzte in einen Lehnstuhl zu heben, und in diesem wurde sie in ihr Schlafzimmer getragen, wo die Töchter und die vortreffliche Haushälterin sich um sie bemühten, ihr die Kleider auszogen und sie zu Bett brachten.

Man kann sich leicht vorstellen, welche Aufregung dieser Unglücksfall verursachte. Die Trauergäste blieben ganz bestürzt in dem großen Salon stehen und wollten sich nicht entfernen, ehe sie Bescheid über den Zustand der Frau Oberst erhalten hätten.

Man sah den Oberst, die Töchter und die Dienerinnen mit ängstlichen Gesichtern durch die Zimmer eilen, um Leinwand zum Verbinden und Scharpie sowie eine Holzlatte herbeizuschaffen, die zum Schienen eines Armes verwendet werden konnte, denn allem Anschein nach hatte die Frau Oberst einen Arm gebrochen.

Schließlich erfuhr man auf wiederholtes Befragen der Dienstboten, dass die Wunde auf der Stirn, die am bedenklichsten ausgesehen hatte, nicht gefährlich sei, dass die Frau Oberst aber den linken Arm gebrochen habe und in der Schlinge tragen müsse, dass aber auch dieser Bruch bald wieder geheilt sein werde. Dagegen stehe es mit dem einen Knie recht ernst. Die Kniescheibe habe einen Sprung bekommen, und damit dieser heilen könne, müsse die gnädige Frau ganz stilliegen, man könne noch nicht sagen, wie lange.

Als die Gäste soviel erfahren hatten, verstanden sie, dass die Familie jetzt auch ohne sie genug zu tun und zu überlegen hatte, und so rüsteten sie sich zum Aufbruch. Während die Herren im Flur nach ihren Hüten und Überziehern suchten, kam plötzlich Oberst Ekenstedt in aller Eile heraus. Er schaute sich eifrig um, bis er Schagerström erblickte, der eben seine Handschuhe zuknöpfte.

»Herr Hüttenbesitzer Schagerström«, sagte der Oberst, »wenn es Ihre Zeit erlaubt, möchte ich Sie bitten, noch einen Augenblick hierzubleiben.«

Schagerströms Gesicht drückte zwar leichte Verwunderung aus; aber er nahm trotzdem den Hut rasch ab, zog den Überzieher wieder aus und folgte dem Oberst in den jetzt fast leeren Salon.

»Ich möchte gern ein paar Worte mit Ihnen reden, Herr Hüttenbesitzer«, sagte der Oberst. »Wenn Sie Zeit haben, seien Sie so gut und setzen Sie sich einen Augenblick, bis der ärgste Trubel vorüber ist.«

Schagerström musste recht lange warten, bis der Oberst wieder erschien. Der Schwiegersohn des Hauses, Leutnant Arcker, leistete ihm indessen Gesellschaft, und dieser, der ganz empört über das Vorkommnis im Salon war, erzählte dem Hüttenbesitzer von der Ankunft des Mädchens aus Dalarne und ihrem Aufenthalt in dem Ekenstedtschen Haus. Die arme Haushälterin, die ganz verzweifelt darüber war, dass sie das Mädchen gebeten hatte, den Kaffee hineinzutragen und herumzureichen, erzählte jedem, der es hören wollte, wie es gekommen war, dass sie das Mädchen eingeladen, sich am Begräbnistag in der Küche einzufinden, und auf diese Weise erfuhr der junge Hüttenbesitzer sehr bald, wie die ganze Sache zusammenhing.

Endlich erschien der Oberst.

»Gott sei Dank, der Verband ist angelegt!«, sagte er. »Beate liegt jetzt ruhig in ihrem Bett. Ich hoffe, sie wird nun das Schlimmste überstanden haben.«

Er setzte sich nieder und wischte sich die Augen mit einem großen seidenen Taschentuch. Oberst Ekenstedt war ein hoher, stattlicher Herr mit einem runden Kopf, roten Wangen und einem gewaltigen Schnurrbart. Er sah wie ein munterer, tapferer Soldat aus, und Schagerström verwunderte sich über

163

das Zartgefühl, das er zeigte.

»Sie denken wohl, ich sei eine Memme, Herr Hüttenbesitzer«, sagte er; »aber meine Frau ist das Glück meines ganzen Lebens gewesen, und wenn ihr etwas zustößt, dann ist es aus mit mir.«

Doch Schagerström dachte gewiss nichts Derartiges. Er, der beinahe vierzehn Tage in vollkommener Einsamkeit auf Groß-Sjötorp verbracht und gegen seine unglückliche Liebe zu Charlotte Löwensköld angekämpft hatte, war in der richtigen Stimmung, den Oberst zu verstehen.

Er war entzückt von der treuherzigen Art und Weise, womit dieser Ehrenmann von seiner Liebe zu seiner Gattin redete, er fühlte sofort für den Oberst warme Teilnahme und ein Vertrauen, das er niemals für dessen Sohn empfunden hatte, obgleich er nicht leugnen konnte, dass Karl-Artur sehr große Gaben zu eigen habe.

Der Oberst hatte indes Schagerström gebeten, noch eine Weile dazubleiben, weil er mit ihm über Charlotte reden wollte.

»Verzeihen Sie einem alten Mann«, sagte er, »dass ich mich in Ihre Angelegenheiten mische, Herr Schagerström. Ich habe aber natürlich von Ihrer Werbung um Charlotte gehört und möchte Ihnen deshalb nur eines sagen: Wir hier in Karlstadt ...«

Er brach rasch ab. Die eine Tochter stand auf der Schwelle und schaute ängstlich ins Zimmer herein.

»Was gibts, Jacquette? Geht es ihr schlechter?«

»Nein, nein, durchaus nicht, lieber Vater. Aber die liebe Mutter fragt nach Karl-Artur.«

»Ich glaubte, er sei noch drinnen bei Mutter«, entgegnete der Oberst.

»Nein, er ist schon lange nicht mehr bei ihr. Er hat nur geholfen, Mutter hineinzutragen. Seither haben wir ihn nicht mehr gesehen.«

»Sieh nach, ob er nicht auf seinem Zimmer ist!«, sagte der Oberst. »Er ist gewiss hinaufgegangen, um seine Sonntagskleider auszuziehen.«

»Jawohl, Vater.«

Sie trippelte fort, und der Oberst wendete sich wieder an Schagerström.

»Wo bin ich gewesen, als ich abbrach, Herr Hüttenbesitzer?«

»Sie sagten, wir hier in Karlstadt ...«

»Jawohl, ja. Ja, ich wollte sagen, wir hier in Karlstadt seien vom ersten Augenblick an überzeugt gewesen, dass Karl-Artur einen Missgriff getan habe. Meine Frau fuhr nach Korskyrka, um zu untersuchen, wie sich die Sache verhielt, und sie fand, das Ganze müsse ...«

Wieder hielt der Oberst jäh inne. Diesmal stand Frau Arcker, die verheiratete Tochter, auf der Schwelle.

»Vater, du hast wohl Karl-Artur nicht gesehen? Die liebe Mutter fragt beständig nach ihm und kann sich nicht beruhigen.«

»Sage Mödig, ich wolle ein paar Worte mit ihm sprechen«, erwiderte der Oberst.

Die junge Frau verschwand; aber nun hatte der Oberst keine Ruhe mehr, das unterbrochene Gespräch mit Schagerström wieder aufzunehmen. Er wanderte im Zimmer hin und her, bis sein Offiziersbursche hereintrat.

»Weiß Er, ob dieses Mädchen aus Dalarne noch in der Küche ist?«

»Gott bewahre, Herr Oberst! Sie kam laut weinend aus dem Salon hier herausgestürzt, hielt sich nicht einen Augenblick mehr auf, sondern lief auf und davon.«

»Und der Junge? ... Ich meine Doktor Ekenstedt?«

»Er kam eine Weile später in die Küche und fragte nach ihr. Als er hörte, dass sie fortgelaufen war, lief er auch auf die Straße hinaus.«

»Mödig, Er soll sich sogleich auf den Weg machen und Doktor Ekenstedt suchen. Sag' Er ihm, die Frau Oberst sei gefährlich krank und sehne sich nach ihm.«

»Zu Befehl, Herr Oberst!«

Damit war der Bursche auch sofort verschwunden, und der Oberst knüpfte des Gespräch mit Schagerström aufs Neue an.

»Sobald wir erfahren hatten«, sagte er, »wie sich die Sache wirklich verhielt, gedachten wir eine Versöhnung zwischen den beiden jungen Leuten herbeizuführen. Dazu aber mussten wir in erster Linie das Mädchen aus Dalarne entfernen und dann ...«

Er stockte, voller Angst, etwas Unhöfliches gesagt zu haben.

»Ich drücke mich gewiss sehr schlecht aus, Herr Hüttenbesitzer. Eigentlich hätte ja meine Frau mit Ihnen reden sollen. Sie hätte es auf die richtige Art getan.«

Schagerström beeilte sich, den Oberst zu beruhigen.

»Sie drücken sich völlig verständlich aus, Herr Oberst«, sagte er. »Und was mich betrifft, so kann ich Sie sofort darüber aufklären, dass ich tatsächlich nicht mehr mitzähle. Fräulein Löwensköld hat mein Versprechen, das Aufgebot abbestellen zu dürfen, sobald es ihr beliebt.«

Der Oberst stand auf, ergriff Schagerströms Hand, drückte sie warm und ergoss sich in Dankesbezeigungen.

»Das wird Beate freuen«, sagte er. »Es ist die beste Nachricht, die man ihr bringen kann.«

Schagerström konnte darauf keine Antwort mehr geben, denn Frau Arcker erschien aufs Neue im Zimmer.

»Lieber Vater, ich weiß nicht, was ich tun soll. Karl-Artur ist daheim gewesen, aber nicht zu der lieben Mutter hereingekommen.«

Sie erzählte, sie habe im Schlafzimmer am Fenster gestanden und Karl-Artur die Straße herabkommen sehen. »Jetzt sehe ich Karl-Artur!«, hatte sie der Mutter zugerufen. »Er ist gewiss sehr in Sorge um dich, liebe Mutter.

Er läuft beinahe.«

Während der nächsten Minuten hatte sie auf das Erscheinen des Bruders im Krankenzimmer gewartet; aber plötzlich hatte Jacquette, die am Fenster stehengeblieben war, ausgerufen:

»Herr Gott im Himmel! Da läuft Karl-Artur wieder der Stadt zu. Er ist nur hier gewesen, um seinen Anzug zu wechseln.«

In diesem Augenblick hatte sich Frau Beate in ihrem Bett aufgerichtet.

»Nein, nein, liebe Mutter! Lieg nur ganz still, der Doktor hat es befohlen!« hatte sie Frau Eva Arcker ermahnt. »Ich werde Karl-Artur schon herbeischaffen.«

Sie eilte ans Fenster, um die Riegel aufzumachen und den Bruder zurückzurufen. Aber der oberste Riegel hatte sich etwas verschoben, und so bekam die Mutter Zeit, ihr zu verbieten, das Fenster zu öffnen.

»Du darfst es nicht tun. Lass es sein!«, rief sie.

Frau Arcker hatte aber doch das Fenster aufgerissen und sich hinausgebeugt, um Karl-Artur zurückzurufen.

Das hatte ihr jedoch Frau Beate mit ihrer allerstrengsten Stimme verboten und sie dadurch gezwungen, das Fenster wieder zu schließen. Danach hatte sie aufs Bestimmteste angeordnet, weder die Tochter noch irgendsonst jemand dürfe Karl-Artur nach Hause rufen. Und jetzt wünsche sie, der Oberst solle in ihr Schlafzimmer kommen, wahrscheinlich, um ihm dieselbe Weisung zu erteilen.

Der Oberst stand auf, um sich zu seiner Frau zu begeben, und Schagerström benutzte die Gelegenheit, sich bei Frau Arcker nach dem Befinden der Frau Oberst zu erkundigen.

»Mutter hat nicht viel Schmerzen«, sagte Frau Eva, »und sie hätten auch nicht viel zu bedeuten, wenn nur Karl-Artur zurückkäme. Ach, wer doch nur in die Stadt laufen dürfte, um ihn zu suchen!«

»Ich verstehe, wie innig die Frau Oberst an ihrem Sohn hängt!«, entgegnete Schagerström.

»O ja, Herr Hüttenbesitzer. Mutter fragt nach niemand anders als nach ihm. Und jetzt liegt sie drinnen und denkt immer nur darüber nach, dass er diesem Mädchen aus Dalarne nachläuft und nicht zu ihr hereinkommt, obwohl er weiß, dass die liebe Mutter krank ist. Das ist sehr hart für sie, und wir dürfen nicht einmal nach ihm suchen lassen.«

»Die Gefühle der Frau Oberst sind mir in dieser Sache sehr begreiflich«, erwiderte Schagerström. »Mir aber hat sie nicht verboten, mich nach ihrem Sohn umzusehen, deshalb werde ich jetzt gehen und mir alle Mühe geben, ihn zu finden.«

Er war schon auf dem Weg nach dem Flur, als der Oberst wieder eintrat.

»Meine Frau möchte gern selbst ein paar Worte mit Ihnen sprechen, Herr Hüttenbesitzer«, sagte er. »Sie möchte Ihnen danken.«

Damit nahm er Schagerström bei der Hand und führte ihn mit einer gewissen Feierlichkeit in das Krankenzimmer.

Schagerström, der eben vorhin noch die lebhafte, anziehende Weltdame bewundert hatte, war ganz erschüttert, als er sie nun als eine arme Kranke mit verbundenem Kopf und fahlem Gesicht, gleichsam kleiner geworden, wiedersah. Frau Beate sah zwar nicht eigentlich leidend aus, aber ihre Züge zeigten einen sehr strengen, beinahe drohenden Ausdruck. Etwas, das sie viel furchtbarer getroffen hatte als der Fall und die schweren körperlichen Schäden, hatte einen stolzen, verachtungsvollen Zorn in ihr erweckt. Die Umherstehenden wussten, was diesen Zorn hervorgerufen hatte, und sie mussten sich sagen, Frau Beate werde vielleicht niemals imstande sein, ihrem Sohn die Lieblosigkeit, die er heute an den Tag gelegt hatte, zu verzeihen.

Als Schagerström an das Bett trat, schlug Frau Beate die Augen auf und sah ihn lange und prüfend an.

»Herr Hüttenbesitzer, lieben Sie Charlotte?«, fragte sie mit matter Stimme.

Schagerström fiel es schwer, sein Herz vor dieser fremden Dame, die er heute zum ersten Male sah, offen darzulegen. Aber ebenso wenig konnte er diesem kranken, unglücklichen Geschöpf gegenüber lügen.

Er schwieg also.

Die Frau Oberst brauchte indes keine Antwort. Sie wusste trotzdem, was sie zu wissen nötig hatte.

»Meinen Sie, Charlotte liebe Karl-Artur noch immer?«, fragte sie.

Diesmal konnte ihr Schagerström ohne das geringste Zögern antworten. Ja, Charlotte liebe ihren Sohn mit unveränderter Zärtlichkeit.

Wieder sah Frau Beate Schagerström mit einem von Tränen verschleierten Blick an.

»Es ist schwer, Herr Hüttenbesitzer«, sagte sie mit sehr sanfter Stimme, »wenn der, den man liebt, keine Liebe für uns hat.«

Schagerström begriff! Sie sprach mit ihm in dieser Weise, weil er wusste, was es hieß, verschmäht zu sein. Und plötzlich war Frau Beate keine Fremde mehr für ihn. Das Leid verband sie. Sie fühlte mit ihm, er mit ihr. Und für den einsamen Mann war ihr Mitgefühl eine Linderung und ein Balsam.

Leise trat er näher, ergriff sacht ihre Hand, die auf der Bettdecke lag, und küsste sie.

Da ruhte ihr Blick zum dritten Male lange auf ihm. Jetzt war dieser Blick nicht mehr von Tränen verschleiert, er drängte sich suchend und forschend bis auf den Grund seines Herzens. Dann sagte sie in fast zärtlichem Ton:

»Ich wollte, Sie wären mein Sohn, Herr Hüttenbesitzer.«

Schagerström überfiel ein leichtes Zittern. Wer hatte es Frau Beate eingegeben, gerade so zu ihm zu sprechen? Wusste diese Frau denn, die er heute zum ersten Male sah, wie oft er weinend vor der Tür seiner Mutter gestanden und sich nach ihrer Liebe gesehnt hatte? Wusste sie, mit welcher Furcht er sich seinen Eltern genähert hatte, voller Angst, sich ihren missbilligenden Blicken auszusetzen? Wusste sie, dass er stolz gewesen wäre, falls die einfachste Bauernfrau gesagt hätte, sie wünsche sich einen Sohn, der ihm ähnlich wäre? Wusste sie, dass nichts eine größere Ehre und Erhöhung für ihn sein konnte als diese Worte?

Von Dankbarkeit überwältigt, warf er sich neben dem Bett nieder. Er weinte und versuchte mit einigen unverständlichen Aussprüchen auszudrücken, was er fühlte.

Die übrigen Anwesenden fanden ihn sicherlich sehr rührselig; aber wer von allen hätte wohl verstehen können, was diese Worte für ihn bedeuteten?

Ihm war, als falle alle Hässlichkeit, alle Schwerfälligkeit, alle Dummheit von ihm ab. Seit dem Tage, wo seine verstorbene Gattin zu ihm gesagt hatte, dass sie ihn liebe, hatte er nichts Ähnliches mehr empfunden.

Aber Frau Beate verstand alles, was sich in ihm regte. Noch einmal sagte sie, gleichsam, damit er ihr richtig glauben solle:

»Es ist wahr, ich wünschte, Sie wären mein Sohn, Herr Hüttenbesitzer.«

Da kam Schagerström plötzlich ein Gedanke. Jaja, die einzige Art, wodurch er ihr das Glück, das sie ihm geschenkt hatte, vergelten konnte, war, ihren Sohn zu ihr zurückzuführen. Und er eilte hinaus, um ihn zu suchen.

Der erste Mensch, dem Schagerström auf der Straße begegnete, war Leutnant Arcker, der zu demselben Zweck unterwegs war. Auch der Bursche des Oberst wurde getroffen, mithilfe dieser beiden traf Schagerström die nötigen Vorkehrungen. Die gewöhnliche Unterkunft des Mädchens aus Dalarne war bald entdeckt, aber weder sie noch Karl-Artur waren dort. Alle anderen Häuser, wo sich die Leute aus Dalarne aufzuhalten pflegten, wurden abgesucht, dem Nachtwächter wurde aufgetragen, nach Karl-Artur auszuspähen, aber alles war vergebens.

Schon nach Kurzem senkte sich die Dunkelheit über die Stadt, und da war es unmöglich, noch etwas auszurichten. In dieser Stadt, die so enge, dunkle Gassen hatte, wo die Häuser dicht zusammengedrängt standen, wo Baracken und Stallungen der allermerkwürdigsten Art ineinandergeschachtelt waren, bot jedes einzelne Gehöft eine Menge Verstecke, und die Aussicht, da jemand ausfindig zu machen, war äußerst gering.

Schagerström streifte aber doch noch mehrere Stunden lang auf den Straßen umher. Er hatte mit Mamsell Jacquette ausgemacht, sobald Karl-Artur nach Hause komme, würde sie ein Licht in eines der Bodenfenster stellen, damit man das Suchen nicht länger fortsetze, aber dieses Licht wurde nicht sichtbar.

Erst lange nach Mitternacht hörte Schagerström rasche Schritte auf sich zukommen. Er ahnte, wer der sich Nähernde war. Bald erkannte er auch in dem rötlichen Schein einer Straßenlaterne die schlanke Gestalt, und da Karl-Artur in der rechten Richtung ging, wollte er ihn nicht anreden, sondern begnügte sich damit, ihm die ganze Straße entlang zu folgen, bis sie vor dem Ekenstedtschen Haus ankamen.

Schagerström sah Karl-Artur eintreten, und er begriff, dass er nun nichts weiter helfen könne; aber eine große Neugier, zu erfahren, wie die Begegnung zwischen Mutter und Sohn ablaufen würde, trieb ihn vorwärts. Er öffnete die Haustür ein paar Augenblicke nach Karl-Artur und trat in den Flur.

Da stand der Sohn des Hauses schon von all den Seinigen umringt. Offenbar hatte keines von allen den Mut gehabt, zu Bett zu gehen. Der Oberst trat mit einem Licht in der Hand auf seinen Sohn zu und leuchtete ihm ins Gesicht, wie wenn er sagen wollte:

›Bist du's, oder ist es ein anderer?‹

Die beiden Schwestern kamen die Treppe herabgelaufen, die Haare in Lockenwicklern, aber sonst vollständig angekleidet. Die Haushälterin und der Bursche eilten aus der Küche herbei.

Es war Karl-Arturs Absicht gewesen, sich so leise wie möglich in sein Zimmer hinaufzuschleichen, ohne jemand zu wecken. Er war auch die halbe Treppe hinaufgekommen, aber da von der herzueilenden Hausgenossenschaft aufgehalten worden.

Als Schagerström hinzutrat, sah er, dass die beiden Schwestern die Hände des Bruders ergriffen hatten, um ihn mit sich fortzuziehen.

»Komm mit herein zu der lieben Mutter! Du hast keine Ahnung, wie sie sich nach dir sehnt!«

»Ist das denn eine Art, aus dem Hause zu laufen, ohne dich um deine Mutter zu kümmern, obwohl du weißt, dass sie krank ist?«, rief der Oberst.

Karl-Artur war auf der Treppe stehengeblieben. Sein Gesicht war wie aus Stein gehauen. Er gab weder Zeichen von Ärger noch von Verlegenheit von sich.

»Wünschest du, Papa, dass ich jetzt sofort zu Mama hineingehe?«, fragte er. »Wäre es nicht besser, bis morgen zu warten?«

»Zum Kuckuck! Natürlich sollst du zu ihr! Sie hat jetzt Fieber vor lauter Hoffen und Harren auf dein Kommen.«

»Verzeih, Papa, aber das ist nicht meine Schuld.«

In das Wesen des Sohnes trat offenbar etwas Feindseliges. Doch der Oberst wollte augenscheinlich jeden Zornesausbruch vermeiden, und so sagte er freundlich überredend:

»Zeig ihr nur, dass du heimgekommen bist. Geh zu ihr und gib ihr einen Kuss, dann ist morgen alles wieder gut!«

»Ich kann sie nicht küssen«, erwiderte der Sohn.

»Verdammter Bursche!«, entfuhr es dem Oberst. Doch im gleichen Augenblick fand er seine Selbstbeherrschung wieder. »Sag, was du meinst! Aber halt – komm mit mir hier herein!«

Er zog ihn mit sich in sein Arbeitszimmer und machte vor der Nase der neugierigen Schar die Tür hinter sich zu.

Gleich darauf trat er wieder heraus und auf Schagerström zu. »Es wäre mir lieb, wenn Sie der Unterredung beiwohnen wollten«, sagte er.

Schagerström folgte ihm sofort, und abermals schloss sich die Tür. Der Oberst setzte sich auf den Stuhl vor seinem Schreibtisch.

»So, nun sag, was mit dir los ist!«

»Du sagst, Mama habe Fieber, so muss ich wohl dir meine Erklärung geben, Papa, obgleich ich wohl weiß, dass sie die eigentliche Anstifterin ist.«

»Darf man fragen, worauf du hinauswillst?«

»Was ich zu sagen habe, ist, dass ich von heute ab mein Elternhaus nicht mehr betreten werde.«

»Ei sieh!«, sagte der Oberst. »Und der Grund?«

»Dies ist der Grund, Vater.«

Er zog ein Bündel Banknoten aus der Tasche, legte es auf den Schreibtisch vor den Oberst hin und schlug hart mit der Hand darauf.

»So, so«, sagte der Oberst. »Sie konnte also den Mund nicht halten?«

»Doch«, versetzte Karl-Artur, »sie schwieg, so lange sie konnte. Wir saßen stundenlang auf dem Kirchhof, und sie sagte nur immer wieder, sie müsse ihrer Wege gehen und dürfe mich niemals Wiedersehen. Erst als ich sie beschuldigte, sie habe sich hier in Karlstadt einen anderen Liebhaber angeschafft, gestand sie mir, dass meine Eltern sie mit Geld bestochen hätten, mich freizugeben. Mein Vater habe außerdem gedroht, mich zu enterben, falls ich sie heirate. Was konnte sie da anderes tun? Sie nahm die zweihundert Taler, die man ihr geboten hatte. Es hat mich ungemein belustigt, zu hören, wie hoch meine Eltern meine Person einschätzen.«

»Na«, sagte der Oberst achselzuckend, »wir haben ihr noch das Fünffache zur Aussteuer versprochen, wenn sie sich mit einem anderen verheiratet.«

»Auch das hat sie mir gesagt«, fuhr Karl-Artur mit kurzem Auflachen fort. Dann ging er zu leidenschaftlicheren Tönen über. »Und so handeln mein Vater und meine Mutter gegen mich! Vor vierzehn Tagen besuchte mich meine Mutter in Korskyrka. Ich besprach meine Heiratspläne mit ihr und sagte ihr, dieses junge Mädchen sei mir eigens von der Vorsehung zugeschickt worden, und ich hätte die feste Überzeugung, mit ihr ein Gott wohlgefälliges Leben führen zu können. Sie sei meine Hoffnung, und das Glück meines Lebens hänge von ihrem Besitze ab. Meine Mutter hörte dies alles an. Sie schien gerührt, sie gab mir recht. Und jetzt, vierzehn Tage nachher, muss ich erfahren, dass sie versucht hat, uns zu trennen. Was soll ich von einer solchen Herzlosigkeit, einer solchen Falschheit denken? Muss es mir nicht davor grausen, eine solche Frau Mutter nennen zu müssen?«

Der Oberst zuckte wieder die Achseln. Er sah weder schuldbewusst noch reuevoll aus.

170

»Na ja«, sagte er. »Du tatest Beate leid nach dem bösen Streich, den Charlotte dir gespielt hatte, und so wollte sie dich wegen dieser neuen Verlobung nicht schelten. Aber natürlich war es ihr und mir sofort klar, dass du vom Regen in die Traufe gekommen warst. Wir dachten, die Sache sollte eine Weile ihren Lauf haben, und dann plumpste ja die Gottgesandte mitten unter uns arme Sünder herein. Beate nahm das Mädchen ins Haus, um zu sehen, was wirklich an ihr ist. Ja, gewiss, sie ist in vieler Hinsicht ein ganz prächtiges Menschenkind; aber sie kann weder lesen noch schreiben, außerdem raucht sie Pfeife, und was die Reinlichkeit betrifft – ja, mein Junge, wir wollten alles aufs Beste einrichten, und du wärest noch ganz zufrieden gewesen, hättest du dir nur Zeit gelassen, zur Vernunft zu kommen. Dass dieses Unglückskind mit dem Kaffeebrett hereinkommen musste, verdarb die ganze Geschichte.«

»Siehst du nicht, Vater, was das war?«

»Gewiss seh ich, dass es ein verfluchtes Pech war.«

»Ich aber sehe darin Gottes Hand. Dieses Mädchen hat Gott j selber mir zum Weibe auserkoren, darum ließ er sie von Neuem meinen Weg kreuzen. Und noch mehr! Ich erkenne auch Gottes gerechte Strafe. Als ich den Bischof bat, unsere Verbindung zu segnen, da eilte meine Mutter herbei, um es zu verhindern. Meine Mutter glaubte, wenn sie sich den Anschein gebe, zu strauchein, zu fallen, so mache das der Sache das rascheste Ende. Aber das Manöver glückte nur allzugut. Gott griff ein.«

Doch jetzt verließ den Oberst seine bisherige Kaltblütigkeit.

»Schweig, Bursche! Wie darfst du es wagen, deine Mutter einer solchen Hinterlist zu beschuldigen?«

»Verzeih, Vater, aber ich habe in letzter Zeit Gelegenheit gehabt, Proben weiblicher Falschheit kennenzulernen. Meine Mutter und Charlotte haben meinem Herzen eine Lehre erteilt, die es nicht so bald vergessen wird.«

Der Oberst saß einige Augenblicke still da und überlegte.

»Gut, dass du Charlottes Falschheit erwähnst«, begann er dann. »Darüber wollte ich auch noch mit dir reden. Du wirst mir niemals weismachen, Charlotte habe dich aufgegeben, um einen reichen Mann zu heiraten. Sie liebt dich mehr als alle Reichtümer der Welt. Meiner Ansicht nach bist du allein an allem schuld, aber sie hat alles auf sich genommen, damit wir, deine Eltern, dir nicht böse sein sollten und du dem Tadel der Welt entgehest. Was sagst du dazu?«

»Sie hat das Aufgebot verkündigen lassen.«

»Denk doch ein wenig nach, Karl-Artur«, sagte der Oberst. »Entferne doch einmal aus deinen Gedanken alles, was du dir über Charlottes Schlechtigkeit eingebildet hast. Kannst du dir denn gar nicht vorstellen, dass sie sich selbst beschuldigte, nur um dir zu helfen? Sie lässt die ganze Welt glauben, eure Verlobung sei auf ihre Veranlassung hin aufgehoben worden, aber denk doch nach und prüfe dein Gewissen! Warst nicht du es, der den Bruch verschuldet hat?«

Karl-Artur stand eine Weile ganz still da. Er wollte wirklich seinem Vater gehorsam sein und sein Gedächtnis durchforschen. Dann wandte er sich hastig an Schagerström.

»Wie kam es, dass Sie ihr einen Blumenstrauß schickten, Herr Schagerström? Hatten Sie an jenem Montagnachmittag irgendeine Nachricht von Charlotte erhalten? Und was hatte der Propst bei Ihnen zu tun?«

»Die Blumen sandte ich als Beweis meiner Hochachtung«, antwortete Schagerström. »Von Fräulein Löwensköld erhielt ich keinerlei Nachricht, und der Propst machte mir nur einen Gegenbesuch.«

Karl-Artur versank wieder in tiefe Gedanken.

»Wenn es so ist«, sagte er endlich, »kann man annehmen, dass mein Vater recht hat.«

Seine beiden Zuhörer atmeten erleichtert auf. Das war ein schönes Anerkennen eines begangenen Missgriffes. Kein gewöhnlicher Mensch hätte sich zu so etwas herbeigelassen.

»Aber wenn es so ist– –«, begann der Oberst. »Doch vor allem musst du wissen, dass Herr Schagerström gelobt hat, allen Ansprüchen – – –«

Karl-Artur fiel ihm ins Wort.

»Herr Schagerström braucht um meinetwillen kein Opfer zu bringen. Ich bitte dich, Vater, dir darüber klar zu sein, dass ich das Band mit Charlotte niemals wieder anknüpfen werde. Ich liebe eine andere.«

Der Oberst schlug mit der Faust auf den Tisch.

»Mit dir kommt man nicht vom Fleck! Du bist doch wohl nicht der Ansicht, dass so viel Treue und eine solche Aufopferung gar keinen Wert hätten?«

»Ich sehe es als eine Fügung der Vorsehung an, dass das Band zwischen Charlotte und mir zerrissen ist.«

»Ich verstehe«, sagte der Oberst mit großer Bitterkeit. »In ganz derselben Weise dankst du Gott, dass auch zwischen dir und deinen Eltern das Band zerrissen ist.«

Der junge Mann schwieg.

»Merk auf meine Worte! Du bist auf dem Weg in dein Verderben«, fuhr der Oberst fort. »Im Grunde ist es ja unsere eigene Schuld. Beate hat dich in einer Weise verwöhnt, dass du dich jetzt für einen Halbgott hältst, und ich habe sie gewähren lassen, weil ich ihr nie etwas abschlagen konnte. Und nun lohnst du es ihr so, wie ich es vorausgesehen habe. Ich für mein Teil habe stets gewusst, dass es so kommen würde, aber nichtsdestoweniger ist es furchtbar bitter, wenn es wirklich so kommt.«

Er schwieg und tat einige stöhnende Atemzüge.

»Nun sag mal, mein Junge«, sagte er endlich mit freundlicher Stimme, »nun du alle unsere bösen Anschläge zunichtegemacht hast, willst du nicht jetzt hineingehen und deiner Mutter einen Kuss geben, damit sie Ruhe findet?«

»Wenn ich, wie du sagst, Vater, alle eure bösen Anschläge zunichtegemacht habe, soll ich dann auch etwa die verderbliche Geistesrichtung vergessen, die meine Angehörigen auszeichnet? Wohin ich blicke, nichts weiter als Weltliebe und was daraus entspringt, Eitelkeit und Falschheit.«

»Lass das unsere Sorge sein, Karl-Artur. Wir sind altmodische Leute. Wir haben unsere Gottesfurcht wie du die deine.«

»Vater, ich kann nicht!«

»Ich persönlich bin fertig mit dir«, fuhr der Oberst fort; »aber sie, sie ... du weißt ja doch, dass sie glauben musste, du habest sie lieb. Ich bitte dich für sie, Karl-Artur, nur allein für sie!«

»Die einzige Barmherzigkeit, die ich meiner Mutter erzeigen kann, ist, dass ich fortgehe, ohne ihr zu sagen, wie tief sie mein Herz durch ihre Falschheit verwundet hat.«

Der Oberst erhob sich.

»Du weißt nicht, was Liebe ist.«

»Ich bin ein Diener der Wahrheit. Ich kann meine Mutter nicht küssen.«

»Geh jetzt zu Bett!«, sagte der Alte. »Schlaf einmal darüber.«

»Ich habe den Kutscher auf vier Uhr bestellt, und dazu fehlt nur noch eine Viertelstunde.«

»Der Kutscher«, entgegnete der Oberst, »kann um zehn Uhr wiederkommen. Tu, was ich sage. Schlafe darüber.«

Zum ersten Male ward bei Karl-Artur ein gewisses Zaudern bemerkbar.

»Wenn meine Eltern ihre weltliche Lebensweise ändern wollen; wenn sie leben wollen wie Leute von geringem Stande, wenn meine Schwestern den Armen und Kranken dienen wollen –«

»Komm mir nicht mit Unverschämtheiten!«

»Diese Unverschämtheiten sind Gottes Wort.«

»Gewäsch!«

Karl-Artur reckte die Arme empor wie ein Prediger auf seiner Kanzel.

»So vergib du mir, mein Gott, dass ich diese meine leiblichen Eltern verwerfe! Lass nichts, was von ihnen stammt, weder ihre Fürsorge, noch ihre Liebe, noch ihren Besitz, noch ihr Geld mir nahe kommen! Hilf mir, dass ich von diesen sündigen Menschen geschieden bleibe und leben darf in deiner Freiheit!«

Der Oberst hatte regungslos zugehört.

»Der Gott, an den du glaubst, ist ein unbarmherziger Gott«, sagte er, »und wird sicherlich dein Gebet erhören. Und sei dessen gewiss, wenn du einst bittend und bettelnd vor meiner Tür stehen wirst, so will ich auch daran denken.«

Das war das Letzte, was zwischen Vater und Sohn gesprochen wurde.

Karl-Artur ging leise aus dem Zimmer, und der Oberst blieb mit Schagerström allein zurück.

Der alte Mann saß eine Weile still da und hielt den Kopf in die Hände gestützt. Dann wandte er sich an Schagerström mit der Bitte, er möge Charlotte alles Vorgefallene mitteilen.

»Ich bin nicht imstande, darüber zu schreiben«, sagte er. »Sagen Sie Charlotte alles, Schagerström, alles! Ich möchte sie wissen lassen, dass wir versucht haben, ihr zu helfen, obgleich es missglückt ist. Und sagen Sie ihr auch, dass es nun außer ihr auf der ganzen Welt keinen Menschen gibt, der meinem armen Weib und meinem armen Sohn helfen könnte.«

Samstag: Morgen und Vormittag

1

An einem Montag, genau vierzehn Tage nach jenem Montag, wo Schagerström zuerst als Freier gekommen war, hatte Charlotte zu entdecken gemeint, dass Thea Sundler in Karl-Artur verliebt sei. Ein höchst merkwürdiges Gefühl hatte sich ihrer dabei bemächtigt. Nun glaubte sie, ein Mittel in der Hand zu haben, um ihr verlorenes Glück wiederzuerlangen. Dieses Gefühl hielt auch noch die folgenden Tage an. Mit der Post am Dienstag erhielt sie außerdem ein Briefchen von der Frau Oberst, die ihr mitteilte, alles gehe über Erwarten gut, und alle Missverständnisse würden sich in kurzer Zeit aufklären. Dies alles stärkte ihren Mut, was auch durchaus nötig war.

Am Mittwoch erfuhr sie, Karl-Artur werde nach Karlstadt reisen, um dem Begräbnis der Frau Dompropst Sjöborg beizuwohnen. Wie leicht konnte es da zu einer Aussprache kommen, und Frau Beate würde sicherlich die Gelegenheit benutzen, um mit Karl-Artur über Charlotte zu reden. Vielleicht kam dann doch endlich ihre Unschuld an den Tag. Vielleicht kehrte Karl-Artur, über ihre Aufopferung gerührt, doch wieder zu ihr zurück. Sie hatte zwar keine Ahnung, wie es die Frau Oberst anzufangen gedachte, um dieses Wunder zu bewirken; aber die kluge Frau fand ja doch immer noch Auswege, wo andere nur Dunkel und Hoffnungslosigkeit sahen.

Trotz aller Zuversicht, die Charlotte in ihre Schwiegermutter setzte, waren die Tage, die Karl-Artur in Karlstadt zubrachte, doch recht schwer für sie. Charlotte fühlte sich stets zwischen Furcht und Hoffnung hin- und hergeworfen. Sie fragte sich, was die Frau Oberst wohl tun könnte. Sie selber, die Karl-Artur alle Tage sah, konnte sich nicht verhehlen, dass seine Liebe zu ihr gänzlich erloschen war. Er saß mit ihr am gleichen Tisch, aber er sah an ihr vorbei und war sich gar nicht bewusst, dass sie zugegen war. Und das war kein Irrtum, es war unbestreitbar; für ihn war die Sache zu Ende. Seine Liebe war ein abgehauener Zweig, den keine Macht der Welt wieder am Baum befestigen und zum Wachstum bringen konnte.

Am Freitag wurde Karl-Artur zurückerwartet, und das war natürlich der schwerste Tag. Charlotte saß schon am frühen Morgen an dem Eßzimmerfenster, das Aussicht auf den Flügel gewährte, und wartete. Zum tausendsten Male überdachte sie alles, was vorgefallen war, prüfte und forschte und war doch ebenso unsicher wie vorher. Sie fürchtete, dieses Warten den ganzen Tag ertragen zu müssen; aber siehe, Karl-Artur traf schon um vier Uhr in der Propstei ein! Er ging sofort in den Flügel, kam aber gleich wieder heraus, eilte, ohne einen Blick auf das Wohnhaus zu werfen, durch das Tor und schlug den Weg ins Kirchdorf ein. Ach, zu Thea Sundler zog es ihn – nicht zu ihr!

Also, das war der Erfolg der Bemühungen seiner Mutter? Charlotte konnte sich nicht verhehlen, dass sie missglückt waren.

Sie fühlte, wie jede Hoffnung in ihr erstarb. Nun sollte ihr auch niemals wieder jemand vorreden, es gebe noch Hilfe und Rettung für sie.

Und doch lebte die Hoffnung noch immer in ihr. Denn als am Samstag früh um sechs Uhr das Hausmädchen in Charlottes Zimmer trat, um ihr auszurichten, dass der Herr Dr. Ekenstedt Fräulein Charlotte um eine Unterredung bitte, deutete Charlotte diesen Bescheid gleich als einen Beweis der Liebe. Gewiss wollte er damit sagen, er wünsche zu der alten Vertraulichkeit und zu den alten Gewohnheiten zurückzukehren.

Auf einmal wurde es ihr zur Gewissheit, dass ihre Schwiegermutter Wort gehalten hatte und das große Wunder vollbracht war. Sie kam so eilig die Treppe herunter und in das Esszimmer gelaufen, dass ihr die Locken um die Ohren flogen.

Aber beim ersten Blick auf Karl-Artur sah sie, dass sie sich getäuscht hatte. Er stand bei ihrem Eintreten vom Frühstückstisch auf, aber von ausgebreiteten Armen, Küssen und Dankesbezeigungen für ihre Absicht, ihn zu schützen, war gar keine Rede. Ein paar Sekunden stand er ganz steif da, als wenn ihr rasches Erscheinen ihm keine Zeit gelassen hätte, seine Gedanken zu sammeln; aber nach kurzem Überlegen begann er:

»Ich habe erfahren, dass du aus reiner Barmherzigkeit die Schuld an der Auflösung unseres Verlöbnisses auf dich genommen hast. Du bist sogar so weit gegangen, Schagerström dein Jawort zu geben und dich mit ihm in der Kirche aufbieten zu lassen, um diese Täuschung glaubhaft zu machen. Du hast es natürlich gut gemeint und geglaubt, mir damit einen großen Dienst zu leisten, du hast um meinetwillen viel Schmähungen ertragen, und ich sehe ein, dass ich dir großen Dank dafür schuldig bin.«

Charlotte hatte ihre kalte Miene wiedergewonnen und trug ihren Nacken steifer als seit Wochen. Sie erwiderte nichts.

Er fuhr fort:

»Deine Handlungsweise scheint in erster Linie dem Wunsch zu entspringen, mich vor dem Zorn meiner Eltern zu schützen. Ich sehe mich aber genötigt, auszusprechen, dass diese Absicht gänzlich missglückt ist. Jetzt, während meines Besuches in Karlstadt, haben sich aus Anlass meiner Heiratspläne zwischen meinen Eltern und mir große Unstimmigkeiten gezeigt, und diese führten zu einem vollständigen Bruch. Ich bin ihr Sohn nicht mehr, und sie sind nicht mehr meine Eltern.«

»Aber, Karl-Artur«, rief das junge Mädchen und war mit einem Male wieder ganz Feuer und Flamme, »was redest du da? Deine Mutter – hast du mit deiner Mutter gebrochen?«

»Liebe Charlotte, meine Mutter hat versucht, Anna Svärd zu bestechen, sich mit einem Burschen aus ihrer Heimat zu verheiraten. Sie hat in hinterlistiger Weise mein Lebensglück zu vernichten gestrebt. Sie versteht ja nichts davon, was für mich das einzig Wichtige ist. Meine Mutter will, dass ich wieder mit dir anknüpfen soll. Sie war sogar so vorsorglich, Schagerström zu dem Begräbnis einzuladen, um Gelegenheit zu haben, ihn zur Aufgabe seiner Ansprüche auf dich zu bestimmen. Aber ich brauche dir das alles wohl nicht zu wiederholen. Du bist natürlich in die Pläne meiner Eltern eingeweiht. Du bist ja eben auch so vergnügt ins Zimmer hereingekommen, denn du hattest angenommen, der schöne Plan sei geglückt.«

»Ich kenne die Pläne deiner Mutter nicht, Karl-Artur, nein, ich kenne sie ganz und gar nicht. Das Einzige, was sie mir gesagt hat, ist, dass sie keine der Lügen glaube, die Thea Sundler über mich verbreitet hat. Als ich erfuhr, du seiest nach Karlstadt gegangen, dachte ich, sie teile dir vielleicht die Wahrheit mit. Das wurde mir zur Gewissheit, als du mich rufen ließest. – Aber, Karl-Artur, wir wollen nicht von mir sprechen! Du kannst doch nicht ernstlich böse auf deine Mutter sein, das ist doch nicht möglich! Willst du nicht gleich wieder zurückfahren und alles wieder gutmachen? Sag', willst du nicht, Karl-Artur?«

»Wie könnte ich das? Morgen ist Sonntag, und ich habe zu predigen.«

»So schreib' ein paar Worte und lass mich hinfahren! Bedenke doch, wie alt sie ist! Bis jetzt ist sie jung geblieben, weil sie dich gehabt hat, ihr Herz zu erfreuen. Du bist ihre Jugend, ihre Gesundheit gewesen. In dem Augenblick, wo du sie verlässt, wird sie alt. Da ist es aus mit ihrem Scherz und ihrer Fröhlichkeit. Sie wird vergrämt und verbittert werden, mehr als irgendein anderer Mensch. Ach, Karl-Artur, ich fürchte, du tötest deine Mutter. Du bist ihr Gott gewesen, du kannst ihr Leben oder Tod geben. Lass mich hinfahren, Karl-Artur, mit einem Wort von dir!«

»Das weiß ich alles, Charlotte, aber ich will nicht schreiben. Meine Mutter war schon krank, als ich Karlstadt verließ. Mein Vater bat mich, mich mit ihr zu versöhnen, aber ich hab' es abgelehnt. Sie hat geheuchelt und gelogen.«

»Aber, Karl-Artur, wenn sie geheuchelt und gelogen hat, so ist es zu deinem Besten geschehen. Ich weiß nicht, was sie drin in Karlstadt gegen dich verbrochen haben, aber was sie auch getan haben, sie wollten dein Glück. Da musst du verzeihen. Kannst du nicht an die Zeiten denken, wo du noch ein Kind warst? Wie war deine Mutter damals? Was wäre dein Elternhaus ohne sie gewesen? Wenn du ein gutes Zeugnis von der Schule heimbrachtest, wäre dies so schön gewesen, wenn deine Mutter sich nicht so gefreut hätte? Wenn du von Uppsala in den Ferien heimkamst, wäre es so schön gewesen, wenn deine Mutter dich nicht erwartet hätte? Wäre es zu Weihnachten so schön gewesen, wenn deine Mutter sich nicht all die Überraschungen ausgedacht und die hübschen Verse gemacht und den Christbaum geschmückt hätte? Denk' doch daran, Karl-Artur!«

»Ich habe gestern den ganzen Tag einsam und allein an der Landstraße gesessen und habe über meine Mutter nachgedacht. Nach den Begriffen der Welt ist sie eine vorzügliche Mutter gewesen. Ich gebe das zu nach deinen und der Welt Begriffen. Aber kann ich ihr dasselbe Zeugnis geben nach den Begriffen Gottes und den meinigen? Ich habe mich gefragt, Charlotte, was Christus zu einer solchen Mutter gesagt haben würde.«

»Christus«, erwiderte Charlotte mit einer Ergriffenheit, die ihr das Sprechen schwermachte, »Christus hätte das Äußerliche und Zufällige übersehen. Er hätte gesehen, dass eine solche Mutter imstande wäre, ihm bis an den Fuß des Kreuzes zu folgen, ja, sich für ihn kreuzigen zu lassen. Und danach würde er richten.«

»Du magst recht haben, Charlotte. Vielleicht könnte meine Mutter zwar für mich sterben, mich aber niemals mein eigenes Leben leben lassen. Meine Mutter würde niemals zugeben, dass ich Gott diene. Sie würde immer verlangen, ich solle ihr und der Welt dienen. Darum müssen unsere Wege auseinandergehen.«

»Nicht Christus gebietet dir, mit deiner Mutter zu brechen!«, rief Charlotte heftig. »Thea Sundler ist's, die dir weismacht, sie und ich ...«

Karl-Artur unterbrach sie mit einer Handbewegung.

»Ich wusste, dass diese Unterredung unangenehm sein würde, und ich hätte sie auch am liebsten vermieden, aber gerade die Person, die du eben nanntest und die du mit deinem Hass zu beehren beliebst, hat mich dazu veranlasst, dir zu berichten, wie die Anstrengungen meiner Eltern verlaufen sind.«

»So, wirklich?«, sagte Charlotte. »Das nimmt mich nicht wunder. Sie wusste ja, dass mich das tief betrüben, dass ich blutige Tränen weinen müsste.«

»Du kannst ihre Beweggründe deuten wie du willst, aber jedenfalls war sie es, die mich darauf aufmerksam machte, dass ich dir Dank schuldig sei für das, was du für mich tun wolltest.«

Charlotte, die wohl einsah, dass sie durch heftige Anklagen nichts gewinnen würde, bemühte sich, ruhiger zu werden und einen anderen Weg einzuschlagen.

»Verzeih' mir meine Heftigkeit!«, sagte sie. »Ich wollte dich nicht verletzen, aber wie du weißt, hab' ich deine Mutter immer lieb gehabt, und es kommt mir entsetzlich vor, zu denken, dass sie krank ist und auf ein Wort von dir wartet, das nicht kommt. Willst du mich wirklich nicht hinreisen lassen? Damit ist ja gar nicht gesagt, dass du dich auch mit ihr versöhnen willst.«

»Gewiss kannst du hinreisen.«

»Aber nicht ohne ein Wort von dir.«

»Hör' auf mit bitten, Charlotte! Es nützt nichts.«

»Wie du es nur wagen kannst!«, rief sie.

»Wagen? Was soll das heißen, Charlotte?«

»Denkst du nicht mehr an Uppsala, und wie es dir nicht möglich war, eine schriftliche Arbeit zu machen, weil du unhöflich gegen deine Mutter gewesen warst?«

»Das werde ich nie vergessen.«

»Du musst es indes doch vergessen haben. Aber ich sage dir, ehe du dich mit deiner Mutter ausgesöhnt hast, wirst du nie mehr so predigen können, wie an den beiden letzten Sonntagen.«

Er lachte. »Nein, Charlotte, Bange machen machen gilt nicht.«

»Ich will dir nicht Bange machen. Ich sage dir nur, wie es kommen wird. Sooft du eine Kanzel besteigst, musst du daran denken, dass du verweigert hast, dich mit deiner Mutter zu versöhnen, und das wird dir alle Kraft rauben.«

»Beste Charlotte, du willst mir Bange machen wie einem Kind.«

»Denk' an meine Worte!«, rief das junge Mädchen. »Bedenke sie, solange es noch Zeit ist! Morgen oder übermorgen kann es schon zu spät sein.«

Sie schritt der Tür zu, und nachdem sie diese Drohung ausgestoßen hatte, ging sie hinaus, ohne eine Entgegnung abzuwarten.

2

Nach dem Frühstück bat der Propst Charlotte, mit ihm in sein Zimmer zu kommen. Dort teilte er ihr mit, Schagerström, der gestern Abend an seiner Frau vorbeigefahren sein müsse, habe durch seinen Diener einen großen Briefumschlag in der Küche abgeben lassen, der des Propstes Anschrift trage. Der eigentliche Inhalt habe sich aber als ein dicker Brief an Charlotte erwiesen. An den Propst habe Schagerström nur ein paar Zeilen geschrieben und ihn gebeten, Charlotte darauf vorzubereiten, dass der Brief schlimme und traurige Nachrichten enthalte.

»Ich bin nicht unvorbereitet, Onkel«, sagte Charlotte. »Heute früh hab' ich mit Karl-Artur gesprochen und weiß nun schon, dass er mit seinen Eltern gebrochen hat und dass seine Mutter krank ist.«

Der alte Mann war aufs Tiefste bestürzt. »Was sagst du da?«

Charlotte streichelte den Arm des Greises.

»Ich kann noch nicht darüber sprechen, Onkel. Aber gib mir bitte meinen Brief.«

Sie nahm ihn aus der Hand des alten Mannes, ging auf ihr Zimmer und begann zu lesen.

Schagerströms Brief enthielt eine ganz ausführliche Schilderung aller Begebenheiten, die in letzter Zeit und besonders am Begräbnistag im Ekenstedteschen Haus vorgefallen waren. Aus den in fliegender Eile hingeworfenen Zeilen bekam Charlotte doch einen ganz genauen Begriff von allem, was vorgegangen war, von dem Eintreffen des Mädchens aus Dalarne in Karlstadt und ihrem unvermuteten Erscheinen am Begräbnistag, und von dem unglücklichen Fall der Frau Oberst, ihrer Sehnsucht nach dem Sohn, von Schagerströms Besuch im Krankenzimmer, von den Nachforschungen und endlich von dem heftigen Wortwechsel zwischen Vater und Sohn im Arbeitszimmer des Oberst.

Schließlich erwähnte der Schreiber, dass der Oberst ihn gebeten habe, Charlotte von allem zu unterrichten, und führte wörtlich die Äußerungen des alten Mannes an, Charlotte sei nun der einzige Mensch auf der Welt, der seinem armen Weib und seinem armen Sohn helfen könne.

Der Brief schloss mit folgenden Zeilen:

Ich habe dem Oberst versprochen, seinen Auftrag auszurichten, aber kaum war ich auf meinem Zimmer angelangt, als es mir klar wurde, dass ich Sie, gnädiges Fräulein, nicht mit meiner Gegenwart belästigen dürfe. Deshalb beschloss ich, den Rest der Nacht zu einer Niederschrift des Vorgefallenen zu verwenden. Ich bitte um Entschuldigung, dass sie so umfangreich geworden ist. Vielleicht ist durch die Gewissheit, dass Sie das Geschriebene lesen würden, meine Feder so flink übers Papier gelaufen. Nun ist der Morgen weit vorgerückt. Mein Reisewagen steht schon seit Stunden angespannt vor der Tür, aber dennoch muss ich noch einige Worte hinzufügen.

Ich habe den jungen Ekenstedt nun bei verschiedenen Gelegenheiten beobachten können und habe da hin und wieder eine geistreiche, edle Seele in ihm erkannt, die künftig Größe verheißt. Aber dann hab' ich ihn wieder hart gefunden, beinahe grausam, leichtgläubig, leicht lenksam und allen gesunden Menschenverstandes bar. Ich möchte Ihnen, gnädiges Fräulein, die Vermutung aussprechen, dass der junge Mann unter einem unheilvollen Einfluss steht, der in verderblicher Weise auf seinen Charakter einwirkt.

Sie, mein Fräulein, sind nun in den Augen Ihres Verlobten gerechtfertigt, von jedem Verdacht gereinigt. Da Sie und Dr. Ekenstedt sich alle Tage sehen, ist es unmöglich, dass er Ihrem Zauber auf die Dauer widerstehen könnte. Das gute Verhältnis zwischen Ihnen beiden muss sich ja in ganz kurzer Zeit wieder herstellen. Das ist wenigstens die aufrichtige Hoffnung Ihres ergebenen Dieners, durch den dieses Verhältnis leider gestört worden ist. Doch verzeihen Sie einem Mann, der Sie liebt und ein ungetrübtes Glück für Sie ersehnt, wenn er Sie vor dem erwähnten Einfluss warnt und Ihnen rät, diesen womöglich ganz zu beseitigen.

Gestatten Sie mir noch ein Wort:

Ich brauche Ihnen wohl nicht auszusprechen, dass des Oberst Bitte auch die meine ist. Für die Frau Oberst Ekenstedt fühle ich eine Ergebenheit ohne Grenzen, und wenn Sie zu ihrer Rettung meiner Hilfe bedürfen, so können Sie auf meine Bereitwilligkeit auch zu dem größten Opfer rechnen.

Ihr ergebener und gehorsamer Diener

Gust. Henr. Schagerström.«

Charlotte las diesen Brief mehrere Male. Als sie sich seinen Inhalt ganz zu eigen gemacht hatte, blieb sie eine Zeit lang unbeweglich sitzen und fragte sich, was wohl diese beiden Männer, der Oberst und Schagerström, von ihr erwarteten.

Was meinte der Oberst mit seinem Gruß, und wozu hatte Schagerström sich die Mühe gemacht, ihr diesen langen Brief zu schreiben?

Einen Augenblick dachte sie daran, dass der folgende Tag der des dritten Aufgebotes sei. Meinte Schagerström, sie werde, nachdem sie nun alles erfahren hatte, das letzte Aufgebot stattfinden und ihm dadurch gesetzlich bindende Kraft geben lassen?

Nein, sie sprach ihn sofort frei von jeder derartigen Absicht. Er hatte nicht an sich selbst gedacht. Hätte er das getan, so würde er vorsichtiger geschrieben haben. So aber hatte er sich sehr offenherzig über Karl-Artur geäußert. Er hatte sich ohne Bedenken der Gefahr ausgesetzt, sie könne glauben, der Brief sei von dem Wunsch, einem Nebenbuhler zu schaden, eingegeben.

Aber was meinten denn dann die beiden, er und der Oberst, das sie tun könne?

Ach, was sie von ihr erwarteten, das war ihr klar: Sie sollte der Mutter den Sohn zurückgeben. Aber wie sollte sie das bewerkstelligen?

Bildeten sie sich denn ein, sie habe die allergeringste Macht über Karl-Artur? Sie hatte ihn ja schon zu überreden versucht, hatte ihre ganze Beredsamkeit aufgeboten, aber nichts erreicht.

Sie schloss die Augen. Da sah sie Frau Beate vor sich mit verbundenem Kopf und einem totenblassen, gleichsam ganz klein gewordenen Gesicht. Sie sah den stolzen, verachtungsvollen Zorn in ihren Zügen. Sie hörte sie zu dem fremden, unbekannten Mann, der, wie sie selbst, an verschmähter Liebe litt, sagen: »Es ist hart, Herr Hüttenbesitzer, wenn unser Herz keine Gegenliebe findet, wo es liebt.«

Charlotte sprang auf, faltete den Brief zusammen und steckte ihn in die Tasche, als sollte er ihr Hilfe und Schutz gewähren. Einige Augenblicke später war sie auf dem Weg nach dem Kirchdorf.

Als sie an der Hecke des Organistengärtchens angelangt war, blieb sie einen Augenblick stehen und betete ein Vaterunser. Sie wollte versuchen, Thea Sundler zu bewegen, Karl-Artur zu seiner Mutter zurückzuschicken. Thea allein vermochte es. Charlotte flehte zu Gott, er möge ihrem stolzen Herzen die nötige Geduld verleihen, auf dass es ihr gelinge, dieses Weib, von dem sie gehasst wurde, zu rühren und zu gewinnen.

Das Glück war ihr günstig, Frau Sundler war allein zu Haus. Charlotte fragte, ob sie wohl ein paar Minuten für sie übrig hätte, und bald saßen sie einander in Frau Sundlers hübscher kleiner guter Stube gegenüber.

Charlotte glaubte die Unterhaltung mit der Bitte um Verzeihung für jene abgeschnittenen Locken einleiten zu müssen. »Ich war damals so verzweifelt«, sagte sie; »aber es war natürlich doch recht schlecht von mir.«

Frau Sundler zeigte sich sehr entgegenkommend und sagte, sie verstehe Charlottes Gefühle durchaus. Sie gab zu, sie selber habe noch viel mehr Ursache, um Verzeihung zu bitten. Sie habe an Charlottes Schuld geglaubt und wolle auch nicht leugnen, dass sie sehr hart über sie geurteilt habe. Aber von nun an wolle sie alles tun, um Charlotte wieder zu Ehren zu bringen.

Charlotte antwortete ebenso artig, sie sei ihr dankbar für dieses Versprechen, aber zunächst läge ihr etwas anderes viel mehr am Herzen als ihre eigene Rechtfertigung.

Hierauf erzählte sie Thea von dem unglücklichen Fall, den die Frau Oberst getan hatte, und fügte hinzu, Karl-Artur wisse sicherlich nicht, wie verhängnisvoll dieser Fall für seine Mutter gewesen sei. Er hätte doch sonst Karlstadt nicht verlassen können, ohne der geliebten Mutter ein freundliches Wort zu sagen.

Aber nun wurde Thea sehr zurückhaltend.

Sie sagte, sie habe gefunden, Karl-Artur werde bei allen wichtigen Handlungen von einer zweifellos göttlichen Eingebung geleitet. Was er auch tue, er wandle immer auf Gottes Wegen.

Bei diesen Worten färbte eine leichte Röte Charlottes bleiche Wangen, aber sie beendete ihren Bericht, ohne ein bitteres oder verletzendes Wort zu äußern. Sie erklärte nur, es sei ihre feste Überzeugung, die Frau Oberst werde sich nach dem Bruch mit Karl-Artur niemals wieder erholen, und sie fragte Thea, ob es denn nicht entsetzlich wäre, wenn Karl-Artur den Tod seiner Mutter auf dem Gewissen hätte.

Frau Sundler erwiderte sehr schön und würdig, sie sei überzeugt, Gott werde seine schützende Hand über Mutter und Sohn halten. Sie glaube, es sei wohl die Absicht der Vorsehung, die liebe Frau Ekenstedt einem ernsthafteren Christentum zuzuführen.

Charlotte glaubte wieder das totenblasse Antlitz mit der drohenden Miene vor sich zu sehen, und sie fürchtete, dass die Frau Oberst schwerlich auf diesem Weg zu einer größeren Gottesfurcht gebracht werden könnte. Aber sie enthielt sich jeder unvorsichtigen Äußerung und sagte nur, der einzige Zweck ihres Besuches sei, Thea zu bitten, ihren Einfluss auf Karl-Artur dazu zu verwenden, eine Versöhnung zwischen Mutter und Sohn herbeizuführen.

Nun wurde Frau Sundlers Redeweise noch salbungsvoller, nochlispelnder, noch ölig-demütiger als je. Ja, sie habe vielleicht einigen Einfluss auf Karl-Artur, aber wenn es sich um etwas so Wichtiges handele, dann wage sie ihn nicht geltend zu machen. Dann müsse er seine Entschlüsse selber fassen.

›Sie will nicht‹, dachte Charlotte. ›Es ist, wie ich mir dachte. Es ist vergeblich, ihr Mitleid anzurufen. Sie tut es nicht ohne einen Gegendienst.‹

Sie erhob sich mit der gleichen Selbstbeherrschung, die sie die ganz Zeit über gezeigt hatte, sagte äußerst höflich Lebewohl und schritt der Tür zu. Frau Sundler begleitete sie, indem sie lebhaft ihre Gedanken darüber entwickelte, welche Verantwortung ihr das Glück Karl-Arturs Vertrauen zu besitzen, auferlege.

Als Charlotte schon die Hand auf die Türklinke gelegt hatte, drehte sie sich um und ließ ihren Blick übers Zimmer hingleiten.

»Du hast wirklich ein ganz allerliebstes Zimmer«, sagte sie. »Es wundert mich nicht, dass es Karl-Artur so gut hier gefällt.«

Frau Sundler schwieg. Sie wusste nicht, worauf Charlotte hinauswollte.

»Ich kann mir ganz gut denken, wie das abends bei euch ist«, fuhr Charlotte fort. »Dein Mann sitzt am Klavier, du stehst daneben und singst, und Karl-Artur sitzt in einem der schönen Lehnstühle und hört zu.«

»Ja«, sagte Frau Sundler, noch immer ungewiss, was Charlotte meinte. »Wir haben es wunderschön, ganz, wie du es sagst.«

»Vielleicht trägt Karl-Artur auch ab und zu etwas zur Unterhaltung bei«, meinte Charlotte. »Er liest euch ein Gedicht vor oder erzählt euch von dem kleinen grauen Pfarrhaus, das er sich wünscht.«

»O ja«, rief Frau Sundler, »wir beide, mein Mann und ich, sind sehr glücklich darüber, dass Karl-Artur unser geringes Haus mit seinem Besuch beehrt!«

»Wenn nichts dazwischenkommt, so kann ja dies Glück noch viele Jahre dauern«, fuhr Charlotte fort. »Karl-Artur heiratet sein Mädchen aus Dalarne wohl noch nicht so bald. In der Propstei wird er es recht einsam finden, da kann er einen so behaglichen Zufluchtsort wohl brauchen.«

Frau Sundler blieb stumm. Sie war ganz Ohr, ganz Aufmerksamkeit. Es war ihr klar, dass Charlotte mit ihren Äußerungen eine bestimmte Absicht hatte, aber sie wurde nicht klug daraus.

»Wenn ich in der Propstei geblieben wäre«, sagte Charlotte, »so hätte ich ihn vielleicht ab und zu in einer freien Stunde etwas zerstreuen können. Ich weiß zwar, dass er mich nicht mehr liebt, aber deshalb braucht man ja doch nicht wie Hund und Katze zusammenzuleben. Ich könnte ihm ja beispielsweise helfen, sein Kinderheim einzurichten. Wenn man sich täglich begegnen muss, bekommt man viele gemeinsame Interessen.«

»Ja, natürlich. Aber willst du wirklich die Propstei verlassen?«

»Bestimmt kann ich es noch nicht sagen. Du weißt ja, dass ich daran gedacht habe, Schagerström zu heiraten.«

Damit nickte sie freundlich zum Abschied und öffnete die Tür, um nun wirklich zu gehen.

Als sie aber im Hausflur war, musste sie wohl bemerkt haben, dass sich eines ihrer Schuhbänder gelöst hatte. Sie bückte sich und band es wieder fest. Sicherheitshalber band sie auch gleich das andere noch einmal.

›Ich muss ihr Zeit lassen, über die Sache nachzudenken‹, dachte sie. ›Liebt sie ihn wirklich, so lässt sie mich nicht gehen, liebt sie ihn nicht –‹

Während sie noch über ihre Schuhe gebeugt stand, kam Frau Sundler in den Flur heraus.

»Liebe Charlotte«, sagte sie, »willst du nicht noch einmal bei mir eintreten? Ich habe gar nicht daran gedacht, dass du noch nie zuvor in meinem Haus gewesen bist. Da darf ich dir doch ein Glas Himbeersaft anbieten? Du sollst nicht gehen, ohne etwas genossen zu haben. Dadurch würdest du mir ja die Gemütlichkeit hinaustragen, wie man zu sagen pflegt.«

Charlotte, die endlich mit ihren Schuhbändern zurechtgekommen war, nahm die Aufforderung freundlich an. Nein, sie hatte nichts dagegen, noch einmal in das reizende Zimmer einzutreten und dort ein paar Minuten zu warten, während Frau Sundler rasch in den Keller lief und Saft holte.

›Jedenfalls ist Thea nicht dumm‹, dachte das junge Mädchen. ›Das ist doch ein Trost.‹

Frau Sundler blieb recht lange weg, aber Charlotte betrachtete es nicht als ein schlechtes Zeichen. Sie wartete still und geduldig. In ihren Augen war ein Blick wie der eines Fischers, wenn er einen Fisch um den ausgeworfenen Köder kreisen sieht.

Nach einiger Zeit kam die Wirtin wieder mit Saft und etwas Backwerk. Charlotte trank von dem dunkelroten Himbeersaft, nahm einen Pfefferkuchen und fing an, daran zu knabbern, während sie Frau Sundlers Entschuldigungen wegen ihres langen Ausbleibens zuhörte.

»Welch vorzüglicher Pfefferkuchen!«, sagte Charlotte. »Den hast du gewiss nach einem Rezept deiner Mutter gemacht. Sie muss ja eine wahre Kochkünstlerin gewesen sein. Es ist doch herrlich für dich, dass du das Kochen so gut verstehst. Karl-Artur bekommt sicher bei dir ein viel besseres Essen als in der Propstei.«

»Gewiss nicht, du musst bedenken, wir sind arme Leute. Aber, Charlotte, wir wollen nicht von solchen unwichtigen Dingen reden, sondern an die arme liebe Frau Ekenstedt denken! Darf ich offen mit dir reden?«

»Deshalb bin ich doch hergekommen, liebe Thea«, sagte Charlotte mit ihrer sanftesten Stimme.

Keine von beiden erhob die Stimme, sie sprachen eher immer leiser. Ganz ruhig saßen sie da, nippten an dem Himbeersaft und knabberten Pfefferkuchen. Aber beiden zitterten die Hände wie eifrigen Schachspielern, die am Schluss einer langwierigen Partie stehen.

»Ich will dir ganz aufrichtig sagen, Charlotte, ich glaube, Karl-Artur hat etwas Angst vor seiner Mutter. Nicht gerade vor ihr selber, denn sie ist ja in Karlstadt und hat nicht oft Gelegenheit, auf ihn einzuwirken, aber er hat gemerkt, dass sie daran arbeitet, ihn wieder mit dir zu versöhnen, Charlotte. Und das – verzeih mir, wenn ich es ausspreche –, das ist's, was er am allermeisten fürchtet.«

Charlotte lächelte. ›Aha‹, dachte sie, ›also auf diese Weise! Thea ist wirklich nicht dumm.‹

»Du meinst also, Thea«, sagte sie, »du könntest Karl-Artur dazu bringen, nach Karlstadt zu fahren und sich mit seiner Mutter zu versöhnen, wenn du ihn überzeugen könntest, dass dieser Schritt mir gegenüber keinerlei Folgen haben werde.«

Frau Sundler zuckte die Schultern.

»Ach, es ist nur eine Vermutung von mir«, entgegnete sie. »Vielleicht fürchtet er auch ein wenig seine eigene Schwäche. Natürlich hat deine Person etwas sehr Einnehmendes für ihn. Ich begreife ja eigentlich auch nicht, wie man jemandem widerstehen kann, der so schön ist wie du, Charlotte.«

»Du meinst also – – –«

»Ach, Charlotte, es fällt mir sehr schwer, es auszusprechen; aber ich glaube allerdings, wenn Karl-Artur etwas Sicheres hätte, an das er sich halten könnte ...«

»Mit anderen Worten, wenn ich mich morgen mit Schagerström zum dritten Male aufbieten ließe, so würde Karl-Artur sich sicherfühlen.«

»Das wäre natürlich sehr gut ... Aber, Charlotte, ein Aufgebot kann doch rückgängig gemacht, die Hochzeit hinausgeschoben werden. Du kannst möglicherweise noch jahrelang in der Propstei bleiben.«

Charlotte setzte ihr Saftglas etwas hastig nieder. Als sie hierherkam, hatte sie eines gewusst: Sie musste einen hohen Preis dafür zahlen, falls Thea Karl-Artur zu seiner Mutter reisen ließ. Aber sie hatte geglaubt, das dritte Aufgebot werde genügen.

»Ich hatte mir die Sache so gedacht«, fuhr Frau Sundler jetzt beinahe flüsternd fort, »wenn du jetzt gleich nach Hause gingest und ein Briefchen an Schagerström schriebest mit der Anfrage, ob er sich morgen nach dem Got-

tesdienst in der Propstei mit dir trauen lassen wolle, dann würde ...«
»Unmöglich ...«
Es war wie ein verzweifelter Ruf nach Schonung – die einzige Äußerung während der ganzen Unterredung, die verriet, was das junge Mädchen litt.
Thea Sundler fuhr fort, ohne auf den Klageruf zu achten.
»Ich weiß nicht, was daran Unmögliches sein soll. Ich sage nur, wenn dieses Briefchen geschrieben und mit einem sicheren Boten nach Groß-Sjötorp geschickt würde, dann könnte die Antwort in fünf bis sechs Stunden hier sein. Im Falle sie befriedigend ausfiele, würde ich alles tun, um Karl-Artur zu dieser Reise zu bewegen.«
»Und wenn du nichts erreichst?«
»Ich habe Frau Ekenstedt wirklich lieb, Charlotte. Sie tut mir aufrichtig leid. Wenn ich nun Karl-Arturs Befürchtungen in der genannten Hinsicht beruhigen kann, so glaube ich nicht, dass ein Misserfolg möglich ist. Dessen bin ich sicher. Karl-Artur wird morgen sofort nach dem Gottesdienst abreisen. Ehe die Trauung stattfindet, wirst du hören, dass er abgereist ist.«
Das war ein klarer, genau durchdachter Plan ohne Sprünge und Lücken. Charlotte sah starr vor sich hin. Konnte sie es tun? Das hieß, ein ganzes Leben lang mit einem Mann zusammen sein müssen, den sie nicht liebte. Konnte sie das?
Ja, natürlich konnte sie es. Ihre Hand schloss sich um den Brief in ihrer Tasche. Natürlich konnte sie es.
Sie leerte das Saftglas, um ihre Kehle anzufeuchten.
»Ich werde dir Schagerströms Antwort so bald wie möglich mitteilen«, sagte sie und erhob sich, um zu gehen.

Samstag: Nachmittag und Abend

1

Wenn einem etwas Schweres zu tun bevorsteht, so ist es ein Glück, sich sagen zu können: »Es muss sein. Ich weiß, warum ich es tue. Es gab keinen andern Ausweg.«
Die heftige Unruhe legt sich dann vor der starken Überzeugung, dass man nichts anderes tun kann, als sich unterwerfen. Es ist wahr, wie man zu sagen pflegt, dass alles leichter zu ertragen ist, wenn nur einmal feststeht, dass es unabänderlich bleibt.
Als Charlotte nach Hause zurückgekehrt war, schrieb sie sofort ein paar Zeilen an Schagerström. Es waren wirklich nicht viele, die ihr aber viel Kopfzerbrechen verursachten. Schließlich hatte sie das Folgende zusam-

mengebracht:

»Mit Berufung auf die letzten Zeilen Ihres Briefes möchte ich anfragen, ob Sie geneigt sind, sich morgen Nachmittag um zwei Uhr in der Propstei einzufinden, um sich von dem Herrn Propst mit mir trauen zu lassen? Ich bitte, dem Boten Ihre Antwort mitzugeben.

Ihre ergebene Dienerin

Charlotte Löwensköld.«

Als dieser Brief zusammengefaltet und gesiegelt war, bat Charlotte den Propst um Erlaubnis, den Kutscher damit nach Groß-Sjötorp schicken zu dürfen. Dann begann sie, ihren beiden alten Freunden alles zu berichten, was geschehen war, und sie auf die Ereignisse des kommenden Tages vorzubereiten.

Aber die Frau Propst unterbrach sie mit den Worten: »Nein, weißt du was, das alles kannst du uns ein andermal erzählen. Jetzt geh hinauf und ruh dich ein Weilchen aus, du siehst aus wie ein Gespenst.«

Sie führte Charlotte hinauf in ihr Stübchen, nötigte sie, sich aufs Sofa zu legen, und deckte sie mit einem Tuch zu. »Nun mach' dir keine Gedanken«, sagte sie, »und schlaf' so lang wie möglich! Ich wecke dich, wenn es Zeit zum Mittagessen ist!«

In Charlottes Kopf wirbelten die Gedanken in tollerer, qualvollerer Hast als je zuvor, aber nach und nach legten sie sich zur Ruhe. Sie schienen einzusehen, dass hier nichts mehr zu tun war, dass alles abgemacht, alles ganz unabänderlich war. Und dann führte der Schlaf das arme Mädchen auch endlich fort von allem miteinander.

Sie schlief einige Stunden. Die Frau Propst steckte zwar, wie sie versprochen hatte, den Kopf herein, als das Mittagessen aufgetragen wurde; aber als sie Charlotte schlafend fand, störte sie sie nicht. Erst als der Kutscher mit Schagerströms Antwort zurückkam, wurde sie geweckt.

Charlotte öffnete den Brief und fand nur eine Zeile.

»Ihr ergebener Diener wird die Ehre haben, sich einzufinden.«

Sie sandte den Zettel an Frau Sundler und begann nun noch einmal, mit dem Propst und seiner Frau ihr Schicksal zu besprechen; aber sie wurde nochmals unterbrochen. Ihre Schwester, die Doktorin Romelius, ließ sie zu sich rufen. Sie hatte am Morgen einen heftigen Blutsturz gehabt.

»Jetzt gibt es aber wirklich nur noch lauter Unglücksfälle!«, rief die Frau Propst. »Natürlich ist sie schwindsüchtig, so hat sie ja schon seit Langem ausgesehen. Selbstverständlich musst du sofort zu ihr, mein Herzenskind. Wenn dir's nur nicht zuviel ist!«

»Aber gewiss nicht, gewiss nicht«, versicherte Charlotte und machte sich eiligst bereit zu diesem zweiten Gang am heutigen Tag ins Kirchdorf.

Sie fand ihre Schwester in ihrem Salon, in einem Sessel mit hoher Rückenlehne sitzend, mit all ihren Kindern um sich her. Zwei lehnten sich an sie, zwei saßen auf einem Schemel zu ihren Füßen, und die beiden Kleinsten lagen oder krochen auf dem Boden herum. Diese hatten keine Ahnung von Krankheit und Gefahr; aber die vier, die schon etwas mehr Verstand hatten, zeigten sich voller Angst und Unruhe. Es sah aus, als bildeten sie einen Wall um ihre Mutter her, als wollten sie sie gegen einen neuen Anfall schützen.

Keines von ihnen rührte sich bei Charlottes Eintritt. Der älteste Junge hob nur warnend den Finger auf.

»Mama darf sich nicht bewegen und nicht sprechen«, flüsterte er.

Es war keine Gefahr, dass Charlotte ihre Schwester zum Sprechen verleiten würde. Sowie sie das Zimmer betrat, drückte ihr etwas die Kehle zu. Sie kämpfte, um das Weinen zu unterdrücken.

Die sogenannte gute Stube der Doktorin war ein kleines kaltes Zimmer mit den Birkenmöbeln, die sie von ihren Eltern geerbt hatte. Es war ein Sofa, ein Tisch, zwei Lehnsessel, zwei kleine Fensternischen und sechs Stühle. Das waren lauter alte schöne Sachen, aber da sonst gar nichts weiter im Zimmer war, nicht das kleinste Stück Teppich, kein Blumentopf am Fenster, so war der Raum Charlotte immer äußerst ungemütlich vorgekommen. Es hatte ihr immer wehgetan, bei ihren Besuchen hier sitzen zu müssen, aber es war deshalb doch immer so geblieben. Ihre Schwester hatte sie niemals in eines der anderen Zimmer geführt. Charlotte hegte den Verdacht, die übrige Wohnung sei sehr dürftig und armselig ausgestattet, und deshalb werde sie nicht hineingelassen.

Die Ärzte pflegen sonst wohlhabende Leute zu sein, aber Romelius, der nur immer im Wirtshaus saß und trank, verdiente wohl so gut wie nichts und gab Frau und Kinder der größten Not und Entbehrung preis. Ach, Charlotte begriff wohl: Die Doktorin, die ihren Mann liebte, wollte nicht, dass die Schwester ihn tadeln sollte, deshalb hatte sie die beiden so weit wie möglich auseinandergehalten und Charlotte auch keinen Einblick in die Verhältnisse gestattet.

Als nun Charlotte sah, dass die Schwester sie in all ihrem Elend doch wieder im Salon empfing, war sie tief gerührt. Das tat sie um ihres Mannes willen.

Sie wollte ihn also immer noch schützen.

Charlotte trat zu ihrer Schwester und küsste sie auf die Stirn.

»Ach, Marie Luise, Marie Luise!«, flüsterte sie.

Die Doktorin sah mit einem schwachen Lächeln zu ihr auf. Dann neigte sie den Kopf nach der genau aufhorchenden Kinderschar und sah hierauf wieder zu Charlotte empor.

»Ja, gewiss«, sagte Charlotte verständnisinnig.

»Hört, Kinder«, fuhr sie in so kräftigem und bestimmtem Tone fort, dass sie sich selbst wunderte, woher sie die Kraft dazu nahm. »Frau Propst Forsius schickt euch Backwerk. Ich hab' es draußen im Flur in meinem Beutel.

Kommt nur mit, ihr werdet Augen machen!«

So lockte sie die Kinder aus dem Zimmer, verteilte das Backwerk unter sie und schickte sie dann in den Garten, um dort zu spielen.

Als Charlotte wieder zu ihrer Schwester hineinkam, setzte sie sich auf den Schemel zu ihren Füßen, nahm deren harte, abgearbeitete Hände in die ihrigen und legte ihre Wange darauf.

»So, Liebste, jetzt sind sie weg. Nun sag' mir, was du von mir wolltest.«

»Wenn ich sterbe«, sagte die Kranke, schwieg aber gleich wieder aus Furcht vor einem neuen Hustenanfall.

»Ja, richtig«, versetzte Charlotte, »du darfst nicht sprechen. Aber du hast mich bitten wollen, mich deiner Kinder anzunehmen, falls du von hinnen gehst. Das gelobe ich dir, Marie Luise.«

Die Schwester nickte, und während sie Charlotte dankbar zulächelte, fiel eine Träne aus ihrem Auge.

»Ich wusste, du würdest mir beistehen«, hauchte sie.

›Sie fragt gar nicht einmal, wie ich es machen soll, mich ihrer Kinder anzunehmen‹, dachte Charlotte, die über diesem neuen Elend ganz vergessen hatte, was am Vormittag vorgefallen war. Aber dann kam ihr plötzlich der Gedanke: ›Gewiss kannst du dich der Kinder annehmen, du wirst ja reich. Du heiratest ja Schagerström.‹

Dann stieg ein neuer Gedanke in ihr auf. ›Am Ende ist alles so gekommen, wie es kam, damit ich Marie Luise helfen kann.‹

Nun dachte sie zum ersten Male mit einer gewissen Befriedigung an ihre Heirat mit Schagerström. Bisher hatte sie sich nur in geduldiger Unterwerfung in diese Sache gefunden.

Sie schlug der Schwester vor, sich von ihr zu Bett bringen zu lassen. Aber die Doktorin schüttelte den Kopf. Sie hatte noch etwas auf dem Herzen.

»Du darfst die Kinder nicht bei Richard lassen«, sagte sie.

Charlotte versprach auch das von Herzen. Zu gleicher Zeit aber war sie sehr verwundert. Marie Luise war also nicht in solch blinder Bewunderung für ihren Mann befangen, wie sie geglaubt hatte. Sie merkte, dass dieser schon zu weit heruntergekommen war und man die Kinder seinem Einfluss entziehen musste.

Aber die Schwester schien ihr noch etwas anvertrauen zu wollen.

»Ich fürchte die Liebe«, sagte sie. »Ich wusste ja, wie Richard war, aber die Liebe zwang mich, ihn zu nehmen. Ich hasse die Liebe.«

Charlotte merkte wohl, dass sie das sagte, um sie zu trösten. Sie wollte damit sagen, dass auch die heftigste Liebe ein Irrtum sein und der Grund zum unheilvollsten Missgriff werden könne. Es wäre besser, sich vom Verstand leiten zu lassen.

Charlotte hätte gern gesagt, sie für ihr Teil werde die Liebe bis zu ihrer Todesstunde hochhalten und ihr trotz aller Qual, die sie durch sie erlitten, niemals zürnen; aber die Doktorin bekam einen ihrer gefährlichen Hustenanfälle, der jede Erwiderung abschnitt. Sobald wieder etwas Ruhe eingetreten war, beeilte sich Charlotte, das Bett zurechtzumachen und ihre Schwester hineinzulegen.

An diesem Abend erfüllte Charlotte alle Hausmutterpflichten in dem kleinen Heim. Sie bereitete den Kindern ihr Abendbrot, leistete ihnen während des Essens Gesellschaft und brachte sie zu Bett.

Aber als sie dabei die Kleider, das Bettzeug, das Kochgeschirr und das Porzellan zwischen die Finger bekam, entsetzte sie sich. Wie war das alles zerschlissen, zersprungen! Es fehlte am notwendigsten Hausgerät. Wie unordentlich, wie untauglich war das Dienstmädchen! Wie zerlumpt die Kinderkleider! Wie übel mitgenommen Tische und Stühle! Hier fehlte eine Rückenlehne, dort war ein Bein abgeschlagen!

Charlotte brannten die Tränen in den Augen, aber sie drängte sie zurück. Tiefes Mitleid mit der Schwester überkam sie, mit ihr, die eine solche Armut ertragen hatte, ohne ein Wort der Klage, ohne eine Bitte um Hilfe.

Während dieser Arbeiten ging Charlotte immer wieder zu ihrer Schwester hinein, die nun ruhig und ohne Schmerzen im Bett lag, und der Charlottes Fürsorge offenbar äußerst Wohltat.

»Jetzt sollst du aber etwas recht Schönes hören«, sagte Charlotte. »Du sollst dich künftig nicht mehr so plagen müssen. Ich schicke dir morgen ein ordentliches Dienstmädchen. Dann darfst du ruhig im Bett liegen und dich pflegen, bis du wieder ganz auf dem Damm bist.«

Die Kranke lächelte zaghaft. Man sah wohl, diese Aussicht machte ihr Freude. Aber Charlotte glaubte zu bemerken, dass noch irgendetwas ihre Schwester beunruhigte, was sie ihr noch nicht hatte abnehmen können.

›Es ist schon zu spät‹, dachte Charlotte. ›Sie weiß, dass sie sterben muss. Da kann sie nichts mehr trösten.‹

Nach einem Weilchen stand sie wieder am Bett. Sie entwickelte allerlei Pläne, wie die Schwester in irgendein Bad gebracht und dort richtig verpflegt werden sollte. »Du weißt doch, dass ich jetzt reich werde. Du kannst dich auf mich verlassen.«

Es war Charlotte zuwider, von dem Schagerströmschen Reichtum zu sprechen; aber der Schwester machte es Freude. Der Gedanke, dass Charlotte eine reiche Frau werde, war die beste Arznei für sie.

Sie nahm Charlottes Hände und streichelte sie voll Dankbarkeit, aber noch sah sie nicht völlig beruhigt aus.

›Was mag sie noch quälen?‹, dachte Charlotte. Sie hatte wohl einen Verdacht, wollte aber nicht darauf achten. Es war ja doch undenkbar, dass Marie Luise auch für ihren Mann bitten wollte. Jetzt, wo sie von allem entblößt, zugrunde gerichtet, todkrank im Bette lag! Nein, es musste etwas anderes sein.

Nachdem alle Kinder zu Bett waren, ging Charlotte zu ihrer Schwester hinein, um ihr gute Nacht zu sagen.

»Ich will jetzt gehen«, sagte sie, »aber ich gehe noch an der Krankenwärterin vorbei und bitte sie, heute Nacht bei dir zu wachen. Morgen bin ich wieder zeitig hier.«

Abermals streichelte Marie Luise die Hand ihrer Schwester aufs Zärtlichste. »Morgen hab ich dich nicht nötig, aber komm am Montag wieder!«

Charlotte verstand: Ihre Schwester erwartete, ihr Mann, der heute Krankenbesuche machte, werde am Sonntag daheim bleiben. Sie wollte nicht, dass Charlotte mit ihm zusammentraf.

Noch immer hielt die Kranke Charlottes Hand fest, und diese sah wohl, dass sie sie noch um etwas bitten wollte.

Sie beugte sich hinab und strich eine Locke aus der Stirn der Kranken. Ach, sie glaubte eine Sterbende berührt zu haben, und in dem plötzlichen Gefühl, sie habe heute vielleicht zum letzten Male ihre tapfere, treue Schwester gesehen, versuchte sie, ihr noch einmal entgegenzukommen, und sagte:

»Schagerström und ich werden uns auch um Romelius annehmen, das verspreche ich dir.«

Ach, welch ein Freudenschimmer flog da über das Gesicht der Kranken! Sie drückte Charlottes Hand an die Lippen.

Dann sank sie in die Kissen zurück. Ihre Augen schlossen sich, und nach einer kleinen Weile war sie ruhig und friedlich eingeschlafen.

›Ich habe es ja gewusst‹, dachte Charlotte. ›An ihn hat sie gedacht, ich habe es ja gewusst, sie kann die Liebe nicht hassen.‹

2

Es war zehn Uhr vorüber, als Charlotte von ihrem Besuch bei der Doktorin heimkehrte. Als sie das Gartentor öffnete, traf sie mit dem Stubenmädchen und der Köchin zusammen, die, aus einer andern Richtung kommend, auch auf dem Heimweg waren.

Sie erzählten sofort, sie kämen von einer Betstunde der Pietisten in Holma. Die Versammlung habe in einer alten Schmiede stattgefunden. Es sei überfüllt gewesen, und Doktor Ekenstedt habe gesprochen.

Nicht nur aus dem Kirchdorfe, von allen Seiten seien die Leute herbeigeströmt.

Charlotte wollte fragen, ob Karl-Artur wieder so schön gesprochen habe wie bisher; aber die beiden Mädchen waren allzueifrig in ihrem Bericht über das Gehörte und ließen sie gar nicht zu Worte kommen.

»Und Doktor Ekenstedt sprach beinahe die ganze Zeit nur über Sie, Fräulein Charlotte«, sagte das Hausmädchen. »Er sagte, er und alle andern Leute hätten Ihnen großes Unrecht angetan. Sie seien niemals falsch und hinterlistig gewesen, das wolle er aller Welt zu wissen tun.« – »Ja, er erzählte, was das gnädige Fräulein gesagt habe und was er gesagt habe, damals, als Sie Streit bekamen«, fügte die Köchin hinzu. »Er wollte, wir sollten alle begreifen, wie alles zugegangen war. Aber ich glaube nicht, dass er recht damit getan hat. Vor mir saßen ein paar Burschen, die bogen sich vor Lachen.«

»Da waren natürlich noch viele, die lachten und ihren Spaß daran hatten«, nahm das Hausmädchen wieder das Wort, »aber das waren nur solche, die rein gar keinen Verstand haben. Alle andern fanden es sehr schön. Und zum Schluss bat er, wir sollten uns alle im Gebet für das gnädige Fräulein vereinigen, denn das gnädige Fräulein gehe nun einen gefährlichen Weg, sagte er. Das gnädige Fräulein wolle einen reichen Mann heiraten. Und dann erinnerte er uns an Jesu Wort, wie schwer es für die Reichen sei, ins Himmelreich zu kommen … Aber wo ist denn das Fräulein hingegangen?«

Charlotte war ohne ein Wort hinweggeeilt. Wie gehetzt lief sie ins Haus, durch den Flur und die Treppe hinauf in ihr Zimmer. Rasch zog sie ihre Kleider aus, ohne erst Licht anzuzünden, und lag dann unbeweglich, ins Dunkel starrend, in ihrem Bett.

»Jetzt ist es vollbracht«, murmelte sie. »Karl-Artur hat die Liebe getötet.«

Bisher war ihm das noch nicht gelungen. Er hatte der Liebe Wunden geschlagen, sie verachtet, verschmäht, verleumdet, aber trotz allem hatte sie weitergelebt. Nicht am geringsten freundlichen Blick hatte sie sich erfreuen dürfen, und dennoch war sie am Leben geblieben.

Aber jetzt, nach diesem, musste sie sterben.

Charlotte fragte sich selber, warum das, was er jetzt getan hatte, so viel schwerer zu ertragen sei als alles andere? Sie konnte es sich selbst nicht erklären, aber sie wusste, es war so.

Karl-Artur hatte es gewiss gut gemeint. Er hatte sie wieder zu Ehren bringen wollen. Er hatte gesprochen, um sein Gewissen zu erleichtern. Aber jedenfalls hatte er ihrer Liebe den Todesstoß gegeben.

Ach, sie fühlte sich ganz verarmt! Niemand mehr haben, von dem man träumen, nach dem man sich sehnen kann! Wenn sie etwas Schönes las, sollte der Held nicht mehr ganz von selber die geliebten Züge tragen! Wenn sie Musik hörte, die von Liebessehnsucht durchglüht war, sollte sie sie nicht mehr verstehen, weil das Echo in ihrem Herzen fehlte!

Würde sie denn an Blumen, Vögeln oder Kindern noch etwas Schönes sehen können, nachdem ihr ihre Liebe verloren gegangen war?

Diese Ehe, in die zu treten sie im Begriff war, lag vor ihr wie eine weite, öde Wüste. Hätte sie noch ihre Liebe gehabt, dann wäre ihre Seele doch nicht ihres ganzen Inhalts beraubt gewesen. Jetzt sollte sie in dem fremden Haus sitzen mit der Leere um und in sich.

Sie dachte an die Frau Oberst. Jetzt wusste Charlotte, was ihren Zorn hervorgerufen hatte, warum sie so streng und drohend aussah. Auch sie hatte immerfort daran denken müssen, dass Karl-Artur ihre Liebe getötet habe.

Auch mit Schagerström beschäftigten sich Charlottes Gedanken. Sie fragte sich, was wohl die Frau Oberst an ihm gefunden habe, das ihr den Wunsch eingegeben, er möchte ihr Sohn sein. Das war keine leere Höflichkeit gewesen, ihre Worte mussten einen tieferen Grund haben.

Charlotte brauchte sich nicht lange zu besinnen, sie wusste, was die Frau Oberst an ihm entdeckt hatte – Schagerströms Fähigkeit, zu lieben. Und darauf verstand Karl-Artur sich nicht. Er war einer wahren Liebe nicht fähig.

Charlotte lächelte etwas ungläubig. Konnte Schagerström besser lieben als Karl-Artur? Hatte er sich denn nicht durchaus rücksichtslos gezeigt, sowohl als er ihr den Heiratsantrag machte wie auch bei dem Aufgebot? Aber die Frau Oberst hatte einen klareren Blick als alle andern, sie wusste, Schagerström würde in einem Herzen, das ihn liebte, die Liebe niemals töten.

»Es ist eine große, schwere Sünde, die Liebe zu töten«, flüsterte Charlotte in die Dunkelheit hinein.

Im nächsten Augenblick fragte sie sich, ob Karl-Artur das wohl mit Absicht und Überlegung getan habe. Er, der fünf Jahre lang ihr Verlobter gewesen war, musste wohl wissen, dass nichts sie so tief verletzen konnte, wie sein Gerede über sie und ihre Liebe vor einem zusammengelaufenen Menschenhaufen, dem sie nun der Gegenstand des Gelächters oder eines zudringlichen Mitleids wurde. Oder war es vielleicht Thea Sundler gewesen, die ihn dazu vermocht hatte, um Charlotte endlich aus dem Feld zu schlagen? Fühlte sie sich noch immer nicht sicher? War es ihr notwendig erschienen, ihr auch noch diese tödliche Schmach anzutun, trotzdem sie Charlotte nun verheiratet und Karl-Artur vollständig entfremdet hatte?

Wessen Schuld es war, konnte ihr schließlich gleichgültig sein. In diesem Augenblick fühlte Charlotte nur den gleichen Widerwillen gegen beide.

Noch eine ganze Weile war sie die Beute eines ohnmächtigen Zornes. Eine Träne floß aus ihrem Auge und benetzte ihr Kopfkissen.

Aber in Charlottes Adern floß altes schwedisches Adelsblut, und in ihrer Seele wohnte die echte schwedische Willenskraft, der edle, stolze Wille, der sich um keine Niederlage kümmert, sondern mit ungebrochener Spannkraft aufspringt zu neuem Kampf.

Da saß sie auch schon aufrecht im Bett und schlug die Fäuste gegeneinander, dass es schallte.

»Eines weiß ich gewiss«, sagte sie, »die Freude werde ich ihnen nicht machen, in meiner Ehe mit Schagerström unglücklich zu sein!«

Und mit diesem guten Vorsatz, fest in die Seele gepflanzt, legte sie sich wieder in die Kissen zurück und schlief ein. Sie erwachte erst, als die Frau Propst um acht Uhr zu ihr ins Zimmer hereinkam, mit einem blumenbekränzten Kaffeebrett, um den bevorstehenden feierlichen Tag würdig einzuleiten.

Der Hochzeitstag

1

Schagerström fand sich, wie Charlotte gewünscht hatte, am Sonntag um zwei Uhr in der Propstei ein. Der reiche Hüttenbesitzer kam in seinem großen Landauer angefahren. Die Pferde und das Geschirr glänzten, der Bediente und der Kutscher waren in großer Gala mit Blumensträußen in den Westen und ohne Spritzleder, sodass man die weißen Lederhosen und die Glanzstiefel, die bis dicht unter das Knie reichten, sehen konnte. Der Glanz ihres Herrn war keineswegs mit dem der Diener zu vergleichen, aber er kam doch festlich ausgestattet mit Hemdkrause und Spitzenmanschetten, in weißer Weste, einem gut sitzenden grauen Frack und einer Rosenknospe im Knopfloch. Kurz und gut, jedermann, der ihn in seiner Equipage erblickte, musste denken: ›Ei der Tausend! Fährt der reiche Schagerström jetzt aus, um Hochzeit zu machen?‹

Als er vor der Propstei vorfuhr, wurde er über den freundlichen Empfang, der ihm zuteilwurde, ganz gerührt. Um die Wahrheit zu sagen, so hatte der alte Hof während der letzten kummervollen Zeit etwas Verschlossenes und Ungastliches gehabt. Es wäre schwer zu erklären, auf welche Weise sich dies gezeigt hatte, aber ein gefühlvolles Gemüt merkte den Unterschied wohl.

Das weite Gittertor stand nun offen, und ebenso die Haustür. Alle die seit mehreren Wochen herabgelassenen Rollvorhänge an den Fenstern im oberen Stock waren hinaufgezogen, sodass der Sonnenschein in alle Zimmer hineindringen und die Farben aus den Teppichen und Möbelbezügen nach Herzenslust herausziehen konnte. Aber die Veränderung bestand nicht allein darin. Auf den Blumen lag ein besonderer Glanz, und die Vögel zwitscherten mit einer ganz besonderen Freudigkeit.

Nicht allein das nette Hausmädchen, sondern auch der Propst und seine Gattin standen auf der Veranda, um Schagerström willkommen zu heißen. Beide umarmten ihn, küssten ihn auf die Wange, klopften ihm freundlich auf die Schulter und nannten ihn ohne alle Umstände bei seinem Vornamen. Sie behandelten ihn wie einen Sohn. Schagerström, der die letzte Nacht in angstvollem Kampf, den rechten Weg zu finden, verbracht hatte, fühlte bei alledem eine große Erleichterung, genauso, wie wenn ein kranker Zahn plötzlich zu schmerzen aufhört.

Er wurde in des Propstes inneres Zimmer geführt, wo Charlotte ihn erwartete. Sie trug ein Kleid aus schimmernder weißer Seide und sah entzückend aus. Das Kleid war allerdings etwas altmodisch. Man wäre geneigt, zu denken, Charlotte selbst habe kein passendes Gewand gehabt, und so habe die Frau Propst eines aus den großen Truhen auf dem Bodenraum der Propstei hervorgesucht. Es war ziemlich tief ausgeschnitten und von einem

Schnitt, als wenn die Menschen ihre Mitte unter den Achselhöhlen hätten; aber das Kleid passte für eine Erscheinung wie Charlotte ausgezeichnet. Man hatte sich nicht die Mühe gemacht, Brautkrone oder Myrtenkranz aufzutreiben, die Frau Propst hatte Charlotte geholfen, ihre Locken mit einem hohen Schildpattkamm aufzustecken, damit die Haartracht zum Kleide passte. Um den Hals trug sie zwei Reihen Wachsperlen mit einem schönen Schloss daran, und ebensolche Armbänder umschlossen die Handgelenke. Alle diese Sachen waren ohne allen Wert, aber sie standen ihrer Trägerin vorzüglich.

Als Schagerström sich über Charlottes Hand beugte, um einen Kuss darauf zu drücken, sagte sie mit leicht bebenden Lippen:

»Karl-Artur ist vor einer kleinen Weile nach Karlstadt gefahren, um sich mit seiner Mutter zu versöhnen.«

»Niemand als Sie allein, gnädiges Fräulein, hätte ein solches Wunder herbeiführen können«, erwiderte Schagerström.

Also so war es, Charlotte war es gelungen, den jungen Ekenstedt zu dieser Reise zu bewegen, indem sie ihre Einwilligung zu der Heirat mit ihm, Schagerström, gegeben hatte. Wie die Sache eigentlich zusammenhing, konnte er sich indes doch nicht erklären, und, um die Wahrheit zu sagen, so war er unzufrieden mit der ganzen Aufmachung. Er bewunderte ja wohl die Opferwilligkeit des jungen Mädchens, wollte auch die Frau Oberst und ihren Sohn gerne versöhnt wissen, aber, aber ... Um die Sache aufs Kürzeste zu erklären: Er hätte ganz einfach gewünscht, das junge Mädchen hätte ihn um seiner selbst und nicht um des jungen Ekenstedt willen geheiratet.

»Der böse Einfluss, von dem du schriebst, war es«, fuhr Charlotte fort, »der böse Einfluss begnügte sich nicht mit weniger, als dass ich heirate und aus der Propstei entfernt würde. Und alles musste unverzüglich geschehen. Es gab keine Gnade.« Schagerström hielt sich an das Wort Gnade, und er nahm an, Charlotte leide jetzt, wo sie ihm ihre Hand reichen müsse, unsägliche Qualen.

»Mein gnädiges Fräulein, ich beklage aufs ...«

Doch Charlotte unterbrach ihn.

»Ich heiße Charlotte«, sagte sie. »Und ich habe im Sinn, dich Henrik zu nennen.«

Schagerström verbeugte sich zum Dank für diese Mitteilung.

»Ja, ich habe im Sinn, dich Henrik zu nennen«, wiederholte Charlotte mit leicht bebender Stimme. »Ich weiß, deine verstorbene Gattin nannte dich Gustav. Ich will sie diesen Namen für sich behalten lassen. Man soll den Toten nicht das nehmen, was ihnen gehört.«

Schagerström war aufs Höchste verwundert. Diese Äußerung schien ja die Feststellung zu enthalten, dass Charlotte nicht mehr denselben Abscheu vor ihm fühlte wie bei ihrem letzten Zusammentreffen in Örebro. Seine Stimmung veränderte sich abermals. Wenn ihm nicht schon seit langem Misstrauen und Demut zur anderen Natur geworden wären, so hätte er sich jetzt vollkommen glücklich fühlen können.

Charlotte fragte ihn nun, ob er sich an einer Trauung in dem äußeren Zimmer des Propstes, wo schon so viele Brautpaare im Laufe der Jahre vereint worden seien, genügen lassen wolle.

»Tante Regina wünschte allerdings, dass wir uns droben in dem großen Salon trauen ließen«, sagte Charlotte; »aber für mich wäre es hier unten am feierlichsten.«

Tatsächlich verhielt es sich indes anders: Charlotte hatte diesen Vormittag noch in vertraulichem Beisammensein mit ihren alten Freunden und Beschützern verbringen wollen, und so hatte sie der j guten Frau Propst nicht erlaubt, die Zeit in dem nun seit langem unbenutzten Salon mit Auskehren und Abstäuben zu verderben. Die alte Dame hatte sich nicht einmal in die Küche entfernen dürfen, um das Essen zuzubereiten, womit sie die Neuvermählten bewirten wollte.

Der junge Hüttenbesitzer hatte nichts gegen das Amtszimmer einzuwenden, und so wurde die Trauung unmittelbar nachher vollzogen. Der Kutscher und der Diener von Groß-Sjötorp, der Pächter und seine Frau sowie das ganze Gesinde der Propstei wurden hereingerufen, um dem feierlichen Akt beizuwohnen. Der alte Propst las die Trauungsformel, und draußen vor den Fenstern ließen Buchfinken und Spatzen ihr allerlustigstes Gezwitscher hören; man hätte wirklich meinen können, sie wüssten, was da drinnen im Amtszimmer vorging, und wollten das Ereignis mit ihren besten Hochzeitsliedern feiern.

Als alles vorbei war, blieb Schagerström etwas unentschlossen stehen. Er wusste nicht recht, war er nun tun sollte; doch Charlotte wendete sich ihm zu und bot ihm die Lippen zu einem leichten Kuss.

Sie war wirklich auf dem besten Wege, ihn verwirrt zu machen. Alles hatte er erwartet, Tränen, versteinerten Gram, stolze Überlegenheit, alles, nur nicht diese frohe Unterwerfung.

›Alle, die uns sehen, denken sicherlich, ich sei es, der zu dieser Heirat gezwungen wurde, und nicht sie‹, dachte er in seinem Herzen.

Er konnte sich die Sache nicht anders erklären, als dass Charlotte es am leichtesten mit ihrem Stolz vereinigen konnte, froh und glücklich auszusehen.

›Aber wie gut sie es macht!‹, dachte er etwas unmutig und doch mit einer gewissen Bewunderung.

Als dann die vier Personen schon beim Mahl saßen, das nach Ausspruch der Frau Propst nur mithilfe des Himmels zustande gekommen war, aber jedenfalls ausgezeichnet schmeckte, gab sich Schagerström wirklich alle Mühe, seine Regenwetterstimmung abzuschütteln. Der Propst und seine

Frau, die sich sicherlich nicht darüber wunderten, dass er seine Lage etwas schwierig fand, strengten sich mit aller Macht an, ihn aufzuheitern, und schließlich sah es auch aus, als ob ihre Anstrengungen von Erfolg begleitet wären.

Sie brachten ihn jedenfalls so weit, wenigstens den Mund aufzutun.

Er begann, von seinen Reisen in fremden Ländern zu erzählen, von seinen Versuchen, die schwedische Eisenindustrie durch Einführung von dem, was er in England und Deutschland gelernt hatte, zu heben.

Während er sprach, sah er, dass Charlotte ihm mit ungeteiltem Interesse zuhörte. Mit vorgestrecktem Kopfe und weitoffenen Augen saß sie da und folgte jedem seiner Worte, was aber seiner Ansicht nah nur eine Vorspiegelung sein konnte.

›Das tut sie um der alten Leute willen‹, dachte er. ›Sie kann sich doch unmöglich für alle diese Dinge interessieren, die sie gar nicht versteht. Sie will dem Propst und seiner Frau weismachen, sie habe mich lieb. Das ist alles.«

Diese Erklärung gefiel ihm indes besser und sagte ihm mehr zu als die vorhergehende. Es tat ihm wohl, zu sehen, wie anhänglich seine Frau an diese prächtigen alten Menschen war.

Gegen Schluss der Mahlzeit legte sich aber doch eine traurige Stimmung auf die Gemüter. Die beiden Alten in der Propstei konnten ihre Gedanken unmöglich von der Tatsache losreißen, dass Charlotte sie in wenigen Augenblicken verließ. Charlotte, dies sprühende Geschöpf mit allen ihren dummen Streichen, mit ihren Späßen, mit ihrer raschen Zunge, ihrer Heftigkeit, Charlotte, die sie so oft hatten tadeln müssen, Charlotte, der sie ihres liebevollen Herzens wegen alles hatten verzeihen müssen, sie würde von nun an nicht mehr in ihrem Hause sein. Ach, wie leer und interesselos würde das Leben für sie werden!

»Es ist nur gut, dass du morgen wiederkommst und deine Habseligkeiten einpackst«, sagte die Frau Propst.

Schagerström begriff; ja, sie suchten sich damit zu trösten, dass Charlotte nicht weit fortzog und sie sie doch bisweilen sehen konnten; aber trotzdem meinte er zu sehen, wie sie gleichsam zusammensanken, wie ihre Rücken sich beugten und ihre Gesichter von Falten durchzogen wurden. Von diesem Tage an war niemand mehr da, der das Alter von ihnen fernhielt.

»Wir sind ja so froh über dich, Charlotte, mein liebes Kind«, sagte der Propst, »weil du eine prächtige Heimat und einen guten Mann bekommst, aber du wirst begreifen, du wirst begreifen ... Wir werden dich vermissen.«

Der alte Herr war wirklich dem Weinen nahe, aber die Frau Propst rettete die Situation, indem sie Schagerström erzählte, was ihr guter Alter ihr einmal anvertraut habe, das er tun würde, wenn er fünfzig Jahre jünger und ein Junggeselle wäre. Alle miteinander mussten hell auflachen, und die traurigen Gedanken wurden verscheucht.

Als der Landauer vorfuhr und Charlotte auf die Frau Propst zutrat, um ihr Lebewohl zu sagen, zog die Dame Charlotte mit sich ins nächste immer hinein und flüsterte ihr ins Ohr:

»Lass deinen Mann heute nicht aus den Augen, mein Kind! Er hat etwas im Sinn, ich sehe es ihm an. Gib wohl acht auf ihn!«

Charlotte versprach, ihr Bestes zu tun.

»Er sieht übrigens heute recht gut aus. Ist es dir nicht auch aufgefallen? Es steht ihm gut, wenn er so vornehm angezogen ist.«

Charlotte überraschte sie mit der Antwort:

»Mir ist er nie hässlich vorgekommen. Er macht einen kraftvollen Eindruck. Er ist wie Napoleon.«

»Was du nicht sagst!«, versetzte Frau Forsius. »Dieser Gedanke ist mir noch nie gekommen. Aber es ist gut, wenn du so denkst.«

Als Charlotte, zur Abreise bereit, auf die Veranda trat, sah Schagerström, dass sie dieselbe Mamille und denselben Hut trug, die sie genau vor vier Sonntagen auch getragen hatte und die ihm damals gewöhnlich und unkleidsam vorgekommen waren.

Jetzt fand er sie plötzlich ganz entzückend, und trotz allem regte sich jählings stürmische Freude in seinem Herzen. Dieses junge Wesen gehörte jetzt ihm und würde ihn in sein Heim begleiten. Während Charlotte noch immer Lebewohl sagte und dabei kein Ende finden konnte, trat er plötzlich näher, umfasste sie mit seinen starken Armen und setzte sie in den Wagen.

»So ist's recht, so ist's recht, so soll es sein, so soll es sein!«, erklang es von der Propstei her, während der Wagen um den blumengeschmückten Vorplatz herum und zum Tor hinausfuhr.

2

Es ist fast unnötig, zu sagen, dass der junge Hüttenbesitzer sein Vorgehen rasch bereute. Es war unrecht von ihm, Charlotte zu erschrecken. Wenn er sich auf diese Weise benahm, würde sie denken, er betrachte diese ganze Sache für etwas anderes als eine Scheinehe, und er würde mit den Ansprüchen eines richtigen Ehegatten zu ihr kommen.

Charlotte sah auch in der Tat etwas ängstlich aus. Er sah, wie sie sich in die Wagenecke, so weit entfernt von ihm wie nur möglich, zurückzog. Aber das dauerte nicht lange. Ehe sie das Kirchdorf erreicht hatten, saß Charlotte schon wieder lächelnd und plaudernd dicht neben ihm.

Na ja, das war leicht zu verstehen! Sie wollte eine gute Miene zeigen, während man die Dorfstraße entlangfuhr. Das würde sich natürlich ändern, wenn sie auf die einsame große Landstraße hinauskämen.

Aber Charlotte fuhr fort, wie sie begonnen hatte. Während der ganzen Fahrt unterhielt sie sich lebhaft und vergnügt. Und die Gesprächsstoffe, die sie wählte, waren in hohem Grade geeignet, ihm zu zeigen, dass sie ihre Ehe ganz ernst nahm.

Zuerst lenkte sie das Gespräch auf Schagerströms Pferde. In erster Linie wollte sie Auskunft haben über die vier, die vor den Landauer gespannt waren. Wo sie gekauft worden seien, wie alt sie seien, wie sie hießen, wie es mit ihrer Herkunft stehe, ob sie leicht scheuten, ob sie je mit ihm durchgegangen seien? Dann kam die Reihe an alle andern Pferde, die sich auf Groß-Sjötorp befanden. Ja, war es denn möglich? Gab es dort wirklich Reitpferde, richtig zugerittene Reitpferde? Und auch Sättel? Gab es tatsächlich einen richtigen englischen Damensattel?

Den Pferden in der Propstei schenkte Charlotte einen mitleidigen Gedanken. Sie waren jetzt ganz gewiss dem Verderben preisgegeben, da sie nicht mehr da war, um ihnen etwas Bewegung zu verschaffen.

Hier konnte Schagerström einen Einwurf nicht unterdrücken.

»Ich habe kürzlich in der Postkutsche eine fremde Dame erzählen hören, wie ein gewisses Fräulein die unschuldigen Kreaturen ihrer Wohltäter misshandelte.«

»Was sagst du?«, rief Charlotte; aber dann verstand sie, worauf er anspielte, und sie brach in helles Lachen aus.

Ein gutes Gelächter ist wirklich etwas Merkwürdiges. Plötzlich fühlten sich die beiden Neuvermählten als gute Freunde. Die Steifheit und die Feierlichkeit waren verschwunden.

Charlotte fragte immer weiter. Was für Industriewerke und sonstige Einrichtungen es auf Groß-Sjötorp gebe? Wie viel Essen in der Schmiede seien und wie die Schmiede und ihre Frauen und ihre Kinder hießen? Sie meinte gehört zu haben, es finde sich auch ein Sägewerk auf Groß-Sjötorp, ob das wahr sei? Ach so, es gab auch eine Mühle dort! Wie viele Mahlgänge es in der Mühle gebe? Wie der Müller hieße?

Es war ein vollkommenes Examen. Schagerström wurde es ganz wirr im Kopfe von all den vielen Fragen. Bisweilen konnte er gar keine richtige Auskunft geben.

Er wusste nicht, wie viele Schafe er besaß, und er war sich auch nicht im klaren darüber, wie viele Milchkühe im Kuhstall standen und wie viel Milch sie gaben.

»Das ist Sache des Inspektors«, antwortete er lachend.

»Es sieht wirklich aus, als ob du über gar nichts richtig Bescheid wüsstest«, sagte Charlotte. »Ich bin überzeugt, es herrscht eine furchtbare Unordnung bei dir daheim. Es wird sehr viel Mühe und Arbeit kosten, bis alles so ist, wie es sein soll.«

Sie schien indes bei dieser Aussicht durchaus nicht unzufrieden zu sein, und Schagerström gestand ihr, er habe sich schon lange einen wirklichen Haustyrannen gewünscht, gerade so eine scharfe Hausmutter wie die Frau

Propst Forsius.

Nachdem er das Wort Inspektor ausgesprochen hatte, kam Charlotte ein neuer Gedanke, und sie fragte, wie viele Herren am Herrschaftstisch mitessen würden. Wie der Haushalt eingerichtet sei, wie viele Hausmädchen und wie viele Bedienten da seien? Ob er auch eine Haushälterin habe und ob sie etwas tauge?

Auch den Garten vergaß sie nicht. Als sie erfuhr, dass sowohl Gewächshaus als auch ein Treibhaus für Weinstöcke da seien, war sie ein wenig verdutzt, genauso wie bei der Eröffnung betreffs der Reitpferde.

Begreiflicherweise konnte Schagerström während der Fahrt die Zeit nicht lang werden. Als der Wagen in den Waldweg einbog, der zu seinem Besitztum führte, musste er sich sagen, dass ihm die zwei Meilen, die das Kirchdorf von Groß-Sjötorp trennten, heute wunderbar kurz vorgekommen waren.

Im Übrigen aber nahm er sich wohl in acht, sich allerlei Einbildungen hinzugeben. ›Ich verstehe sie recht gut‹, sagte er sich. ›Sie versucht, sich in das Unvermeidliche zu finden. Sie plaudert, um nicht denken zu müssen.‹

Man kann indes wohl verstehen, welch ein aufregender, geschäftiger Tag es auf Groß-Sjötorp gewesen war.

Eigentlich wusste man nicht recht, was mit dem Hüttenbesitzer los war. Die Botschaft aus der Propstei war ja schon am Samstag, nachmittags drei Uhr, eingetroffen, aber er hatte kein Wort davon verlauten lassen, was eigentlich bevorstand. Erst ganz spät am Abend war ihm eingefallen, dass er den Trauring besorgen müsse. Und sofort war einer der Inspektoren beauftragt worden, in die nächste Stadt zu reiten, mit dem strengen Befehl, im Notfall den Goldschmied aus dem besten Schlaf aufzuwecken, um einen glatten goldenen Ring zu kaufen und auch gleich die Buchstaben eingravieren zu lassen.

Der Inspektor hatte gottlob den Mund nicht gehalten, sondern so vielen Menschen wie nur möglich mitgeteilt, dass am nächsten Tage eine neue Frau auf Groß-Sjötorp einziehen werde und dass man das als ein wirkliches Glück betrachten müsse. Wie in aller Welt hätte es sonst der Haushälterin gelingen sollen, die Staatsräume zu lüften, die Bezüge von den Möbeln abzunehmen und den Staub abzuwischen? Wie hätte es dem Gärtner gelingen können, alle Gartenwege zu harken, alle Blumenbeete zu reinigen? Und wie hätte man sonst die Livreen, die Stiefel, die Pferdegeschirre und auch den Landauer putzen und glänzend bürsten können? Der Hüttenbesitzer war wie betäubt herumgegangen und nicht imstande gewesen, sich irgendetwas vorzunehmen. Der Bediente Johansson hatte auf eigene Faust bestimmen müssen, was seiner Ansicht nach für einen Hochzeitsanzug passte.

Glücklicherweise hatte es indes auf Groß-Sjötorp doch Leute gegeben, die wussten, was es hieß, eine junge Herrin zu empfangen. Sowohl der Obergärtner als auch die Haushälterin waren schon zu jener Zeit dagewesen, als die Frau Landrat Oldencrona auf Groß-Sjötorp regierte, sie wussten also, was die Ehre des Hauses verlangte.

Nur zum Schein, könnte man fast sagen, hatte zwar die Haushälterin betreffs des Empfangs von dem Hausherrn Befehle verlangt, ehe er am Sonntag abgefahren war, und ebenso vorsichtig war auch der Obergärtner gewesen. Schagerström hatte sicherlich an gar keinen feierlichen Empfang gedacht; ehe er sich am Sonntag auf den Weg machte, sagte er aber, wenn Frau Sällberg ein kleines Festmahl richten wolle und wenn der Obergärtner jetzt noch eine Ehrenpforte errichten könne, so habe er nichts dagegen.

Nachdem sich die beiden auf solche Weise freie Hand verschafft, hatten diese vortrefflichen Menschen nur noch die Abreise des Hüttenbesitzers abgewartet und waren dann eifrigst an die Vorbereitungen zu einem fast königlichen Empfang gegangen.

»Bedenken Sie, Frau Sällberg«, sagte der Obergärtner, »sie ist ja ein adliges Fräulein und weiß also, wie es auf einem so großen Gute, wie diesem hier, zuzugehen pflegt.«

»Ach, sie kommt ja nur aus einer Propstei«, versetzte die Haushälterin, »und so wird sie sicherlich nicht viel verstehen, aber deshalb kann ein anderes doch zeigen, dass es seinen Verstand beieinander hat.«

»Oho, seien Sie nicht gar zu sicher, Frau Sällberg!«, erwiderte der Obergärtner. »Ich hab' sie in der Kirche gesehen. Sie sah wirklich nicht wie eine gewöhnliche Mamsell in einer Propstei aus. Sie hätten nur ihre Haltung sehen sollen. Mir war, als sähe ich die alte Gnädige von Groß-Sjötorp wieder vor mir. Es wurde mir dabei ganz warm ums Herz.«

»Nun, mit der Vornehmheit mag es sein, wie es will«, sagte die Haushälterin. »Ich bin jedenfalls froh, dass wir eine junge Frau ins Haus bekommen. Nun gibt's wieder Bälle und Gesellschaften. Dann darf man doch zeigen, was man kann. Das ist dann etwas anderes, als tagaus, tagein nur für ein paar Herren zu kochen, die das Essen einfach verschlingen.«

»Wenn es dann nur nicht zuviel des Guten für Sie wird«, entgegnete der Obergärtner lachend. »Wer viele Jahre lang unter der Frau Propst Forsius gestanden hat, versteht sich aufs Hauswesen, jawohl.«

Damit eilte er zur Tür hinaus, denn nun musste wahrlich eiligst ans Werk geschritten werden. Wenn man noch vier Ehrenpforten errichten, dazu den Hauseingang mit den Namenszügen aus Blumen schmücken wollte, durfte man wirklich keine Zeit mit Schwatzen verlieren.

Der Obergärtner hätte sich indes diesen Aufgaben nicht unterziehen können, wenn ihm nicht so viele eifrige Helfer beigesprungen wären. Aber man muss sich vorstellen, welche Freude die Nachricht auf dem ganzen Gute und im ganzen Hüttenwerk hervorgerufen hatte. Ach, droben in dem großen Herrschaftshause würde wieder eine Herrin sein, man würde wieder eine gnädige Frau haben, zu der man mit seinen Sorgen und Schwierigkeiten kommen konnte! Eine Hausfrau war eben doch noch mehr als ein Hausherr. Sie blieb daheim, mit ihr konnte man über seine Kinder und über die Kühe reden. Die Nachricht, dass sie schon an diesem selben Tag eintreffe, war fast zu gut, um wahr zu sein.

Ein paar Jungen verbreiteten die Nachricht unter allen denen, die zu Groß-Sjötorp gehörten, und in allen Katen und in allen Höfen putzte man sich, so gut man konnte, und wanderte nach dem Herrenhofe, um einen Schimmer von den Neuvermählten zu erhaschen. Aber allen, die auf dem Hofe eintrafen, wurde sofort eine Arbeit angewiesen. Die Ehrenpforten wurden errichtet, alte Fahnen und Standarten, die unter der früheren Besitzerin im Gebrauch gewesen waren, den Weg entlang aufgepflanzt. Zwei kleine Böller wurden herausgezogen. Es war ein Leben und ein Gewimmel auf dem Hofe, von dem man sich kaum eine Vorstellung machen kann.

Als dann die Neuvermählten gegen sechs Uhr in das Gebiet von Groß-Sjötorp einfuhren, war auch alles in Ordnung.

Bei der ersten Ehrenpforte, die sich noch innerhalb des Waldes befand, wurden sie von den Schmieden des Hüttenwerkes begrüßt, die ihre großen Hämmer geschultert hatten. An der zweiten, die am Waldessaum errichtet war, standen alle Feldarbeiter des Hüttenwerks und grüßten das Ehepaar mit geschulterten Spaten, bei der dritten j Ehrenpforte, die den Eingang zur Allee bildete, schrien die Müller und Sägewerksleute hurra, und an der vierten vor der Auffahrt zum Herrenhofe stand der Obergärtner, von seinen Untergebenen umringt, und überreichte einen prachtvollen Blumenstrauß. Vor dem Herrenhause selbst endlich hatten sich die Verwalter, die Buchhalter, die Haushälterin und die Dienstmädchen aufgestellt, sie knicksten und verbeugten sich.

Eigentlich war nicht alles in so guter Ordnung, wie es hier beschrieben wird. Alle Menschen waren in ausgezeichneter Laune, sie schrien und riefen aus vollem Halse hurra, sogar auch noch, als der Wagen an der Ehrenpforte, wo sie Wache halten sollten, schon vorbeigefahren war. Die Kinder liefen auf eine recht wenig feierliche Weise mit dem Wagen um die Wette, und die Böller wurden in dem aller unerwartetsten Augenblick abgeschossen; aber das Ganze war doch überaus schön und festlich, die selige Frau Landrat wäre gewiss davon befriedigt gewesen, welche Ehre Groß-Sjötorp und ihr alter Obergärtner einlegten.

Schagerström, der sicher nicht an einen so großartigen Empfang gedacht hatte, war auf dem Punkt, über die Freiheit, die sich seine Untergebenen angemaßt hatten, ärgerlich zu werden, aber ehe er seinem Missfallen Ausdruck gab, warf er glücklicherweise noch einen Blick auf Charlotte.

Sie saß mit lächelnden Lippen da, aber zugleich glänzte eine Träne in ihrem Auge, und sie hielt die Hände im Schoße gefaltet.

»Wie schön, wie schön!«, flüsterte sie. »Wie wunderschön!«

Alles miteinander, die Ehrenpforten, die Blumen, die Fahnen, die freundlichen Gesichter, die Hurrarufe, die Böllerschüsse, das alles galt ihr, alles war für sie der Willkommensgruß zu ihrem Einzug auf dem Gute. Und sie, die nun schon wochenlang daran gewöhnt war, dass alle Menschen sie verachteten und sich von ihr zurückzogen, sie, die bei jeder Bewegung nur Misstrauen und Tadel geerntet, sie, die kaum noch gewagt hatte, sich aus dem Hause zu entfernen, vor Angst, sich Beleidigungen auszusetzen, ja, sie fühlte sich dankerfüllt, gerührt und über Verdienst und Würdigkeit geehrt.

Dies hier waren keine Schmähgedichte, keine Sträuße aus Dornen und Disteln, es war kein Hohngelächter, Freude und Jubelrufe waren es, die sie begrüßten.

Sie streckte ihre Arme nach den Leuten aus. Von diesem Augenblick an liebte sie diesen Ort und seine Bewohner. Es war ihr, als sei sie in eine neue glückliche Welt versetzt. Hier wollte sie leben und sterben.

3

Welch ein Glück für einen Mann, eine junge Braut in ein prächtiges Haus heimführen zu können! Von Zimmer zu Zimmer zu wandern, ihre entzückten Ausrufe zu hören, ein paar Schritte vorauszueilen, die Türen zum nächsten Gemach zurückzuschlagen und zu sagen: »Ich glaube, dies hier ist nicht so ganz übel.« Die junge Gattin wie einen Schmetterling umherflattern zu sehen, bald einen Ton auf dem Flügel anschlagend, bald zu einem Gemälde hineilend oder einen Blick in den Spiegel werfend, um zu schauen, ob ein vorteilhaftes Bild von ihr widerstrahle, bald zum Fenster hinlaufend, um die wunderschöne Aussicht zu bewundern!

Aber wie ängstlich musste man nicht werden, wenn man sie mittendrin plötzlich in Tränen ausbrechen sieht, wie eifrig fragt man, was sie denn habe, wie aufrichtig verspricht man, all ihren Kümmernissen abzuhelfen!

Wie froh wird man doch, wenn man hört, das Weinen habe keinen anderen Grund, als dass sie eine Schwester habe, die in öden, kahlen Zimmern krank darniederliege, während sie, die junge Frau selbst, ohne alles Verdienst diese Pracht und Herrlichkeit genießen dürfe! Wie stolz fühlt man sich, ihr versprechen zu können, fortan solle die Schwester keine Not mehr leiden, sie dürfe ihr alle die Hilfe gewähren, die sie benötige, ja wenn sie wünsche, solle gleich diesen Abend noch ...

»O nein, nicht heute Abend. Morgen ist es früh genug.«

Damit ist diese Sorge abgetan. Die junge Frau vergisst sie ganz, und dann beginnt das Zeigen aufs Neue.

»In diesem Sessel hier sitzt man ganz vortrefflich«, sagt er. »Und am Fenster ist ein guter Platz für einen Nähtisch.«

Ja gewiss! Oh, sie wird sich am Nähtisch ausgezeichnet ausnehmen, zugleich aber fällt einem etwas ein, das man vergessen hat. Dies ist ja keine richtige Ehe. Dies alles ist nichts als Schein. Bisweilen sieht es freilich aus, als nehme sie es ernst, aber man weiß ja, wie sie es tatsächlich meint. Nur eines darf man sich gönnen: Man kann tun, als wisse man es nicht, bis der entscheidende Augenblick da ist; man kann das Spiel noch einige Stunden weitergehen lassen, kann sich ebenso fröhlich stellen wie sie, kann die Angst im tiefsten Herzen verbergen und so das Glück des Augenblicks genießen.

Ja, auf solche Weise kann man mit demselben Glücksgefühl die Besichtigung fortsetzen, bis der Diener kommt und meldet, dass das Essen aufgetragen sei.

Und ist es nicht wunderbar, ihr den Arm bieten und sie an einen Esstisch führen zu dürfen, der prachtvoll gedeckt ist mit echtem Porzellan, mit funkelndem Kristall und glänzendem Silber, sich mit ihr zu einem königlichen Mahl niedersetzen zu dürfen, einem Mahl mit acht Gängen, mit Wein, der in den Flaschen purpurn glüht, mit Gerichten, die einem auf der Zunge zerschmelzen, mit so herrlichem Essen, das ganz von selbst hinabgleitet!

Und dann ganz in dem Wohlbehagen aufgehen, neben sich eine junge Frau zu haben, die alles das, was man am meisten liebt, verkörpert, die klug und natürlich ist, die sich in die Verhältnisse zu schicken weiß, die im höchsten Grad mutwillig ist, die in ein und derselben Sekunde lachen und weinen kann, die jeden Augenblick eine neue hinreißende Eigenschaft zeigt!

Ein Glück ist es vielleicht auch, aus all diesem herausgerissen zu werden, gerade in dem Augenblick, wo man im Begriff ist, den Kopf zu verlieren, weil der Obergärtner, der an diesem Tag auf Groß-Sjötorp den Herrn spielt, meldet, dass alles zum Tanz in der Scheune bereit sei, dass aber niemand beginnen wolle, ehe die Herrschaft sich zeige. Die Braut und der Bräutigam müssten ja den Hochzeitsreigen eröffnen.

Welche fröhliche Art, Hochzeit zu feiern! Nicht unter Gleichgestellten, die vielleicht missgünstig wären und kritisieren würden, sondern unter bewundernden Untergebenen, die einen fast als Gottheiten betrachten.

Der Ordnung halber zuerst die Braut einmal auf dem glatten Scheunenboden im Kreis herumzuführen, sie dann aber abzugeben, um sie tanzen zu sehen, zu sehen, wie sie sich mit Schmieden und Müllern, mit Alten und Jungen herumschwingt, immerfort mit derselben guten Laune! Wie wunderbar, da auf einem Stuhle zu sitzen und an alte Sagen und Gedichte zu denken, die von Elfen handeln, die sich zum Tanze der Menschen herbeigeschlichen und die schönen Burschen mit sich in den Wald hinausgelockt haben. Denn wie man sie so im Tanze mitten in der von schwerer Arbeit vierschrötig gewordenen Schar dahinschweben sieht, kommt sie einem vor, als sei sie nicht aus gewöhnlichem irdischen Stoff, sondern aus etwas Feinerem, Besserem geschaffen.

Ja, so dazusitzen und sich doch über die entschwundenen Minuten zu ängstigen, bis man schließlich merkt, dass der Augenblick gekommen ist, wo der Hochzeitstag sein Ende erreicht hat und die Leere und der Ernst des Lebens aufs Neue beginnen.

4

Was Charlotte betrifft, so klang ihr die ganze Zeit über die Warnung der Frau Propst in den Ohren: »Mein Kind, lass deinen Mann heute nicht aus den Augen! Er hat etwas im Sinn. Gib wohl acht auf ihn!«

Die raschen Übergänge in seiner Stimmung von Fröhlichkeit und Schwermut waren ihr auch selbst aufgefallen, und bei jedem neuen Tanze sah sie sich immer erst um, ob er noch in der Scheune saß, und kaum hatte ein Tänzer sie verlassen, so ging sie auch gleich zu ihrem Manne hin und ließ sich neben ihm nieder.

Da sie zu denen gehörte, die alles um sich her beobachten, hatte sie, als sie über den Hof nach der Scheune gingen, bemerkt, dass das kleine Coupé, das Schagerström auf seinen längeren Reisen benutzte, aus der Wagenremise herausgezogen war. Dies vermehrte ihre Unruhe und schärfte ihre Wachsamkeit. Als sie mit dem Kutscher tanzte, machte sie einen Versuch, zu erfahren, was beabsichtigt war.

»Wir tanzen wohl nicht zu lange?«, sagte sie. »Wann wollte denn der Hüttenbesitzer abfahren?«

»Die Zeit ist noch nicht ganz bestimmt, gnädige Frau. Aber ich habe den Wagen herausgezogen und den Pferden das Geschirr angelegt. Ich kann im Umsehen fertig sein.«

Ei sieh! Ja, nun wusste Charlotte, wonach sie sich zu richten hatte! Da aber ihr Gatte immer noch in ruhiger Unterhaltung mit seinen Untergebenen in der Scheune saß, fand sie es am klügsten, sich unbefangen zu zeigen.

›Wahrscheinlich hatte er im Sinn, heute Abend auf und davon zu fahren, aber er hat seine Absicht vielleicht geändert‹, dachte sie. ›Er wird gesehen haben, dass ich nicht so gefährlich bin, wie er dachte.‹

Aber eine kleine Weile nachher, als eben eine recht lange Polka zu Ende gegangen war und sie sich wieder nach ihrem Mann umschaute, war er verschwunden.

Es war indessen draußen Nacht geworden, und die große Scheune war nur schlecht von ein paar Laternen beleuchtet, aber Charlotte war sich sofort klar, dass Schagerström nicht mehr anwesend war. Unruhig schaute sie sich nach dem Kutscher und dem Diener um. Auch sie schienen verschwunden zu sein.

Sie warf ihre Mantille um und gesellte sich zu einigen jungen Leuten, die in dem breiten Scheunentor standen, um sich nach dem Tanze abzukühlen, sagte ein paar Worte zu ihnen und glitt dann still und unbemerkt in die

Nacht hinaus.

Da sie auf dem Hofe ganz fremd war, wusste sie kaum, wohin sie ihre Schritte lenken sollte, um ins Wohnhaus zurückzugelangen. Aber in kurzer Entfernung bemerkte sie den Schein einer Laterne, und so eilte sie in dieser Richtung weiter. Als sie näher kam, sah sie, dass die Laterne vor dem Stall auf der Erde stand. Ja, der Kutscher war eben beim Einspannen. Er hatte schon die Pferde herausgeführt.

Charlotte schlich sich bis zum Wagen hin, ohne sich auf irgendeine Weise bemerkbar zu machen. Jetzt wusste sie, was sie tun wollte. Wenn sie einen Augenblick benutzte, wo der Kutscher ihr den Rücken kehrte, konnte sie den Wagenschlag aufmachen und ins Coupé steigen. Wenn der Wagen dann an der Freitreppe vorfuhr und Schagerström kam, um darin Platz zu nehmen, wollte sie ihm zu wissen tun, was sie über einen solchen Fluchtversuch dachte.

›Warum spricht er mit mir nicht über das, was ihn quält?‹, dachte sie. ›Er ist ja wie ein schüchterner Junge.‹

Aber ehe sie ihre Absicht ausführen konnte, war der Kutscher schon fertig. Er hängte die Zügel über das Verdeck, nahm den Kutschermantel, den er auf dem Bock liegen hatte, zog ihn an und wollte eben auf seinen Platz hinaufspringen, als ihm wohl die Laterne einfiel. Er sagte ein beruhigendes »Ruhig, ruhig!« zu den Pferden, ging zu der Laterne hin, löschte sie aus und trug sie in den Stall hinein.

Natürlich beeilte er sich so viel wie möglich, aber in der Nähe war jemand, der noch rascher war als er. Gerade als er die Stalltür zumachte, knallte eine Peitsche. Ein eifriger Zuruf brachte die Pferde in vollen Lauf, und hinaus ging's durch das Hoftor, das der Kutscher vorsichtigerweise weit aufgemacht hatte, und die Allee hinunter. Der Wagen verschwand in der nächtlichen Dunkelheit. Man hörte nur noch das Räderrollen und Pferdegetrappel.

Wenn jemals ein Kutscher nach dem Herrenhause schneller gelaufen ist als seine eigenen Pferde, um dem Hausherrn zu berichten, dass irgendein verdammter Schlingel es gewagt habe, sich auf seinen Bock zu schwingen und ihm gerade vor der Nase mit seinem Wagen davonzufahren, so leistete dieses Kunststück jetzt der Kutscher Sundmann auf Groß-Sjötorp.

Im Flur traf er auf Schagerström im Gespräch mit der Haushälterin, die ihm mitteilte, dass die junge gnädige Frau verschwunden sei.

»Der Herr Hüttenbesitzer trug mir auf, sie zu grüßen und ihr zu sagen, er habe keine Zeit mehr gehabt, noch länger in der Scheune zu verweilen, aber sie solle nur weitertanzen, solange sie Lust habe, und wenn ich zu ihr trete, solle ich ...«

Der Kutscher ließ sie nicht ausreden. Er hatte wichtigere Nachrichten.

»Herr Hüttenbesitzer!«, begann er.

Schagerström wandte sich nach ihm um.

»Was ist denn mit dir los?«, sagte er. »Du siehst ja aus, als wenn man dir deine Pferde gestohlen hätte.«

»Ja, das gerade hat man getan, Herr Hüttenbesitzer.«

Und er berichtete, was geschehen war.

»Aber die Pferde sind nicht schuld daran, Herr Hüttenbesitzer. Sie wären mir nicht davongelaufen, wenn nicht irgendjemand heimlich auf den Bock gesprungen wäre. Wenn ich nur begreifen könnte, wer es gewagt hat ...«

Er brach jäh ab. Schagerström hatte etwas ganz Unglaubliches getan. In Gegenwart des Kutschers, des Dieners und der Haushälterin hatte er sich auf einen Stuhl geworfen und war über deren Bestürzung in ein schallendes Gelächter ausgebrochen.

»Ach so, ihr begreift nicht, wer es gewagt hat, meine Pferde zu stehlen!«, rief er noch immer lachend.

Die drei Untergebenen starrten ihn sprachlos an.

»Wir müssen den Dieb fassen«, sagte er, als sich seine Lachlust einigermaßen beruhigt hatte. »Sundmann, du musst drei Pferde satteln, Johansson, du kommst und hilfst uns. Sie aber, Frau Sällberg, gehen der Sicherheit halber in die Wohnung hinauf und sehen nach, ob die gnädige Frau dort ist.«

Die Haushälterin verschwand, kam aber sofort wieder die Treppe herunter mit dem Bescheid, dass die gnädige Frau ganz gewiss nicht oben sei.

»Ach Gott, Herr Hüttenbesitzer, es wird doch kein Unglück passiert sein!«, sagte sie.

»Das kommt darauf an, wie man's nimmt, Frau Sällberg. Aber merken Sie sich meine Worte! Bisher haben wir hier auf Groß-Sjötorp selbst regieren dürfen, von jetzt ab haben wir einen Herrn über uns bekommen.«

»Ach, darüber können wir uns ja nur freuen, Herr Hüttenbesitzer.«

Und siehe! Auf diese Worte hin klopfte Schagerström, der reiche Schagerström, die gute Alte auf ihre müden Schultern, schwang sie einmal im Kreise herum und rief:

»Frau Sällberg, Sie nehmen Ihr Schicksal mit der rechten Ergebenheit hin! Möchte ich es doch auch so können!«

Darauf lief er hinaus, um in Gesellschaft des Kutschers und seines Dieners dem Flüchtling nachzusetzen.

Eine ganz kleine Zeit nachher war alles entschieden. Die Ausreißerin war eingefangen und saß nun in der einen Wagenecke neben Schagerström.

Sundmann hatte den Kutschersitz bestiegen und fuhr in gemächlichem Trab heimwärts, während der Diener Johansson die Reitpferde führte.

Charlotte war zuerst wohl eine halbe Meile weit rasch mit dem Wagen davongefahren; aber dann waren einige große Hügel vor ihr aufgetaucht, und trotz allem Peitschengeknall hatte sie die Pferde nicht dazu gebracht, rascher als im Schritt zu gehen, und so hatte sie sich schmählicherweise ergeben müssen.

Ein paar Minuten lang war es ganz still im Wagen gewesen, dann aber fragte Charlotte:

»Nun, wie war dir zumute?«

»Es war überwältigend«, antwortete Schagerström. »Ich verstehe jetzt, wie es einer Frau zumute sein muss, wenn ihr der Mann auf und davon geht.«

Im nächsten Augenblick fühlte Schagerström einen harten Griff an seiner Schulter.

»Du verstellst dich nur, du lachst ja. Du glaubst also gar nicht, dass ich auf und davon gehen wollte?«

»Geliebte«, begann Schagerström, »der einzige frohe Augenblick, den ich an diesem heutigen Tage gehabt habe, war, als Sundmann daherkam und mir mitteilte, dass du meine Pferde gestohlen habest.«

»Warum denn?«, fragte Charlotte etwas einsilbig.

»Geliebte, ich verstand, dass du mich nicht abreisen lassen wolltest.«

»Daran hab' ich ganz und gar nicht gedacht«, brach Charlotte los. »Aber nun ist seit drei Wochen das ganze Kirchspiel über mich losgezogen, und wenn du nun auch noch davongefahren wärest ...«

»Allerdings«, warf Schagerström ein, »ich begreife, das hättest du nicht ertragen können.«

Er lachte vor Liebe und Glück, aber im nächsten Augenblick sagte er mit tiefernster Stimme:

»Meine Geliebte, wir wollen uns doch nun endlich einmal aussprechen. Sag mir, ob du verstanden hast, warum ich gerade heute Abend abreisen wollte?«

»Ja«, sagte das junge Mädchen mit fester Stimme. »Das hab' ich verstanden.«

»Warum hast du es dann verhindert?«

Charlotte schwieg. Er wartete lange auf eine Antwort; aber das Schweigen wurde nicht unterbrochen.

»Wenn wir heimkommen«, sagte der Ehegatte, »findest du in deinem Schlafzimmer einen Brief von mir vor. In diesem Brief sage ich dir, dass ich aus den Umständen, die dich mir in die Arme geführt haben, keinen Vorteil ziehen werde. Du brauchst also unsere Ehe für nichts anderes zu halten als für eine Scheinehe.«

Wieder schwieg er, um noch einmal auf Antwort zu warten; aber keine Stimme wurde laut.

»In diesem Briefe sage ich weiter, um dir einen Beweis meiner Liebe zu geben und all das Leid, das ich über dich gebracht habe, wiedergutzumachen, wolle ich dir Groß-Sjötorp zum Erb- und Eigentum schenken. Wenn wir erst rechtmäßig geschieden sind, wird es mir eine Freude sein, dich hier, wo dich alle Menschen schon lieben, auch ferner wohnen zu wissen.«

Abermals eine lange Pause; aber kein Wort drang über Charlottes Lippen.

»Das kleine Abenteuer hier ändert in keiner Weise irgendetwas, das in dem Briefe steht«, fuhr Schagerström fort. »Ich hab' es zuerst falsch aufgefasst. Jetzt weiß ich's besser; es war nur ein Schelmenstreich, den du mir gespielt hast, um im Kirchdorfe nicht aufs Neue verlästert zu werden.«

Jetzt rückte Charlotte ein wenig näher, dann fühlte Schagerström ihren warmen Atem an seiner Wange, und er hörte, wie sie ihm ins Ohr flüsterte:

»Der dümmste Kerl, der auf Gottes Erdboden herumläuft.«

»Was sagst du?«

»Soll ich es noch einmal sagen?«

Er legte hastig seinen Arm um sie und zog sie an sich.

»Charlotte«, sagte er, »jetzt musst du reden. Ich muss wissen, wonach ich mich zu richten habe.«

»Nun ja«, begann sie in einem etwas verdrießlichen Tone, »es ist nichts Lustiges, was ich dir zu sagen habe; aber du freust dich vielleicht, zu hören, dass Karl-Artur gestern Abend, ungefähr um diese Zeit, meine Liebe totgeschlagen hat.«

»Hat er das getan?«

»Er hat sie getötet. Er war ihrer wohl überdrüssig. Ich glaube fast, er hat es mit Wissen und Willen getan.«

»Geliebte!«, sagte Schagerström. »Lass Karl-Artur fahren! Sprich von mir! Wenn auch deine Liebe zu Karl-Artur tot ist, so folgt daraus noch nicht ...«

»Nein, natürlich nicht. Aber, wenn du doch nur nicht so lange Erklärungen haben müsstest!«

»Du weißt am besten, wie dumm ich bin.«

»Siehst du, es ist sehr merkwürdig«, sagte Charlotte langsam und nachdenklich. »Ich liebe dich nicht, aber ich fühle mich wohl bei dir, und ich habe Vertrauen zu dir. Ich kann über alles mit dir reden, und ich kann mit dir scherzen. Ich fühle mich so geborgen und behaglich, als wenn wir schon dreißig Jahre verheiratet wären.«

»Ungefähr so wie der Propst und die Pröpstin«, warf Schagerström mit einer gewissen Bitterkeit ein.

»Ja, ungefähr so«, fuhr Charlotte in demselben nachdenklichen Tone fort. »Du bist vielleicht damit nicht zufrieden, aber ich meine, es sei ein ganz schönes Ergebnis nach nur einem Tag. Ich hab' es gern, wenn du hier neben mir im Wagen sitzt, und wenn du mir mit den Augen folgst, während ich tanze. Es macht mir Freude, mit dir bei Tisch zu sitzen und in deinem Hause zu wohnen. Ich bin dir dankbar, weil du mich von all dem Entsetzlichen weggeführt hast. Groß-Sjötorp ist entzückend, aber ich möchte nicht einen einzigen Tag hier wohnen, wenn du nicht da wärest, ich könnte mich ganz und gar nicht dreinfinden, wenn du von mir fortziehen würdest. Und doch! Wenn das, was ich für Karl-Artur gefühlt habe, Liebe war, so ist das jetzt keine Liebe.«

»Aber es kann Liebe werden«, sagte Schagerström leise, und eine tiefe Rührung klang aus seiner Stimme.

»Ja vielleicht«, erwiderte Charlotte. »Und weißt du was? Ich glaube, ich würde nichts dagegen haben, wenn du mich küsstest.«

Schagerströms Reisewagen war ein ausgezeichnetes Gefährt. Es fuhr dahin, ohne zu stoßen und zu rütteln. Der junge Hüttenbesitzer konnte die ihm erteilte Erlaubnis benutzen.

Zeitfracht Medien GmbH
Ferdinand-Jühlke-Straße 7
99095 Erfurt, Deutschland
produktsicherheit@kolibri360.de